2017 中国随笔排行榜

2017 ZHONGGUO SUIBI PAIHANGBANG

张秀枫/ 主编

北京工业大学出版社

图书在版编目（CIP）数据

2017中国随笔排行榜 / 张秀枫主编.—北京：北京工业大学出版社，2018.2（2020.11重印）

ISBN 978-7-5639-5940-2

Ⅰ.①2… Ⅱ.①张… Ⅲ.①随笔—作品集—中国—当代 Ⅳ.①I267.1

中国版本图书馆CIP数据核字（2017）第320718号

2017中国随笔排行榜

策　　　划：文　欢
主　　　编：张秀枫
责任编辑：王　喆
封面设计：天之赋设计室
出版发行：北京工业大学出版社
　　　　　（北京市朝阳区平乐园 100 号　　邮编：100124）
　　　　　010-67391722（传真）bgdcbs@sina.com
出 版 人：郝　勇
经　　　销：全国各地新华书店
印　　　刷：山东华立印务有限公司
开　　　本：720 毫米 × 1030 毫米 1/16
印　　　张：20.5
字　　　数：280 千字
版　　　次：2018 年 2 月第 1 版
印　　　次：2020 年 11 月第 3 次印刷
书　　　号：ISBN 978-7-5639-5940-2
定　　　价：58.00 元

声明：本书未能联系到的部分文章作者，请与本书稿负责人王智先生接洽，电话（010）82841308

目　录

恐惧的意义

毕飞宇

有一次我与一位盲人聊天，他说，我们有个共同的特点：胆小，他为此感到羞愧。我祝福了他。他很奇怪，胆子小有什么可以祝贺的，我说，胆怯的意义重大，它是具有生命意义的一个心理特征。

我儿子七八岁的时候胆子就很小，每当他感到恐惧的时候，我会把他拉到一边，说："孩子，恭喜你，你真了不起，你成长了，你有恐惧感了。"儿子最初非常吃惊，他问我，为什么所有的老师都鼓励他勇敢，而我却为他的胆怯感到自豪。

我说，恐惧太重要了，如果你在大白天爬山，你也许能健步如飞，可是，如果是在夜里，当你对外部世界失去判断的时候，你的胆量自然就小了。这是必须的，这就迫使你的每一步都要小心翼翼。如果你在黑夜里爬山也像白天那样健步如飞，你一定会掉下去。这说明了什么？说明了老天爷对我们的爱护，他给了我们一个无比重要的礼物，那就是胆怯。胆怯是上天对生命的提示，它让你保护自己，让你自珍自爱。

人是要往前走的，在往前走的时候，勇气当然很重要，但是，我们首先要弄清楚一个问题，你的勇敢是不是盲目的？生命从不孤立，它和周围有千丝万缕的联系。在这些联系里，有些有益于生命，有些却有害于生命，这就需要我们有理性，能判断。当我们理性地处理了困难，再鼓起自己的勇气，我说，这叫勇敢。相反，你毫无理性，只是草率行事，你只是盲目，我要问，这样的勇敢有什么意义？

恐惧的意义就在这里，它让你停下来，先分析一下外部的局面，找到障碍在哪里，再寻找克服障碍的方案，然后再去行动，这才是有价值的。说到这里我就想说，我们的教育有问题，它不尊重恐惧感，并让胆怯成为道德上的瑕疵，这个很有害。不尊重恐惧感就是不尊重人类的心理，也就是不尊重科学。一味地强调勇敢是盲目的，在我看来，鼓励盲目就是对孩子们的犯罪。

你们也许要说，盲人看不见，所以胆怯是可以理解的，我们是健全人，我们什么都看得见，我们为什么要有恐惧感？我想反问一句，你真的不是盲人吗？你能看见你的后脑勺吗？你看不见。这就叫局限。

这个世界上有许多声音，我们听不见，狗却能听见；这个世界上有许多气味，我们闻不到，猫却能闻到；这个世界上还有许多特殊的颜色，我们看不见，鸟却能看得见。简单地说，科学已经告诉我们，这个世界上的许多信息我们人类根本捕捉不到。还有一点更重要，许多精神我们是领悟不到的，许多理念我们是领悟不到的，许多思想我们也是领悟不到的。我们不要以为自己什么都知道了，什么都领悟到了，然后，无比地勇敢，无比地莽撞，一哄而起，一哄而散，这就比较要命。我们应该对这个世界再谦卑一点，不要那么自信，不要以为我们真理在握。我们每一个人都是有盲区的，这是我写完《推拿》之后最大的感受。

写完《推拿》，我在精神上是有成长的，一本书实在不算什么，我最大的欣慰就是，我心平气和地承认了一件事：我就是个残疾人。在这个世界上，有许多我看不见、听不见、闻不到的东西，还有许多我这一辈子都无法领悟到的东西。夏虫不可语冰，我就是那只夏虫。当然，遗憾也有，作为一个"残疾人"，我尚未建立起一个与残疾人相匹配的心理：我的恐惧感依然不够。

既然每个生命都是有局限的，那么，心平气和地告诉自己吧，离地三尺有神灵。而一个好的社会，应该使用一切社会的资源，让它的百姓"免于恐惧"，而不是无视恐惧并藐视恐惧。

（选自2017年7月7日《新华日报》）

当下的汉语文学写作

贾平凹

我很少讲话，或许是我性格所致，这种性格形成在少年，我父亲在"文化大革命"中被打为反革命分子，我属于五类分子（地富反坏右）子女，那时我们被警告：不能乱说乱动。沉默寡言就是那时候养成的。我现在个头不高，可能是那时老揾着不被人注意，要伏低伏小的缘故，也或许我讲不了普通话，严重的陕西口音别人听不懂和不完全听得懂，慢慢挫败了我讲话的欲望和积极性。之所以来澳门大学讲话有压力，是我来自内地的农村，写的作品绝大部分是乡土文学，而在澳门讲乡土，觉得不适宜，有些荒唐。

可既然来了，身不由己，不讲不行，那就讲当下汉语文学写作这么个话题。我首先强调的是，我是农民的儿子，我是从西北一个偏僻的小镇走出来的写作者。我的作品大部分是写乡土，虽然乡土文学这个概念产生了百年左右，而我写的仅仅是中国内地这三四十年重大变革大转型期的乡土文学，又都是以我的个体写作和个体认识来讲的。

我是从二十世纪七十年代开始写作，那时还年轻，个头很小但志气很大，形象丑陋但激情满怀。到了现在，已经是老头了，皮肉松弛，头发脱落，眼睛见风流泪，一日不刮脸面目全非，一周没有吃药那成了怪事。三十多岁时我便是文坛著名病人，那时吃的中草药，相当于三四个麦草垛，身上打点滴的针眼，如杨七郎万箭穿身。到了六十岁生日那天，我检讨我用过的纸，足可以毁掉一座山林和一河湾芦苇。十年前，我仍不服年龄，还激情鼓荡着给一位女熟人写过两句诗：才子正半老，佳人已徐娘。而如今呢，虽然还在忙碌，虽然还在蛮有冲动地写作，但身体的毛病在不断出现。原先是灵魂决定着身体，现在身体开始决定起灵魂，再没有了那才子正半老、佳人已徐娘的调侃，而体会到了古人的"相对无言君且去，有情明日抱琴来"。

从年轻时一直到现在，无数的采访者都问过这样的问题：你为什么写作？每一个时期我都有不同的回答，比如：我爱写作。比如：我别的干不了，我只能写作。比如：

我经历过太多的饥饿、寒冷、歧视、屈辱和政治运动的折腾，我要把我的记忆写下来。比如：我有责任把这个时代记录下来。六十岁以后，别人再来问我，我说，写作可以让我知道神的存在，我在写作的过程中才能与神沟通。我这不是矫情或故弄玄虚，这是我真正的体会。我的意思是说，到了这个年纪是知道了生命的意义和写作的意义，而一切写作其实都是神在借用你的手。

我这六十多年，经历的事情是多。内地有一句话，说：吃喝嫖赌不能偷，坑蒙拐骗不能抽。说只要你不去偷，不去吸大烟，别的什么都可以干，也不失为一个好人。我是遵守这个教导的。仅经历的国家主席就七位。而中国内地的几十年来的改革开放，大家都知道，那是天翻地覆的变化，真正的风云变幻的大时代，经济的大力发展，物质的极其丰富，这使像我这样年纪的人体会非常深刻。但是，这几十年又是中国社会矛盾最激烈冲突时期，人性中的各种元素集中爆发时期。所以，中国内地奇奇怪怪的，甚至是匪夷所思的事情每日都发生，只要你能想到的什么，现实中就有了什么。它的新闻最多，新闻又常常是大新闻。借用外国一位名人的话，就是这是一个最好的时代，也是一个最坏的时代。就在这个社会大变革大转型期，我度过了我生命中最旺盛的阶段，也度过了我写作最旺盛的阶段。我生存于这个时期，这个时期的社会就是我写作的全部背景。

中国内地的文学，在大变革大转型之前，它更多地受政治和宣传的影响，它呆板、僵硬、概念化。改革开放以后，对外来文学的冲击和接受，其程度比经济更激烈、更彻底、更快。它如一条河流过了大地，河或许并没想着改变大地，但河流过着它，清洗着它，滋养着它，一切该改变的都改变了。首先是文学观的改变，文学到底是什么，它对于人类有什么作用，它写什么和怎么写，我们在颠覆着、改造着、修正着以前的观念，以新的思维新的目光来审视我们的社会现实，来评判我们活着的意义。真正的现实主义文学出现在中国内地，受到全社会的欢迎，其成就超越了建国到改革之前的十七年，也超越了三十年代和四十年代。但是，这几十年里也不断地有不同的声音，有人在质疑：为什么你们的作品里有那么多的揭露，那么多的批判，那么多的阴暗、丑恶甚至暴力和性？我在许多场合讲过品种问题，我们一方面社会在大进步、物质在人丰富，一方面各类矛盾、冲突如此激烈、如此复杂，我们的社会就是这样一个品种，而我们在这样品种的社会里生活着，也就形成了我们的品种，我们的文学自然而然就是这品种的社会中我们的文学品种。大风到来，所有的树都在摇动，所有的人都在潜伏。山洪暴发的时候，河水是不清亮的，水面上是一层残枝败叶死猫死狗，水下滚动的石头也是粗粝的。

我们在写什么？我们就写这样的时代，就写这样的社会，就写中国内地人是怎么生活的，写他们的生存状态和精神，写在这种时代、社会中人性是如何复杂地变化。我们常说"见识"这个词，"识"就是我们的见解，我们的思想，我们的观点。作家的大与小，高与低，就取决于这个"识"，世上凡成大事的都是这个"识"在起作用。正因为这个"识"，每个作家都在关注着这个时代，力求把握着这个社会，进行着各自独立的思考。可以说，在这几十年，没有现代意识的作家是难以立足的，没有自己的思考的作家是难以立足的。即便社会给你提供了这么丰富的写作素材，没有"识"，你不知道你该去写什么，有了"识"，就不是你去找写作素材，而是写作素材来找你。当然，写什么重要，怎么写也重要，前者关乎胆识和趣味，后者关乎聪明和技巧。写作毕竟是一种技艺，最终都要落实到文字上。

河流永远是新的，河床基本上不动，当河水来自远方，可以是西方的，是别的民族的，但它一定是在本民族的河床上流过。我们关注着全世界，更关注着我们的国家，既欣赏着人家的政治体系、人文建设、价值观，更关心着我们的文化传统，关心我们优秀的或不优秀的东西。这就如我家的孩子学习一般，邻居的孩子学习优秀，邻居的孩子考上了名牌大学，我家的孩子普通高校也没考上，我是笑着脸向邻家祝贺，询问他们是怎样培养孩子的，但我并不会抛弃我家的孩子，我还得去关心他，爱护他，让他汲取教训明年再考。

每个作家因其天生的能量不同，后天所处的环境，所接受的营养不同，虽然都在努力，都在希望能写出匹配这个时代的作品，但作品总是千差万别。在我漫长艰难的写作生涯中，我有这样的体会：我们所写的一切故事，都是在时代和社会的背景前所发生的故事，故事是单纯的、明晰的、灵巧的，背景却一定是庞大的、复杂的、混沌的。文学不是政治的、宣传的，甚乎观念的，但世上没有纯而又纯的文学，文学有文学的大道。栽树的时候，如果把树根在水里洗得干干净净，那树是栽不活的。人类的主要食物是小麦和大米，可以有各种蔬菜瓜果和营养品，但如果人只吃蔬菜瓜果和营养品，人可能就变成了兔子。小麦和大米永远是人类的主食。

我们生活在这个时代，我们的写作就是为这个时代的，批判那些丑恶，张扬那些美好，安妥我们的灵魂，使我们的生命圆满。如果做不到这些，那就真实地记录这个时代，留下我们的真正的生存状态和精神状态给后来人。至于怎样使我们所写的故事能表达出这个时代的意义，那就是如你在门口栽了一株花，花开得很鲜艳，香气浓烈，当然这花是你的，但所有人经过你家门口了，所有人都看见了鲜艳，闻到了香味，这花是你的，也更是所有人的。再举个例子，你坐在大巴车上外出旅游，早上六点出发，到了九点你让司机停车，说你饿了，是不是大家都下去寻饭店吃饭？司机是不会停车的，车上的人也不会同意停车的。而到了十二点，你说肚子饿了，停车去寻饭店吃饭吧，司机会停车的，车上的人就响应你。写作也是如此，你所写的不是你个人的饥饿感，你要写出所有人的饥饿感。而当你个人的命运与国家的、民族的，或社会的、时代的命运在某个节点上契合了，你写的这个节点上你个人的命运就成了国家的、民族的，或社会的、时代的命运，这样的作品就是伟大的。

这几十年中国的文学，应该说成就最突出的还是乡土文学。乡土文学在三四十年代有鲁迅式的，在五六十年代有红色式的，鲁迅式的乡土文学是俯视的批判和呐喊，是精英的眼光在哀其不幸怒其不争，红色式的乡土文学是仰视的迎合和歌颂。到了我们这一辈，所写的乡土文学当然有鲁迅式的和红色式的乡土文学基因，但遗传着，也变异着。马是马，驴是驴，马生下来的是马，驴生下来的是驴，而马和驴交配生下来的却成了骡子。

我们反对的农村不再是鲁迅那时的农村，也不再是红色乡土文学那时的农村。十多年前，我还感慨，中国的一切革命都是土地革命啊。我写过一篇长散文《一块土地》，说的是在某个城郊的一个村庄里，农民是如何贫困，而有一个人省吃俭用，积攒钱财，把别人的地一亩一亩买回来，后来就形成了一大块地，有十八亩，他就成了地主。这就是建国前。到了一九四九年，政权建立了，这十八亩地被收没，强行收没分给了贫农，这就是土地革命。到了五十年代后期，这十八亩地又收上来，变为集体所有，这就是公社化。七十年代末，这十八亩地又分下去，这就是改革开放开始了。到了二〇〇〇年，城市扩大，搞经济开发区，这十八亩地又征收上来，这就是要走城镇化道路了。十八亩地永远是十八亩地，这么分分收收，上上下下，每一次就是中国的一场革命，每场革命，出了多少英勇事迹，也发生了多少悲惨故事，甚至死了人。现在我们可以说，何必去关心世间的阴谋、仇恨和英雄主义，但我们就是这么一步一步走过来的。我们读一些史书，常看到发生重大事件时，都要以杀人祭天的，而后来没有这种仪式了，却发现凡是有大的工程，比如修一条路，建一座桥，盖一座楼房，没有不发生死人事故的，其实这就是另一种方式的祭奠。这种土地上的革命，我们都是身在其中过来的，至于还向什么方向发展，似乎都朦朦胧胧，又似乎混沌不清。当我们预感到农村要衰败，传统文化要式微，可我们怎么也没有想到这种衰败式微的速度是如此之快！我是每年都要到乡下去跑动，我要到的是边远的农村，大量的村庄都荒芜了，没有人，没有狗，没有鸡，当然也没了跟着人一直过来的老鼠和苍蝇。在西安，我又接触了很多来自农村的年轻人，我的家族里，那些堂兄堂弟的儿子和孙子，他们也全来到西安打工，他们生活十分艰苦，但没有一个想要回去，即便在城里每日只吃方便面，就是不回去，他们经见多了，思维发生了转变，也无法再能回去。这就是当下我们面对的乡土。从理性上我在说服自己：走城镇化道路或许是中国的正确出路，但从感性上我却是那样的悲痛，难以接受。这如同我们的父母身患重病要去世，也明明知道人总是要死的，死了就带走了疼痛，带走了病毒，带走了恐惧，可父母真的死了，我们的悲苦是什么劝说和安慰都不起作用。面对着这样的现实是唱赞歌还是挽歌，我是两难，我是慌张，我是无语，我是举着长矛要寻找敌人，我寻找不到，不知道谁是敌人，我是鲁迅小说中的祥林嫂，要想给谁诉说，似乎没有谁肯听诉说。我有时想，我是不是个保守派，不识时务？我是从农村走出来的，我无法改变我农村的基因，小时候吃惯了母亲给我做的面条，我的胃从此记忆深刻。当我在外边吃惯了世间所有的山珍海味，但内心深处还是想吃母亲给我做的面条。母亲去世了，我再也吃不上那最好吃的面条了，我能不泪水长流？我的胃就是有着母亲做的面条的记忆，我无法把我的胃割去。所以说，当下的农村现实，它已经不是肯定和否定、保守和激进的问题，写什么都难，都不对，因此在我后来的写作中，我就在这两难之间写那种说不出的也说不清的一种病。这种病之所以难以被人理解，是因为它隐秘的，这如同失恋的人在看到别人的婚车、失孤的人在看到别人的孩子的那种感觉。

这样的写作肯定是不时尚的，读者更乐于接受那种荒诞故事离奇写法又极端的作品。这种阅读，中国历来就有，它也符合人性的好奇猎怪的特点，所以《三国演义》《水浒传》远比《红楼梦》读得普遍。而我们在新的乡土状态下的两难写作，它的那点无奈的苍凉的又隐秘的病，是没有传奇和热闹的，但我觉得这偏是我们愿意写的，想写的，把它写出来，让后人知道历史的节点，或许能了解我们的心结。就像我们现在读李煜的诗，体会到亡国的心结，读李商隐的诗，体会到爱情的心结，虽然我们无法知道李商隐所爱的是哪一个佳人，爱的结局是乐是悲，但诗触动了我们的神经。在这个世上，什么都可以变化和改动，唯有不变不动的是感情。所以，我们的乡土写作留下的就是一个历史的节点，就是这个历史节点的心结。

我再次要说，社会形成了这样一个品种的社会，这样品种的社会也就造就了这样品种的我们和我们写作的品种。

乡土写作的难是我们常常寻不准我们的位置，也不了解我们自己，而且不明白自己的位置和不了解自己，烦恼和焦虑就随之而生。心身安宁是人生最大的幸福，而我们总是身不安心不安。写作也正是一种求灵魂安妥的工作，现在却又折磨着自己不能安宁。路灯给路照了光明，路灯又挡了路。这竟成了我们这一批作家的可怜的命运。

（此文为贾平凹于 2017 年 3 月 22 日在澳门大学的讲座）

（选自2017年第5期《美文》）

文学最终是一件与人为善的事情

铁　凝

《飞行酿酒师》是我近些年短篇小说的一个结集。

我始终觉得，短篇小说无论是外在体积或者内在容量，都不能与真正出色的长篇小说抗衡。

可我还是那么热爱短篇小说。因为我相信，在某种意义上，人生可能是一部长篇，也可能是一连串的短篇。生命若悠长端庄，本身就令人起敬；生命的生机和可喜，则不一定与其长度成为正比。

对了，生命的生机。这里我想说，文学对人类最终的贡献也并非体裁长、短之纠缠，而是不断唤起生命的生机。好的文学让我们体恤时光，开掘生命之生机，从惊鸿一瞥里，或跌宕的跋涉中。生活是不容易的，信息时代信息的节奏和速度永远快于生活的节奏和速度，即使职业写作者，也因之常常误会生活。

生活自有其矜持之处，只有奋力挤进生活的深部，你才有资格窥见那些丰饶的景象，那些灵魂密室，那些斑斓而多变的节奏，文学本身也才可能首先获得生机，这是创造生活而不是模仿生活的基本前提。模仿能产生小的恩惠，创造当奉献大的悲悯。

文学应当有力量惊醒生命的生机，弹拨沉睡在我们胸中尚未响起的琴弦；文学更应当有勇气凸显其照亮生命，敲打心扉，呵护美善，勘探世界的本分。

文学最终是一件与人为善的事情。一位我喜欢的已故诗人写过一首描写小狗的诗，一只与他的童年为伴的小狗。关于小狗的善良，他是这样叙述的：

它的善良恰如其分，

不比善良少，

也不比善良更多。

这是一只小狗的分寸，有时也提醒着我的写作态度。

小说写作的过程是写作者养育笔下人物成长的过程。同时，写作者通过这创造性的劳动，日复一日消耗着也迸发着自身生命的生机。文学艰辛的魅力就在于此。

进步何其难，我唯有老老实实努力。

（选自2017年9月1日《文艺报》）

我们民族最缺的就是笨人

——2017 年 7 月 1 日在北大毕业典礼上的演讲

刘震云

感谢各位教授和姚洋院长，让我有机会能够回到母校，回到百年讲堂。我记得我上学的时候它好像是大饭堂，我记得当时每一个北大的同学总会提一个饭袋，饭袋是用羊肚子手巾缝成的。我记得我提了四年饭袋，但是我不记得我洗过那个饭袋。当时大食堂的菜有四个阶级，一个阶级是炒土豆丝、炒洋白菜、炒萝卜丝，这是五分钱的。第二阶级是鸡蛋西红柿、锅塌豆腐，这是一毛钱的。一毛五的才是有肉的，鱼香肉丝、宫煲鸡丁；两毛钱的有回锅肉、红烧肉，还有四喜丸子。我是一个农村孩子，一毛五以上的菜，我在北大四年从来没有接触过，跟它们不熟。我最爱吃的菜是锅塌豆腐，不是肉菜，但是豆腐被炸过，油水比较大，拌米饭！人生不过如此，夫复何求！

在大食堂最大的惊喜不是你排队买到了锅塌豆腐，而是当你排到的时候你是最后一个买锅塌豆腐的。因为到最后了，盆里边汤汤水水，大厨一下子都倒入我的盘子里。最悲催的是你前一个同学有锅塌豆腐，轮到你时没有了。他买到锅塌豆腐以后就会看你一眼，这已经到了社会学和心理学的角度，（他）庆幸之余有些幸灾乐祸。

最大的奇迹在我身上发生过。等排到我的时候，前面的同学就剩了一份，但这个同学思索了一下，"就剩了最后一份的锅塌豆腐，它一定特别的凉，我改主意了，我想吃鱼香肉丝"，这个锅塌豆腐又到了我的饭盆里。当我吃到锅塌豆腐的时候，我问了一下改吃鱼香肉丝的同学，我说你是哪个系的师兄？他说他是经济系。经济系不就是我们国发院的前身吗？滴水知恩，当涌泉相报！

我的意思是你跟母校的关系不是你在母校的时候，而是你离开母校的时候，再想起锅塌豆腐的时候，当你十年之后再路过我们北大的时候，再来到百年讲堂的时候。在母校参加这种场合我有过三次，这是第三次。第一次是2013年新生入学的时候，在未名湖旁边的大操场，有一万多名新生，还有中文系百年校庆的时候，还有就是今天——我们国发院有 983 名同学毕业的时候。入学和毕业还是不一样的，因为入学

010

是相聚，毕业是分别。自古人生伤离别，但是我还是祝贺 983 名同学毕业，它使我从今天开始在世界的各个角落又多了 983 名我的同学。

我这几年最深的体会，同学是通往世界的一张特别有效的通行证，不管到哪一个国家，不管到世界的哪一个角落，上来他告诉我：师兄，我也是北大的。同学能够把从陌生到熟悉的时间极大地缩短，因为你马上可以谈论一下北大相同的老师，和北大的锅塌豆腐。

2015 年，法国里昂有个作家的圆桌会议，我参加。在那里，我又碰到一位同学。大家都知道有一个喷泉特别的出名，就是雕刻自由女神的法国雕塑家做的，这个喷泉只有几匹马，往不同的方向拉，我看到这个雕塑喷水的时候想起了商鞅。

我的同学对我说，师兄你在生活中不能上当，我说不能上什么当？他说如果有人请你到外面吃饭，一定不是你的同学。我说，应该到哪里吃饭呢？他说到家里。他说，如果到家里他请你吃牛排也一定不是你的同学。我说，应该吃什么？他说包饺子。接着我就到这个同学家里包饺子。

为什么说这个同学呢？因为他是我们国发院 MBA 毕业的，目前在里昂当教授。这个同学的家在里昂的郊区，就在河的旁边，我去他家吃饺子，他首先带我到地上看看，说你看我这个小别墅，你看我的车子，你看我的法国女朋友。接着他又带我到他们家地下看看，有一个酒窖，镇窖之宝是 1985 年的三瓶拉菲红酒，他说：师兄，1985 年到 2015 年是 30 年，人生有几个 30 年？今天我们把三瓶拉菲喝了！我说，且慢！我说今天如果喝了，你明天后悔怎么办？他说，有好酒不让同学喝，让谁喝呢？如果不让同学喝，要好酒有什么用呢？他上升到了哲学层次。

我也热血沸腾了，说：喝！就着饺子！我还没怎么样，他喝多了。喝多了之后就开始给我讲现代金融学理论，讲外汇市场，讲股票市场，讲现代金融学理论在企业的运用，我一句没听懂，但是拉菲真不错！我的意思是——同学，当你在学校是同学的时候，你并不知道什么是同学，一离开学校再重逢的时候，你才知道什么叫同学。什么叫同学？当他说一晚上话，你一句都听不懂的时候，你还跟他聊一晚上（这叫同学！）

刚才姚洋院长和张维迎教授做了一个特别好的发言，因为他谈到了你们的母校，我的母校——北大是谁，北大是什么人。一代一代的北大人认同，这是新文化运动的中心，是"五四"运动的策源地，德先生和赛先生的开创地。这里产生了严复、蔡元培、李大钊、陈独秀、胡适等人，蔡先生提出的办学方针是思想自由、兼容并包。这些人虽然所处的时代不同，高矮胖瘦不同，但是有一点是相同的，他们是民族的先驱者。

什么叫先驱者呢？当几万万同胞还生活在当下的时候，他们在思考这个民族的未来，为了自己的理想，不切实际的理想，甚至他们贡献了自己宝贵的生命。黑暗中没有火炬，我只有燃烧自己，我以我血荐轩辕，哪怕他知道几万万同胞会蘸着他的血来吃馒头，这是我们北大的慈悲。

这就牵扯到知识分子存在的必要性。为什么人类需要知识分子？刚才张维迎教授做了一个特别好的阐述。一个民族的知识分子除了要考虑这个民族的过去、当下，最重要的是考虑未来。每一个知识分子的眼睛也像探照灯一样，更多的知识分子像更多的探照灯一样，要照亮这个民族的未来。如果这些探照灯全部都熄灭了，这个民族的前方是黑暗的，用孙中山先生的话，"这个民族会跌入万劫不复的深渊"。

我们的校徽是鲁迅先生设计的，鲁迅先生在北大讲过话。读鲁迅先生的作品读来读去，我读出了三个人。一个是我们的父亲阿Q。阿Q最大的特点是什么？最大的特点就是没老婆，出门就挨打。出门挨打不叫受欺负，但是你的智商被欺负了而不自知，你又是我们的父亲，我们就跟着这个父亲受欺负。

他还塑造了一个特别好的母亲的形象，就是祥林嫂。祥林嫂最大的特点是什么？没丈夫。一个孩子还被狼吃了，她一辈子的工作要把她的悲剧讲成喜剧。

另外鲁迅先生还塑造了一个知识分子的形象，就是孔乙己，孔乙己最大的特点是什么？是腿被打断了。如果知识分子的腿被打断了，他看到的远处，比平常人还要近。那我知道这个民族的知识分子出现像姚洋院长讲的这个民族的现状，一点都不奇怪。兼容并包，思想自由，应该是我们北大人捍卫这个民族的生命。所以大家应该知道，我们的母校是谁，我们的老师是谁。我参加过一次毕业典礼，我觉得今天我听到的姚院长和张教授的发言，是最有质量的临别嘱托。

另外大家毕业以后是从一所大学到另外一所大学，从一本书到另外一本书，我觉得大家最需要知道的就是这个民族最缺什么。这个民族不缺人，不缺钱，全世界都知道中国人最有钱，我觉得这个说法是最欺负人的。如果14个人有10块钱，另外两个人有9块钱，以我们国发院现代经济学的理论去衡量，到底谁有钱？我们的马路头一年修，第二年就挖开看一看；我们的大桥，很多寿命不会超过30年。一下雨，我们的城市就淹了。缺什么？我们这个民族特别缺远见，远见对我们这个民族如大旱之望云霓，如雾霾之望大风。

人家开始在另外一个大学起步的时候，有两句话你千万不要相信。一个是"世界上是不可以投机的"，千万别信，世界是可以投机的；另外一句话，"世界上是没有近路可走的"，这句话不成立，世界上是有近路可走的。投机分子走近路，因此成功的人起码占80%，但主要的区别是：他们得到的利益只是对于他们自己，是你做这些事情，只对你自己好。刚才张维迎教授列举了好多的数字，民族之间的对比，他讲的话希望你们牢记：要做笨人。这个民族最不缺的就是聪明人，最缺的就是笨人。

我在北大有很多特别好的导师，我在另外一个学校也有两个特别好的导师。

一个是我的外祖母，我外祖母是一个普通的中国农村妇女，她不识字，她1900年出生，1995年去世，活了95年。她在方圆几十里都是个明星，如果她要演电影就是安吉丽娜·朱莉，如果踢足球就是梅西，如果打篮球就是杜兰特，如果跑百米就是博尔特。但是她一辈子都在这里。她的个子只有一米五六。我们黄河边三里路长的麦趟子，她割麦子是速度最快的，当她把麦子从这头割到那头的时候，一米七八的大汉也比不过她。

当她晚年的时候，我跟她有一次炉边谈话。我说你为什么割得比别人快？她说我割得不比任何人快，只是三里路长的麦趟子，我只要扎下腰，我从来不直腰，因为你想直1次腰的时候，你就会想直第10次、第200次，我无非是在别人直腰的时候割得比别人更快一点。

我有个舅舅，是一个木匠，他小时候种过天花，脸上有一些麻子，所以大家都叫他刘麻子。刘麻子做的箱子在周围40里卖得最好，所以渐渐我们周边就没有木匠了，就剩刘麻子一个人了。所有的木匠说刘麻子这个人毒，所有的顾客都说他做的箱子柜子特别好。

他晚年的时候我跟他有一个炉边谈话。我说：你的同行说你毒，你的顾客说你好，你到底是什么人？他说别人说你毒、说你好，并不能使你成为一个好木匠，唯一使我能成为好木匠的是别人打一个箱子花三天时间，我花六天时间，我比他做得更好；接着他又说，你只花六天时间还不是一个好的木匠，他说我是打心眼里喜欢做木匠，我特别喜欢闻做木匠活刨出来的刨子花的味道；他又说只是喜欢做木匠活，也当不好木匠，有时候我当木匠的时候会有恍惚的时候，就是当我看到一棵树，我看到如果它是一个松木，是一个柏木，是楠木，这要是给哪家姑娘出嫁的时候打个箱子该多好；如果它是一棵杨树，杨树是最不成材的，只能打个小板凳。我觉得他已经到达了"空即是色，色即是空"的境界，他虽然不是北大哲学系的，但是他达到了哲学系毕业的水平。

我开车路过我们民族的马路，我们民族的马路两边基本上大家会看到都是杨树。为什么？因为杨树长得快。但是你要到其他的国家，像欧洲、北美其他的发达国家，路两旁全是松树、椴树、楠树、橡树、白蜡，树的质量的对比能够代表一个民族的心态。

所以最后我送在座的师妹和师弟两句话。一句是种树要种松树，做人要做刘麻子；（另一句是）举起你们手里的探照灯，照亮我外祖母没工夫直腰的麦田。最重要的事忘了，记得下次见面的时候请我吃饺子，谢谢。

（选自2017年第17期《中外文摘》）

从布偶到猫科

周晓枫

1

倒叙，时间回到一年以前。

无需触碰和抚摸，你就能感觉它的柔软，皮毛仿佛经过轻微静电的蓬松处理。这只名叫布布的猫格外温顺，被陌生人以并不舒服的姿势紧拥，布布尽量适应，不叫，不挣扎。它的主人告诉我，布布刚来时只是刚满月的黏人小毛球，天生就擅长自我克制，乖巧，清洁，从不抓坏家具。当我抱着布布离开它所熟悉的环境，它软绵绵地靠在我的肩膀上，像只松懈的暖水袋，温热、随形，让人觉得，它根本没有猫科动物的利爪与尖牙。

这正是布偶猫作为宠物受到欢迎的原因。异常安静和友善，松弛柔软像个布娃娃，因此有了这样的得名，它以对疼痛的惊人忍受力著称，即使遭遇外伤和骨折，布偶猫也无表情和呻吟，让人怀疑它真的像布娃娃一样丧失痛感。布偶猫并非迟钝，它艰难消化着自身的不幸，对灾难抱有持久的接受耐心。耐痛的美德,正是布偶猫的独特之处。

布布长得颇有别趣，属于布偶猫里的重点色品种：身体的大部分纯白，脸、耳朵、四肢和尾巴呈现巧克力色的晕染效果……只有匍匐在地、埋下脸部才能同时晕染这几个部位，好像它天生会做跪拜的动作。猫，多数都具有杀手那样矫捷的身段和凌厉的眼锋；布偶猫，友善、服从，不喜欢挑衅和威胁。

布布像戴了手套似的两只前爪搭在我肩上，它有时用可爱的小脑袋蹭蹭我，给予我轻易且由衷的信任。布布不知道自己的命运将发生短期改变。它对小主人身上发生的意外，一无所知。

2

黑白相间的 X 光片影像，如同骷髅。

左侧上颌骨可见两处骨质不连续影，骨折线锐利。透射线能揭示隐藏在皮层之后的损伤，除此之外，小怜受到的伤害明显。清创之后，她像米其林轮胎广告人那样被重重裹缠，掩盖了头枕部2公分和额部3公分的伤口。左侧耳膜穿孔，左眼面临失明，只剩模糊光感，要等淤肿消除之后再次进行伤情鉴定。手，由于抵挡凶器挫伤，小怜全身多处青紫，血块在皮下组织沉积瘀塞，让年仅19岁的姑娘如此斑驳。病床上的小怜，就像个弄坏的布娃娃被扔在那里。

面对哭泣的父母和质询的警察，小怜沉默。只有一次，她向护士小声乞求打杜冷丁止痛，除此之外，她对自己的伤情不谈不问，似乎成了局外人。案件如何发生，时间、地点和人物究竟怎样，小怜一概没有说明和解释，只是不放心她的猫，叮嘱要有人去照顾布布。小怜是我同学的侄女，因为我既清闲又有养猫经验，寄养布布的任务辗转交给了我。

出事之前，小怜刚刚喂过听话的布布，又奖励给它一条鱼刺。凶器一样的食物，布布惬意地享受上面细密的荆棘，它有这个天赋，可以不让鱼刺划伤自己的咽喉和食道。饱餐后的布布感恩地依偎着主人的脚踝，而小怜独自吃饭，完成寂寞而潦草的消化……布布所依偎的脚踝，离家后不久，遭到棍棒轮番击打。

3

行凶者的名字不是秘密。

猜也猜得出来，是她的男朋友。并非第一次动手，不能用激情犯罪来解释他的恶行。前两次不过皮外伤，遮掩之后就过去了，这回严重。小怜几乎被打瞎眼睛，也许会导致某种偏移，终身难以得到校正。男友施暴，有时因妒意，有时因琐事，这次，起端于几乎是无聊的争执、积怨和关于分手的谈判。这场历时一年、激情澎湃的恋爱，衔接以可怕的尾声。

开端可谓美好，深情款款，一对璧人。沉浸在彼此的身体和快感里，他们如影随形，男友在黑暗里不断施放雄性的烟花……然后在她体内积累足够的灰烬。他们曾拥有节日般的往昔。幸福敲门的声音轻微而短促，听起来，像被硬甲虫撞了一下……等人满怀欣喜地迎接，它已被碾碎在门框之下，带着它幼稚可笑的小翅膀和一腔难以分辨的糊涂的内脏。那只名叫幸福的小昆虫，那么古老，却是一副童话的清新模样，可惜承受不了一只从上面任意踏过的脚——幸福如此不承重，被破坏后的尸体惨不忍睹。

男友来自婚姻畸形的家庭，目睹父亲的暴力，他继承同样的方式来解决冲突。这个下手凶狠的男性符合施暴者的心理特征：强烈占有欲、不安感、冲动以及低自尊。

自知罪孽深重、难逃法责，肇事之后，男友跑了。

警方希望小怜提供线索，以便早日将嫌犯捉拿归案。小怜不配合，不提供任何可能，千疮百孔的受害者低头，迟迟不语。可怜的孩子已被恐惧深深笼罩，她蜷起四肢，形同遭受暴力的姿态，回缩成为母腹中脆弱的胎儿。小怜像只脱尽羽毛的越冬鸟，像个被突然定义的孤儿……既不能接受现实，也难以面对未来。

4

我的同学以前发现过小怜的伤痕，强烈建议自己的侄女尽早分手，可小怜为男友辩护。悲剧中有一种诗意的美学，女性容易沉湎其中。散发珠光、宛如少女的小怜甚至是喜欢流泪的，几乎变成她秘密的消遣；与其说她迷恋爱情，不如说迷恋其中浓烈的悲伤。小怜最初幻想以悲剧女主角的示弱与忍耐，唤起男人的怜爱，她以为暴力是欠账的方式，男友将在未来加倍偿还自己，其实都是错觉。

由柔弱变为懦弱，这是暴力升级的重要原因。男女之间的关系，是通过不断试错、触底才得以确立界限的，小怜一再退让，体罚和伤害成了男友习惯运用的统治手段。这是爱吗？小怜真傻，被伤到剧烈，还要在掩饰中歌唱，仿佛注定是男友的密胺脂唱片，可以承受他重复中不断的划痛。想不明白，为何小怜对施暴者的依赖如此强烈，以致她很早就散发出一种爱情殡葬品的气息。

终于在异地抓到潜逃者，从警察那里得知的情况让人瞠目结舌。

趁看护人不备，小怜用仅剩的没有受伤的手指头，吃力地给男友发送短信：他们一直有联系！小怜清楚男友的逃跑路线和栖身之所，只是拒不交代。古怪地，她把那看作一种情感出卖，她始终包庇加害自己的罪犯——出于细心的保护，她甚至故意更改通讯录里的名字，用昵称指代男友。小怜密告男友："警察正在调查、追踪你的行迹；现在尽量少联系，先别回来，会被判刑。"几乎致残的小怜，不希望男友受到法律制裁。当行凶者被绳之以法，小怜不快，并且明显不希望自己解脱。好像寡妇守节一样，小怜坚守着不快——似乎，不快才是她的忠贞。

小怜一次次情愿把自己送回险境，让我想起达尔文在《物种起源》里的描述："许多人都曾经听说过，在活体解剖的时候狗一边忍着痛，一边还舔着手术者的手；只要这个人的心不是石头做的，那么他生命中余下的时光都将带着悔恨。"小怜自己的心理问题，比她的男友更严重。

5

丧失平等，意味着关系的失衡。亲密关系中的暴力并不鲜见，女人通常为主要受害者。从常见的推搡、扇耳光、拳打脚踢，上升到用刑般的灼烫、刺字、皮带抽、棍棒打。在施暴者的观念里，私人领域的肢体冲突并非犯罪，似乎在某种特殊情况下可以偶然逾越界限。

诉诸武力的男人，体现出低智、低能。暴力完成统治，但它同时也是失败的证明，证明这个男人无法以魅力或能力等更为简易、经济而有效的手段达至成效，只能用消耗体力的笨重方式，来表达态度。也许对某类男人来说，恰恰由于其他途径的失效，暴力成为被认可的唯一捷径。女人，被操纵中的小玩偶，她的悲戚、恐慌和屈服，对他来说是一种小娱乐——哭红的眼睛，颤抖的肩膀，女人反而具有旦角般的一种妩媚……哀感顽艳的形象让他兴奋，仿佛听到做爱中的叹息。

男性借摧毁验证力量。将中西历史向前翻动数页，我们在至今仍被旧习统治的某些区域，或者就在我们切近的身旁，都可以找到普证。然而，部分女性当事者对于暴力的长期忍耐，几乎到了适应角色的程度。

6

有些恋情，一开始就埋下意外却必然的陷阱。受伤的女人啊，她担忧自己还能不能忍住满身的伤痛去拥抱施暴者——像个脱臼的孩子，小心翼翼，用被对方打至弯曲的骨节，去修复这种包含敌意的关系，哪怕，她自己已难以承受温存的抚摸。无数次逃离的机会，她都放弃，选择回到阴影的笼罩之中。用恐惧是不能彻底解释的，因为即使暴君消除，她依然在他的灵位下殉情。毕加索的女人们，就是极端的例证。

朵拉·玛尔曾是颇具才华的摄影家，年轻、聪明，美貌的脸，长得像嘉宝那样带有冷艳的神秘感。当54岁的毕加索在咖啡馆遇到迷人的朵拉，惊为天人和艺术创造的缪斯。28岁的朵拉从此走入毁灭性的关系，被这位天才狂热的性欲和偶尔的温情所征服，越陷越深难以自拔。

毕加索创作过一幅最为凶暴的妇女形象，这是以朵拉为原型的《裸体梳妆女》。与此同时，是毕加索对朵拉的殴打，许多次打得她躺在地板上不省人事。事实上，从1939年到1940年间，毕加索的画作有超过三分之二的比例在画畸形扭曲的女人，脸和肢体都被暴力袭击过一样，或是被愤怒所席卷。毕加索羞辱朵拉说："你不美……就是会哭！"于是朵拉放声大哭，毕加索得以继续创作他的《哭泣的女人》，完成一个被撕裂的女性形象。毕加索饶有兴致地旁观情人之间争风吃醋、拳打脚踢，当朵拉被玛丽·特蕾丝打出满嘴的血，袖手旁观的毕加索更有激情去创作他的巨幅油画，来谴责人类斗争的恐怖。

即使二人恋情结束，朵拉的肉体伤害得以终止，但内心的折磨继续。当毕加索第一次见到朵拉，她正挑战血淋淋的游戏，用刀快速插进张开的指缝里，并果真扎伤了手指；然而，被毕加索抛弃的朵拉，却丧失了复仇与解放自己的勇气。朵拉依然牵挂毕加索，"有时她悄悄来到毕加索工作室外张望。一个节日的晚上，她感到很孤单，她知道毕加索到南方去了，却穿着晚礼服，乘出租车又来到那里，她坐在车上，一直待到东方发白，泪流满面。"

朵拉珍惜毕加索留给她的所有，从画作到餐巾纸上随意的涂鸦，从未出售。她把毕加索相赠的房产，建造成一座关于他的纪念馆。朵拉长期住在疗养院，接受包括电击的理疗。毕加索的至交艾吕雅，征求毕加索的同意后来追求朵拉，想用爱情唤醒朵拉已然丧失殆尽的智慧和微妙的艺术感觉，遭到朵拉的拒绝，因为她说："毕加索之后，只有上帝。"她曾奢望汹涌而专注的爱，失宠的不甘与屈辱，使精神崩溃的朵拉在回忆的废墟中度过残生，穷困潦倒，无名且无人知晓地离世。围绕着毕加索的轨道旋转，像浴缸里旋转的水流，体会如置幸福感的晕眩错觉……越迷惑，越快进入脏黑的下水道之中。朵拉被吞噬，片甲不留。

7

当初与朵拉在画室互殴的玛丽·特蕾丝，也绝非竞争中的获胜者。1927年初，还是未成年少女的玛丽·特蕾丝在火车站与毕加索相遇，并于数年后为他生下女儿玛雅。因为毕加索有妇之夫的身份，女儿当时得不到法律的认可。毕加索要求特蕾丝每天给他写信，否则，他说"我就会生病的"；毕加索的回信里满是鲜花、白鸽以及"你是最好的女人""只爱你一个"之类的甜言蜜语，尽管当时毕加索既有法律上的婚姻，又有公开化的情人。毕加索的艳遇太多了，他那么殷勤地背叛自己的誓言，那么坦荡地陷入崭新的狂热。

可特蕾丝必须对毕加索的宠幸和吩咐感激涕零，甚至感恩戴德。驯服的玛丽·特蕾丝，盲目遵从毕加索，全部的生活就是等待着他闲暇时前来看望。在毕加索不出现的日子里，特蕾丝锁上一间空房，并且告诫女儿：父亲正在里面工作，不要打扰。毕加索死后，特蕾丝在自己与毕加索相识50周年纪念日，上吊自杀。床头，正是一张印有毕加索讣告的旧报。

最后一任妻子杰奎琳，外界评说为"唯一能拴住毕加索的绳子"的女人，在毕加索去世后，她靠服药和酗酒抵抗漫长而剧烈的煎熬。当走过挂着毕加索肖像的长廊，杰奎琳对着暴君的遗像表白："阁下，请吩咐我。"在毕加索去世13年之后，在他生日纪念这天，过度抑郁的杰奎琳，对准自己的太阳穴开枪自杀，完成了她迟到且终将的殉情。国王可以进行死后的统治，他的奴隶来了。她的亡灵追随并服侍他，在死神铺开的锦榻，继续无尽黑暗中的缱绻，从此不要天明。

8

她们为什么没有成为及时的避难者？多数受害女性因为没有找到逃生路径，除此之外，有些女性却自愿受到这种危险关系磁极般的吸引。有人语气铿锵地指责家暴受害者，认为她们乏智，咎由自取。一味指责性格缺陷，对她们已构成另外延伸的暴力，我们不妨转移注意力，探讨暴力中的寄生关系。

所谓亲密，首先须要打破间距，这是建立在微妙的侵犯之上才能获得的关系。友谊，所谓深交，是建立在开放基础上的侵犯特权。性，意味着同时进行的肢体亲密与肢体冲突，是由肉体彼此侵犯带来的享乐。婚姻须要分享情爱、家人、财产和秘密，这是法律赋予的正义。夫妻之间讲礼貌，有时出自教养，有时是形式感不那么明确的冷暴力。在私人情感领域，有时忍受礼貌比忍受粗暴更难，粗暴至少说明两者之间特殊的亲近；而礼貌，甚至是以并不婉曲的方式告知：这是仅限于皮毛意义的泛泛之交。

暴力逾越常人之间的秋毫无犯：激进的特权，夸张的表态。失控的情绪和肢体配合在一起，很像强烈到失控的爱欲。更深入的侵犯，更密切的榫接，更痛楚的咬合，血肉嵌进血肉，齿锋咬紧齿锋……锐利的金属牙，连续运转。暴躁者把情感狂飙到极值，施受双方一旦习惯这种强度，似乎就难以满足日常的平淡——宁静，成了无聊乏味的美化说法，成了不愿分享的可疑自私。

女性受到暴力侵犯之后的反应，通常是震惊、绝望、否认、麻木、退缩、屈服，等等，她有时难以把愤怒转化为力量。由于自尊，她需要杜撰一套自欺说辞。小怜坚定认为，一切因男友难以处理他的激情，小怜甚至把自己想象为另类的受惠者：他对别人从不这样，只对我，他运用力力去捶打我们之间的关系，从性器到四肢。男友自卑而少安全感：嫉妒、焦虑、害怕被抛弃。当他把小怜置于更自卑、更无安全感的地位上，他才能获得心理平衡。至少，男友怕失去她——小怜感觉自己被需要，她在意和珍惜男友的这份恐惧，由此产生盲目的无畏。小怜顽强体会男友艰难分泌的暖意，其实那里面不完全是爱，也包含占有欲里面的感情敲诈。小怜从施暴者的依赖中辨认所谓的个人价值，听任自己在这段垃圾关系中病菌般，靠霉变的幸福存活。

9

小怜走火入魔，她病态的宽容难以被理解，但就在荒谬之中，依然埋藏着一定合理性。男友暴力宣泄之后，常以悔意、告饶、示好和极尽的柔情来表达依恋——

像苦药后的糖，暴力伴随着随后到来的奖励，小怜得到了黑暗过后的节日礼物。男友的苦情戏和苦肉计总是对她特别有效，间接过渡，成为一种控制手段。小怜能否区别：味蕾之上，到底是刀头之蜜还是凶器之腥？

乖孩子的布布，擅长配合的布布，瞳孔宁可在纺锤形和线形之间变化也聋哑般不喊不叫的布布……这只可爱的小母猫，正是来自男友的礼物，作为肢体冲突后的道歉和补偿。布偶猫耐痛，如同示范的榜样。

我们知道，舌骨是长在咽喉部位的小骨头，大型猫科动物的舌骨骨化不完全，所以狮子、老虎、豹子和美洲豹都可以吼叫；小型猫科动物则不能，像布偶猫，它的喉咙，有锁死的锈开关。尽管猫科动物手脚轻捷，擅长杂技和轻功；尽管它以速度见长，可以无声接近，跑起来它的爪子可以锋利像跑鞋上的铁钉；尽管颗粒粗糙的舌头能够刮下肉屑，作为一只宠物，布布更多用它来清理自己的皮毛……如同它既不逃跑，也不攻击，它收起自己的系列绝技和匕首形的犬齿，以超乎寻常的忍耐，乞怜垂青与偏宠。

寄养在我家的阶段，布布听话，加了几分谨慎。它常常毫无声息，在阳台上眯起眼睛晒太阳，皮毛散发丝丝缕缕的光芒。唯一流露捕猎者本性的，是布布对玻璃缸里的鱼感兴趣，专注观察两条鱼单调的游动。

出于责任我喂食换水，可我感觉它们并非生机勃勃，而是在无比缓慢地死去。鱼是恒温动物——恒温动物？这个词的意思不如换个说法：永远冰冷。一条鱼白璧无瑕，像得了白化病，通体化学般失真的白，几乎引人生理性的紧张；另一条是玛瑙色，轮毂般生硬的眼球四周也布满斑点，像是剥夺了另一条鱼的所有色彩。饥饿时，两条鱼对任何的漂浮物都孜孜以求，尝试吞下对方和自己的排泄物。尤其那条白鱼张开浅肉色、贫血的口腔，总让我隐隐恶心。对两条鱼自身而言，这大概就是相濡以沫的状态。

……他们的吻，深入缠绵，像两条相濡以沫的鱼。迷失在她身体里的穴道，他就像沉船没入她的身体，没入温暖、渊深的洋流之中；她教堂一样的身体里，空旷、幽暗，盛纳着祈祷的烛火，也宽容了那么多罪恶。施暴后的悔意、哀求、痛楚和求饶，他的样子，就像等待原谅的闯祸的孩子，这给她美好的某种错觉，她在宽恕里拥有一种母性的伟大与强大。仿佛是她的命、她的责任，有什么需要终生喂养的，即使痛苦，正像病婴一样在她体内酝酿和分娩。女人的一生被雌激素和孕激素轮流统治。先不说雌激素下的情欲，只谈被侵犯之后的宽恕，形同某种甜美的孕激素……那种暴力，却像入侵子宫的胎儿，享有霸主般的专宠。这是变形的母爱，这是畸形的宽恕错觉，这是在侮辱的强力锻打下产生的歪曲的自我形象重塑……有些女性借以自我欺骗，完成地位和等级的心理翻转。

男女之间，关系微妙，难以进行非黑即白的判断。有时，他对她格外的"坏"以达至控制；有时，她对他格外的"好"以达至控制。就这样，以给予的方式剥夺对方，就像鸟想把天空交给尾鳍，鱼想把海洋交给翅膀，最终死于彼此的慷慨。

10

有些女性可以逃离男性的心理掌控和武力威胁，从而获得新生；但是剩下的一小部分，忍受暴力的时间越长，摆脱的难度就越大，自由之路会变得越来越艰难。她们的反应令人错愕，重复去体验这种身体和内心的疼痛——当施暴者的拳头收拢，女性受害者接力完成对自己的戕害，她们延续自厌与自毁，让自己陷溺于致命的沼泽。如毕加索的朵拉，似乎她自己就该被拳脚教训，就该遭此劫数，命运才有它自恰的逻辑。这样悲剧里的女性，承担苦役和羞辱，变成聋哑的沉默者，甚至变成盲目的崇拜者与歌颂者。

斯德哥尔摩综合征。

1973 年 8 月 23 日，瑞典斯德哥尔摩发生一起银行抢劫案，两男一女三名银行职员被绑为人质。在开始几天里，绑匪对人质的态度粗暴，不提供食物，不让他们洗澡，拿枪口对着他们，动辄威胁要杀死他们。后来，绑匪态度转变，允许人质在屋里随便走动，说话口气相对温和了。这种待遇上的转变，成了斯德哥尔摩综合征产生的必要条件。10 天后解救行动成功，但人质和绑匪之间已经产生了亲密的感情。当局吃惊地发现，人质想方设法地保护绑匪，一位获释人质给当时的瑞典首相打电话，积极为绑匪辩护。此案庭审中，人质甚至拒绝作为控方证人出庭，并且其中的女性人质，后来嫁给了其中一个绑匪。

11

有种名为蓄奴蚁的蚂蚁，有着它们的放牧业：养蚜虫。蓄奴蚁敲打蚜虫的背以使它分泌蜜露；换言之，蚜虫的甜蜜来自于对敲打的忍受。哪里有压迫，哪里就有顺从，以及顺从导致的持续压迫。

男人的拳脚或棍棒之下的女性，不是一个与他平等的人，而只是他指端的宠物、胯下的玩物。暴力是一个人在另一个人身上建立的独裁与苛政。互动中，关系才能得以建立或瓦解……然而，对暴力与权威的恐惧、屈服乃至膜拜，是人类的本性。奴性和贱性，沉淀在即使是圣徒的品德底层，这是人性必然的重力。平等之所以难以实现，不仅归咎于外部的社会制度，也是因为我们内心的量尺。耐受型人格，是存在于每个人身上的阴影，也可以说是一种集体性的麻木。

受虐者的麻木，他如影随形的适应性，也可以被统治者歌颂为吃苦耐劳、忍辱负重。女性最初被打，沉浸在痛楚和屈辱中，假设施虐受虐的固定模式一旦形成，偶尔不打，受虐者释然，反而分泌出一种近于幸福的快感。政治权力也是如此运作，暴政下的人民有时坚信自己过着无比幸福的生活，在习惯性的颤抖和噤言之后，是麻木后近似由衷的歌颂。对她们施暴的国王拥有绝对的豁免权，可以不被追究责任，因为施暴者控制了受害者的经济、人身和头脑的自由……绝对胁迫，有助于受害者产生绝对的依恋。正因他对她们使用的暴力以及间或的关怀，他反而成为英雄——围绕他的圣像，奴隶唱起颂歌。

暴君让臣民生活在残羹般的岁月里。在他的辖域之内，谁也无心再去窃取权杖下被击打得已然变形的真理，也忘记了自由存在的意义。不曾预知自己命运的奴隶，如抒情诗歌的结构分行，她们的骨骼也将在未来折成数段。

12

在艺术圣殿卢浮宫里，两尊著名雕塑被视为镇殿之宝：一尊是维纳斯，另一尊是胜利女神。两者呈现的女性肢体，恰恰都是：半裸且残缺。

维纳斯古典、优雅、高贵，她端庄圣洁的面庞，富有音乐韵律的旋转体态，体现出感官的诗意和内心的美德。胜利女神，英武、雄健、自信，巨大的翅膀迎风展开，给人以饱满的力量感和强烈的动感。两尊雕塑之所以美得令人震撼，因为它们的残缺如完美凹陷的容器，用来盛纳人类无限的想象。

不过，从男性沙文主义角度，维纳斯和胜利女神正好能够用来做另外的解读。有些男性坚持认为需要对女性进行必要的修剪，使其更加完美。折断她的胳膊，即使她残疾到不能自理，无妨，至少，她会变成神秘的维纳斯。如果她强健，她无畏，一次次独自在被击碎的浪涛前面赢得胜利……哦，既然她已拥有自由到飞的双翼，那么，她应该匹配断头的命运。

对施暴者来说，这是残酷而至美的艺术。对于精神上缺乏独立意识与自由精神的人们，无论说的是家暴下的柔弱女性，还是强权下的蒙昧人民，都难以从这样的严苛法则里逃脱。

13

回顾毕加索一生的女人，多数无法"善终"。弗朗索瓦斯·吉洛特，唯一主动离开毕加索的女性，绝对重生，是个特例。

弗朗索瓦斯·吉洛特是索邦大学哲学系毕业的才女，热爱文艺与绘画，这个20多岁的姑娘与60多岁的毕加索相遇。她说之所以爱上毕加索，"因为这是一场我不想躲过的灾难"。经历了"烟花般绚烂"、"棒极了"、彼此渴望的生活之后，吉洛特厌倦了"和一座历史纪念碑一起生活"，她带着两个孩子离开了"强悍的怪物"，否则，她感觉自己必被"吞灭"。

毕加索曾说："在我的心中，谁也不会占据真正重要的地位，对我来说，女人就像飘浮在阳光里的尘粒，只需挥动一下扫帚，它们就得飞出门外。"吉洛特的离开令毕加索暴跳如雷，"没有人会离开像我这样的男人"，他断言吉洛特的生命即将枯萎。

吉洛特竭力避免这样的结果。她与人合作出版的传记，前卫且成功，披露的内容令毕加索震怒。他要求查禁此书，最后败诉。吉洛特并未成为毕加索的囚徒，她不是艺术家的附属物，而是艺术家本身。她的作品被博物馆收藏，被授予法国最高的艺术奖项，她最后与20世纪的另一位天才、小儿麻痹症疫苗的研究先驱、一个美国科学家相伴25年，婚姻美满。

吉洛特灵巧地逃离了宠物与弃妇的命运，逃离了猎物与牺牲者的命运……像昏暗中视力更为敏感的猫科动物，她没有迷失方向，她终身追逐属于自己的骄傲。

14

当我把布布交还小怜，已是一年以后。

重新回到自己的家，布布已长成丰腴的美猫。布偶相对其他品种的猫发育缓慢，毛色丰满至少要两岁之后，三年左右它才完全发育成熟。看起来松软无力的布偶猫，如果真正了解自身，它将骄傲于自己是体型最大的猫，并且力量和它的重量一样不可小觑。布布敏捷地跳上数倍于身长的高度，伏在花架上，以平静中略带审慎的眼神，凝望着小怜——一个同样迟育、同样需要对自身价值重估的雌性。

小怜正在整理旧物，手里拿了一个看不出男女性别的破旧娃娃：它有张醉红的心形脸，连酒窝的造型，都是两个对称的白色心形。娃娃肿胀的身体曾经用作枕头，所以它柔软，很容易折叠成不堪的一团塞进塑料袋、垃圾桶或者火堆里。男人的吻热力能够燃烧多久？没关系，火焰能够更快地把一个旧玩偶舔黑。小怜将如何处理玩偶和记忆？总有一天，她会发现自己无需从一个廉价而受损的心形那里获得安慰。

假设我们以跪着的姿势和侏儒跳华尔兹，无论对方是否有张沉醉的脸，无论舞曲是否悠扬，我们对自己的残酷磨损都缺乏意义。从某人怀抱或者某段关系里滑脱，不必遗憾自己是变旧的果实，应该就此享受成熟之妙。

房间里汇聚着四个雌性：小怜、布布、我，还有砧板上的一条鱼。

……雌鱼湿漉漉的，未来的路刺痛，她体验着小人鱼的命运。不仅失去逃到童话里的尾鳍，还被剥落几乎所有的鳞片。即使每个鳞片，都曾是一枚爱的勋章，她也将失去全部的所谓财富。除鳞的鱼，体表可见分割清晰的侧线，像经过某种秘密的切割。我从雌鱼的肚子里掏出肥腴、滑腻的籽。离水之后，这个被驱赶出乐园的女性，圆睁湿亮的眼睛，间杂着血丝，她周身仿佛被丝网捆绑，随时携带着她的牢狱、她的刑具。

宠物布布，弱者小怜，还有刚刚放下刀刃的我，一起享用晚餐。现在，只剩三个。最后那个雌性，抵达终点，被我们的肠胃消化得毫无痕迹。空气中弥散着她体内的一丝微腥，尚未散去，尚未散去。

（选自2016年第12期《四川文学》）

1977年的回忆

——高考恢复四十年

李大兴

一

1977年在中国发生的事情，最重要的莫过于12月，全国高考在中断12年后恢复举行。当年参加高考的考生，年长者如"老三届"的老高三，如今已经是古稀之年；最年轻的南方应届高中毕业生，如今也已奔六。我虽然要到1980年才上大学，却也是因为恢复高考而改变了人生轨迹。

那一年7月，中共十届三中全会决定恢复邓小平中共中央副主席、中央军委副主席、国务院副总理、中国人民解放军总参谋长等职务。8月初，邓小平主持召开科学和教育工作座谈会，与会者纷纷主张立即恢复高考，建议如果时间来不及，就推迟当年招生时间，得到邓小平的明确支持。从8月中旬开到9月中旬的高等学校招生工作会议，最终达成共识，改变"文革"时期"推荐上大学"的招生方法，恢复高考。10月，国务院批转教育部《关于1977年高等学校招生工作的意见》，正式恢复高等学校招生统一考试的制度。

恢复高考是邓小平第三次复出后做的第一件大事，不过就和他的复出一样，是当时人们期待与意料之中的事。事实上，前一年10月逮捕"四人帮"之后，在北京关注时局的人群里，很快就开始半公开议论邓小平何时复出；恢复高考的议论不那么多，但是一说起来，也好像是大势所趋，只是不知道什么时候发生而已。

大约是1977年初的一个晚上，父亲抗战时的同事、时任教育部副部长的李琦家，回来后有些兴奋地说，估计高考不久就会恢复了。后来事态的发展并不像他想象的那样顺利与乐观，反对的声音颇多，教育部最初的报告并没有打算马上恢复高考。然而小道消息开始在民间流传，从春天起，各种中学课本，尤其是"文革"前的中学教科书突然紧俏起来。先是我家里不多的几本数理化被别人借走，其中好像有些再也没有还回来；后是想要找两册原来没有的，却哪儿都借不到了。

和出生在 20 世纪 80 年代末的年轻朋友聊天，她诉说的悲惨经历，就是怎样从小学一年级参加各种考试，一直考到博士毕业。我告诉她，曾经有 4 年大学完全停办，10 年全国没有高考；中小学虽然从 1967 年 10 月的"复课闹革命"恢复运行，也基本不读书，考试就算有，不过是聊胜于无。她说："你们那时候多幸运啊！"我说："你父母恐怕没有觉得那时候幸运吧？"她说："我觉得他们比我幸运啊！"话说到谁比谁幸运，就没法往下说了。我告诉她，"文革"时的教科书一本比一本薄，不仅内容少，而且几乎没有习题。为了向工农兵学习，取消物理、化学和生物课，以所谓"工业基础知识""农业基础知识"替代，内容可想而知，更没有她熟悉的一本本厚厚的考试辅导材料、复习题集。我还告诉她，由于"文革"，我从小学一年级到 1977 年，8 年多一直辍学在家。她瞪大了眼睛："叔叔，您太幸福了！"

那时我幸福吗？在知天命后回忆，少年是很美好的，时间会给往事涂上一层发黄老照片的柔和。虽然很多已经找不到，我还保存着一部分少年时的日记，如今看来，写得有些强词说愁、莫知所云，倒也折射出当时内心的纠结与困惑。我感觉前途渺茫：我自觉已经长大，却不知道能做什么、要做什么。想要逃避像兄长那样去农村的命运，似乎只有唱歌考文工团。

恢复高考的希望在遥远的天边升起时，许多人一夜之间都成了高玉宝。"我要上学"的念头是如此普遍、如此强烈，我也受了影响，在我的日记里记载如下：

二月十一日，星期五，多云

今天下午正在写字，忽提起上学，于是有些动念。去一个新环境，过过集体生活，尝尝学生时代的滋味，还是我所愿意的。

晚上，我去找 Z 老师，托他办办此事，他和我详细讨论了一番，我十点钟走，他送我上车。

有时，一个突然而来的念头就会变成事实，不知道这一回是否会如此。我对自己是有点估计的，我以为我是有必要去适应社会，受一点社会的限制，这或许对以后有好处。

一旦清醒地认识了一些自己，也就能大致地衡量自己的斤两了。哈！我就是这样，我时常攻击的往往就是我自己所具有的。

16 岁时的日记，一看便是民国文学和翻译小说读多了的文字。在文化沙漠的时期，写一笔繁体字，大概也算奇葩，难怪后来我在学校里经常被视为五四青年。从这段日记可知，当时我已经有独立办事的能力，也有突然想起一个念头就去做的习惯。此后的40年里，基本上一直如此。个人生涯某种意义上与历史是有相似与呼应的，往往在一念之间发生改变。

我去找的是家兄的一位同学，他去农村插队病退回来以后，在中学当老师。那时他是偶尔教我一点数学的老师，也是经常和我聊天的大朋友。1977年2月11日晚上，他在学校值班，我是去学校找的他。那天晚上聊得非常开心，还打了一会儿乒乓球。从学校出来往家走，月光很明亮，我感觉似乎看见了未来。

二

中国科学院哲学社会科学部简称学部，即后来的社科院，是大大小小的知识分子密集之处。学部子弟自然是典型的知识分子家庭的孩子，打架大都不灵，倒是还有不少爱读书的。他们由于出身问题，多数境遇不佳，很多还在农村插队未归，能够在大型国企里当工人就算是不错的了。在1977年夏天，很多人忽然像打了鸡血一样开始复习数理化。不过除了老高中生以外，没有谁心里有底，所以大多数都是不声不响，各自备战。

"文革"虽已经结束，但真正的改革开放还在孕育过程中。那一年元旦社论的题目是《学好文件抓好纲》，那一年报纸上的关键词是"英明领袖""抓纲治国"，这个纲仍然是以阶级斗争为纲。在词语之下，对变化的渴望以及变化本身在暗暗积累、流动。私下里，人们对于高考恢复的期待值与日俱增，不仅仅是因为"万般皆下品，唯有读书高"的观念在潜意识里从来不曾消灭，还因为上大学被普遍认为是改变命运的唯一途径。

从15岁到31岁，积压了十几年的青年至少有几千万人，他们中间的多数，强烈希望改变自己的处境。考大学最直接最迅速地点燃了许多人心中的火把，也因此注定高考是一条严酷的羊肠小径。大多数没怎么读书、没有希望或信心的人，早早就放弃了。据目前官方数字，1977年有570万人参加高考，27万人被录取。从有资格参加高考的人数看，百里挑一都不止，从实际参加高考的人数看，录取率也只有4.8%。

我后来读历史，才明白从宋朝以后，科举考试不仅是文官制度的根本，而且是民族心理记忆的一部分。这一记忆在反文化的十年后复苏，又因为恢复统一考试后的第一次高考之难而格外凸显。我至今记得高考发榜后，学部大院几家欢乐几家愁，八号楼查建英考上北大中文系，吕叔湘先生的外孙考上北大西语系英语专业，家兄也从插队所在地考上清华。

不管时代怎样变化，清华北大始终是人们心中的梦想。家兄一高中同学，平素沉稳内敛，那年悄没声地上了北大，来我家报喜时两眼放光、双腮涨红，声音都变了。30年后，我去附近的中国超市买菜，那里免费送顾客一份世界日报，回到家坐在沙发上翻报纸，看到纽约州巴法罗附近飞机失事的消息，死难者里有一个华人，看到他的名字，我的手一抖，咖啡溢了出来……

不久后，我在亚拉巴马出差，小城里一住就十天。住久了，不免想吃一顿中餐。美国南方是华人最少的地方，中餐馆也少，网上搜索了半天，才在十英里外发现一家似乎还有点规模的中餐馆。去了一次，感觉味道还好，隔了一天下班后又去了。这一次碰上老板，他看了我一眼，用很正宗的京腔说："我瞅您是大陆的吧？"当他听到我已经不那么纯正的北京话时，竟是相当欣喜，一定要请我喝一杯。有了第一杯，就会有第二杯，三杯下肚诉平生，是北京人常见的风景之一。阎老板在北京的地段离我儿时故居只隔了几条胡同，我问："您住哪条胡同？"阎老板说："我住在北剪子巷，挨着大兴胡同，您那块儿熟吗？"我听说过这条和我同名的胡同，却不清楚它原来就在铁狮子胡同北边几条街。如此说起来，不由得更多了一分亲近感。

阎老板微胖无髭，面白皮细，典型胡同里和气生财的老北京相貌。这样的人，我童年记忆里很多，如今却很少见到了。早年的戾气、中年的焦虑，足以改变曾经遛鸟人的容颜；钢筋水泥的都市化、人群的膨胀，给古都带来现代化与活力，但也抹去了往昔的安详。

阎老板告诉我，他祖上几代都是在户部做事的，到了爷爷这辈，大清改了民国，就改当银行职员，然后传他父亲。他家虽不是大富大贵，在北剪子巷这条狭小的胡同里的一个小院，倒也住得很踏实。

他没有仔细讲，我也就不多问，反正到了1966年，家道已经中落到只剩下两间北屋了。那年他上高三，就盼着能考上大学，然而大学不招生了。和许多人一样，他去农村劳动了几年，然后费了很多力气回到北京，进一家街道工厂当工人，结了婚有了孩子。也和许多人一样，他在下了班、做完家务后，熬夜复习高考，可是就在高考前夕，由于劳累过度得了一场大病。在明白自己不可能参加高考的那一瞬间，他忍不住泪流满面。

他没有说具体是什么病，总之，大学梦就这样破灭了。改革开放以后，一个长辈亲戚从美国回来探亲，看到他的境况，帮他办了个自费留学。那时候来美国的人还很少，有亲戚的经济担保书，再有一份社区学院的录取通知书，就拿到了签证。到了美国，亲戚自然不会真的在经济上资助，要靠自己勤工俭学。但是他在国内没有上过大学，不像那些有文凭的人，打一段时间工就能够联系读博、找到奖学金。

再说他已经快四十岁，语言又不通，向学之心很快就显得不切实际。于是勤工继续，俭学就夭折了。

萍水相逢是人生乐事之一，我和阎老板一直聊到打烊。中间还见到他的儿子，已经当了医生，表情和手势都很美国。他不会讲中文，英语里带一点南方口音。阎老板看着儿子的目光很慈祥，儿子和我们说了几句话就匆匆离去。

我和阎老板在停车场道别，我注意到他的背已经有点驼了，缓缓钻进一辆黑色老奔驰轿车里。

阎老板的故事其实是多年来常听说或读到的故事之一，那天晚上回到酒店我还是感叹不已。失落的一幕往往更令人难忘，在寒冷冬日里，我印象最深的，是一位年长我几岁的朋友落榜后失声痛哭的情景。也许我们心中或多或少都有势利的一面吧，也许历史绝大多数时候都是成功者的记载吧，我们平常读到的，大多是七七级大学生这个群体中的励志故事，很少有人想到，那一年百分之九十五以上的考生落榜，还有很多人出于各种原因没能参加高考。前年回国，在朋友家小住，他家的保姆好像已经是祖母了，勤快能干、做一手好菜。朋友告诉我，她当年高考离录取线只差了3分，一生的命运也就因此转变。

三

当我们回望往事，叙述比价值判断更为重要。在追求现实利益的过程中，遗忘与遮蔽时有发生，更何况许多人心中价值混乱、人云亦云，何来判断可言？其实叙述本身是一件相当困难的事，自以为是的真实多半是可疑的，寻找历史和追求真理一样，需要常存虔敬戒惧、反躬自省之心，而不是指点评价、气壮山河的狂妄。

恢复高考对当时的社会、心理冲击，如今人们已很难想象与理解。从事件本身看，考试古已有之，而且行之有效，虽然有其无情的一面、不完美的一面，却一直是相对最不坏的取士之道。恢复高考，其实只是回到常识与传统，但在当时却是从疯狂走向正常、从禁锢走向开放、从停滞走向流动的关键一步。高考不仅给青年一代带来了希望与实际意义上的未来，而且改变或者说恢复了固有的社会价值观，终结了一个公然反智的时期。

这一切，是当事件已经成为相对遥远的历史之后才能看清的。在1977年，人们依旧在不安与期待中懵懵懂懂地度日，和别的时候似乎无大不同，也许这才是岁月的真实状态。

我想从日记中寻找我的1977年，却发现日记里有写得很含糊或者根本没有提起的部分，记忆与日记并不完全相符。是的，时光越深，日记越有获得史料的意义，然而日记是有主观选择性的。尤其是在严酷的时代，日记写得有保留，几乎成为自我保护的本能。母亲的日记中，人名多用字母代替，许多年以后，她往往想不起是谁，别人也读不懂。我没有那么高的警惕性，却也习惯在日记里省略内心深处的某一只八音盒。1977年初的日记里，有抒情、有议论、有几首旧体诗，却没有提到我在做梦、写小说，更没有提到我自己像小说中的人一样，晚上走到一家中学的楼下，站在树影里，望着某一扇窗的白色灯光。我并不知道那个女孩此时此刻是否在教室里晚自习，也并不想去见她，只是走一个小时到这里，安静地望一会儿，然后就回去了。

我在读《战争与和平》《第三帝国的兴亡》，虽然更让我心动的或许是屠格涅夫的《阿霞》《初恋》。我似乎更多沉浸在自己的世界里，并不真正关注正在发生或即将发生的巨变。不过我并不是一无感觉，在潜意识里我感到改变自己、步入社会的愿望与必要性。

回到学校最大的困难是，我虽然有户口，却没有学籍，在户口本上"职业"那一栏的记载是"无业"。想要改变，必须在区教育局办理手续。学籍从无到有，不是一件容易的事，幸亏当时有父亲一位老友的女儿在那里工作，帮助解决。我一直感念我的老师和她。

复学的事情办得出奇顺利，不到一个月后，我就从无业游民转变为中学生的身份。40年前的3月7日，我重返学校，这一天也标志着我进入社会的轨道。北京是春季开始新学年，按年龄我应该上高一，可是我除了会写繁体字、背诵诗词，别的什么都不会。在八九岁时，我花了一天工夫学会加减乘，此后很多年没有长进。在15岁时才被辅导学了从除法到一元二次方程，至于物理、化学，则是一点概念都没有。在这种情况下，虽然学校对功课要求不高，我还是很有自知之明地降级去了初三。

我的日记写到这一天戛然而止。由于上学，生活骤然忙碌起来，再也没有时间写长长的日记了。

三月七日，星期一

　　从今天起我成为124中三年级七班的一个学生，一种新的生活开始了。几天来，心情总不免有着兴奋的感觉，无疑，这就是那未知的新环境引起的刺激。

　　我应当说是高兴的，虽然即将来到的这一环境并无什么吸引人的地方，也不会有多少令人愉快的遭遇，但由于我确实需要换一换环境了，所以，新环境，这本身就使我受到刺激，产生了愉快的情绪。

　　早晨七点多，我到了学校，先看见了Z老师，然后见到了陈，她带我见了我的班主任，一个二十一二岁，身材不高，略胖的姑娘，交了学费，即赴教室，坐下后，聆听了强调纪律的一方讲话，又听王老师（即班主任）训话一遍，至八点半正式上课。

从这一天起，我每日从永安里出发，穿过大雅宝胡同，步行五里地去学校。放学后，我经常出外交部街西口，南行到东单菜市场买菜，然后乘大一路回家。在这条路上我认识了许多人，后来又在别处不经意间相遇、告别，继续各自的旅程。

（选自2017年3月13日《经济观察报》）

郑伯克段

李敬泽

公元前 722 年。《春秋》纪事首年。

这一年，鲁国的国君惠公薨逝。嫡子姬允已被立为太子，但是，姬允此时大概只有两三岁，于是由他的庶兄、已经成年的息姑摄政。按照周朝的传统，摄政者在摄政期间享有君王的称号，所以，息姑就此成为一代鲁公。鲁国的始祖，那位神秘的周公，也曾是摄政者，他是华夏文明历史上最关键的人物，作为最初的"总设计师"，制礼作乐，规划了这伟大文明的基本架构。在他的兄长、开国的武王薨逝后，周公扶立年幼的成王并临朝摄政，后来，成王长大了，周公把一个秩序井然的天下交还他的侄子。

——天下事，竟可如此完美。这是政治，也是伦理和亲情，是历史，也是律法，周公所做的一切将被持久地追慕和模仿。

当息姑登上君位时，他并不知道他恰好站在了一个凶险、壮阔的大时代的门前，他并不知道，一切坚固的事物即将烟消云散。他确信，他将像伟大的周公那样善尽职责，然后，把一个好的鲁国交还给他的弟弟。

于是，这一年便是隐公元年。一元复始，岁月清寂，在欧亚大陆的东端，大地正从漫长的严寒中复苏过来，气温升高，气候变暖，黄河流域水草丰茂，恍如江南。但夏虫不可语冰，彼时的史官无法越过个体生命的尺度观察人类生活的变化，两千七百年前，天下本来事少，他把自己等成了一棵树。终于，到了这年五月，风骤起，传来大事一件，史官端坐，在竹简上写下六个字：

"郑伯克段于鄢"。

是的，就这六个字，禁欲、淡漠。文字神圣，史官如同祭司，在他看来，繁复嘈杂的记述会扰乱在文字中、在人世间暗自运行的天道。

郑国的国君在鄢地击败了一个名叫段的人。

为什么称"郑伯"、为什么用"克"字、为什么叫"段"？后世的解经者们推敲每一个字，在每一个字中领悟微言大义。

左丘明则在这个标题下讲述了一个故事。这是春秋的第一个故事，左氏的讲述后来被收入《古文观止》，开卷第一篇。在现代，世事翻覆无常，但《郑伯克段于鄢》一直在，照例被收入各种教科书。后世的中国人，只要是读过书的，大概都记得这个故事。

现在，让我们重读这个故事：

"初，郑武公娶于申，曰武姜，生庄公及共叔段。"

——郑国国君武公从申国迎娶了一位夫人。申国与郑相邻，在河南南阳，后来被楚文王所灭。申国国君姓姜，这位姓姜的武公夫人后来就被称为武姜。武姜生了两个男孩，哥哥就是后来的郑庄公，弟弟名段。至于他为什么又叫共叔段，后边会说到。

"庄公寤生，惊姜氏，故名曰寤生，遂恶之。"

——何为"寤生"？后世的儒生各执己见，说法不下十八种。一说是生于白昼，白天生孩子很好啊，怎么会惊到妈妈？另有一说是，这孩子一生下来就二目圆睁，这确实有点吓人。吵来吵去，占上风的说法是，所谓"寤"乃"牾"之借字，逆也，足先出，这在春秋时代的医疗条件下，很可能会要了妈妈的命。

于是，给孩子起名就叫寤生。这名字起得真是不好，它时时召唤着母亲的伤痛记忆，它将时时提醒这个孩子，他是多么艰难地来到世上，他是不顺的，孝者顺也，难产的寤生从一开始就违逆着母亲。

然后，妈妈的心就偏了，都快偏到右边去了："爱共叔段，欲立之。请于武公，公弗许。"

老公老公，把家业传给小段吧。

武公当然不答应。心偏也偏不过天理去，周公礼法固然摇摇欲坠，但其中包含的制度理性，任何头脑不糊涂的人都能看得明白。在君位传承中，必须坚持嫡长子继承制，首先是嫡子，比如鲁国的姬允，如果有一个以上的嫡子，那必须是嫡长子。别跟我说小儿子或者小老婆所生的大儿子更聪明、更贤能，问题是，如果没有金石一般清晰不移的规则，没有政治共同体无可争议的预期，仅仅凭着高度主观的贤能原则，每一次君位的更替都可能酿成可怕的分裂和混战，其代价远远高于君位上坐着一个废物或疯子。

更何况，寤生显然是一个聪明的孩子。

寤生终于成了郑公。妈妈很郁闷很委屈，妈妈要为她所爱的小儿子争利益。

"为之请制。"

——寤生啊，把制这个地方封给段吧。那是今日的河南荥阳市汜水镇，后来是三英战吕布的虎牢关。寤生沉吟，细细想了想小段站在虎牢关上的场面，终于说，不行啊，"制，严邑也"，地势险要，不能让小段闪了腰，"它邑唯命"，别的地方随你们挑。

母子俩对着地图看啊看，最后说，我们要京。

好，给你京。

于是，段成了京地的主人，从此江湖上人称"京城太叔"。

京还是在今之荥阳，虽说不像制那样地处要冲，却是莽苍苍一座大城。大夫祭仲连忙来劝：使不得呀，京城太大，"君将不堪"，那太叔迟早作乱！

庄公叹口气："我有什么办法，我娘非要给他。"

祭仲急了："姜氏何厌之有！"她恨不得把整个郑国都给了小儿子！"无使滋蔓，蔓，难图也！蔓草犹不可图，况君之宠弟乎？"防微杜渐啊，不要让事情不可收拾！

庄公沉默，然后一张嘴就说出了流传千古的名言："多行不义必自毙，子姑待之。"

好吧，这句话我们记住了。面对着世间的不公和不义，我们说服自己，上天自有盘算，即使是恶，也如生命一般，会自然地走向衰败和朽坏。

多行不义必自毙，请相信，请等待。

"京城太叔"，这是多么炫目的名号。叔是弟弟，丈夫的弟弟是小叔，而太叔乃是大叔，是尊贵的，是国君的第一个弟弟。那些年里，太叔段是郑国最耀眼的明星。《诗经·郑风》中，《叔于田》《大叔于田》歌唱的都是这位小段。在《叔于田》中，两千七百年前的一个女子以粉丝般的狂热追捧着她的偶像：

叔于田，巷无居人。岂无居人？不如叔也，洵美且仁。

叔于狩，巷无饮酒。岂无饮酒？不如叔也，洵美且好！

叔适野，巷无服马。岂无服马？不如叔也，洵美且武。

——她站在村头，遥望着纵马行猎的小段，那人，那么美，那么好，那么英武，当他出现时，当他在原野上奔驰，巷子里就再也没有男人，世间就再也没有男人，因为他们"不如叔也"，因为，在这痴狂、沉醉的眼中，只有这天上的、云端的男人。

好吧。如此的太叔段，他如同神，万众仰望，他如神一般浩荡、华美、纵情：

叔于田，乘乘马。执辔如组，两骖如舞。叔在薮，火烈具举。襢裼暴

虎，献于公所。将叔无狃，戒其伤汝。（《大叔于田》）

——"看名王宵猎，骑火一川明"！（张孝祥《六州歌头》）这位太叔，他驾着四马的战车，马缰如丝带飘拂，左右两边的马如飞如舞，太叔飞身下车，扑向林莽，火把遍地高烧，太叔赤裸着身体，胸大肌肱二头肌背肌和八块腹肌在熊熊火光中闪亮，

他是一匹猛兽，他赤手搏虎，他竟制服了猛虎！

太叔啊，求你不要这样，小心它会伤害你！

——这是一个春秋巨人。在这两首诗里我们看见了与《郑伯克段于鄢》完全不同的段。在《左传》的叙述中，这个段面目模糊，他甚至是软弱的，他只是母亲的宠儿，在野心和贪欲的支配下妄动。而在《叔于田》和《大叔于田》中，你看到这个与猛虎相搏的人，这个在人们眼里具备一切男性美德的人，他的身体如此强大，他的气概震慑群伦，他的问题不是贪婪，而是无节制，他不知何为危险，热血翻腾，他会轻率跨越人类生活的一切界限，以至于即使是倾倒于他的人也不禁担心："将叔无狃，戒其伤汝！"

显然，太叔段不会听见这微弱的声音。此时，春秋的大时代刚刚开始，这个大地上即将出现无数这样的巨人，他们在一个崩坏的世界上、在原野和丛林中闯荡，他们将擒杀猛虎，或者自己成为猛虎。

太叔行猎的队伍必定不止于京，京太小，一只虎的领地应在一百到四百平方公里。太叔逐猛虎而行，到了郑国的西边和北边，他直接向西边和北边的官吏下达命令，完全不顾那里并不是他的封地。

大夫公子吕跑去向寤生抱怨：这个国家到底谁说了算？您到底是怎么想的？要是想让位给他，那您早说，我赶紧去伺候新主子。否则就赶紧动手，再拖下去，人心就乱了。

庄公不动，回答道："无庸，将自及。"

事态继续发展，太叔段公然宣布，西边和北边那些地方从此便是我的地盘。公子吕又急了："可矣，厚将得众。"

庄公还是不动："不义，不暱，厚将崩。"

终于，公元前722年周历五月，消息传来，太叔段已经做好了一切准备，将要暱袭国都，他们的母亲武姜将作为内应，打开城门。

是的，不能等了，庄公寤生说："可矣"，命公子吕率战车二百乘直扑京城。

令人意外的是，万众景仰的太叔段，他所得到的支持竟如此脆弱，也许是"不如叔也"，所以"巷无居人"，当国君的大军杀来，他的军队和国人竟立时土崩瓦解。段仓皇逃往鄢陵，那是如今的河南鄢陵县，郑兵追杀而来，"克段于鄢"。周历五月二十三日，段逃往共国——位于河南辉县的一个小国。从此，他不再是太叔段，他成了共叔段。

春秋史上，"郑伯克段于鄢"其实并非大事。但是，它位居《春秋》开端的醒目位置，成为大时代的先声：维系宗法制家庭、社会和国家的礼制和伦理正在崩坏，君不君、臣不臣、父不父、子不子，春秋二百四十二年，相斫相杀，正始于寤生与段这君臣兄弟之间。

春秋公案第一桩，大家都来评评理。庄公的君位无可置疑，段的反叛铁板钉钉。后人对此插不进嘴去，大家重点讨论的是庄公寤生的动机问题。

的确，在左氏的叙述中，寤生像一个处心积虑、阴鸷冷酷的猎人。他耐心地等待着，等待着他的猎物和对手犯错误、犯更大的错误。他本来可以尽快行动，制止段的悖逆行为，这样至少可以避免最后的悲剧，但是他不，他甚至是在期待着，端坐于此看着段走向他预设的陷阱。

《左传》中，在讲完这段故事后，对于《春秋》经文何以称"郑伯"做出了解说："称郑伯，讥失教也；谓之郑志。"这是对庄公寤生的道义谴责：你是郑伯呀，你是国君、你是兄长，你本来有义务，也有机会教导你的臣子和弟弟，但是你就这么心怀叵测地等着。杜预《左传》注更直截了当地断言："明郑伯志在于杀。"孔颖达《左传正义》引服虔的话进一步提出指控："公本欲养成其恶以加诛，使不得生出，此郑伯之志意也。"

所谓"志"、所谓"志意"，说的是人心中无法言喻的隐秘动机，所以，无论《左传》还是后来的论者都是作诛心之论，他们指着庄公寤生的鼻子喝道：你是不是这么想的？你从一开始就存心除掉你的兄弟！

《郑伯克段于鄢》，好文章也。结构如此严密，逻辑如此清晰，起承转合，间不容发，层层推进，一气呵成。但问题是，它太好了，它让我们忘了，左丘明在此叙述的事件，时间跨度长达三十几年，如果从寤生即位算起，也长达二十二年。如果把这文章还原到三十年、二十年的岁月里，还原到一天又一天树叶般数不清的日子里，你难道不觉得，它过于严密、过于清晰？

寤生即位时年仅十三岁，段只有十岁。现在，母亲姜氏为十岁的弟弟要求封地，十三岁的寤生怎么办？我很怀疑他会说出"多行不义必自毙"这样的话来，即使说了，这句话也可能已经是当时成语，他只不过是随口说出，然后幸运地被载入《左传》，从此获得著作权。相比之下，"姜氏欲之，焉避害？"这倒很像他自己的话。他面对着偏心的妈妈、娇纵的弟弟，他是长子，现在是这个国这个家的主人，他能怎么办呢？好吧，给他们，让妈妈高兴。

然后是二十二年的漫长时间，无论段的行为还是寤生的反应，必定不会像《左传》所述那样具有严密的戏剧性，那不是一场戏，没有人用二十二年演一场戏。在春秋时代，二十二年已经长过了大部分人的寿命，庄公寤生，他要用二十二年等待他的弟弟犯下不可饶恕的大罪，他真是太有耐心了。况且，现有的叙述中，包含着后设的、马后炮式的视角，庄公寤生是胜利者，由此倒推，人们揣度他的志意，使他的言谈和行为导向最终的结局。但是，让我们回到那漫长的二十二年，庄公何以就那么有把握他一定会在最后摊牌时获胜？无论当时还是后世，国君面对一个心怀叵测的反叛者，常常不堪一击，他怎么能够断定日益坐大的段不会是最终获胜的一方？不要告诉我"不义，不暱，厚将崩"，如果庄公真的这么想，他就太天真了。

郑庄公，这个名叫寤生的孩子，他一直在逃避，在拖延，这个拖延症患者，他不是在等待时机，等待果子熟了，从枝头落下，他只是不愿做出那个困难的决断，他一直期望着的是，最终的结局、摊牌的时刻永远不要到来。

因为到了那个时刻，他不能想象将如何面对母亲。这个女人，他活在她所赐之名里，就像在"寤生"这个题目下做一篇文章，母亲是出题者，寤生是作文者，他多么希望让母亲满意，虽然他知道母亲永远不会满意。他是寤生者，他的两只脚先来到这世上，从此逆水行舟，世道艰难。他是逆的，他是命里注定的忤逆者，他伤害了母亲，他和世界将互相伤害。他多么希望一切都是顺的，天地有恩，人世有情，可是，人世的恩情纷乱难治，他拒绝把制交给段，因为他不能负了、逆了把社稷、把郑国交给他的父亲。但在他拒绝母亲的同时，他就退却了，他让母亲失望了，他将不断妥协和退却来弥补这亏欠，补救这不顺。他嫉妒他的弟弟，他千百次地想过，如果段在这世上消失，那就是海晏河清、天下太平，但是，那同时也是天塌地陷，他将失去他的母亲。他无数次深怀恐惧和罪感地想象自己降生时的情景，喷溅的血，绝望的嘶喊，他是未遂的凶手，他差一点就杀了他的母亲，现在，如果他把段从母亲的怀里夺走，他就把母亲再杀了一次。

由此，我们才能理解庄公寤生的狂怒。他粉碎了段的叛乱，立即派人把母亲武姜押往城颍囚禁起来，他嘶喊着，发出决绝的誓言：

"不及黄泉，无相见也！"

除非到了地下，决不相见！

这是极不理智的行为。无论当时还是后世，如此囚禁亲生母亲都是绝对的人伦悲剧和舆论灾难，即使秦始皇这样心如铁石的人也不能承担。

此前的一切绝非庄公寤生处心积虑的结果，如果是那样，他一定会想好怎么处置母亲。但是，他显然没有想好，他不敢想，他只是忍耐、拖延，他拖了二十二年，他以为终究会拖过去，谁想到，他还是不得不面对结局。

那一日，黄昏日落，忽然，庄公寤生登上了城墙，众人愕然，他们不知道他来干什么，没有人敢上前说话。寤生独自走到城墙的垛口，他望着渐行渐远的囚车。

他忽然想哭，想像一个孩子一样放声大哭。

然后，有一天，驻守颍谷地方也就是如今登封一带的将军颍考叔拜见庄公。君臣宴饮，颍考叔把大块的肉拨到一边。庄公寤生看在眼里，问道：怎么不吃肉啊？颍考叔回话："小人有母，皆尝小人之食矣，未尝君之羹，请以遗之。"国君家的炖肉我娘没吃过，留着带回去，给老娘尝尝。

一席话锥心刺骨，庄公寤生怆然泪下："尔有母遗，繄我独无！"

——即使是古文，即使隔了两千七百年，你也能听出其中的委屈、伤痛：你是有娘的，天下人都有个娘，只有我呀，我是个没娘的！

然后，庄公寤生，这孤独的君王，把他最脆弱、最纠结的深处敞给了颍考叔，"公语之故，且告之悔"，这里边是多少年的郁结啊，是的，他爱他的母亲，比段更爱母亲，从他生下来，到现在，三十五年了，这三十五年他要做的只是一件事，让母亲欢喜，让母亲知道，他是多么爱她。但是，母亲决心夺去他的君位，她是在告诉他，他不是她的孩子。

现在，段跑了，他回不来了。我的母亲，她在城颍，我已立下誓言，再见除非是在地下、在黄泉！

颍考叔注视着他的君王，他正是为此而来，他必须给出一个主意，一个戏剧性的、极具心理治疗效果的解决方案——好吧，那就挖一条深深的隧道，让你和你的母亲在地下相见。

隧道幽深、黑暗、潮湿，无穷无尽，如同一个巨大的动物的腹腔。任何人在这黑暗的地下都会感到恐惧，那是身陷幽冥，如同死亡。在春秋人的想象中，这就是死亡，是永恒的黑暗。庄公寤生擎着火炬，在隧道中独自走去，他拒绝随从，他要一个人走进去，火光在隧壁跳跃，他惊叹地注视着隧壁上用铜锸铲出的泥土的纹路。他从未如此宁静，他慢慢地走着，他感到自己正越走越小，小如婴儿，小如浮游生物，直到在前方，无尽的黑暗中一点火渐渐亮了，渐渐近了。

"大隧之中，其乐也融融。"

这是庄公的咏唱。

"大隧之外，其乐也泄泄。"

一个女人的声音迎合着。火光照亮了这个女人，她站在那儿，她是那么美，那么慈爱，她是母亲，爱他的母亲。

寤生重新生了一次。

公元前722年的事件，决定性地锻造了郑庄公寤生。此后，我们看到了一个精力旺盛、果敢强悍的君王。历史猝然加速，在这混沌、昏昏欲睡的春秋早期，一切都被寤生唤醒。

但庄公寤生不仅难产，而且生错了地方。那是郑国，其国都在如今的河南新郑。比起其他诸侯国，郑国只是后起小国，庄公的祖父桓公是周宣王的少弟，始封在陕西。从祖辈起这个家族就显示出了在乱世中非凡的生存能力，桓公预见到大厦将倾，君子不立危墙之下，早早在东部安排了退身之地。然后，庄公的父亲武公在西周覆灭、东周初定的大乱中，灭掉了若干小国，生生挤出了一片天地，把郑国搬到河南。因为辅助平王东迁，他还获得了周王朝执政的卿士地位。

郑国生于乱世，危如累卵。打开地图，你会发现新郑居天下之中，四通八达，在现代此为大幸，在古代这叫作四战之地，八面来风，四面受敌，没有任何战略上的回旋余地。后来的春秋史上，郑国所能做的就是在虎狼环伺中机敏地生存下去。此时还是春秋早期，虎狼还没有充分醒来，庄公寤生得时代之先机，他清晰地看到："王室而既卑矣，周之子孙日失其序"，人心散了，天下乱了，生何难，死何易，郑国随时都会烟消云散。终其一生，寤生反复谈及他自己的死和郑国的亡，这个人身上有深刻的悲凉，这个难产而生的人，他过的是借来的日子，生活对他来说就是一场必定散去的筵席。

——如此悲凉才能如此炽热。庄公寤生成为一个重要的战略原则的发明者和实践者：劣势之下，最有效的防守就是进攻，不能停，停下就要挨打，要动起来，抢在挨打之前打人。

风乍起，庄公寤生搅乱了春秋早期的格局，使得中原和东部各诸侯国陷入混战。在与宋国、卫国、陈国、蔡国的频繁战争中，他建立并主导了与齐国、鲁国的联盟。庄公寤生在一个较小的规模上预演了、启示了后来齐、晋、楚的霸业。

公元前712年，隐公十一年，以郑国为首的齐、鲁、郑联军攻伐许国。这是一个与郑国毗邻的诸侯国，其地在今许昌一带。夏历五月二十四日，庄公寤生在太庙举行授兵大典。春秋的战争是贵族战争，打仗是高贵的事，是精英的专有权力，按照传统，开战之前要举行庄严的仪式，把平日储存于太庙的战车和兵器授予高贵的武士。

但这一次，就在授兵大典上，武士们先打了起来。那位颍考叔，按说是位心思深长的君子，但春秋时甚少没脾气的君子，君子大多是身体壮敢打架，他和另一个将军子都为争一辆战车起了冲突，颍考叔拉起车辕就跑，子都拔戟便追，长安街上跑了十几里，二人累得瘫倒，只好作罢。

这件事若到此为止也上不了《左传》，问题是还有下文：战场上，颍考叔果然骁勇，一手擎着大旗，头一个登上了敌方城头——就在此时，城下纷纷乱军之中，只见箭似流星，一箭正中，可怜那颍考叔栽下城头！

这是战场打黑枪啊，从古至今都该杀无赦。庄公寤生很生气，城是攻下来了，但这事不能算完，传令三军，站好队，端着猪、狗、鸡，一起诅咒那打黑枪的孙子：谁干的？谁干的？让丫不得好死！

谁干的？大家都知道，子都干的。

寤生是在装糊涂。领导真糊涂时，你可以劝，比如颍考叔就出来劝了；但领导装糊涂时，你不能劝，比如此时，全军念念有词，没一个人出来指证子都。

为什么呢？因为子都是世上最美的男人，有郑国小曲为证："山有扶苏，隰有荷华，不见子都，乃见狂且。"（《诗经·郑风·山有扶苏》）那意思是，只要心里想起子都，这世上就"巷无居人"了，别的男人就都没法看了。

大家你看我一眼，我看你一眼：谁干的？谁干的？让丫不得好死！

就寤生的成长经历而论，他和子都的特殊关系也在情理之中。问题是，寤生和子都在这件事上败坏了贵族共同体的公义，他们所得的报应便是持久地成了八卦对象，京剧里有一出《伐子都》，就是人家编来出气的。那戏里，子都被颍考叔的鬼魂附体报仇，武生子都，俊美如妖如神。

当然，装糊涂，说明寤生是个明白人。此一战，郑国占领了许国，若放到现在，嗓门很大、身体很差的好汉们必是"灭了它灭了它"喊成一片，但寤生不，他善待许国的公族，特别交代占领军头领：

"寡人有弟，不能和协，而使糊其口于四方，其况能久有许乎？吾子其奉许叔以抚柔此民也，吾将使获也佐吾子。若寡人得没于地，天其以礼悔祸于许？无宁兹许公复奉其社稷，唯我郑国之有请谒焉，如旧婚媾，其能降以相从也。无滋他族，实逼处此，以与我郑国争此土也。吾子孙其覆亡之不暇，而况能禋祀许乎？寡人之使吾子处此，不唯许国之为，亦聊以固吾圉也。"

"凡而器用财贿，勿置于许，我死，乃亟去之！"

这一年，寤生四十五岁，在位三十二年，在春秋，已是垂垂老矣。他这一番话是春秋史上最动人的政治言说，句句出自本心，有大政治家的明智、远见，有饱经世事的通透、苍凉。是的，我亲弟弟跟我都不是一条心，许国人怎么可能跟我一条心？争这一块许地，不过是为了战略上的缓冲。这块地好比是借来的，迟早得还回去。我死之后你马上收拾行李撤军，许国还是许国人的许国。

庄公寤生，他知道他所做的一切，终究是经不住风霜雨雪，经不住生老病死。

也是在这一年，公元前712年，鲁隐公迎来了悲惨的结局。他已经摄政十一年了，他一直谨遵礼法，他眼看着他的弟弟姬允渐渐长大，他已经盘算着在泰安附近另建官苑，归政于弟弟，然后，优游山林，颐养天年。

但是，这一年某个寒冷的冬日，大夫羽父向他提出了另一种选择：我替您杀掉姬允，这样您就是名正言顺的国君，您不必承担篡逆的恶名，然后您将一直坐在这里，而我，将成为执掌国政的太宰。

隐公惊骇地注视着这个人。他一直信任羽父，在他统治期间的史册上，羽父是最常出现的名字，他一直是一个忠诚、明智的臣子。但是现在，他站在这里，竟说出了如此残忍卑鄙的提议。

隐公并未愤怒，他只是感到蚀骨的疲惫。靡不有初，鲜克有终。他想，如果我是这样的人，这件事十一年前我就做了，何必等到今日。

他闭上眼，用微弱的声音说：

"借来的东西，我终归要还给人家。"

寂静。他知道，羽父默然地退出去了。

隐公真是累了，他竟不曾想到，此等弑君大事是不能说也不能听的，说出去就必须做，就必须成功。现在，对羽父来说，真正的灾难是隐公会把他的提议告诉将要亲政的姬允。

说的人是白说了，听者却不能白听，这年十一月，羽父指使人刺杀隐公。然后拥立姬允亲政，是为桓公。

隐公，他的谥号为"隐"，这不是一个美谥，这是隐晦、隐没。这个一生遵从周公之礼的人，被他的时代灭了口，被摒弃和遗忘。

然后，鲁桓公五年，公元前707年，春秋史上一次标志性的战争开始了。这一年，庄公寤生五十岁，五十而知天命，他的天命就在于撕下温情脉脉的面纱，断然宣布一个全新时代的到来，那是最坏和最好的时代，是王纲解纽、礼崩乐坏的时代，是天高地阔、龙腾虎跃的时代，是毁灭的时代，是创造的时代，是华夏文明的轴心时代，是这个文明永恒守望的血气方刚的少年。

在此之前，公元前720年的周历二月初一，日全食。三月二十四日，周平王驾崩。五十一年前，父亲周幽王被犬戎所杀，他在天崩地裂中匆忙即位，立即面临着根本抉择，他可以横下一条心，留在镐京，那伟大的城，那制作了周礼、君临天下的地方；但是，这就意味着他必须面对戎狄的巨大压力，他身上流着文王武王的血，但这血已如此淡薄，无法承受危险而只能选择安逸。他把这片祖宗的地赏给了小小的秦国，然后逃往成周，那是周公在东部建立的陪都。他所放弃的正是席卷天下的起点，从咸阳、长安到延安，通向天下的路均起于那片平川和高原。从此，西周成了东周，周朝不再伟大。

继位的周桓王显然不知天下大势。平王身上尚且残存着西周的余晖，而他必定承受东周的衰微和屈辱。继位之初,这位傲慢的天子就和庄公寤生翻了脸,这无疑是鲁莽的。当初平王东迁,郑国是主要的支持者,从武公到庄公,郑国的国君一直是秉持东周国政的卿士。为了维持这种关系,周平王甚至低声下气地与郑国交换质子,把当时还是太子的桓王送往郑国为质。这段屈辱的经历显然影响了桓王的判断,周郑关系迅速恶化,在经历了一系列诸如郑国抢割了周王的麦子之类如同地主打架的冲突之后,公元前707年,桓王宣布,剥夺郑庄公的卿士之位,双方彻底决裂。

这年秋天,桓王率领蔡、卫、陈联军征讨郑国。周王征讨诸侯在西周是常事,在春秋却是首次。古老的传统和记忆被唤醒,郑国和郑庄公面临着生死存亡的考验。

只有战!庄公寤生起倾国之兵在郑国境内的繻葛迎战王师。天下屏息,这不仅关系到一战成败、一国安危,这关系到东周王室是否还有能力行使天子之权。

王师大败。混战中,郑将祝聃一箭射中桓王左肩。

——那一刻,乱军之中,庄公寤生眼看着那支箭向着战车上、大旗下的周王而去,他觉得他要窒息了,他觉得这支箭竟如此之慢。

然后,他看见那箭射入周王的肩头,发金石之声。

这是天地为之惊、鬼神为之泣的一箭。庄公寤生,他觉得在那一刻,整个礼乐天下都被这支箭射中了。

祝聃纵马欲追,寤生止住他:让他去吧。"君子不敢多上人,况敢陵天子乎?苟自救也,社稷无陨,多矣。"

此夜,寤生无眠。披衣观天,感慨万端。命祭足携酒食前往周营,探视天子,抚慰群臣。

——他不是为了祈求宽恕。他只是为了此心稍安。在这世上,庄公寤生即使在最放纵的时刻也持着一份分寸和克制。生下来是难的,活着也是难的,人终有一死,世上山高水远。

六年后,公元前701年夏天,庄公薨。他的身后,遍野巨人猛兽。

(选自2017年第4期《当代》)

守　望

陈世旭

时间在不知不觉中推移，岁月像水一样流逝，而山川依旧。

北国原野是怎样的一个所在？仅仅是清新、古老与富饶吗？抑或只是遥远？

原野上有两种声音：

一个欢快，吟唱着尘世的演变，对生命充满感激。

人类的生息和繁衍，朝代的兴衰和更迭，全球化与城市化，雾凇和冰雕，古禅寺和旅游岛，滑雪场和度假村，火山温泉和森林浴，啤酒节和音乐会，俄罗斯风情舞和庄稼院二人转，人参、鹿茸和杀猪菜，红肠、列巴和苏波汤……

一个严肃，沉思着人性的里程，对生命有更深沉的敬畏。

北国原野，远离繁华激荡的中心，在世纪的末梢舞蹈。略带伤感的节拍流露出舒缓和飘逸，原野上的心灵只渴望飞翔。诗人们以草原、寂寞、候鸟、江水和波涛命名。饮下整夜的黑，一条河流的疼痛和曲折，像母亲一样的味道纠结成盐，抵达诗人们的内心并且变得深刻。上升，或下沉，周而复始。从屈原开始的艺术高贵，至少在这里没有失落。岸边簇生的芦苇，细长的苇叶剪碎了天空的深蓝，新月是刚出鞘的银刀。江河，是诗人们的黑美人，在诗歌的怀中静静酣睡。

北方的文字是刚性的文字，在北方原野的泥土、水和空气里，在众生云集真情裸露的地方成长起来，质朴而博大，像北国原野一样大气。精神探求者们足踏在哲人向往的自由而新鲜的土地，在北国原野守望着心灵的高地。

离别北国原野的那个早晨，我在江边徘徊。

迷蒙的亮光缓缓地从地平线生起，渐渐点燃了丝丝缕缕的柔软的云，投向淡紫色的江面。笼罩在紫丁香般晨曦中的江水，带着无言的欢欣，奔流在静谧中。

大江用千里长线，携带着广袤北国的豪放和夏天的纯净，追逐地平线。地平线不断呈露出一处处闪耀在灰蓝色远方的诱人的天地。

随意而潇洒，风无声地掠过大地，像琴弦低声细语的倾诉。江水应着风的节拍，为无形的风所牵制着驾驭着呼唤着。风,是江河自由的侣伴。

这样的静谧让我觉得什么地方有一个人像我一样,在聚精会神地倾听我所听不见的一些声音。他凝神屏息,睁大眼睛。有一种东西在激动他,让他马上就要打开自己的胸怀,对着一种巨大的、无边无际的、我所看不见的东西。他倾听着七月的黎明的音响,吮吸正在消失的夏夜的气息。沉默使他感到沉重,在这样的早晨不应该沉默,在这样的早晨要唱歌!这冲动不仅仅是来自歌喉,而是来自一种心的深处发出的东西,一种最能唤起别人同样的激情,最能使人吐露最隐秘的心曲的东西。

那个人不是别人,就是我自己。

我喜欢在这样的早晨眺望原野。独自一人,面对着一片无声的闪亮的流水,一片无声的闪亮的绿色,听着一个想象中动听的声音讲述一个温柔的故事。在水凝滞在宁静的沉思中的地方,一切都像天空一样灿然。

朝霞燃烧起来,远处最高的山峰最先射出金色的光芒,一只不知名的鸟像个圆点悬在空中,仿佛一颗心脏似的颤动不已。一阵细雨般的,馥郁而温馨的花粉,不知从什么地方袭来,悄悄飘扬。凭这股香味儿可以闻到有无数的花在忽然之间盛开。一切都极其真实,就像朋友陪伴在我身边。我想象着我已经蜕变,像蝴蝶脱掉衣衫,轻盈穿过原野,为漫长的河流吹起绸缎的涟漪,为所有的人弹起竖琴。

不必费心地杜撰任何神话。再没有什么能比一会儿以温情、一会儿以力量、一会儿以安静、一会儿以快乐来触动人的心弦的北方原野更庄严神圣的了。在这个宁静的北方原野上的早晨,我比任何时候都清晰地感到一种依恋——一种对人生、对大地、对世界的依恋,并且许诺,要努力地领会和创造其中的意义。

(选自2017年2月22日《天津日报》)

人言有多可畏

韩少功

从前有一个张家，时运不济，父亲早故，又遭火烧与水淹，家里穷得叮当响。这一家有三个儿子，都长得虎头虎脑，眨巴着可爱的大眼睛。但母亲掐指一算，全家收入只够一个人上学，于是狠狠心，将机会给了老大。

"你记住，"母亲在村口送别老大时说，"全家勒紧腰带供你一个。你在城里好好读书，若有出头之日，不要忘了两个兄弟。"

老大咬住嘴唇，点了点头。

留下来的老二、老三虽然有些失落，偷偷叹了一口气，但也没有多言。他们觉得事情别无选择，于是按母亲的安排，一个去种地，一个去砍柴烧炭，都干得十分卖力。他们知道，只有多挣钱，让大哥学业有成，全家才有希望。

如果这个村子里人都穷，大家就会觉得这事顺理成章。不巧的是，这村里居然还有个李家，牛肥马壮，地广田多，还开了榨油坊和染坊，高门大宅里经常飘出肉香。

他家三个儿子都在城里上学，遇到学校放假，便穿着皮鞋、戴着墨镜、哼着小曲回了村。这就有了点麻烦。比方说，他们会对张家的老二、老三说："你们家只有老大去读书，这事通过民主程序了吗？"

张家两个娃娃茫然不知，面面相觑。

"你们愚蠢吗？不是。你们懒惰吗？也不是。你们是来历不明的野种吗？更不是。人生而平等。为什么你家只有老大读书，而你们在这里做牛做马？多不公平啊！"

张家老二说："我们家没那么多钱……"

"没钱就可以什么都不讲了吗？天外奇谈！是可忍，孰不可忍！要是把你家老大读书的钱拿来平分，你们至少可以穿上皮鞋。"

张家老三说："妈说，皮鞋没有布鞋好……我家与你家不同……"

"是不同，但最大的不同，是你们缺乏独立思考，总觉得爹妈放的屁也是香的。就凭这一条，你们活该一辈子受穷。"

"启蒙者"恨铁不成钢，摇头叹气地走了。

张家老二倒没什么，只当一阵风过耳。倒是老三有点动心，他一直暗中羡慕李家少爷们的皮鞋。

想到伤心处，他不好好砍柴烧炭了，不但对母亲拒交炭款，而且成天闹着要支钱，要查账，要分家散伙，还有"宁做李家犬，不做张家人"一类恶语，气得母亲火冒三丈，扇了他一记耳光。

事情到这一步，他的委屈更有根据了。他捂着脸去李家诉苦时，"启蒙者"看看他脸上的红肿，都十分同情和愤慨。他们对张家远远投去鄙夷的目光。

一晃好些年过去了。张家老大学业有成，果然有出息，在江湖上打下一片天地，连李家人对他也刮目相看，想同他联手做生意，经常请他吃吃饭、喝喝茶。

老大没忘记已故母亲的嘱托，把两个兄弟接到城里，陆续为他们找到生计，还给他们分别盖了房子。老二很感激，老三却嘟嘟哝哝，对房子并不满意。在他看来，房子不够大，也不够高，特别是样式不时髦，没用上琉璃瓦和大理石板。

何况过去的时光不可追回，一座房子能抵消他多年来砍柴烧炭的委屈和痛苦吗？能抚平他心中的累累伤痕吗？

他相信，如果当年母亲送去读书的是他，眼下他肯定比老大更了不起。

"好日子你一直过着，大好人这下你也做了。"老三对老大冷笑一声，"你又有钱财又有善名，左右逢源，好处占尽啊。"

老大听出话中有语，说不出什么，闷闷地走了。

老大在街上遇到李家三兄弟，黑黑的脸色引起了对方注意，在一再追问之下，只好道出原委。三位老校友都同情他，大有天下精英是一家的深情厚谊。

其中一位大声说："你怎么这样傻呢！以前我邀你来入股，你不入，要省钱，原来就是要做这些傻事啊！凭什么说你欠他们的？当初你妈让你读书，肯定是因为你读得好，他们读得赖。退一万步——他们为什么不能自学成才？"

老大支吾："当年我是读得好一点，但话不能这样说……"

"还能怎样说？人生而自由，自由就是优胜劣汰。谁落后，谁活该；谁受穷，谁狗熊。"

"你言重了，老三今天只是对房子不太满意……"

"那是仇富，想吃大锅饭。"

"我去想办法把房子再做好一点就是，他不就是要琉璃瓦吗……"

"可怜之人必有可恨之处，你连这个道理都不懂啊？你这是保护落后，鼓励懒惰，支持腐败！"

李家三兄弟还说了一大堆，包括人情网、大锅饭、道德理想主义十恶不赦、祸国殃民，等等。这些话听上去不无道理，老大思前想后，几天来无心茶饭。

李家人这样说说也就罢了，要命的是张家老大有一个儿子，还未学成立业，就在歌舞厅同李家三位爷混熟，听来听去也动了心，每次回家就埋怨父亲是木瓜脑子，跟不上时代潮流。

这儿子早就不喜欢两个叔叔，觉得这两个臭乡巴佬，特土气，特笨，特不要脸，简直是血吸虫。如果不是给他们找生计、盖房子，父亲对儿子何至于出手这样小气……

他把李家的说辞照搬一大堆，见父亲仍默然无语、不为所动，便跺着脚威胁："那好，你既无情，我就不义。你把银行存折交出来，我同你分家，从此井水不犯河水。"

"你还反了？"

"你心里没我这个儿子，我心里就没你这个爹。"

"你姓张，你是张家人，这是你的家！"

"我爱这个家，可谁爱我呢？实话同你说，我明天就到李家做儿子去！"

父亲脸色大变，一时胸堵气结，扇了儿子一记耳光，把他扇到墙角去了。事情到这一步，儿子的委屈当然更有理由了。

他捂着脸去李家诉苦时，李家三兄弟看看他脸上的红肿，再次表示同情和愤慨。他们再次对张家远远投去鄙夷的目光。

就这样，张家多年来不平静，似乎永远是个问题家庭。即使张家人后来都富裕了，体面了，出人头地了，但好吃好喝、有说有笑也无法使这一家洗脱历史污名。

连张家一代代后人回忆往事，也觉得脸上无光，也承认往事不堪回首，比方扇耳光，肯定是不文明、不人性的吧——丢人，实在丢人啊；可耻，实在可耻啊。

至于李家以后的情况，我不知道，只能按下不表。我当然希望李家不要出现困境，不要发生火灾或水灾，不要遭遇癌症和瘫痪，不要有人吸毒与坐牢……总之，我希望这一家诸事顺遂，洪福齐天，财务状况永远良好，千万不要出现多个孩子只有一份学费的现象，否则我不知该对他们怎么说了，更不知张家人反过来对此会怎样启蒙和拯救了。

（原载微信公众号"十点读书"，选自2017年8期《读者》）

彼岸风景此岸念（外一篇）

葛水平

四月，桃花在温润的地气推助下开了花，春天最有风韵的那个部分由桃花的绿意释放出来，我是无比陶醉。

我看这样的景致时是在傍晚，在一座寺庙厢房的脚地上站着，透过一扇老窗的花格，天地间一片花红柳绿。那个安静，那个衰落，那些个桃花孤独得烂漫。任何时代都需要殉道者，殉道本身就具有意义。那么谁是一个时代的殉道者？破败下去的旧时的戏台吗？还是就应该是历史。

中国的乡村，除了那些藏在沟里的山庄窝铺，"村"或"庄"，几乎都修有戏台。因为"娱神"的缘故，民间一直把"神"看得很高贵，爱着，敬着，怕着，哄着。神不过是一个不言语，却被惯得喜怒无常的超人。神住在村庄的寺庙里，戏台大多建于寺庙神祠之内，多坐南面北，对正殿而建，戏台下一般有高低不等的基座，以方便神平视瞻赏。神啊，离谁家都很远，离谁家都很近，与富贵有着深刻的血缘关系，神的精神世界永远是人性化的。

旧时代过去了，走在灰秃秃的现在，辨不清蛛网密布的老庙内是否还有戏台在演戏，我们站在现代文明的中央，四围尽是塌落的旧砖瓦，风物已是比不得昨日，上下八方，那一声老腔亮着，突然地在一个什么地方响起，如同放逐的囚徒——咿呀！丝丝寒凉悄没声息带着那一声唱，余音袅袅拖拽得很长，很长。

再没有自然的人烟，再没有共生的观众，尽管有许多记忆不死，载沉载浮连老窗的花格都糟烂了，可那花格还在。一阵风刮过，花蕊的香袭来，花瓣如发情的蜜蜂婀娜而飞。神还在吗？神在。神在，似乎有或者无都不是很重要了，人只需要自己的存在。

翠鸟在远处鸣叫，如一个女子的洞房花烛时。

我害怕一丝声息都会惊吓那些雕梁画栋上糟烂的木纹和色彩。戏台上，青砖地面，几代艺人走过的脚印重重叠叠，大大小小，生命存活于瞬间真实，有多少眼睛望着台上的扮相笑容烂漫过？

与天空，与风，与雨雪，与台下的日子，有一种深邃的味道。

我还记得去年秋天去乡下看迎神赛戏。人的当下意念有时完全受偶然性左右，一个念头生出便管不住自己的心了。

乡下飘着粮食成熟的味道。我总是在乡下才会认清自己，在乡下，我的反省与幻想绝佳，舞台上生动的时光加深了我对生活的热爱和对亲人的眷恋。

秋日的上午，迎神赛戏，也叫迎神赛社开始了。这一民间自发形成的迎神祭祀活动，是农耕文明的产物。它可以追溯到商周时期，是农人在春季向神灵祈求丰收而举行的祭祀活动。宋人刘克庄《喜雨二首柬张使君又和》中的"林深隐隐闻箫鼓，知是田家赛社还"即指此俗。古时，赛社风盛行，漳河两岸有宋代碑记赛庙"创起舞楼"，说明当时已盛行以歌舞杂剧迎神、酬神。

乡下的好，明清建筑高门大院是一个好，日头高过屋脊，叽吵打逗呼儿唤女，也是一个好。有迎神赛社必然是过会，街道两旁搭满了棚子演出中，我看到了如下场面：

关公手举大刀追杀华雄，从戏台上踩着锣鼓点一鼓作气追到台下，两人在观看的人群中穿梭，那时节，一个胸前挂着鼓，一个臂弯上挂着锣的乐队跟着他们，有一下没有一下地敲打着，他们绕村子边打边跑。村外沿途庄稼熟了，鸡们狗们家畜们，老者站在村边的路沿上，下巴磕一翘一翘的，嘴张着笑不出声来，笑在肚子里乱蹿。一群大小娃娃跟在后头，走进村街，关公和华雄沿途随意抓取摊贩的瓜果梨桃，边吃边打，觉得秋风并不都是千姿百态，亦有刀光剑影。打一阵子，摊主笑逐颜开地再一次扔给他们吃食。舍得，是福报是大吉大利。

一群娃娃横晃着膀子钻到他们前面，两张挂了油彩的脸齐齐对着娃娃们，吓唬他们，说是要杀人啦！娃娃们呼呼四散，敞亮的空地上，把历史演得玩儿似的轻松。

敲锣的敲鼓的，不时吼一声，此时打斗到了戏台下。演出快要结束时，跑得满头冒汗的关公和华雄重新登上戏台，关公大刀挥舞，斩下华雄首级。

《斩华雄》，是赛社最有特色的队戏演出。场面宏大，参演人数众多，整个迎神赛社的过程，就像一个走街串巷，流动的表演群体。演员与观众融为一体，演出气氛高潮迭起。表演者和观看者相互追逐，村子有多大，戏台就有多大。

通看《三国志》（包括裴注），提及"华雄"这个名字的只有一处，出现在《三国志·吴书·孙破虏讨逆传》里，确切地说是在孙坚（破虏将军）的传里，只一句话："坚复相收兵，合战于阳人，大破卓军，枭其都督华雄等。"说的是（梁东一战后）孙坚重整旗鼓，在阳人大败董卓军队，杀了董卓的都督华雄等人。显然，华雄是因为被孙坚的军队打败而被杀的，虽然具体是谁下的手不得而知，但绝对不可能是并不在孙坚军中的关羽，甚至极有可能真正的华雄终其一生也与关羽毫无瓜葛。

历史给戏剧最重要的一点是戏说。民间奔田地、奔日月、奔前程的普通人，能知道多少历史中的事情是真的，若能知道了真相，那一定是彻底改变了农人命运的朝野之人。

农民的肩上担了生活的苦重，一年中苦度光阴，看戏看热闹，热闹中那些非想、闭眼、睁眼、醒着、梦着，黄尘覆盖的村口大道上，一出戏明晃晃亮过来，历史中的真真假假对后来人有啥意思呢？

就算关羽是立下了军令状。就算曹操觉得他是英雄，就算关羽道："酒且斟下，某去便来。"关羽瞬间拿了华雄的首级回营，此时酒尚未冷，这些对于民间来说有戏剧效果吗？

谁见过这样的演出。无论过去还是现在，走至村口的人都要愣愣站站，步子里显出几分怀念，盼一场戏开始，不光是人，鸡了狗了的，都盼。

神秘与古朴的迎神赛社历经千年，赛社活动附带了各种传统礼仪、表演，显示了它特有的文化神韵。它承载着古老的文化信息，为生长于斯的民众带来了无限乐趣，成为他们保持文化命脉、张扬地方个性的重要表征，呈现着真实的民众狂欢和世俗娱乐。

赛社是为了迎神。民间迎神赛社大体分为三类：一是"官赛"，就是由官府筹资组织的赛社，二是"乡赛"，由周边几个村子联合或轮流组织的"赛社"，三是"村赛"。这三种类型的赛社在20世纪30年代前，年年见热闹。

乡村的戏台经历了完整的嬗变过程，它是热闹的中心，于平淡平常之中系着撕心裂肺、牵肠挂肚的乡情。要说乡村的味道，戏台是最为浓烈最为饱满的。天涯海角走远了，回乡看戏去，啥时候念着了，心吊在腔子里都会咣咣响。

戏台的演变史就是一部戏曲的演变史，从中可以解读出戏曲变化的时代特征。农人举着神的牌位，修着供神的庙宇，发展起了属于自己的戏曲演唱，并建造出了形式各异的古老戏台。看看戏台的模样就知道农人有多么爱戴自己的生活。

《三字经》里说："匏土革，木石金，丝与竹，乃八音"。即以金（编钟）、石（磬）、丝（琴、瑟）、竹（箫、管）、匏（笙、竽）、土（埙）、革（鼓）、木（祝）八种材料，制成不同种类的乐器。

当我听不懂那些音乐时，我只看到那些手在抚摸乐器，乐器发出声响，是八种乐器的响声，一股活力，四处洒落，纷纷扬扬地落在农人身上，无比温暖。

《孟子·离娄》云："师旷之聪，不以六律，不能正五音"，说是即使有大音乐家师旷那样好的审音能力，如果不用六律，也不能校正五音。

所谓五音，又称五声。最古的音阶，仅用五音，即宫、商、角、徵、羽五个音阶；所谓六律，是指定乐器的标准，既指古代音律，后也泛指音乐。这就牵涉到了古代音律的开创之初，民间的舞台上"五音和六律"，只有这两样东西，它们便带出了精神与念想，以及生活中依赖宗教所规定的坏毛病。神什么也主宰不了，连普通人的未来也无法主宰。反倒是人，面对家常的日子，他们愿意接受舞台去生动历史，去活泼历史。

民间有"无庙不成村"之说。有庙又必有戏台，又有"无（戏）台不成庙"之说。从小生活在村镇的那一代人，回忆起在大庙院里看大戏的情景，仍然记忆犹新。台下人头攒动，是一张张凝神上望的脸。戏台上，生旦净末丑，正演绎着一场场沧桑岁月的人生大戏，让人们感受着人生的喜怒哀乐，生死荣枯。历史上可真有这样的事啊，那些千真万确的不同寻常，留得住生，留不住死，看戏的人开始为生欢呼雀跃，开始为死悲从中来。一段哭腔唱得人心入骨疼，唱得好呀，戏到此时不是演了，是唱，是说演员的唱功，五音六律揪扯得人心颤栗。

古代戏台有着多种称谓。

宋代时的称呼是舞亭、舞楼；金代则谓之舞庭；元代又出现了乐亭、舞厅、舞榭等，名谓甚多。同时反映出不同历史时期人们对戏曲表演形式、戏台功能和建筑形制的理解。舞楼及至戏台，作为戏曲的重要载体，是千百年来民间舞台艺术的主要活动场所，更是传播和见证华夏文化演绎发展的平台。戏曲在祭祀文化中由娱神到娱人的演变过程，我们可以看到舞台大社会中活着的历史不可告人的秘密。

就一般棚布戏台而言的，把这种戏台的艺术技巧推向高峰、发挥到极致的，那就是装檐台。这种装檐台，规制宏伟，奇巧华丽，在古称潞安府的长治城曾兴盛一时。

装檐台，是由简陋的棚布戏台发展而来的，它大约出现在19世纪中期。当时，随着洋货印染色布涌入中国市场，为装檐台美化提供了装饰材料。进入民国后，装檐台的搭造更加成熟。

搭建装檐台的艺人叫棚匠，装檐台的艺术技巧是靠棚匠们一辈辈相传下来的。搭设一座装檐台，往往要花费半个月时间。在节庆和庙会出场的装檐台，早在半个月前就要动手了。

装檐台按规制来区分，有平台和楼台两种。平台像一座雕梁画栋、飞檐彩拱的宫殿，占地面积100多平方米，高约13米，面阔和台深不少于12米。立体骨架用16根台柱，台座高2米，台板至檐头约8米，台顶造型取重檐庑殿式。重檐以双重挑角表示，坡面以红蓝白三色条布纵横交错为棋盘格，屋脊装彩绘兽头，插3枝大型鸡毛掸。每个挑角下悬吊一串红绸绾结的彩球。檐下通过艺术手法表现出来的宫殿特有的各种木构部件，横披、抹额、梁枋、垂柱、花牙、斗拱等，层次分明，形态逼真。加之以丹书琉璃牌匾烘托的阑额，小圆镜渲染的斗拱，太阳和月亮打在上面，不经意间晃得观戏人眼睛很兴奋。

装檐台的台面呈 7 间大开间。四根明柱挂着大幅楹联，两侧山墙有红绿彩带扎成的格子花墙，中间月形窗口悬挂着朱红纱灯，台内悬挂着铣金字的纱罩红缎面作为中堂。前台装有黑绒绲边绣球花的掩尘，后台装有走水棚。楼ены似琼楼玉宇，高约有 19 米，二层立面呈牌楼式，下面有黄式彩带结成的栏杆，其他构搭装饰与平台相同。装檐台的结构牢固严实，下雨不漏水，刮风吹不散。装檐台搭设代价较高，所以，旧时只在商家联合举办的庙会才可看到。

所有的感觉中，视觉定然是使人最快乐的，这让我想到每一块参与建筑的砖木石，几百年之后依然无言地向你叙述着这些建筑的奇绝和透视的温暖。从人心深处到大千世界，一路看过去，古戏台曾经是村庄生命的活水流动。古戏台已经放不下一台戏了，剧团越来越讲究排场，被遗弃的古戏台早已破败无着，台下的生活依然日新月异。

戏在舞台上演绎历史，演绎帝王将相，只有在舞台上，帝王将相才可以低下他高贵的头，在民间，舞台轻而易举消解、软化了帝王将相对手无寸铁的百姓生硬的伤害。我们娱乐历史，娱乐帝王将相，我们让历史中的帝王将相堕落、羞耻！哈，多好的舞台，被灯光照亮的那一瞬间，我确实感觉到了"人民"才是伟大的终结者。

我们常用"黄钟大吕"来形容音乐或言辞里的庄严、高妙及和谐，这"黄钟大吕"即我国古代音韵十二律的代称。十二律又分为阴阳两类，凡属奇数的六种律称"阳律"，简称为"律"；属偶数的六种律称"阴律"，简称为"吕"。故十二律可分为"六律"和"六吕"。"黄钟"为六律中的第一律，"大吕"为六吕中的第四吕。律、吕之音高低，是由不同长度的竹管决定的，竹管不同长度的制作，又是依十二律制中第一律黄钟的长度计算出来的。

《汉书·律历志》载："以子谷秬黍中者，一黍之广，度之九十分，黄钟之长也。"黑色黍子的中等颗粒，横排 90 粒，其长度为 9 寸。9 寸长的竹管（孔径 3 分）吹出来的声音就是黄钟之音。即相当于现今简谱的"1"(dao)，黄钟的低音调相当于现今的 C 调。这样依黄钟 9 寸的长度，按照古人的"三分损益法"，可计算出六律和六吕的分别长度。

现在的粮食都转变了原有的基因，传统向着社会的反方向撤退，传统消逝着，永远在消逝，但也永远存在着，消逝就是那传统的本身。黑色黍子的中等颗粒使我感觉到了智慧的力量，在我的故乡黑色黍子越来越少，时光的轮子似乎还是过去的速度，我们遗失了什么？世界被欲望照亮，欲望同时也照亮了我，多少事物都被毁灭了，当我看到舞台上的演出时，我突然明白了，美好的事物都是从黑暗中升起来。

我极端喜欢看野台子的戏，排除了神的干扰，既可以进入荒凉而凄苦的民间，又可以找到民间跳跃的欢喜。一个小村，村外是广袤的田野，暮色下的村庄就像春天成长的庄稼。搭一个台子唱戏，是旧时戏台的一种形制。演出前，选一方宽敞的空地，即可搭建，演出后则拆卸掉，不留一点痕迹，非常灵活机动。一场热闹，平地而起，又骤然而歇。这是一种流动的舞台，随性的艺术。正如一首山西民歌所唱：

姐儿那门前一棵槐，槐树底下搭戏台，前晌唱的梁山伯，后晌又唱祝英台。门槛高，金莲小，三跷两跷闪坏奴的腰，活活跌一跤……

一台戏就是一个季节的驿站。我反复回忆那些夜晚，晚饭时分地里的壮汉收起农具匆匆往家里赶。他们从大地的深处缓过身子，那样的不约而同，盛夏的空气里有虫子擦着草尖飞翔，暮色斑驳迷幻，一轮明月升到孩子们仰望的高度，远山肃穆，它凝聚着山外的声色犬马。不等饭毕，大人和孩子们齐齐聚在了村口，一条土路拽着所有人的心。所有人的心澄明如镜，有一种洗礼后的神秘感。一行人前前后后挨着，小孩挽着大人的臂膀，一钩弯月在山尖上，黄土小路有微风的暖痕，迫切的脚步声代替了心跳。

远远地看到了那一方戏台，一个腰肢纤细，头戴花冠，袭一件镶边水红绣花长裙，在戏台当中走台的女子吸引了山里人的眼眸。星光与夜鸟的鸣唱在彼此胸腔汹涌。那时间，我们觉得大地上的声音开始乱了，人影晃动，苍蝇拍翅、蚂蚱蹬腿，都显得激动异常。村口的老槐树黑黑地站在夜幕里，横杈上落着一层来看戏的乌鸦。

戏就要开始了。孩子在台前乱跑大叫，不时掀起幕布看台子上有人搬布景，都是穿好戏装的龙套生，没见有主演搬布景。刚才的那个穿水红长裙的女子在侧幕旁吊嗓子，咿咿呀呀，兰花指翘着不时指出去收回来，在自己包好的头上摁摁鬓花，开戏前的几分钟里她就那么精心地装饰着自己。台子下的山里人要孩子们讲讲看到了台子上什么，有调皮一些的娃娃就扭捏着模仿幕布后的表演。妇女用尖利的嗓音呵斥自己的娃娃，咳嗽声和互相打趣声弥漫着台下的人群。

突然地炸起一阵锣鼓家伙响，台子下的热闹和混乱被震得鸦雀无声。大幕徐徐拉开，演员踩着台步上场。台上的台下的距离一点也不遥远。台上的唱念做打，算不得炉火纯青，却也生动活泼。瞬息万变的浪漫爱情，还来不及留恋追怀，徒生变故。无论是家国情怀还是儿女情长，都能让台子下的观众洒一把悲痛的泪水。

历史被放在演员和观众之间，真假都不重要了，观众早已熟悉了演员的表演，多了什么少了什么，演员胆敢偷懒作假，台下的嘘声起了，口哨声起了，鼓倒掌是高级待遇，石头蛋子飞上台，给你起一个外号，立马叫响，看你敢不敢日哄观众。

戏班子，沿用了类似于古老的吉普赛人的生活方式，四处不停地游走，定期地从一个地方迁到另一个地方。他们带着本事走乡串村，当一个村庄在空地上搭起戏台子时，村庄里的普通农妇走起路来如同踩在棉花上一般，来人待客扭来扭去，腰肢如柳叶般，优美地在村子里走动。"唱戏了，来我村看戏来啊！"

夜戏结束了，心中沉睡的梦已经醒来，瞌睡虫被赶到了九霄云外。山里人挤到戏台后看演员卸妆，凡士林和油彩味儿扑面而来，看不清的影子下大家对照台上和台下辨认演员核对角色。

走吧，杀戏了。脚踩着地时，心往上飞。将来谁家能出一个唱戏把式就好了。谁家有那福分呢？挨着家户数过去找不着苗头。笼罩在无奈的气氛之下，大家转移了话题，议论演员的扮相，走着走着没话了，话断在了半路上。大片的荒野中只有脚步声响起，一些瞌睡虫上来的娃娃被大人肩在背上，快要睡过去了，大人打着屁股不让睡，怕小孩子魂灵不全睡着了丢魂在路上。大人把孩子们丢在路上，叫他们照着路走，不好好走路会撞着鬼。

裤脚甩着路两边的草叶，头皮发麻，鬼跟着呢，千万别朝后看。

一条小路直达村庄，月亮钻进云层，山野像巨大幕布，把一切罩在其中。远望村庄有灯光亮着，路在七弯八拐中，像村庄扯开生长的身子，又像时光的投影。村庄最老的老人在村口上站着，黑树桩一样，如果不是树上挂着的灯笼，夜色中他已不是人形。他多么想听听看戏回来的人说说都唱了啥戏，没有人支应他，他孤单的影子加深了夜的浓度。

有人吼他："快回睡！"

夜收尽了人声和呼吸。

他嘟囔了一句："老了，活生生叫你看不动戏了。"

谁在忍受时光的驱赶？道路的驱赶？戏还活着，明天照样不敢耽搁了看戏去。时光开始的一天正在看不见的地方形成一台戏，信不信已经不由我们，只要在人间，有路的地方就可能通往戏台。

真喜欢过去的岁月，是那样的具象、有力！精神上独自出游，那么谁会与荣华富贵结怨呢？

台上事千般景致，万种风情，成就一方百姓难以泯灭的情怀。晚霞在我的肩膀上渐渐黯淡，收尽老屋的人声和呼吸，我走进春天，青草散发出弥久的清香，花瓣一地，今晚留宿何处？我身后的村庄变得幽深，时光的一半是恩赐，一半是降服，突然明白，备受现代文明熏染的我，竟还有自觉的"痛苦"，这一个词两个字可能已经伤及了我的骨头，动我心颜，撩我潸然。

长袖曼舞的时光

三十年前的一个秋天，我十六岁，在街角的一个不显眼处，守望一个人。

街上行人匆匆，逆着下午的阳光，我突然就有了一种孤独的感觉。

目及之处——县人民礼堂，我看到了他。他用手撕扯着所有进去听下午戏的门票。我肯定这不是在制造一种戏剧效果，因为，这是我的初恋。

我站在那个抬头正好目视他的地方，想该找一个机会和他主动说句话。甜蜜的欲望扩张着，"想说句话"似乎一天天在接近，眼睛里吸收的全是说话时的场景，然而那句话就这样在梦想中一天天弱了。这种焦渴让我在这样的时空界限里等待了一年，一年都没有找下个机会。我发现人家从来就不正眼看我，我一厢情愿买了当时属于贵族用品的文学杂志，在每一本杂志封面左下角写下我名字拼音的第一个字母，我委托别人送给他并要求不说是我送的。我多么希望他能直勾勾看到并引起注意，然后某一天朝着我笑一下。想到这里我眼眶里的泪水就满了，稍动一下心事，泪就溢了。

我站在傍晚的街角，目光被一次次弹回来，孤独的影踪袭击了我，看不见一个微笑甩给我，我全部意义就因时间的提示愈加无奈了。

事实上，是我自己在单恋。

1986 年冬日，我坐火车去长春拍一部戏剧电影。在卧铺车的上铺，夜里兴奋得睡不着，看火车在静谧的华北平原中穿行，想《日瓦戈医生》中的日瓦戈，也曾这样躺在去莫斯科的火车上，从格子里看雪花飘浸的苦难的俄罗斯，响起那刻意把政治浪漫化的旋律。文学的本质就是对现实的审美化的否定与超越，45 年的俄罗斯历史在黎明冉冉而起时让我激动。在火车上，一切仿佛是从一条道路到一条河流，当我清醒地意识到自己存在并加以关注时，我想到我的命运还有我的初恋。"执子之手，与子偕老"，早已经远我而去，想想看，我竟不曾与他说过一句话，永远看到的是拧着的眉，看人时从不多一点洞透，略微一扫，只记得他大声吼过："你们这一群唱戏的！"

我们这一群唱戏的，与现代生活截然相反的单调枯燥，却给我回味，那就是，历史以三五人的表演而延续着朝代更迭。历史很像是一幅图画里可以走来走去的部分，唱戏的虽不足解释整个生活的道理，却能让你读出近乎绝情的哀恸。

他认为我们是一群有失正统人格的唱戏人。我对自己说，淑女本来就不是那么容易扮的，我就是个唱戏的。唱戏的在舞台上向人们展示的都是帝王家的高尚趣味，于历史中超越历史，于有意中归于无意，使留下来的东西，更接近快乐。唱戏的有什么不好么？书本之外进入历史的又一途径，叙述和轶事，动感和细节，情态和心性，人物图谱和生活景象，姬妾制度之外的浪漫爱情，瞬息即逝的爱恨情仇，让民间很简单就明白了富贵不长久、善恶有报应的道理，对历史的解读更快捷方便，这么多的好处，唱戏的不可爱就没有可爱之人了。

唯一不理想的是，我不是一个好的唱戏把式。从开始唱戏到结束舞台生涯，我始终在跑龙套，有时候是衙役，有时候是丫鬟，只一次替a角的演员演过一回《杨门女将》里的杨排风，一句起腔唱走调了，台下观众起哄，台上演员另眼相看，人一下寂寞得恨不得钻进布景后再不出来。

那年月，舞台是乡村唯一的活动场所，赶庙会唱大戏，舞台上甚至可以看见牵骡牵马的人。我是舞台上的闲人，看台子下的人张着嘴欢喜，逆光的轮廓，炙热的晚夕把他们仰着的脑瓜盖晒得滚烫，每个人都长得不一样，节奏急欢的乐曲中他们喘着粗气担心着台上剧情的发展，虽然已经看过好几遍了，但是，他们还是要担心。

我开始想那个人，找不出原因，为什么他不喜欢唱戏的？一个穿着宽松半袖的女人怀里奶着娃，她不时地抬头低头，上下撕扯着的嘴唇，一缕鼻息吹动着她额前的刘海。两个老汉戴着破旧草帽，个子高一点的抽烟，一边抽一边咳嗽，个子矮一点的歪着脖子看戏。他们俩的旁边有一个汉子不时地摸一下旁边一位女人的手，女人的旁边是一位中年女人，实在看不下时就插在了他们中间，汉子很没趣。

人生如戏，我站在台上看风景，我想起我的三爷，一个朴实的农民，在这样的傍晚他一定还在地中央，他关心山外的事，关心当下社会。我回乡看望他，他叫我给他唱戏，我下了功夫唱，野田野地，日头下滑的傍晚，三爷也是这样张着嘴听，我演了回主演。三爷家的狗，举起了它的后腿，尿的温度在晚霞中升腾。我开始哭。三爷说，哭啥？我说，不哭啥。

我一直在想那个人。

我还记得唱《天波楼》杨六郎的唱段："手扯手叫老娘，孩儿有话对你讲。我杨家四代忠良将，赤心耿耿保宋王。我大哥幽州替主死，二哥短剑一命亡。三哥马踏淤泥死，四哥失落在番邦。五哥削发为和尚，镇守三关俺六郎……"常听到激动处泪下，一个家庭为祖国就这么支离破碎了。

因为一句起腔走调，我的外号被人喊："凉调把式"，这样一个外号笼罩在我的周围，我便明白，我一生要支付给命运的是我得永远勾着头走路，再也不可能找到一个唱主演的恋人，连礼堂收门票的都瞧不起我。我想和人家恋爱的目的不敢和任何人讲，不敢张嘴。我哀巴巴等待那个收门票的给我一个正脸，可他的脸总是看着我们进进出出时把脸别向另一个方向，我看那个方向什么都没有，有时候是一阵风卷起了一阵沙土，有时候是几片落叶，我好不忍心把目光收回来，我的目光收回来时犹如我曲折的人生，有所怨悔，是因为学了唱戏。

我现在想说的是我不唱戏了，唱来唱去，只演了一个被陈世美抛弃的秦香莲的女儿，怜兮兮一声声呼唤，如秦女士的两只水袖，拂来拂去，没有台词，没有唱，舞弄着戏台上生活和爱情的继续。

记得有一年在长春拍戏剧片《斩花堂》时，我写过一封信给他。那是去伪皇宫回来，我为皇族社会最后一位皇后婉容心痛。郭布罗家族和爱新觉罗家族攀上了亲，做了一个退了位的皇帝的皇后，她的初恋诞生在亚洲第一个资产阶级共和国，所有的子民已一律剪发喜庆共和，宣统只是一个空洞的尊号，给这样一个皇帝做皇后有多么尴尬苟且。她的初恋含着常人无法企及的意味，她最后疯死在延吉。那是一个看上去瘦弱的皇后，她的眼神挣扎、无光，模糊的光线，一点一点偷走她脸上的鲜艳，没有爱情，没有自由，她依依不舍地活着。

我要选择我的爱情，我不想和一个我不爱的人在一起，更不能用的我身体去温暖一个我不爱的人。虽然说单恋不算数，这一刻，我感到我对他的深深眷恋，我梦想我有列车的速度，不对，有北风肆虐的速度，我要向他表白！

信上我说，短的是初恋，长的是婚姻。婚姻是无法跨越的，因为我不能跨越初恋。我告诉他，我来长春是来拍电影的。那是一个电影演员吃香的时代，我做了电影演员，不唱戏了，命运于我如一片田野打开了四季的画面，我要见风生风，见雨生雨，我的命运里你的出现将要锦绣无边了。

一支蜡烛陪伴我度过一个别样的夜晚，东方吐鱼肚白的时候，我一下子明白了，我拍电影拍的是戏剧片，我依旧是演一个丫鬟，在人家心里，玉米在抽穗，泥土在喝水，我依然是个唱戏的。恐惧一下压得我喘不上气来，我木然等待天亮，早晨的清洌让我周身发僵，我想大声唱戏，我一定唱了，唱得软弱而冰凉，我的声音像鬼火一样，没有意识，没有方向。我在清唱中身体温度慢慢升高，没有了念想，甚至思维也断断续续，我睡过去，两天后醒来，我才知道我病了。

长春之后，我写过第二封信。那是在五台山。那里的女孩十五六岁，因恋爱不如意或别的什么而出家。人在剃度受戒之前是"在家"，而经过这道仪式之后，就算是出家了。有一女尼曾对我说，没有家，这里是我修行的地方。一句让我没有得到一点安慰的话。在信中我表达了我一个绵长未了的心意，我说，你就是我的未来的家，你具备了家的特质，你让我心向往之。封住信口的刹那，我的脸上悬着笑容，往邮局的路上，我唱着《三关排宴》里的唱词：

想当年那辽邦设下虎口

你弟兄去赴会大战幽州

你兄长一个个命丧敌手

不成功便成仁壮烈千秋

唯有你小畜生投降萧后

配了她桃花女得意悠悠

十余年来事敌寇

直到今日不肯休

还将银宗称母后

老身叫你懒回头

畜生你算杨门后

你教杨家羞不羞

得新窝忘故主不如猪狗

还妄想返辽邦与虎为俦

我大宋锦江山天阔地厚

也无处容你这无耻下流

唱到此处我一下警醒了，人家压根就不喜欢我，我压根儿就是一唱戏的，虽然唱不了戏，唱不好戏，出身在那里摆着，是更改不了"唱戏"户籍的。

我做了个云手，两封信一起撕成碎片，如蝴蝶一样飞向了垃圾堆。

1997年夏，我在北京和一位蒙古族女人秀琴在电影院看弗郎西丝卡和罗伯特·金凯的爱情故事。当时，有一些南方的同学很不屑于《廊桥遗梦》的演绎，他们甚至无法相信一个人，怎么能用四十年的时间，去守候、去思恋、去执着一种仅存活了四天的爱情？秀琴说，恋爱是人永生的困扰，世界上如果真有爱情，譬如说被我们弄得没了心情，那就是失恋。秀琴说，人生目的太多，真爱定有。弗郎西丝卡和罗伯特·金凯，那是一种得到之后才找到的自己从前不知的遗憾和此刻的觉醒，用一生去守候。我和秀琴说起我的初恋。秀琴说，能解读你那站着守望的形象与姿势。初恋是没有实现的心愿，也是平庸中企图的奇迹，因此美丽。秀琴说，美丽的初恋让你站成一种永远等待的守候。秀琴又说，如若不是戏曲，你不会有如此好身段好眼神，因为戏曲，你便有了抓住爱情的好手段。

可我的好手段始终没有被我爱的人发觉。

想想人的一生，将会有多少东西遗失在路上？这是绝对的必然。我们无意抛弃人美好的一切，我们行走在生命途中，有一天会因心灵负载很重时，拾起被遗忘了的美好，感受着以往远去了的情调。我现在已经是一个孩子的母亲，自然也就是一个男人的妻子了。我们常坐在沙发上说起往事。他说他曾经有过初恋，只是不记得对哪个女子有爱产生。那么说，初恋只能是一个过程，没有结果了，但绝不可能没有记忆。他一定对我说了谎。

这时，电视上正播放着香港的武侠片《东邪西毒》。

他说，你当初为什么不直接求爱？我说，因为我是唱戏的。

他说，职业是问题也不是问题，要看对方的素质。

他的意思是他的素质高过了我初恋的那个人，并不是因为职业。

这时，电视上的东邪正带着一坛新酒，由东向西，送给那里的西毒。一坛酒，一世人，就只为了一个女人桃花。

> 我曾经听人说过，当你不可以再拥有的时候。你唯一可以做的，就是让自己不要忘记。

> 不久前，我遇上一个人，送给我一坛酒，她说那叫"醉生梦死"，喝了之后，可以叫你忘掉以前做过的任何事。我很奇怪，为什么会有这样的酒。她说人最大的烦恼，就是记性太好，如果什么都可以忘掉，以后的每一天将会是一个新的开始，那你说这有多开心。

一个醉汉斜斜地站起身，头与肩始终亲密地连在一起，一个用孤独抵达爱情的人，什么都扯不断他寂寞而又仇恨的旅行。桃花是以此试探西毒的真心，东邪是为借此一睹桃花的芳容，西毒是为了从此得到桃花的消息。一年一次，坛底见空。

> 从小我就懂得保护自己，我知道要想不被人拒绝，最好的办法就是先拒绝别人。

当手捏桃花的张曼玉，倚在夕照脉脉水悠悠的小轩窗前，肠断白苹洲时，结局自然明白。王家卫总是那样年轻而激情。他的电影跳出一些叫人心动的句子，心动的东西都酸心，这么多年过去了，我看着看着就想流泪。

> 知不知道饮酒和饮水有什么区别？酒越饮越暖，水越喝越寒。

是我丈夫的这个人突然站起来说："我对你感兴趣的唯一一点是，你唱过戏，唱过戏还这么真实。"

初恋给我无尽的联想，我真切地感到了它的存在。从恋爱的第一页到婚姻的最后，一切都是完全的真实。它牵动着我的想象，让我相信世界上不仅存在着精神与念想，同时还有守候。我能够守候这些美好的事物，在生存的距离里与自然更为亲近，是因为我曾经学过的戏曲，它告诉了我太认真的事都该由唱腔中的"咦、呀、呼、哪、咳、哎"这些虚字、衬字带过，这样，唱腔才能优美，人生才好舒展明朗。

罢罢罢！"十余载皇驸马南柯一梦，此一番管叫你转眼成空。"这样的日子里我明白了爱情和职业都是一个人的一个驿站，经历了才好向大地弥撒！

春天是那样透明，思想在行进中就如水一样四处漫溢，我突然感到了某种温柔的触及。

（选自2017年第1期《青岛文学》）

鲁迅，越人的血脉及其他

李木生

北京，厦门，广州，上海，鲁迅走过了他一生的路程。有时翻阅各种版本的他的文字，总在想：他的家乡在他人生的旅途中占着怎样的位置？也就数次去鲁迅的绍兴，感觉他少年的时光，并逐渐看清楚了这片土地与他之间的相互影响。

人民文学出版社一九七三年版的《鲁迅全集》第9卷，由两部作品组成，一部是《中国小说史略》，另一部是《嵇康集》。

这部《嵇康集》，在鲁迅搜集整理的诸多古籍中有着特殊的意义，不仅陆续校勘的时间最长——自一九一三年至一九三五年，长达二十三年，几乎跨过了他的整个文学创作生涯；而且所耗精力最巨，前后校勘十余次，亲笔校勘本五种，抄本三种，以及《嵇康集考》《嵇中散集考》《嵇康集逸文考》《嵇康集著录考》和为《嵇康集》所作的《序》《跋》等手稿。

两个会稽人，相隔一千六百多年，却通过《嵇康集》让我们感到了他们相互温暖的体温。为什么？到底是什么让一千六百多年之后的鲁迅对其产生了如此浓厚的兴趣与喜爱？细细地体会，就能知道，是嵇康身上体现出的越人的一种精神，在鲁迅的心上产生了深深的共鸣。这种越人的精神，因为鲁迅的存在而更加丰盈、更加鲜活而具体，并因为烙着鲁迅的生命而使其更加具有现代性，成为当下中国最为急需的精神与思想的财富。这种越人的精神，便是对于压迫与奴役的反抗，便是对于已经成为统治者工具的儒家思想的反叛，便是基于生命尊严之上的独立地思考与对于自由的不懈地追寻，便是要在这无声的黑暗中发出独自的声音与呐喊。

就是这个嵇康，敢于独立于炙手可热，且又野心勃勃的当权者司马氏，不合作，不献媚，且能够在冷眼里满蓄着轻蔑。那个出身名门、因投靠司马氏而做了大官的钟会，则更让嵇康鄙夷不屑。美服高车，随从如云又能如何？高大俊美的嵇康照样与向秀光着膀子在自家的大树下，旁若无人地锻铁。危险，包括生命的危险，敏感的嵇康是感觉到的。但他并不因为危险而低下高贵的头颅。就是在他因钟会以"言论放荡，非毁典谟"的诬陷而被司马氏押赴刑场的时候，自由的嵇康仍然不作妥协、不去低头更不求饶，只是从容地在刑场上弹完了那曲绝唱《广陵散》。

鲁迅当会反复回味嵇康"《广陵散》于今绝矣"这句刑场上的临终遗言吧？他不愿意嵇康的文字也如这曲《广陵散》一样成为绝响，所以在二十三年间，他孜孜矻矻，一直在裒集校勘，"第欲存留旧文，得稍流布焉尔"（鲁迅《嵇康集序》）。同时也让这样一个极其稀罕、极其宝贵的有着"浩然之气"的大丈夫形象，屹立于奴役已成传统的中国的大地上。

刘勰在《文心雕龙》里说"嵇康师心以遣论，阮籍使气以命诗"。这种闪耀着独立精神的"师心"与"使气"，不正是越人，尤其是越之士人的精神所在吗？"这'师心'和'使气'，便是魏末晋初的文章的特色。正始名士和竹林名士的精神灭后，敢于师心使气的作家也没有了"，鲁迅先生在《魏晋风度及文章与药及酒之关系》中说到这段话的时候，心上是铺满着悲凉的。

鲁迅先生1932、1933两年的杂文，结集出版时题名为《南腔北调集》。他在《题记》中说："真的，我不会说绵软的苏白，不会打响亮的京腔，不入调，不入流，实在是南腔北调。"不入统治者之调，不入帮闲帮凶或曰"正人君子"者之流，坚持独立的自我，坚守在野的布衣本色，这也是越人的精神风貌。

虽是南腔北调，鲁迅并不孤独到只有自己。早在四百年前的明代，就有他的一位名叫徐渭的乡党，也是一个"南腔北调"之人呢。听说在他的绍兴故居青藤书屋里，挂有他画的《青藤书屋图》，还亲自题写了这样一副对联："几间东倒西歪屋，一个南腔北调人。"这个"南腔北调人"，即便是在穷困潦倒到吃了上顿没下顿的晚年，也耻于与官僚为伍，更是拒不为官僚作画（想想我们的当下，多少"名家"的画尽入官僚之手）。

两个"南腔北调"之人，有着共同的孤傲不羁的个性，并因为社会的黑暗而让各自的内心充满着悲愤与苦闷。一个让自己笔下的"狂人"，从"歪歪斜斜的每叶上都写着'仁义道德'几个字"的历史上，看出了这个专制社会的本质来："满本都写着两个字是'吃人'！"（鲁迅《狂人日记》）一个则干脆就直接被悲愤与苦闷压迫成了自戕的疯子。鲁迅让孤傲而反叛的灵魂化而为文，成为不朽的《野草》，虽然"当生存时，还是将遭践踏，将遭删刈"，但他仍然固执地"我自爱我的野草，但我憎恶这以野草作装饰的地面"（《野草·题辞》）。而徐渭让这种不容于世的孤傲而反叛的灵魂化而为诗，成为呐喊的野葡萄，"半生落魄已成翁，独立书斋诵晚风，笔底明珠无处卖，闲抛闲扔野藤中"（《题葡萄图》）。

秦朝以降，我们有着太长的专制历史与专制传统。在春秋战国与"五四"之间及

"五四"之后的两千多年"大一统"的皇权专政时期，维稳便成了所有皇帝的根本国策，其维稳的最主要措施，便是禁锢心灵，禁止自由发声。

于是，我们不仅没有自由言说的土壤，也因为缺乏土壤而没有了自由言说的传统。"五四"的自由言说，本应是能够建立传统的伟大的文化、思想、精神的解放运动，可惜还没有来得及确立及深化，便已被中断与湮没。

曾经长期、酷烈的专制统治，不仅让我们丧失了人的平等与尊严、民主与自由，更让我们人的心灵与精神起了带有基因性质的病变与异化：这便是奴役与奴性。我们的民族文化与民族性格里，也便有了严重的缺失与缺乏——再也难以寻到粗壮的灵魂、强健的精神、柔软洁净的心灵与独立自由的思想。

立国先要立人。当一个国家的民众，尤其是知识分子的精神里渗透着奴性的时候，这个国家、这个民族就会处于危殆险恶的境地。因此，我们的民族性格与民族精神里，亟须融入粗壮的灵魂、强健的精神、柔软洁净的心灵与独立自由的思想。而这些的重建与获得，我们是有着榜样与源泉的，这便是 20 世纪的"五四"运动，这便是鲁迅与他所代表的越人的精神。

鲁迅的一生与他的全部文字所表现出的思想高度与精神境界是一致的。学习他、继承他就是要学习继承他的思想与精神。

对于压迫者的反抗、对于这个专制制度以及维护这个专制制度的思想与文化的批判，贯穿鲁迅的一生与他所有的文字。北洋军阀政府、国民政府，以及左联的那些只知挥舞鞭子的"头头"们，鲁迅始终坚守着反抗与批判。他与章士钊的斗争，与胡适、陈西滢及"第三种人"的斗争，与创造社、太阳社以及成仿吾、李初梨、冯乃超、朱镜我、彭康、钱杏邨等的斗争与论战，都是前一种斗争的延伸与深化。在统治者的围剿与"左翼们"围剿的双重围剿里，鲁迅先生或者是主动冲锋，或者是被迫应战，但从来也没有退缩过。

对于重大的历史事件，鲁迅总能站出来，说出真相，表明态度，绝不含糊。尤其是在统治者挥动屠刀滥杀无辜的时候，教导劝说青年们讲究"壕堑战"以保存自己的鲁迅，甚至会赤膊上阵。国民党政府在上海的龙华枪杀了五位青年作家，被通缉着、挈妇将雏正在逃难的鲁迅，还是在深夜里写了《为了忘却的纪念》："在这三十年中，却使我目睹许多青年的血，层层淤积起来，将我埋得不能呼吸，我只能用这样的笔墨，写几句文章，算是从泥土中挖一个小孔，自己延口残喘，这是怎样的世界呢。夜正长，路也正长……但我知道，即使不是我，将来总会有记起他们，再说他们的时候的。"北洋军阀政府在北京屠杀了四十八名徒手请愿的学生，屠杀了，还诬蔑这些个受难的学生为动乱的"暴徒"。已经列在暗杀黑名单前列的鲁迅，毫不退避，蘸着血泪点燃的怒火，连续写下了《纪念刘和珍君》《无花的蔷薇》等一系列文字。这些文字，我每次读都会让心里燃起呼呼的怒火，让眼睛里溢着痛苦的泪水——"我向来是不惮以最坏的恶意，来推测中国人的，然而我还不料，也不信竟会下劣凶残到这地步……沉默呵，沉默呵！不在沉默中爆发，就在沉默中灭亡……当三个女子从容地转辗于文明人所发明的枪弹的攒射中的时候，这是怎样的一个惊心动魄的伟大呵！中国军人的屠戮妇婴的伟绩，八国联军的惩创学生的武功，不幸全被这几缕血痕抹杀了。但是中外的杀人者却居然昂起头来，不知道个个脸上有着血污"（《纪念刘和珍君》）；"如果中国还不至于灭亡，则已往的史实示教过我们，将来的事便要大出于屠杀者的意料之外——这不是一件事的结束，是一件事的开头。墨写的谎说，决掩不住血写的事实。血债必须用同物偿还。拖欠得愈久，就要付更大的利息"（《无花的蔷薇二》）！在这篇《无花的蔷薇二》的末尾，鲁迅还缀着一句话："三月十八日，民国以来最黑暗的一天。"也许鲁迅会想到当年司马集团对于嵇康的杀戮。当时是有三千学子集体联名援救嵇康的，他们公然反对司马集团，声援被判死刑的嵇康。虽然残忍的司马集团违背民意，还是杀害了嵇康，但是握有兵权的司马集团毕竟没有加害三千学子。一个"最"字，还表达了鲁迅的震惊。只是这个"最"字，鲁迅用得并不妥当，历史证明，专制体制下的黑暗，只有更黑，没有最黑。

这些文字，是需要常常地重温的。重温的，还有鲁迅的精神，鲁迅的这种敢于说出真相从而也是说出真理的精神。

"五四"时期的后半叶，虽然有国民党的严酷统治（或曰一党之专政），自由空间到底还是或大或小地始终存在着，犹如落潮的海滩上遍布的螃蟹之类海洋动物呼吸的孔。这些呼吸孔洞的出现与存在，不仅是时势使然，还是知识分子不懈抗争与争取的结果。其间也有鲜血的横流与痛苦的折磨。想想我们的鲁迅，尽管用了一百八十多个笔名，才骗过躲过国民党文字鹰犬的眼睛——但他终究还是将数百万带着芒刺的文字发表了出来。作为冲破专制罗网封锁的先驱，鲁迅的独立发声与呐喊，在普天之下莫非王土的中国，无疑有着非同寻常的意义。

我常常地想，鲁、越之地相隔数千里之遥，常常被供在庙堂中的儒家文化与常常被疏离于民间的越文化，更是有着泾渭的分界。但是从中国的当下与未来计，以鲁迅精神独立于世的现代越文化，或者更加有着急迫的现实意义。

《现代汉语词典》对"圣人"条目这样解释："旧时指品格最高尚、智慧最高超的人物，如孔子从汉朝以后被历代帝王推崇为圣人。"

的确，孔子几乎已经成为世界公认的中国圣人。但他确确实实是被历代帝王和帝王的奴才们推崇起来的圣人，是统治者为统治大众而树起的"典型"。他们认为立下个"君君臣臣父父子子"的"礼"，再来个"非礼勿视，非礼勿听，非礼勿言，非礼勿动"，其江山就可以万岁万岁万万岁了。诚如鲁迅先生所说："孔夫子之在中国，是权势者们捧起来的，是那些权势者或想做权势者们的圣人，和一般的民众并无什么关系"，"总是当着'敲门砖'的差使的"，至于老百姓知道孔夫子是"圣人"，"不过是权势者的留声机"（鲁迅《在现代中国的孔夫子》）。

两千年间，"大成至圣文宣王"的孔夫子坐稳了圣人的位置，这不能不是中国的悲哀，不能不是中国老百姓的悲哀。

中国呼唤民众的圣人——那种完全为了民众而又有最高尚的品格、最高超的智慧的人。

中国毕竟还是幸运的，就在中国的民众最需要的时候他来了，这个人就是鲁迅。

他是中国新的时代的长子，崛起于专制王朝彻底塌毁之际，并于无声的中国，发出了第一声呐喊。从此，在风雨如磐的中国，他挥动如椽巨笔，成为积弱积辱的中华民族最硬的脊梁和灾难深重的劳苦大众最大的代言人。一面是对民族的敌人和人民的敌人的空前的战斗，一面是对民族与民众病根的解剖、诊断与疗治，当然根底上还是重如山岳的爱。

能够货真价实而又彻底地"横眉冷对千夫指，俯首甘为孺子牛"的，中国能有几人？难怪正受着国民党一党专制之苦的毛泽东这样充满激情地评价他："鲁迅在中国的价值，据我看要算是中国的第一等的圣人。孔夫子是封建社会的圣人，鲁迅则是现代中国的圣人。"

孔子与鲁迅，中国两圣人，一个代表着中国专制制度的开始，一个站在这个专制制度的末尾、呼唤着中国民主与自由时代的到来。检视两位圣人在现代的遭遇，似乎能让人摸到时代细微处的本质，感到时势具体的阴晴冷暖。

两千年里荣耀到无以复加的孔子，上个世纪里的确有些背时了，特别是"五四"时的"打倒孔家店"，真正地让其圣光扫了地。但是背时的圣人却也着实地热闹过几回，袁世凯、张勋、"连自己也数不清金钱和兵丁和姨太太的数目了的张宗昌将军"，以至蒋介石，都曾让孔夫子容光焕发过。

和孔子的热闹对比着的，倒是鲁迅先生的碰壁与寂寞了。在北京被北洋军阀通缉，被列于暗杀的黑名单，几经躲避，不得不抛下老母亲南下；落脚于上海，又遭国民党政府的通缉，又被列于暗杀的黑名单，挈妇携子东藏西匿，直至带着"通缉"之名进入坟墓。

一九五六年十月十四日，从沪西万国公墓起出的鲁迅先生的灵柩，由宋庆龄、茅盾、许广平等人扶着，被隆重地安放在上海虹口公园内花岗石砌成的新墓内，灵柩上依然覆盖着写有"民族魂"的大旗，只是由原来的白底黑字改制成了象征胜利的红旗。墓前的巨大墓碑上，横题着毛泽东手书的"鲁迅先生之墓"六个大字，墓碑下面放着中共中央敬献的花环，上面写着"鲁迅先生永垂不朽"。

据说孔子又再热烈起来。庞然的孔子铜像曾在首都最大的广场上出现过一些时日；政府出面的每年一度的曲阜祭孔大典，其场面的宏大与热闹、肃穆与庄严，都是空前的；而政府花巨资兴办的孔子学院听说也已经"遍布全球"。而我们的鲁迅先生，却在冷落下来，不仅学校的课本里在减少着鲁迅的分量，甚至在最该理解鲁迅的知识分子中，也在流行着一种贬诋鲁迅的"时髦"。

这不得不使我们警惕起来。

好在世界进步的潮流浩浩荡荡，中国走向现代文明的趋势也已经不可逆转；好在鲁迅精神总会在暗夜里燃成不灭的灯盏，点亮着也温暖着后来者与坚守者；好在这样的后来者与坚守者，前仆后继，正将鲁迅精神的种子，在中国的大地上执着地殷勤地播撒着——"2013·绍兴·鲁迅与越文化论坛"就是一个很好的证明。

总之，作为越文化集中代表的鲁迅与鲁迅的精神，是抹杀不掉也无法忽略的，因为我们当下的中国，十分需要这份丰厚而有巨大的遗产。这份遗产既是流，又是源。

（选自2017年第2期《山东文学》）

给儿子的一封信

麦 家

　　儿子，当你看到这封信时，你已在我万里之外，我则在地球的另一端。地球很大，我们太小了，但我们不甘于小，我们要超过地球，所以你出发了。这是一次蓄谋已久的远行，为了这一天，我们都用了十八年的时间做准备；这也是你命中注定的一次远行，有了这一天，你的人生才可能走得更远。

　　我没有到过费城，但可以想象，那边的月亮不会比杭州的大，或者小；那边的房楼一定也是钢筋水泥的；那边的街弄照样是人来车往的；那边的人虽然肤色貌相跟我们有别，但心照样是要疼痛的，情照样是要圆缺的，生活照样是有苦有乐、喜忧参半的。世界很大，却是大同小异。

　　也许最不同的是你，你从此没有了免费的厨师、采购员、保洁员、闹钟、司机、心理医生，你的父母变成了一封信、一部手机、一份思念，今后一切你都要自己操心操劳，饿了要自己下厨，乏累了要自己放松，流泪了要自己擦干，生病了要自己去寻医生。这一下，你是那么的不一样，你成了自己的父亲、母亲、长辈。这一天，是那么的神奇，仿佛你一下就长大了。

　　但这，只是仿佛，不是真实。真实的你只是在长大的路上，如果不是吉星高照，这条路必定是漫漫长长的，坎坎坷坷的，风风雨雨的。我爱你，真想变作一颗吉星，高悬在你头顶，帮你化掉风雨，让和风丽日一直伴你前行。但这是不可能的，即便可能，对不起，儿子，我也不会这么做。为什么？

　　因为我爱你，因为那样的话，你的人生必定是空洞的、苍白的、弱小的，至多不过是一条缸里的鱼，盆里的花，挂着铃铛叮当响的宠物。这样的话我会感到羞愧的，因为你真正失败了。你可以失败，但绝不能这样失败，竟然是被太阳晒死的，是被海水咸死的，是被寒风冻死的。作为男人，这也许是莫大的耻和辱！

　　好了，就让风雨与你同舟吧，就让荆棘陪你前行吧。既然有风雨，有荆棘，风雨中不免夹着雷电，荆棘中不免埋着陷阱，作为父亲，我爱你的方式就是提醒你，你要小心哟，你要守护好自己哟。说到守护，你首先要守护好你的生命，要爱惜身体，要冷暖自知，劳逸结合，更要远离一切形式的冲突，言语的、肢体的、个别的、群体的。青春是尖锐的、莽撞的，任何冲突都可能发生裂变，而生命是娇嫩的……这一点我只想一言蔽之，生命是最大的，生命面前你可以理直气壮地放下任何一切，别无选择。

其次，你要尽量守护好你的心。这心不是心脏的心，而是心灵的心。它应该是善良的、干净的、宽敞的、亮堂的、充实的、博爱的、审美的。心空了，陷阱无处不在，黄金也是陷阱；心脏了，人间就是地狱，天堂也是地狱。关于爱，你必须做它的主人，你要爱自己，更要爱他人，爱你不喜欢的人，爱你的对手，甚至仇人。爱亲人朋友是人之常情，是天理，也是本能，是平凡的；爱你不喜欢的人，甚至仇人敌人，才是道德，才是修养，才是不凡的。

请记着，儿子，爱是翻越任何关隘的通行证，爱他人是最大的爱自己。然后我们来说说美吧，如果说爱是阳光，可以照耀你成长，那么美是月光。月光似乎是虚的，没用的，没有月光，万物照样漫生漫长、开花结果。但你想象一下，倘若没有月光，我们人类会丢失多少情意、多少相思、多少诗歌、多少音乐。美是虚的，又是实的，它实在你心田，它让你的生命变得有滋有味、有情有义、色香俱全的、饱满生动的。

呵呵，儿子，你的父亲真饶舌。好吧，到此为止，我不想你，也希望你别想家。如果实在想了，就读本书吧。你知道的，父亲有句格言：读书就是回家，书这一张纸比钞票值钱！请容我再饶舌一句，刚才我说的似乎都是战略性的东西，让书带你回家，让书安你的心，让书练你的翅膀，这也许就是战术吧。

爱你的父亲

（选自《散文·海外版》2017年第11期）

日　子

胡竹峰

陡然冷了，前几天还是暖冬，倏地进入寒天。空街残树，满目灰凉，风刮得紧了，走在马路上，那风刁，能钻过衣衫，细密密往身上扎。腊月里，冷一点更像样子。寒冬腊月，腊月非得寒冬衬一下才好。正要人穿大衣、棉袄的，若不然总觉得冬天流于轻浮。

中午的下饭菜是腊肉烧萝卜。白皮水萝卜，圆圆的，鲜、嫩、脆，生吃亦可，配肉更佳。早晨起床，见阳台上挂着腊肉，刚好友人从乡下带过来一些萝卜，勾起了红尘之心。近来一直吃素，红尘之心是腊肉烧萝卜。一片素心要一点红点染一下才好。

新糊的窗纸洁净如棉。天有些冷了，呵气成烟成雾，时候大概是初冬吧。一道烧萝卜放在铁皮锅里，锅底陶罐炉子旧旧的。陶罐炉子即便是新的，也让人觉得旧。这个陶罐炉子有道裂纹，被铁丝捆住，格外显旧，火炭通红，铁皮锅冒泡，开始沸腾。一个农民空口吃萝卜，白萝卜煮成微黄的颜色，辣椒粉星星点点。筷子头上的萝卜，汁水淋淋，吃萝卜的人旁若无人。这是二十多年前的乡村一幕。

饭后从书堆里翻出一枚古钱书签，大观通宝。普通的古币，但宋徽宗"大观通宝"四个瘦金体真好看，笔墨秀挺，舒然洒落，自成一格。想象这枚铜币在宋朝人的手心辗转，买过馒头、饺子、稀饭、蔬菜、烧饼，也可能买过笔墨纸砚，买过烟酒糖茶，它可能从《东京梦华录》《武林外史》与《清明上河图》中走来。寒意里慢慢想来，一个个念头在脑海翻转，大有意趣。

一个人蜗居，冷一点反而平静。暑天，容易燥热。天终日黯淡，灰沉沉的，晦霾里裹着阴恻恻的气息，出行的兴致褪色到发白。冲了一杯咖啡，暖暖地喝完，只剩下暖暖的，没有回味。这些年喝咖啡的兴趣也褪色到发白了。倒是茶越喝越多。红茶绿茶黑茶白茶青茶，甚至花茶。

天南地北的茶一款款在家坐喝，有客共话也好，无人独饮也好，不损茶精神。

茶精神者，兼济天下，独善其身也。红茶绿茶黑茶白茶青茶，有的菩萨低眉，有的金刚怒目，有的平缓疏朗，有的急促陡峭，这是茶的性灵也是茶的趣味。茶予人力量，让人欢愉，也给人安详。

冬天里，关紧窗户，拉上窗帘，在幽暗的室光里喝茶，音箱里放几首喜欢的曲子，巡回播放着，周而复始。让我有虚室生白之感，心头吉祥止止。人开始迈入中年的门槛，多些吉庆好，近来连红茶也喝得多了。因为红得吉庆，红得热闹。

红茶一喝到就喜欢上了，香啊。闻起来香，喝进嘴里更香。鼻底的香缥缈肆意，挥之不散。嘴里的香，遮遮挡挡，断断续续，像读章回体的鸳鸯蝴蝶派小说。嘴里的香比鼻底的香好，好在真真切切回味，又如雪泥鸿爪。

不管是鼻底的香还是嘴里的香，一律香得喜气。香气是出世的，喜气是入世的。香气也好，喜气也好，都是一片琉璃世界。琉璃世界是药师佛的净土，佛经上说，药师琉璃光佛手执药钵，医治一切众生无名痼疾。

红茶泡在浅口玻璃盏里，红茶之红像陈年蜡烛的颜色，香气袅袅，佛光扑面。我觉得自己不是茶客，像菩提树下听道的沙弥了。

每每喝到红茶，总让我恍惚。像读鸳鸯蝴蝶派小说，又像读佛经。

红茶漾起红光，红光中有药气。这药气里有世情人事的暖意。暖意之外，还有时间的味道。红茶之色，像丹枫的叶痕。叶落树空，让人怅然。

一边喝红茶，一边看年画。朱仙镇的木版年画册子。

年画是俗的，茶也是俗的，柴米油盐酱醋茶，说风雅也风雅，说世俗也世俗。俗的好处是快乐。我热爱一切世俗，热爱一切俗世。世俗有人情之美，俗世有生活之美。年画里一段世俗，茶水里一段俗世。也就是说年画有人情之美，茶水有生活之美。乡下的老人，穿着破棉袄，靠在柴火堆里，喝着粗茶，我看见他们的脸上挂着微笑。

年画饱满喜庆，饱满是真气饱满，喜庆是色彩喜庆。红茶饱满喜庆，饱满是真气饱满，喜庆是色彩喜庆。

年画一年贴一次，茶每天都在喝。年画的珍贵也在这里，茶的珍贵也在这里。年画每天都看，就苦了。茶一年喝一次，更苦了。

《天官赐福》，这是老题材，杨柳青年画里有，桃花坞年画里有，朱仙镇年画里也有，别处的年画我没见过。喝着茶，看《天官赐福》，真觉得是天官赐福。喝得好茶是福气，泡在壶里的滇红，是绝品也是逸品，那也是天官赐的。

饮茶的时光，天然一段福气。

看完《天官赐福》，看《金鸡报晓》，也是年画的老题材了。金鸡我喜欢，报晓扰人清梦，我不喜欢，近来睡得迟，最贪恋早上一段时光，觉得这金鸡多事了一点。晓是不需要报的，天光自然就亮了。可是年画中的金鸡真好看，色彩斑斓，昂首挺胸，一只眼睛在纸面上目空一切，骄傲。年画里的老鼠也好看，《老鼠嫁女》，一群老鼠，左顾右盼，生机勃勃。生机勃勃让人心生灵感。近来觉得灵感不过生机勃勃，奄奄一息恹恹欲睡，无灵亦无感。

年画里的元气与茶里的元气，一洗河山郁闷，让人心生庄严，复生灵感。元气是灵感之元，二〇一三年四月十四日我曾写过一篇叫《元气》的文章。

天气真好，精神奇差。昨天下午，疲倦之极，恹恹地，颓唐得很。躺在床上，睡到晚上十点，太累了。这些年一到春天，总觉得累。母亲说我春天里身子骨一向弱。我过去是不知疲倦的，仿佛孔子"发愤忘食，乐以忘忧，不知老之将至"，仿佛桃花源中人"不知有汉，无论魏晋"。

有回车前子寄我一幅"身子骨"三字书法，老车好意。千年文章要一身好骨。傲骨是题外话。

醒来后，精神好一些，体内气力倍增。晚饭懒得吃了，饿一顿无妨。躺在床头看书，读先秦文章。那是大时代，天地玄黄，宇宙洪荒，先秦文章里有来自盘古开天的元气，《庄子》《老子》《论语》《韩非子》，诸子文章随处可见一团团元气酣畅淋漓。

先秦文章给中国文章开了一个好头——纵横六国，横扫千军。先秦的元气实在充沛，这一团元气在时间之河里接力，传到屈原手里，传到司马迁手里，再传到曹操手里，曹操太坏，宁可我负天下人，藏下中国文章里来自先秦的元气，掐住了文脉的流通。

曹操是中国文章的奸贼，好在他是行伍出身，骨节粗大，指缝漏下一些元气，被曹丕曹植嵇康阮籍陶渊明辈得去了，后世的韩愈柳宗元欧阳修苏东坡也得了些。

疲倦了，读点古人文章，补充元气，是我的秘诀。

我忘了说，疲倦的时候，我也会喝一点茶，补充元气。

周作人说喝茶当于纸窗瓦屋之下。纸窗瓦屋当然好，有中国的黑白精神。黑白是中国文化的底色，黑白也是人间岁月，黑是夜，白是昼。

喜欢瓦下的日子。喝茶吃饭，拌嘴怄气，悲欢离合，生生死死，一切被笼罩在瓦的氛围里，就有了不一样的感觉。瓦，隔开风风雨雨，挡着夜深露重，但底下的人分明还可以感受到风雨夜露的气息，这是瓦的不同一般。住在瓦屋里，一方方小小的青瓦和绿色的爬山虎构成了一个古朴的氛围，夏天，兀自有山野深处的清凉，夜里，一盏荧灯下靠在床头翻书，让人一下子回到了久远的从前，一些奇怪的念头蜂拥而至，甚至会觉得，屋顶上会走出一位风衣猎猎的侠客，会闪出一位翩翩秀美的狐仙。

在博尔赫斯的《庭院》中喝茶也好。庭院是斜坡，是天空流入星舍的通道。这个夜晚的庭院，葡萄藤沐浴着星光，倒影和星光又一起飘落在蓄水池上。博尔赫斯自足的世界就在"门道、葡萄藤和蓄水池之间"。葡萄藤和蓄水池之间，是容得下一张茶案的。

夏日的庭院在记忆中是墨绿的。爬山虎、狗尾草、喇叭花、何首乌、紫苏，水池在葡萄架下，池子里贮有半池水，粗瓷杯放在屋檐下。西头井底沉着一个大西瓜，墨绿的瓜皮在水里绿悠悠的。转动辘轳发出扎扎的声音，慢而木，那声音能传出很远。葡萄架下的猫睁开眼睛站了起来，复又睡下。窝在藤椅上翻书，还珠楼主、平江不肖生、王度庐，那书翻卷了边，封面漆黑黑脏兮兮的，无头无尾，那时候看起来比周作人有味。

周作人文章里多次写过茶，他甚至把自己的一本书取名叫《苦茶随笔》，那首"且到寒斋吃苦茶"的自寿诗，同气相和者无数。博尔赫斯的《第三者》里有如此一记笔墨：

在那落寞的漫漫长夜，守灵的人们一面喝马黛茶，一面闲聊。

女人捧着马黛茶罐进进出出。

马黛茶是木本大叶冬青，树叶翠绿呈椭圆形，开白花，生在南美洲，做法与中国茶仿佛。马黛茶生长在神秘和幻想的南美丛林，周作人的茶是苦丁茶，不同的茶产生出不同的文化。

博尔赫斯生于一八九九年，周作人生于一八八五年。他们命运不同，相同的是他们都是书斋文人，他们共同在这个地球生活了将近七十年。

汉字是东方美学长廊里最生辉的部分，梅兰竹菊、花鸟虫鱼、笔墨纸砚、亭台楼阁、琴棋书画、烟酒糖茶，这些字总是让人顾盼再三。因为这些字里有中国人的生活。

茶文化在唐朝时候兴起，给中国文化带来了不一样的色泽。此前中国文化的底色是灰色、土色、黄色，是陶、麻、瓦、青铜的颜色。茶的兴起，使中国文化开始有了绿意、茶意。唐宋的传奇、明清的话本、柳宗元、苏东坡，以及后来明清各色文人的小品里，都有茶意。茶意是闲话也是小令。

中国后世不少人谈到柳宗元、苏东坡、张宗子，总对他们悠然神往。这神往是茶文化使然。曹操、曹植、嵇康当然也好，但魏晋文化的酒气里戾气森然，挥之不去，让人望而却步。

在清风明月下，国破山河，醉眼迷离了刀光剑影。如果还能散发，如果还有扁舟，如果还有曹操、嵇康、陶渊明，我也会喝酒，甚至沉醉三天三夜。

我喝酒，与其说喝，倒不如说是读。常常在书中读出酒味：

先秦古文如陈酒，魏晋文章如米酒，唐诗宋词如黄酒，明清小品如清酒，元明话本如啤酒。有人的文章是药酒，有人的文章是红酒，有人的文章是糟酒，有人的文章是果酒。有人的文章不是酒，是醋，是红烧肉，是排骨汤，是猪食，是狗粮，是鸟粪，是一地鸡毛，是漫天大雪，一地鸡毛忽然又做了漫天大雪。有一天我路过屠宰场，看见几个少年拿鸡毛当令箭，不，抓鸡毛当武器——打架。只见一地鸡毛做了漫天大雪。恰恰又是白鸡之毛，那雪越发雪白。

茶里有一份世俗，酒里反世俗。苏东坡与张宗子，酒量都不大。苏东坡说我本畏酒人，而他却为茶写了很多诗词，谪居宜兴时，有饮茶三绝之说：茶美、水美、壶美，唯宜兴兼备三美。他还亲自设计出提梁式茶壶，题有"松风竹炉，提壶相呼"的句子。

张宗子更是写过茶方面的专著。

苏东坡与张宗子的文章，历来众口称赞，因为茶之意味。不说太远的人，唐宋以来，只有他们有茶风度，让人亲近。

险怪、幽僻、枯寒、远瞻，当然令人仰之弥高，但很难生出平常心。韩愈、王安石、欧阳修，他们有文章千秋，也以功业传世，后人却鲜有视其为友者。苏东坡与张宗子是中国人的知己。

元朝刘贯道画过一幅《消夏图卷》，画面疏散。画中的名物有不少茶器，荷叶盖罐、汤瓶、盏托。有茶好消夏，尤其在古代。

刘贯道的画总能让我想起过去的日子：坐在大石头上，爬在枣树上用树枝编一个窝，坐在竹梢晃荡。茶水壶静静躺在草丛里，人在夏日的凉风中恍惚入梦，醒来时，蝉鸣依旧，蜻蜓在天空绕圈子。夕阳的红泼在清澈无边的天色里，枞树老枝上不时传来鸟的叫声。

那时候，我们不知道茶有优劣。很多年后才明白酒过三巡，又是一番场景。人生的月份牌一张张翻，岁月在哗哗作响的纸页声里一唱三叹。即便再伟岸的人，也有些触动吧。

这些年的冬夜，特别迷恋一个人的茶时光。尤其在乡村，夜深人静，对着炉火，昏昏沉沉，木炭燃烧的气息在四周飘飘浮浮。火炉上放几颗花生、板栗，茶一开就喝下去，额头与脚心沁出汗来，须臾，背心也出汗了。炉火慢慢黯淡了，只有手心近触才能感觉微弱的暖，寒意渐渐围拢上来，睡意也渐渐围拢上来。

一天又结束了。

雪是从傍晚时分开始下的，雪意透进窗户，屋子里有一股冷悠悠的光芒。住在高楼上，听不见雪的声音了。雪有声音吗？木吞吞的，轻簌簌的，雪总是让人惦记茶的暖，惦记酒的温暖。

过了三十岁开始喝一点酒了，喝黄酒。绍兴黄酒像周作人的文章，绵软，后劲十足，周作人的阿弥陀佛里是有金刚大力的。我也是过了三十岁才开始喜欢周作人的。

去年冬天在绍兴喝了很多黄酒。

我过去是滴酒不沾的。

绍兴温温热的黄酒，肥厚甘醇，装在锡壶里，暖暖地汪起一泓春意。其色如老琥珀，酒味有旧味，仿佛上古青铜器。或者用小盅浅酌，或者用浅而大的陶碗慢饮。如对美人、如观薄雪、如视晚霞、如坐松下、如嗅兰桂、如会名士。

将进酒，如果这酒是绍兴黄酒，我愿意一樽复一樽，坐喝至微醺。此间有真意，不能与外人道也。

饮食文化中的酒发端比茶要早。差不多先民粗糙的陶碗里就有酒的芬芳了。与茶相比，酒是野蛮的，茶更高级，茶文化是精致文化也是精英文化。饮食之饮，没有茶，无疑会空洞很多。

酒之骨，石也。酒有棱角，有峥嵘，有锋芒。哪怕是红酒黄酒清酒，喝在嘴里，兀自有热风。

茶之骨，玉也。茶光润、圆融、清自。古人说茶性洁不可污，玉精神亦如此。损之又损玉精神。苏轼认为茶"骨清肉腻和且正"，有君子性，君子如玉。

柴米油盐酱醋茶，柴米油盐不必多说。在我故乡，酱醋的饮食是排在茶之后的。我小时候，几乎没吃过醋，乡村小店里似乎也不见有醋卖。酱，吃得多的是酱油和辣椒酱。酱油不过炒肉的时候放一点，辣椒酱是下饭的，几点红艳艳的辣椒酱点在白米饭上，颇有些风致。

茶，在乡下却是最平凡最朴素的饮料了，一年四季饮用不绝。手工做的炒青，经泡，止渴。

如今，冬天我不大喝绿茶了。冬天里泡一壶黑茶或者白茶，红茶或者青茶，觉得日子悠长。

茶没了，茶渍还在。茶几是白色的，茶渍格外醒目。

那茶渍让人想起往事：

我家厢房墙壁刷有白色的石灰，屋顶渗雨，墙面有雨水漫漶的痕迹，那浅淡的褐色常能引入联想。这一块公鸡形状的像中国地图，那一块像桑叶，这边一点就像云霞，看着看着，仿佛从什么地方传来了森林的潮气，似乎还有落叶的霉味……屋子里很静，静得可以听见墙上石英钟指针擦擦的声音。那种缓慢的节奏，仿佛两个慢性子的人欣赏一帧发黄的古画，小心地一点点打开挂轴，画面上出现了落霞孤鹜、水天一色的景象。

在小屋幽暗的天光里，我会想一些事。情绪的语言飘浮在空气中，它们流动、漂浮、漫溢，让心里暖和安定。

和雨水漫漶在墙壁的痕迹不同，茶渍更丰富。喝完茶后，茶几上的茶渍都是不同的。

有一晚喝完普洱，茶渍像弥勒佛。禅茶一味，佛茶一味。

有一晚喝完滇红，茶渍像几片桑叶图，采桑采茶好辛苦。

有一晚喝完铁观音，茶渍也如观音图。那观音端坐莲花。

有一晚喝完黑茶，茶渍如徐渭的《墨荷图》中的荷叶。

有茶渍像老猫，有茶渍像小狗，有茶渍像南瓜，有茶渍像枯树。

擅饮者得茶之趣，不善饮者得茶之味，其实擅饮者趣味兼得。

喝茶兴致最好的时期，家里有十几种茶叶，经常不知道喝哪一类好。

绿茶清雅可人，红茶迷离周正，黑茶老实本分，花茶清香四溢，常常这样，看乱了眼，也就没了喝茶的兴趣，索性倒一杯白开水。

虽是茶客，我也极爱白开水。喝白开水省事，有时懒劲儿上来，懒得泡茶，就喝白开水。人都说白开水无色无味，实则无味之味乃至昧也。白开水有开水之色，带开水之味，分明色味双全，难道赤橙黄绿青蓝紫才是色？非得酸咸甘苦麻辣甜才是味？

在乡下，偶尔喝到山泉烧的白开水，感觉几如艳遇，当然，更多是意外之美。乡下的水纯净，山泉清冽，我能喝出丝丝甜味；井水甘郁，我能喝出一片冰心；河水澄澈，入嘴是短平快的酣畅淋漓。

玻璃杯晶丽无瑕，如果水倒得太满，从视觉上看，依旧空空如也。饱学之士常常谦虚，浅薄之徒总是自大。这是杯水告诉我的。

喝茶要趁热，烫点没关系，可以慢慢品。茶一凉，香气就尽了，再低劣的茶，趁热喝总有些味道；再优质的茶，凉了，进嘴也如同寡水。喝水要稍凉，水一热则烫。茶烫有香有色，有甘有甜；水烫，则是一烫到底，干而硬。温凉之水，喝起来才从容，才潇洒，或气吞长江，或蜻蜓点水。

在酒店吃饭，我一般不喝茶。大碗茶不温不火，喝了只是胀肚子，如遭"水厄"，宁愿拿杯白开水。喝茶有时候像写格律诗，讲究稍微多些，一个平仄不整，一个对仗不工，就失之风雅。白开水通俗易懂，是梆子戏、快板书、大鼓词，热热闹闹。

烧白开水尤其热闹。以前住所附近有家水站，每天清晨和傍晚，男男女女排长队。路过水站，总能闻见空气中漂白粉和煤火气融成一体的味道，与两侧的发廊、小吃店、杂货铺、豆腐坊应和着。这是过去的风致，多年没见到了。

最喜欢的还是老家红白喜事时烧白开水的场景，两眼土灶柴火熊熊，大铁锅装着满满的水，水汽蒸腾，雾弥厨房，灶门口有一个人在添柴把火。几十号大小不等的保温瓶在一边静静地列阵，俨然沙场点兵。

我小时候喜欢用白开水淘饭，淘冷饭。开水淘饭粒粒爽，再佐以咸豇豆，我能连吃两碗，虽然这种吃法无益健康。

十五年前，我坐在门槛上，捧着一大碗白开水，祖父躺在堂屋，我的眼泪滴入碗底。

十年前，我坐在门槛上，捧着一大碗白开水，堂屋两管红烛，我的笑容印在碗底。

白开水不变，变的是人。

白开水，作为液体，穿过我今夜的喉咙，流进肠胃。想象身体是透明的，一根水线渐渐推移，安静却坚定。伊睡熟了。喝完杯中的开水，握着空杯，小声嘀咕：真快，一转眼，这么多年了。

空杯在手，仿佛打灯笼的古人。

日子，从古人那里一路过来。多少年的岁月啊。

（选自2016年第12期《人民文学》）

从孙犁手迹看其晚年生活与心态

刘运峰

二〇一五年五月，百花文艺出版社出版了孙犁的《书衣文录》（手迹）（以下简称"手迹本"）。尽管《书衣文录》已经有了山东画报出版社、人民文学出版社两个版本，但这个"手迹本"依然具有不可替代的价值。与人民文学出版社二〇一三年九月版的《书衣文录》（增订版）相对照，就会发现，"手迹本"向人们透露了许多具有珍贵价值的信息，堪称孙犁著作的原生态文本。

孙犁曾经说过："余向无日记。书衣文录，实彼数年间之日记断片。"《书衣文录》所记录的事情，基本是作者当时的所思所想，因此，这些写在书衣上的文字可以看作孙犁的日记。日记是手迹的一种，除了具有原始性、真实性和不可更改性之外，还具有私密性。通过这些文字，可以更加全面地了解孙犁的情感生活和日常起居。

一

"文革"后期，孙犁和张保真曾经共同生活了一段时间，先以互有好感而结合，后以冲突分手告终。对此经历，孙犁始终耿耿于怀，曾在"芸斋小说"《幻觉》《续弦》等作品中做了艺术化描述。在以前发表的《书衣文录》中，也适当做了披露，但在发表前进行了必要的处理。从"手迹本"中，可以看到两人冲突、纠葛较为详细的记录。

写在《全宋词》书衣上的文字共有五条。其中第二条为："一月十六日，伊早起外出，中午未回，晚八时归。余询问，伊出言不逊，而声音颇怪。余大愤怒，立请邻居李君至。彼为余之行政组长及支部书记，余甚激动，声明离异，所言多伤感情，彻夜未眠，念念要下决心。而此等事，决心实甚难，晚年处此，实非幸也。"这段话记录了一九七五年一月十六日孙犁和张保真发生激烈冲突的一幕，对方早出晚归，令孙犁生疑，欲问究竟，张保真则寸步不让，针锋相对，孙犁大动肝火，声明决裂，说明两个人的感情已经出现了严重的危机，难以持续。但孙犁仍有些犹豫不决，因此痛苦不堪。文中提到的"李君",乃为孙犁在《天津日报》的同事李夫。夫妻吵架，往往要惊动单位的负责人，现在看起来有些不可思议，但也可以看出孙犁在面临感情破裂时的无计可施。

在第三条中，孙犁写了一段很模糊的话："人知珍惜自身名声，即知珍惜他人感情，亦能知珍惜万物。然亦不必尽如此。"孙犁是很在意自己名声的人，但是，在面临感情危机之时，他似乎不再顾忌什么，似乎要"豁出去"了。

但在处理感情问题上，孙犁又常常优柔寡断。仅仅在写完这段话九天之后即一九七五年一月二十五日，孙犁在《癸巳类稿》的书衣上又提到了张保真："保真代买书皮纸两张，色质均劣，手指一划则脆裂。此盖装订油印材料之纸，非包书之牛皮纸也。今后应说明要包装纸，庶乎近焉！"虽然刚刚发生了冲突，但孙犁依然请对方代劳，说明两个人暂时归于平静，又回到了相安无事的状态。二月七日中午，孙犁又在《全宋词》书衣第四条中写道："王林评我：多思而寡断。此余之大病也。一生痛苦，半由人事，半由劣根，思之自恨不已。今年春节恐难平度也。"虽然春节临近，但孙犁的心情仍然很痛苦，难以排解。那时，孙犁已经六十二岁了，遇到这种事情，的确让人感到郁闷。

春节期间虽然没有发生什么事情，但到了三月份，两人的冲突再度发生。在《宋词三百首笺注》上，孙犁写道："一九七五年三月十七日，时一封书信之纠纷尚未息，余自警勿再受骗上当，以小失大。"这几天，是孙犁和张保真矛盾激化的时候，因为此前的三月十一日，孙犁在致韩映山的信中说了很重的话："约略言之，结婚数年以来，我对此人的印象是：不地道，不可靠，不懂事。婚前即有所察觉，你也知道一些，但当时感情用事，不能明断，即如与其前夫关系，此已非常情所能容忍，但我竟原谅之，但屡教不改，毫无廉耻，因此近年来，我心中颇有受骗的想法，在钱的问题上，警惕颇深，她很不满。今年春节因小事发衅，屡次吵闹，且甚为嚣张，似有步骤，有背景，有离异决心，要求到干校去了。""最近一次交锋，我大愤怒，险些没出大事，细思这样一个人，会把我弄到这种地步，因此决心与她离婚，已通知她的单位。"

时隔两个月之后，一九七五年五月十三日，孙犁在《唐代文献丛考》上写道："两月前云散雪消，不知风日从何处起也。"这表明，尽管两人的冲突暂时告一段落，归于风平浪静，但孙犁内心还有许多担忧。果然，六月十三日，孙犁在《续资治通鉴》第二册上写了这样一句话："十一日波澜。"说明两人矛盾再起。

但在寂寞和烦恼中，孙犁也体会到了来自亲情的温暖。如一九七六年四月二十五日《汪悔翁乙丙日记》条："今日外甥小宏来为我擦窗，惜其一身新服装。"小宏是孙犁大女儿孙小平的儿子，本名赵宏。冀中人习惯称外孙为外甥。懂事的外孙专门来为老人打扫卫生，擦拭玻璃，给孙犁带来了不少的安慰。

但是，对于孙犁来说，平时更多面对的，是孤单和冷清，尤其是每逢年节，老人更加感到孤独，心情也很不平静。如一九八一年旧历除夕《杜诗镜铨》（九）条："每至年关则多烦恼，不知何故。当安身立命矣，明日戒之。"这和一九八二年二月十日写在《清秘述闻三种》（中）上的文字大致相同："又近春节，精神不佳。老年人皆如此乎？抑个人生活方式所致耶？恐系后者。"

一九八四年十二月十三日，孙犁在《春游琐谈》上写道："今日拟沐浴，午后准备一切就绪，而火炉迟迟不旺。从一时至三时，尚在鹄候状态中。身倦天寒，已无兴致，包装此书后，当收场矣，可笑。"一位年逾古稀的老人，没有洗浴设施，去单位或公共浴池又有诸多不便，在天寒地冻中，欲沐浴而不能，其冷清、无助可想而知。

二

孙犁是一位严肃的作家，也是对待自己的文字近乎苛求和追求完美的作家，即使对于只言片语的《书衣文录》，孙犁也绝不敷衍，而是反复推敲。尤其是在正式发表前，孙犁对原有的手迹进行了不少改动。如果对手迹和发表稿进行一些比较，可以看出孙犁在不同的环境和状态下表达方式的变化。如一九六六年二月十五日《群芳清玩》（上）条："近日忽想不购新货，取橱中旧有者整理之，有瘾可过，而不太累，亦良法也。"发表时将"有瘾可过"改为"有事可做"。当时题写的时候，比较随意，也比较直白，也更能流露真性情，"瘾"实际是孙犁常年形成的"书瘾"，"过瘾"是一种颇为舒服的状态。大概孙犁不想读者看到自己过于率性的一面，因此做了修改。

一九三三年，鲁迅在编辑《两地书》时，就对他和许广平的书信进行了部分修改，包括增加一些内容，删除一些字句，修改一些称谓。这是非常必要的，因为信的内容涉及不少的人和事，往往不宜公开。《书衣文录》也是如此。在发表前，孙犁或是思及往事，或是意犹未尽，对不少原有的手迹进行了增补，如写在《六十种曲》上的文字在发表时增写了最后一段："又一九七二（四）年十一月记：书之为物，古人喻为云烟，而概其危厄为：水火兵虫。然纸帛之寿，实视人之生命为无极矣，幸而得存，可至千载，亦非必藏之金匮石室也。佳书必得永传，虽经水火，亦能不胫而走。劣书必定短命，以其虽多印而无人爱惜之也。此《六十种曲》，系开明印本，购自旧书店，经此风雨多残破，今日为之整修，亦证明人之积习难改，有似余者。"

孙犁外在的形象堪称谨言慎行，但其本质上还是性情中人，他在书衣上记述自己的感想时，不免会有一些率性或是激愤的话，如一九八一年三月一日写在《津门小集》上的题跋，手迹为："回忆写这些文章时，每日晨五时起床，乘公共汽车至灰堆，改坐'二等'，至白塘口。在农村午饭，下午返至宿舍，已天黑。然后写短文发排，一日一篇，有时一日两篇。今无此精力矣。然在当时，尚有人视为'不劳动"精神贵族"剥削阶级'者。鸣呼，中国作家，所遇亦苦矣。德明同志邮寄嘱题，发些牢骚以应之。"在正式发表时，则改为："回忆写作此书时，我每日早起，从多伦道坐公共汽车至灰堆。然后从灰堆一小茶摊旁，雇一辆'二等'，至津郊白塘口一带访问。晚间归来，在大院后一小屋内，写这些文章。一日成一篇，或成两篇，明日即见于《天津日报》矣。此盖初进城，尚能鼓（贾）老区余勇，深入生活。倚马激情，发为文字。后则逐渐衰竭矣。"发表稿则更为精练，而且将那些牢骚话也删去了，日期也随便署为"一九八一年八月"。

一九九〇年六月四日，孙犁在《今世说》上写了两段话，但在发表时却把第二段删去了。这些文字是："今日上午报社送信件来，其中有肇公一信，报告一好消息：几十年寻觅不见的《论通讯员及通讯写作诸问题》一书，于五月廿七日在北京图书馆发现一翻印本。此亦可贵。为此书，曾经梦寐求之，闻讯兴奋不已，当即复信，并通知在京女儿，前往协助复制。文字一事，只要是印刷品，无论油印、石印，印份多少，总会找到，况此书为铅印乎。然竟如此不易，亦未能明其原委也。"

"肇公"，即孙犁的老朋友陈肇。《论通讯员及通讯写作诸问题》是孙犁一九三九年十月在阜平期间所作，一九四〇年四月由晋察冀通讯社出版，百花湾边区抗敌报社经售，但由于印数不多，环境恶劣，这本书长期下落不明，孙犁为此萦怀于心，念念不忘。一经发现，其兴奋之情难以自已，随手记下了自己的感受。这本书的重新发现，给晚年的孙犁带来了极大的喜悦，一九九〇年六月十五日，他写了《一本小书的发现》，七月二十六日，又写了关于这本书的校读记。由于当初写在《今世说》上的那段话大多都写入了《一本小书的发现》一文，便在发表《书衣文录》时将其删除，以免重复。不炒自己的冷饭，体现了孙犁写作态度的严谨和对读者负责的精神。

"手迹本"还流露了孙犁的真性情和明确的是非观。如写于一九九一年一月十五日即春节那天的《知堂谈吃》一则："文运随国运而变，于是周作人、沈从文等人大受青睐。好像过去的读者，都不知道他们的价值，直到今天才被某些人发现似的。即如周初陷敌之时，以郭沫若之身份，尚思百身赎之，是不知道他的价值？人对之否定，是因为他自己不争气，当了汪（汉）奸，汪（汉）好可同情乎？前不久有理论家撰文，认为我至今不原谅周的这一点，是因为我有局限性。没有人否认周的文章，但文章也要分析，有好有坏，并非凡他写的都是好文章。至于他的翻译，国家也早就重视了。还有沈从文，他自有其地位，近有人谈话称，鲁迅之后，就是沈了。尊师自然可以，也不能不顾事实，过犹不及，且有门户之嫌。还有人想把我与沈挂钩，因实在没有渊源，不便攀附，已去信否认。"应该说，这是孙犁直抒胸臆、爱憎分明的一段话，但在正式发表时做了明显的改动。

先将开头改为："文运随时运而变，周氏著作，近来大受一些人青睐。"随后将自"没有人否认周的文章"至"已去信否认"全部删除，接着新写了一段："有些青年人，没受过敌人铁蹄入侵之苦，国破家亡之痛，甚至不知汉奸一词为何义。'汉奸'二字，非近人创造，古已有之。即指先是崇洋媚外，进而崇洋惧外。当敌人入侵时，认为自己国家不如人家，一定败亡，于是就投靠敌人，为虎作伥。既失民族之信心，又丧国民之廉耻。名望越高，为害越大。这就是汉奸。于是，国民党政府，也不得不判他坐牢了。至于他的文章，余在中学即读过，他的各种译作，寒斋皆有购存。对其晚景，亦知惋惜。托翁有言，不幸者，有各式各样，施予文士，亦可信也。"

在《中国书法全集》（康梁罗郑卷）一则中，孙犁一共写了三段话，前两段在正式发表时做了一些文字上的调整，但第三段则完全删去了。这段话是这样写的："今之青年，并汉奸之不知，甚亦不知租界为何物，且有人缅怀租界，拟议建立博物馆者，不知收藏何物。见诸报章，亦无下文，不知何时建立也。"这段话，孙犁的指向对象非常明显，反映了孙犁对当时一些举措、倡议的看法，具有很强的针对性。也是为了避免引起某些人的不满，孙犁没有公开发表这段文字，但这段文字对于研究孙犁晚年的心态至关重要。

三

阅读"手迹本"的另一个收获是，在过去排印本中发生的疑问，在"手迹本"中可以得到订正。如《晏子春秋集释》（上）条，《书衣文录》（增订版）的编者加了一条注："这一则书目下未注明写作日期，故仍按最初发表时，列于此。"其实，手迹中则为"一九七五年三月十一日"，并属"双芙蓉馆藏书"，这一疑问迎刃而解了。再比如《弘明集》（上）条下，在发表时署日期为"一九八六年二月二日"，由于文中提到"今日初四，明日则皆上班矣"，因此"增订版"编者加了一条注："丙寅年春节，应是一九八六年二月九日。正月初四应是二月十二日。所以，此则写于正月初四，应是一九八六年二月十二日。"看这一则的手迹，正是二月十二日。有可能是孙犁在整理发表时漏写了其中的"十"字，因此出现了令人费解的情况。

[《书衣文录》（手迹），孙犁著，百花文艺出版社二〇一五年版]

（选自2017年第7期《读书》）

家中的气节

毕淑敏

我想说，家中无气节。这话，肯定不堪一击。世上举案齐眉的家庭一定是有的，不能以我等瓢勺相碰的日子，揣测人家的和睦是虚伪，但也一定不多，因为矛盾的普遍性制约着我们。

大多数家庭都时常爆发争执，像界碑不清的小国，边境冲突不断。要是演变成正式宣战，干脆离婚罢了，也不在讨论范畴之内。那些先是苦恋苦爱，既争执不断，又处于冷战状态的家庭，似有讨论气节的余地。

有多少原则问题呢？真正的国计民生，大概并不构成分歧的核心。甚至对家庭的大政方针，比如孩子要上大学，父母要延年益寿，工作要努力，住房要增加……双方也是高度和谐统一的。问题往往出在一些很小的分工或是态度的优劣上，比如你是做饭还是洗衣？你为什么不和颜悦色而是颐指气使……有时，简直就不知是为了什么，双方把外界的怒气直接打包带回家，单刀直入地进入了对峙阶段，除了不扔原子弹，家庭阴冷的气氛同大战无异。

为了对付这种莫名其妙的僵持，时新杂志上登出了许多驭夫或是驭妻的"诀窍"，教你如何化干戈为玉帛。这些供人莞尔一笑的小诀窍，不知灵不灵。我看这其中的死结——就是如何对待家中的气节。

家是什么呢？是一对男女永不毕业的大学，是适宜孩子居住的圣殿，是灵魂的广阔海滩，是精神的太阳浴场。我们在尘世奔波，会见他人时的种种面膜，需在家中清洗复原。意志的疲软顿挫，需在亲情中柔软着陆。人们以为家中的人多么温柔和蔼，真是错了。在涡轮般旋转的今天，家居的人也许比街市的人更脆弱，更敏感，更易冲动激愤。

常常听到因小事争吵的女人说，我从此不理丈夫，等他来同我说第一句话。男人就更是不肯低下高昂的头，好像家是宁死不屈的刑场。

冷漠后恢复交谈的第一句话真是那么重要吗？重于我们曾经有过的一生一世的

寻找？第二句话真就那么卑下吗？低贱到后发制人，丧失了品格和尊严？第三句话真就那么平淡吗？淡到它如同抛弃我们以前拥有过的万语千言？

什么是家中的气节？既然我们相爱，爱就是我们共同的气节。你的失态，在我看来，是你的思绪溃败了。在这一瞬间，我是你的强者。原谅、宽恕、包容和鼓励，就是家庭永远长青的气节。

有些人以沉默对待冷漠，消极地把缰绳交给时间。时间通常是一个中性的调解员，会使人们渐渐恢复冷静。但孤寂中只顾自家意气的男女不要忘了，时间也会跟我们开居心叵测的玩笑呢。当你缄默着不肯谅解时，家的瓶颈便出现第一道裂纹。继续对抗下去，锤子无聊地敲击着婚姻之瓶，随着时间的叠加，瓶子也许訇然破碎。

太看重一己气节的人，其实是一种枯燥的自卑。你以为在亲人面前挣得了面子，然而失去的却是尊重与宽容。片刻的满足带来长久的隐患，聪明的男人和女人，千万别因小失大。

分歧时，不必拍案而起。争执起，义正辞可不严。有失误，莫要声色俱厉。灾临头，携手共赴家难。如果一定要有家中气节，我想这几条该在其中。

（选自2017年8月7日《广州日报》）

乡村物语

刘第红

扁　担

竹身爆裂，一根扁担自天而降，不偏不倚，落在农人的肩膀上……

能够做扁担的竹子，材质一定是坚硬的，因为它要去承受生活的重量。那些经受不起风吹雨打的竹子，是没有机会成为扁担的。

"扁担长，板凳宽。板凳没有扁担长，扁担没有板凳宽。"这则绕口令蕴含着"要认识自己"的哲理。扁担自诞生之日起，就清楚地意识到自己的使命。

在过去的乡村，农业生产全靠人力，没有机械的影子。俗话说"好手难提四两"，说的是手提不如肩挑。农家的肥料，全靠肩膀运出去；土地里的收成，全靠肩膀挑回来。因此，扁担成了农家必不可少的工具。

那时候，农人赶集，随身携带的往往不是购物袋，而是扁担。家庭生活所需，也大都是用扁担担回来的。

"懵子懵，担水桶，掉了一头，不知道轻重。"俗话讥讽的是不懂得平衡的人。扁担最擅长"平衡术"。它两头挑的，重量必定是差不多的。一边轻，一边重，担子不好挑。掌握平衡，是领导艺术的重要法则之一。做领导的应该多向扁担学习，学习如何达至平衡。

如果担子只有一头，另一头则配上重量相当的石块或杂物。它们像是一对感情不和的夫妻，靠扁担勉强维系着彼此的关系。扁担似乎也有点尴尬，一会儿安慰这一头，一会儿安慰那一头，像是殷勤的居委会主任。一到目的地，它们就分手了，各奔东西。

有时候，扁担还会"变身术"。在荒郊野岭行走的挑夫，扁担是他随身的武器。一根扁担抓在手上，强盗不敢拢边。而在农闲时节，扁担又摇身一变，成为梅山武术的道具。武师随手拎起一根扁担，舞得呼呼生风、虎虎生威。

当然，更多的时候，扁担扮演着"负重者"的角色。它挑着生活的沉重，也挑着生活的希望。因为长年累月劳累，扁担累弯了腰，但它无怨无悔。生活的苦和累，它默默地承受着。因为被反复使用，扁担被磨得发光发亮，那是劳动给予的最高奖赏。

如果所挑的担子太重，超出了扁担的承受能力，"咔嚓"一声，扁担就壮烈牺牲了。它最后的归宿地是火炉，在那里实行"火葬"。它发出最后的明亮的光芒，照亮了农家黯淡的生活。

我家的一根扁担，两头各有一个节疤，像是扁担的眼睛。它时刻睁着双眼，看到了生活的艰辛，看到劳动的汗水，因此它非常怜恤扁担下的肩膀，非常怜恤挑担的人，只是它生性木讷，不太擅长表达。它经常做的，就是笔挺挺站着，向劳动者致敬，向生活致敬！

顶　　针

在母亲的针线盒里，有一枚古老的顶针。它，伴随了母亲几十年的光阴。

纳鞋底的时候，顶针就派上用场了。因为鞋底很厚、很硬，针要穿过去颇有点困难。首先，锥子自告奋勇地探路。它艰难地挺进到半路，或许是害怕鞋底的黑暗，又退了回去。针沿着锥子开辟的道路继续前行。针尽管尖锐，但相对于厚重的鞋底，显得特别单薄、特别瘦弱。针在黑暗中不断挺进，努力寻找光明的出口。此时，戴在母亲手指上的顶针，不失时机、不遗余力地推了它一把。于是，针顺利地穿过了鞋底。

当我们在黑暗中摸索的时候，当我们遇到困难的时候，如果有人在背后推一推、顶一顶，成功的机会就会大很多。

因为长年累月推顶，顶针身上布满了密密麻麻的针眼，不仔细看，还不容易发现。没有人知道，那是它心上的伤痕。它没有任何抱怨，只是默默地承受；也不会向任何人倾诉，即便在夜深人静的时候。谁让它是顶针呢？顾名思义，顶针就是推顶针的。推顶就是它的职责。它不履行这个职责，它就不是顶针，而是其他什么东西了。怎能因为有了伤痕，而放弃自己的职责呢？而顶针身上的伤，成了针前进的不竭动力。

我觉得顶针就是母亲的写照。她勤勤恳恳，任劳任怨，几十年如一日，生活的苦与累，总是独自忍受。为了家庭，她甘愿付出，甘愿牺牲。她不知疲倦地为我们做了一双又一双布鞋，却近乎自虐地没有给自己做一双。她心里想的是他人，唯独没有她自己……

朴素的母亲，没有任何首饰。她戴的时间最长、最久的就是顶针了，顶针就是她唯一的饰物。不知为什么，这一枚锈迹斑斑、伤痕累累的顶针，却令全世界所有的戒指瞬间黯然失色。

衣

忽然变天了，风狂雨骤，天地笼罩在一片白茫茫的雨雾之中。

飞鸟早已归林，瑟缩着躲在鸟巢里，生怕雨水淋湿了它们的翅膀。而此时，母亲不慌不忙地从墙上取下蓑衣，披在身上，从容地走进了雨中……她的身影渐渐变小，变小，很快就完全消失在雨雾里。我有点担心母亲，心弦绷得紧紧的，可那时由于年幼，不能分担母亲的劳动。

她要去踩低稻田的缺口，让田里的水流出来。雨下得急，下得猛，稻田里的水渐渐满了起来，倘若不踩低缺口，稻田里的水就会溢出来，田里养的鱼也会跟着跑出来。严重的话，还会造成田埂溃塌。

稻田分布在四面八方。母亲跋山涉水，一会儿往东，一会儿往南，一会儿往西，一会儿往北……

过了好久，母亲才从雨雾中钻出来，回到家中。她脱下蓑衣，抖一抖它身上的雨滴，仍旧将它挂在墙上。看到母亲轻松的神色，我的心松弛下来。她仿佛不是从风雨中归来，而只是在风和日丽的庭院里散了一回步。

母亲在暴风雨中行走，蓑衣始终与她相随，紧紧地偎依着她，并以大无畏的精神，替她抵挡肆虐的风雨。

小时候，我常常盯着蓑衣出神地看。平时，它躲在角落里，默默无言，人们似乎忽略了它的存在。但是，当风雨来临的时候，它毫不犹豫地站出来，到处是它活跃的身影。我觉得它像是一名勇敢的英雄，赢得了无数赞美与钦佩的目光。对视久了，我和它仿佛成了朋友。它用低低的声音跟我说："生活中总会有风雨，不要怕！"

因为使用太久的缘故，我家的蓑衣慢慢地破损了。它无法抵挡风雨的侵袭，在岁月的磨蚀下悄悄腐烂，但它说过的话，仿佛一句至理名言，并没有因为岁月久远而黯淡，反而在生活中越来越鲜亮。

每当我遇到人生的暴风雨，想到畏惧的时候，想到退缩的时候，我的眼前就浮现出了蓑衣的身影，耳边萦绕着蓑衣对我说过的话："生活中总会有风雨，不要怕！"

衣　箱

小时候，家里没有衣柜，只有一只衣箱，一家人的衣服都收藏在衣箱里。它是母亲的嫁妆之一，带着木材独特的清香，带着森林独特的气息。

衣箱里，母亲的嫁衣格外引人注目，似乎还带着几分腼腆、几分羞涩。尽管已经摆放了好几年，它依然鲜艳无比。母亲悄悄地将它压在衣箱底下。

压在衣箱底下的，一般都是不当季的衣服。只有到了换季的时候，它们才有机会"翻身",重见天日。

大大小小、各种各样的衣服重叠在一起,在衣箱里挤暖和,交换着彼此的温度,以及衣服主人的心跳。衣服们很团结,新衣服从来不讥笑旧衣服,好衣服从来不讥笑打补丁的衣服。衣服们也很民主,所有衣服,不分大小,不分性别,一律平等,享有参政议政、选举与被选举的机会与权利。

衣箱曾经接纳过一位特殊的成员,那是爷爷的寿衣。生和死,在衣箱里展开了一场对话。

从表面上看,衣箱不动声色,尽职尽责,妥善保管着所有的衣服。当然,它在背后里想些什么,心里有没有牢骚,我是不清楚的。

衣服可没那么安分。它们是给人穿的,穿在人身上才显示出它们的价值。当秋天落下第一片树叶,寒衣就开始询问:冬天是否快要到来?它们准备去搏击外面的寒冷。冰雪融化的时候,春衣也开始询问:春天是否已经到来?它们准备去迎接明媚的阳光。

有一天,我打开衣箱,猛地发现里面空空如也,所有的衣服都不见了,顿时呆若木鸡——我最担心的是,全世界所有的衣箱联合起来,在同一时间自动打开,所有的衣服不翼而飞。之前,是人穿衣服,现在反过来了,衣服要穿人。它们来到熙熙攘攘的大街上,物色各种各样的人。衣服穿人,可不像人穿衣服那样,挑三拣四,吹毛求疵,它们随心所欲,毫无章法,想怎么穿就怎么穿。于是,内衣穿在外面,冬装穿着夏天,小孩的衣服穿着大人,男人的衣服穿着女人,死人的衣服穿着活人,模特的衣服穿着农民,国王的衣服穿着乞丐……全世界乱了套,所有人都目瞪口呆,面面相觑。而这时,我似乎听到了衣箱发出"嗤嗤嗤"的笑声。这一切,莫非是衣箱的预谋?

（选自2017年第6期《延河》）

补 天 歌

乔忠延

引 言

补天一词跃现在眼前，不要说你，就是我首先想到的也是女娲。

女娲补天尽人皆知。那个华人的老祖母，不仅造出了人，还要庇护她亲爱的孩子们。当头顶上的青天猛然崩裂，她飞身而上，炼五彩石以补苍穹。还给她的孩子们，也就是还给天下子民一个至今仍然乾坤朗朗的生存空间。

恕我荒诞，曾经和神话较真，天那么大，那么高，果真崩塌，女娲老祖母该从何处下手补起？我真替她老人家为难。为难来为难去，忽然颖悟了，她老人家也就不必再为难。早先的早先，人们住在洞窟里，年久失修，突然顶部塌落一块，头上顿见青天。就在那个窟窿里，钻进来风，透进来雨，平静的日子不再平静。日子再平静下来，是因为有了补天的老祖母。老祖母不过是堵住了窟穴顶部的漏洞。就是这一堵，头上的那块青天不再看得见，这可能就是女娲补天。

那为何又有炼五彩石以补青天之说？那是人类进步了，讲究了，开始用白灰装饰自己的家宅。头上补住的那块也不能含糊，使用白灰涂抹一新。试想那白石灰生成的过程，青石入窑，点火焚烧，先橙，再黄，继而泛红，出窑后用清水一浇，瞬间爆开一地白茸茸的雪花。活脱脱的五彩石啊！将之涂抹在头顶，堵住透天的漏洞，不就是炼五彩石以补青天吗？是这样。

神话打破了，却没有打破我对女娲的爱戴，是她用自己的勤劳和智慧装饰了子孙的住宅，改善了子孙的生活。至今，我仍然将她视为最伟大的老祖母。

不过，我这里要写到的补天者，不是女娲这老祖母，而是另一位先贤——顾炎武。

为什么要推出顾炎武来抢夺老祖母的专利？且听在下从实道来。

跨越时空的醒世恒言

顾炎武是随着一句名言进入我视野的，进而屹立在我的精神苍穹。或者说，我是先知道这句名言，进而才知道顾炎武的。从此，他便在我的心中有了固定的位置。无论别人的形象如何改变，如何摇摆，甚至坠落，他居然风雨如磐，屹立为一尊碑石。

这句名言像女娲补天一样尽人皆知，这就是：天下兴亡，匹夫有责。

如同天安门前高耸的华表，这句格言不仅高耸在我的心中，而且高耸在国人的精神领域。因为，这已成为爱国的代名词。天下就是国家，匹夫就是凡人。国家的兴亡，一个凡俗的草民也应记挂在心，听从召唤，担当使命，那是何等令人向往的风尚！

天下兴亡，匹夫有责。格言，神圣的爱国格言。

我曾经很佩服将神圣和爱国捆绑在一起的那人，他让爱国崇高到了极致，他真聪明。后来，我既定的认识有了改变，那人的聪明沦为狡诈。那是因为神圣在我心目中的地位动摇了，而且株连到爱国。占往今来，稳坐神圣这把龙椅的多是主宰天下的皇帝。皇帝爱民如子，也就至高无上。普天之下，莫非王土；四海之内，莫非王臣。还应该再加上一句：九州之中，莫非王民。这里的王，即皇帝。天下的大地是皇帝的，大臣是皇帝的，民众被称为子民，自然也是皇帝的。皇帝真的爱民吗？翻阅史书，还真找不到有几个爱民的，更谈不上爱民如子。倒是找到一位，人称帝尧，说他仁爱，仁爱到见一个人吃不饱，就自责是我没有领导好；见一个人犯罪思过，就自责是我没有教化好。难道真是这样？那时没有文字记载，更没有录音传播，后人如何得知？凭我多年研究的经验推测，那不过是后人塑造的一个美好榜样，以此来开导、训教后世的帝王。从古今中外的例证看，一切需要宣传、推广、教导的东西，都是世所没有的，退一步说即使有也很稀少。用帝尧爱民的事例来教化后世皇帝，肯定也是这般逻辑。

最为可怕的还不是皇帝不爱民，而是打着爱国的旗号把子民推到血肉横飞的前线，把他们的肢体作为皇家的盾牌，去抵挡敌人的长矛利剑，乃至枪林弹雨。胜利了，皇帝不可一世，作威作福；失败了，派个替罪羊，签订一纸割地赔款的协议，作威作福。就这样，随着我告别幼稚的往昔，皇帝那神圣的面纱脱落了，脱落得无论谁再捡拾起来覆盖上去，我也不会将高明的魔术当真。此时我注意到，神圣的帝王鼓动人们奔向血肉横飞的前线，动用的就是顾炎武这神圣的爱国格言：天下兴亡，匹夫有责。

我只好走近顾炎武，明辨顾炎武。在我有数的知识里面，顾炎武占据着思想家的位置。一位思想家怎么会充当为虎作伥的帮凶？一查根本不是这么回事。顾炎武没有说过天下兴亡，匹夫有责，这句话是根据他《日知录·正始》的一段话演变来的，原句为："有亡国，有亡天下，亡国与亡天下奚辨？曰：易姓改号谓之亡国，仁义充塞，而至于率兽食人，人将相食，谓之亡天下。……是故知保天下，然后知保其国。保国者，其君其臣，肉食者谋之；保天下者，匹夫有责。"这里说得清楚明白，亡国和亡天下有着本质不同，亡国不过是易姓改号，而亡天下麻烦就大了，那是仁义充塞，率兽食人，人将相食的可怕景象。可怕就可怕在道德沦丧。亡国，不过是隋朝变成唐朝，明朝变成清朝，只要道德风尚不败坏，也就没有亡天下。反言之，不需要亡国，即使山河依旧，龙庭安稳，道德不整，仁爱陨落，那也是亡天下啊！二者相比，亡天下是人们互相侵吞，或者是强者率众肉食弱者，这当然要比改朝换代的亡国恐怖得多。原来顾炎武"保天下者，匹夫有责"，是在说即使凡夫俗子也要有道德良知，而且人人有责呵护这道德，这良知。当然，也就不是要大家为了捍卫某一个朝代，某一个帝王去抛头颅、洒热血，还要前赴后继。

这样的见识世所罕见，如穿破云翳射出的一束光芒，照亮了迷蒙的尘世。我将之视为真正的醒世恒言。

顾炎武用他的醒世恒言征服了我的心。

奔波救国的志士

我不得不走近顾炎武，这样一位超人的思想家确实令人赞佩和敬慕。甚至，我以为他和众多的贤士圣哲一般，应该有着过人的聪明，或说先知先觉。可惜，我失算了，他没有生而知之，是一个凡人。他出发在一个并不高尚的层面上。

简述顾炎武的出生可以用两个没落概括，一是朝代没落，二是家族没落。他生于明朝万历四十一年，这个历时二百七十六年的王朝再有三十五年就要在腥风血雨中灭亡了。就在这每况愈下的夕阳余晖间，顾炎武成长起来。他的家庭曾是江东望族，曾祖父顾章志还在南京担任过兵部尚书右侍郎，祖父顾绍芳却只当过个左春坊左赞善，父亲则更是可怜，不过是个国子监的荫生。一条下划线标示出这个家族的颓落，而就在此时，顾炎武从江苏昆山千墩村透出第一声啼哭。落地的哭声毫不稀奇，对别人来说那只是生命的例行报到，但是，顾炎武那哭声却决定了他终生的命运旋律。

他的啼哭没有唤来顾炎武这个名字，只讨到个小名藩汉，谱名绛，及至读书才有了学名继绅。后来改名炎武，那是他反清复明的行为写照。藩汉的出世没有给父母带来多大欣喜，他不是长子，只是次子，所幸他盘活了另一个家庭。祖父的兄弟绍芾那一支，儿子同吉早亡，未婚妻王氏决然进入顾家守贞。守贞只能暂时守住门庭，却无法延续自家的烟火。于是，小藩汉投入王氏的怀抱，用哭声给门庭装进了欢笑。

从人才学的角度审视，顾炎武走进这个单亲家庭似乎是他的不幸，其实这不幸之中潜藏着幸运。嗣母王氏不仅敢于未嫁守贞，而且对婆婆格外孝敬。有次婆婆病重，几番服药没见好转。她听说用手指做药引能治疗百病，竟然挥刀砍向自己。一声刀响，她的小指跳进沸腾的药锅，她却疼得昏厥过去。所幸，她没有白白昏厥，煎出的药居然医好了婆婆的病。这事不胫而走，传进龙庭，崇祯皇帝敕命在顾家的门口悬挂"贞孝"旗帜以示旌表。当然，嗣母能有这样的举止不是无源之水，她出身名门，从小受过诗书熏陶。顾炎武初晓人事，嗣母便用熏陶过她的诗书熏陶膝下的幼子。七岁时，他就读于私塾，放学回家，嗣母继续授课。后来顾炎武回忆："自不孝炎武幼时，而吾母授以《小学》。"

顾炎武的扎实史学知识，还得益于另一个人的教诲，即嗣祖父。别看嗣祖父没有科举入仕，却博学多识，通晓国家典章。顾炎武刚满十一岁，嗣祖父便给他开讲《资治通鉴》，历时三年方才授完。之后，他又拿出宫廷的邸报和孙子一同分享阅读。胸怀天下，关心时政的种子早早植入顾炎武的心田。十四岁时，顾炎武就考中秀才，眼前展现出一条科举入仕的锦绣大道。可惜，这条大道像是地平线上的彩虹，顾炎武追逐了十三年，也没能如愿。二十七岁这年，乡试再次落败，顾炎武改弦更张，不再追逐那迷人的彩虹。他决计脚踏实地，做一些利国利民的实事。以史为镜，可以知兴替。顾炎武开始在典籍中辨析国势衰微、民不聊生的原因。他"历览二十一史以及天下郡县志书、一代名公文集及章奏文册之类，有得即录，共成四十余帙。一为舆地之记，一为利病之书"。这就是后来成书的《肇域志》和《天下郡国利病书》。

就在顾炎武激扬文字，准备指点天下的当口，清兵像决堤的洪水滚滚而来，荡击着明朝的衰弱运势。猛抬头，清兵已经攻陷南京，偌大江南摆不下一个平静的案几，他还怎么将学问治国的方略进行下去？顾炎武是书生，却不是书呆子，他愤怒而起，加入了抗清的行列。在苏州，在昆山，都曾留下他的身影。可惜，毕竟东流去，残墙难修补。清兵攻进昆山，接连六天烧杀抢掠，四万人死于屠刀利刃，鲜血染红街巷、庭院，清流变成令人胆寒的血水。那血色中流荡着顾炎武两个胞弟的鲜血，流荡着生母的鲜血。两个胞弟惨遭杀害，生母何氏被砍伤右臂，天崩地裂的灾难猝然降临。嗣母闻知，不再进食粒米，饥饿十五天，含恨死去。瞑目之前，气息微弱，仍然坚定地告诫他："读书隐居，无仕二姓。"

天塌地陷，国亡家破，顾炎武欲哭无泪，只能咬碎牙齿和仇恨一起埋进心底。

覆巢之下，哪有完卵？是清兵的杀戮，残破了他的家庭，凌迟了他的平静生活。这一时期，顾炎武生命的行迹大写着四个字：反清复明。为实现这个抱负，他曾坚决抵制剃发。清兵入主后，强化一统威严的标志性手段是，令汉人一律剃成满人发型，顾炎武带头抗命，决不让明朝的遗风在自己头顶消亡。后来，为实现这个抱负，他含恨饮泪，忍辱负重，将头发剃去。丢掉头发，没有丢掉他反清复明的志向。只是面对"留发不留头，留头不留发"的残暴强权，他屈辱了一把，要留下自己的头颅继续为抗击清兵呐喊。就是在这时，他改名为顾炎武。应该说，叫作顾炎武他是名副其实的。

名副其实的顾炎武办了几件事。一是追随义军，转战抗清。听说太湖一带有吴易（或作易）率领的义军，他毅然前往，跻身其列。二是领命受职，辗转赴任。顺治二年闰六月，明太祖八世孙朱聿键在福州称帝，授予他兵部职方主事一职。顾炎武欣然受命，带着族父顾咸正前往闽中上任，可惜，途中动荡不安，终未如愿。三是屡谒孝陵，表明心志。顾炎武曾六次凭吊孝陵，仅顺治八年到十年，他先后就去过三次。孝陵是明朝开国皇帝朱元璋和皇后马氏的墓址，顾炎武一次又一次地拜谒，无非是想召回昔日雄风，重光大明。可惜，雄风不再，气息奄奄，拜谒只能是哀叹。哀叹大江东流去不还！是呀，一支支义军相继被剿灭，复明的愿望夕阳般一点点沉落。四是去书郑公，吁请抗清。就在复明的残阳即将坠入黑暗的时刻，他闻知郑成功举旗抗清，顿时神情大振，挥笔泼洒出"长看白日下芜城，又见孤云海上生"的诗句。进而，他写下一封信，糊在一本《金刚经》里面，托一个和尚带去。他不会想到就是这封信会给他带来杀身之祸。此时的顾炎武应是矢志不渝，拼命搏击，一首《精卫》诗透递出他的满腔激情：我愿平东海，身沉心不改；大海无平期，我心无绝时。

顾炎武，用行动书写出一个反清复明的志士形象。

深陷家产纷争的俗子

从前面叙述的行迹看，顾炎武即使不高尚，也不低俗。算不上高尚，是因为当时抗击清军的人成群搭伙，非他一人。说不低俗，是志向坚定，愤然前行，有超越常人的举止。然而，再往下追叙他可就难逃低俗了。

顾炎武低俗得和普通村民别无两样，将财产看得很重，也是一个掉在钱眼里的凡人。他的杀身之祸便缘此而起。不过，在杀身之祸到来前，他早就卷入家产纠纷难以自拔。应该说，在清兵扑来之前，他已被家事弄得焦头烂额。不是焦头烂额，而是焦屋烂院，他不得不搬出老宅，移居他地。事情的根源在于他出身于名门望族，有着丰厚的家产。这是他的财富，也是他的负累。像他这样名跨时空的思想家，对于这么浅显的道理不会不懂。只是说易行难，不识庐山真面目，只缘身在此山中。倘若他有这么清醒的认识，就不会再是俗子。

纠纷起自顾炎武的嗣祖父去世。一家之主没了，分崩离析也属常事。顾家却把常事闹得极不平常。现在看到的资料多说，顾炎武的从叔顾叶墅、从兄顾维，都不想让他继承过多的家产，闹得不可开交，以致点火烧他的房子。这就是我说的焦屋烂院。对此顾炎武耿耿于怀，晚年还写信给顾维，发出十一条斥问。这似乎是在数道他从叔、从兄的不是，然而也可以看出内有"不想让他继承过多的家产"之语。其中"过多的家产"肯定是顾炎武提出来的，一方不给，一方咬定不放，这是一般纠纷的起因。想来顾家不会逃出这个起因。这等于说，在家产的多少上顾炎武寸土不让，矛盾激化的结果是对方纵火烧毁房屋。我们不必评判是非，却能从熊熊燃烧的火光里瞭望到矛盾激烈的程度。设若顾炎武退让一些，情愿少得一些，那这火光还会燃起吗？因而，这火光让我看到的不只是对手的凶狠，还有顾炎武的尖刻。尖刻到对于钱财分毫必争，或许作为嗣子这是他捍卫家产的责任。可就是这责任让他与凡夫俗子毫无差别。

古往今来，内忧外患总是如影随形，顾家也无法幸免。几番折腾，家道败落，十几口人要吃要喝，顾炎武不得不把八百亩良田典押出去换钱度日。典押的对象是叶方恒，选定他是因为两家是个拐弯亲戚，互相好做照应。孰料，钱财总让人利令智昏。土地到手，叶方恒智昏到连亲戚也不相认。据说，迟迟不给付钱，多次催要才讨回一部分。就这一部分也有人眼红，谁？给顾家经管土地的世奴陆恩。土地易手时，他随地到了叶家。知道顾炎武手中有点钱，便要挟勒索。扬言要是不给，就以暗通沿海义军去官府告发。这令顾炎武惊出一头冷汗，真要被告发，他只有死路一条。他是给郑成功写过信，那信藏在《金刚经》中托一位和尚转送，陆恩如何得知？陆恩要挟他的把柄就是此信，金钱能让叶方恒利令智昏，能让陆恩利令智昏，也能让和尚利令智昏。陆恩花点钱将那封揣在和尚口袋里的信，揣进自己的口袋。君子以义，小人牟利，顾炎武不会不懂这浅显的道理。若是舍得几个钱，就能封住这个小人的口，偏偏他竟然舍命不舍财，而且还大为恼火，大为冲动。这一冲动，他带着亲友将陆恩逮住沉进水塘淹死了。他只想到灭掉这个小人就会一了百了，不会想到竟给自己带来杀身之祸，

螳螂捕蝉，黄雀在后，顾炎武的行为令叶方恒暗暗欣喜。他串通陆恩的女婿把顾炎武抓住，囚禁在家，逼他自杀。多亏亲友说情，才交给官府处置，顾炎武被投进监狱；多亏亲友营救，才以"杀有罪奴"定性，顾炎武被保释出狱。他整整坐了三个月监狱，不知这三个月里，每日面对巴掌大的天空当作何想？不知走出高墙，回归阔朗的高天，他又作何想？从后来的行为看，他曾深深地自责，自责太冲动；他曾暗暗庆幸，庆幸终归没死。庆幸也不能过早，这一日，顾炎武的毛驴驮着他颠达在南京的太平门，哪知这别人进进出出轻松自在的太平门，对于他来说却是生死门。

他正在骑着驴闲步，突然跳出个人对准他的头重重一击。顿时，顾炎武鲜血喷溅，栽下驴背，刺客则飞身逃走。派来行刺的人是叶方恒，官家没有依法处死顾炎武，他要置对头于死地。顾炎武虽然侥幸逃过了这一劫，从死神的指缝溜了过去，肯定吓个半死。

回首这段世事，我以为顾炎武死了，一个纠葛于钱财利益的顾炎武已经死去。另一个顾炎武滋生了，新生的顾炎武明白如此下去不要说实现反清复明的大计，就是伏案写作一吐胸中的块垒也不可能。他毅然离开故土，离开这既让他丰满羽翼的乐土，也缧绁囹圄他的禁地。

顾炎武把烦恼抛在江南，破浪北上。

在矛盾中挣扎的文士

如果把顾炎武的人生看作一盘棋，那他的北上确实是一着好棋。突出恩怨重围，摆脱小人纠缠，在新的天地放逐肢体，放飞精神，这符合"树挪死、人挪活"的世理。

注目顾炎武的北上，没有必要跟踪他的行迹。要是简述他的步履，可以借助当代手法，点击出几个关键词：游访、交友、置业、读书和著书。游访是顾炎武过江以后的主要活动，他首先到达的是山东，却没有禁锢在此处，北达幽燕，西入秦晋，饱览山川美景，考察历史风情。走出娟秀娇丽的南方，抵达粗犷壮美的北国，顾炎武的心胸像中原一般开阔无垠。交友，以文会友，拜访名流，每到一地顾炎武都与文士贤达相融一起，先后结识的名士有黄宗羲、傅山、陆世仪等。置业，是北上的成果，也是北上的恶果。说是成果，他曾经想定居山东，就将携带的钱借给章丘豪富谢长吉。谢以房屋土地抵押，久欠不还，他便将抵押的田土房产收回。于是，顾炎武在北方有了自己的财产。然而，就是这财产又给他撒下杀身的种子。这里暂时不说，容后再叙。至于读书，他本来就手不释卷，走到哪里读到哪里。而写作则是只要有屋安身，有案伏体，他即神思笔耕。除了完成《山东考古录》，他一生最重要的两部书，都在渐行渐进。《天下郡国利病书》修订完稿，《日知录》也写出前八章，并刊行刻印。

如此打量，顾炎武似乎如鱼得水，学识与眼界同开阔，人生与著作共长进。且慢，这只是外在的光色，而顾炎武的内心非郁闷，则纠结，日日在矛盾中挣扎。

顾炎武郁闷，郁闷在立志恢复明朝，却希望渺茫。何止是希望渺茫，简直是希望破灭。看似还有个南明王朝，却游离于边沿地带，东躲西藏，不要说反击清朝，能苟全自身就很不错。他在南方不得已离开，并没有放弃往日的志向，临行再次在南京拜谒明孝陵。到达北国后，他不顾艰辛赶往昌平的十三陵拜谒。"麦饭提一箪，枣榛提一筐。村酒与山蔬，一一自将携。"带着这样的祭品，拖着困倦的肢体，来在寂寥的陵地，他"下阶拜稽首，出涕双浪浪"。别说出涕双浪浪，就是出涕千浪浪，万浪浪，也哭不回已经僵死的王朝。这是顺治十六年夏天，一年后的仲春他再次来祭，有没有出涕双浪浪，他没有说。倒是留下深深的自责："区区犬马心，愧乏匡扶力。"是年秋天，他的身影竟然出现在南京的孝陵下。这是他第七次来此凭吊，他的虔诚不要说在别人看来有些怪异，就连守陵人也觉得不可思议："旧识中官及老僧，相看多怪往来曾。问君何事三千里，春谒长陵秋孝陵？"不知此后顾炎武还有没有拜谒明陵的心情，不知此后顾炎武还有没有光复明朝的意愿？他怎能不郁闷？郁闷啊，郁闷，郁闷得剪不断，理还乱，是亡国之仇，之愁！

顾炎武纠结，纠结在一个残暴烧杀的王朝竟然能站稳脚跟，竟然无法推翻，甚而连动摇的可能也没有。遍天下的汉人居然甘愿忍受旗人的统辖指拨。更为奇怪的是科举一开，居然有那么多的汉家子弟俯身低头往里钻，往这个曾经的屠杀指挥中心钻。不论他人如何，反正打死他顾炎武也不干。康熙十七年正月，清朝开设"博学鸿儒科"，笼络汉族士人，由中央和地方官员推荐民间有本事、有学问、有名气的人，通过特设的考试，到朝廷里来做官。顾炎武榜上有名，但他置若罔闻，不予理睬。别说当官，即便是官家经办的事，他也不干。次年，有人推荐顾炎武进京编修《明史》，对于他来说，这是文墨之事，是他的长项，何况又是明史？顾炎武还是断然拒绝，在回复举荐人的信中写道："七十老翁何所求？正欠一死，若必相逼，则以身殉之也！"

然而，他不干就有人干。最令他纠结的是入仕做官的人比比皆是，就连他的外甥徐乾学、徐秉义、徐元文也跻身入列。徐元文是顺治状元，官至文华殿大学士。徐乾学是康熙进士，官至刑部尚书。徐秉义是康熙探花，官至吏部右侍郎。先前，在他的眼里，入清廷做官无异于去当屠夫的帮凶，那如今他该怎样看呢？顾炎武纠结，纠结啊纠结，纠结得抽刀断水水更流，举杯消愁愁更愁。

突破围城的补天者

站在局外阅读顾炎武，时而为之担忧，时而为之庆幸。担忧倘若他就这么郁闷、纠结，必然在矛盾中毁灭自己。他一生的代表作无外《天下郡国利病书》和《日知录》。前者为知识性的，后者为思想性的。假设只有前者，他只能是一位平庸的学士，而后者使他翱翔于天宇，闪耀着跨越时空的璀璨光芒。《日知录》的诞生，恰是他生命的突围，恰在于他生命的攀升。因而我为之庆幸，庆幸他不再用一个明朝遗民的眼光审时度势，大化为一个悲天悯人的凡佛。凡佛？对，凡佛。凡人之佛。虽是草木之人，却有了普度众生的心胸。

顾炎武的心胸是如何宽阔到这种天地的？回答是两个字：炼狱。

顾炎武还真的又被投进监狱锤炼，而且这次比南方那次更长，死亡的危险更大。

他北上的第二站是山东即墨，住在黄培家中。黄家有人在明朝做过御史，黄培在明末做过锦衣卫都指挥使。顾炎武这次牢狱之灾是黄家案发被牵连进去的。若是细说，这一案与顾家陆恩事件如出一辙，均为奴变。黄家有位奴仆黄元衡。黄元衡祖上姓姜，投靠黄家后为表白一片忠心弃姜改黄，一连三代以黄为姓。到了黄元衡这代，时来运转，进士榜上有美名，翰林院里做大官。人一阔就变脸，改回姜姓不说，还要原先的主子尝尝自己的厉害。黄培喜欢作诗，姜元衡便告他写反诗。审案两年，终归没有告倒黄家。没有告倒仍不死心，又抛出《忠节录》一案再告。这就把顾炎武给牵扯进去，此书的编者陈济生是顾炎武的姐夫，还是他在黄家刻印的。顾炎武二次被投进牢门。可惜，姜元衡聪明反被聪明误，只想整倒人，就忘了和《忠节录》异名同文的《启祯集》曾被告为逆书，审理后经皇帝钦定为诬告。所以，此案虽然惊吓出顾炎武一身冷汗，最终毫发未损地再见蓝天。这事看起来是姜家与黄家的纠纷，幕后却隐藏着一个推手。推手是谢长吉，顾炎武置产就是他家的田地。这场政治案的起因还是经济利益，金钱又一次显出魔力，虽然此人不姓叶，不姓陆，姓谢，却也让他利令智昏。痛定思痛，顾炎武如何能不反思？

时过境迁叙述往事轻松简单，事发时却让人提心吊胆。惊动得亲朋好友不得安宁，东奔西走，上下打点。最感动人的是陕西李因笃，闻知就不远千里跑到山东，四处活动。当然，最终出狱还是顾炎武的三个外甥周旋，其时他们不是"部长"，就是"副总理"，说话沉甸甸的，哪能没有分量？顾炎武出狱后，肯定会反思这横祸飞来的缘由，反思的结论不管如何，都淡化了他对清朝的反抗。曾经他以反清复明为己任，如今还有必要担当这个重任吗？曾经担当这个重任，是清兵危及着天下民众的生命，如今危及广众安定生活的是什么？遥望江南水乡，在清兵席卷而来之前，顾家不就已经陷入混乱吗？那又是为何？

我们不要急着讨要顾炎武的反思结论，此时他还在混沌当中。世事还嫌不够混沌，又给他送来一份混沌。这份混沌面貌时新，是珍贵的绸缎礼品。混沌不在礼品，在于送礼品的人是当年千方百计要谋杀他的叶方恒。真真不是冤家不聚首，顾炎武被叶家逼迫北上，流落济南编纂《山东续志》，叶方恒考中进士，竟然奉皇命来山东做官。仇人相见本该分外眼红，出入意料的是叶方恒没有匕首相见，反而送上一份礼物，还邀请他同游泰山，这又是图啥？想想在南京头被打破，栽下毛驴的惨景，看看眼前这份示好的绸缎，顾炎武就是再愚蠢也明白，不是顾炎武有何能耐，他还是他，而是他的外甥今非昔比，官高权重，成为悬在叶方恒头上的一把利剑。人为了活着，活得出人头地，为啥什么下贱事都能干？

这尘世真够混沌。打开他混沌心结的是山西曲沃，他的生命终结在那里，他的人生大著《日知录》终成于那里，他也彻悟于那里。曲沃属于平阳府。平阳乃帝尧古都，在这里留下了尧天舜日的仁爱史话。可就在这离平阳不过百里之遥的曲沃，却渗透了宫廷争斗的血雨腥风。他晚年几度居于此地，固然因为有和他意气相投的学士韩宣，还因为这里丰厚的历史气息时时滋养着他，他在《日知录》中写下的不止一笔。曲沃曾是晋国的国都，这国都由翼城转移而来。为了这转移，一家人浴血厮杀六十七年，多少无辜儿女死于战祸。就在曲沃的附近，有个车厢城。那是晋武公的儿子晋献公所建，他为晋国的公子建造了舒适豪华的别墅。公子们无不欢乐地居住进去。一个月明星稀的夜晚，尽情享受快乐的公子们顷刻间血肉横飞，死于戈矛。那是晋献公接受曲翼争斗的教训，剪除可能危及自己的兄弟。史书记载，晋国无公子，根源就在这里啊！踩踏在这浸透血色的土地，顾炎武心绪如何平静？

由此远望，他看到了南明。原指望他们光复祖业，打败清兵，谁承想刚有立锥之际，福州的唐王朱聿键和绍兴的鲁王朱敬竟为谁是正统发生内讧。这就是帝王之家！顾炎武彻悟了，他曾经拼命光复的明朝不过是一个帝王之家，那只是权力的写照，不能代表正义，不能代表仁爱，更不是人间正道。顾炎武兴奋不兴奋，我们无法穿越时空看到，只看到书卷里闪耀着照亮万代迷蒙的光芒，这就是我在文章前面提到的那段文字：

> "有亡国，有亡天下，亡国与亡天下奚辨？曰：易姓改号谓之亡国，仁义充塞，而至于率兽食人，人将相食，谓之亡天下。……是故知保天下，然后知保其国。保国者，其君其臣，肉食者谋之；保天下者，匹夫有责。"

我将这段文字视为顾炎武的破茧之举，涅槃之生。顾炎武脱俗了，新生了，他摆脱掉凡人身上的尘念，他挣脱掉文士身上的羁绊，他不再是守护顾家财产的物奴，他不再是只认明朝龙庭的遗民，他成为弥补人类道德星空的补天者，罕见的圣哲。

顾炎武用他炼狱出的火眼金睛看穿了改朝换代和天下兴亡的区别，看穿了天下亡故的原因在于道德沦丧，看穿了道德沦丧的原因在于对权力和金钱的痴迷，看穿了对权力和金钱的痴迷来自无节制的放纵欲望，看穿了无节制的放纵欲望使人们丧失掉了应有的羞耻感。于是，他挺身而出，慨然补天：

> 不廉则无所不取，不耻则无所不为。人而如此，则祸败乱亡亦无所不至。况为大臣，而无所不取，无所不为，则天下其有不乱，国家其有不亡者乎？然而，耻尤为要，……人之不廉而至于悖犯礼义，其原皆生于无耻也。故士大夫之无耻，是谓国耻！

女娲老祖母补天，不过是补房顶透天之洞。那个漏洞好补，而顾炎武要补的是塌陷的道德苍穹，这该从何处下手？有办法，他已为世人谋划好了：

> 教化者，朝廷之先务，廉耻者，士人之美节；风俗者，天下之大事。

朝廷有教化，则士人有廉耻；士人有廉耻，则天下有风俗。

我将顾炎武《日知录》里的名言摘抄于此，我觉得这是补天石，补天法。

尾　声

我为顾炎武而歌！

因为我将顾炎武视为圣人。十五年前,我曾在文章中划定圣人和伟人不同的标准：伟人是务实者，圣人是务虚者。伟人用自己的行动改变社会，改变人的命运。圣人用自己的思想改变社会，改变人的命运。圣人是超前的人，是跨越时代与后世子孙对话的人。

我以为顾炎武就是与后世子孙对话的人。我在顾炎武住过的曲沃这么想，我在顾炎武的故乡昆山千灯镇（现在千墩村易名为千灯镇）这么想。

我还想，顾炎武留下的大著内容丰富，精神繁丰，我钩沉和理解的只是一隅。就这一隅也令我百般痴迷陶醉，或许这在顾炎武看来只是沧海一粟，不足为奇。我所以为奇是因为时代稀缺，物以稀为贵，我便珍爱得难以释手，禁不住连日走笔，写下我触及灵魂的感受。

（选自2017年第4期《四川文学》）

塬上的纸幡

熊育群

周　陵

一种莫名的情绪，夏日黄昏，一座巨大的坟墓上，幽远如旷古的气息，笼罩、弥漫，像田野上的烟岚，模糊了远近的树木与房屋。

我站在坟顶，有点猝不及防，仅仅一个时辰前，我还在飞行中，奇特的地貌"塬"在机翼下出现，渭河平原的村落、玉米地、苹果园、道路，随着飞机的降落变得清晰……一对隆起的土堆那么突兀，像大地上的双乳，相连的小径露出猩黄的泥土。我注目着它，想象着、判断着……

一种想法，驱使我终止转机了，突然又轻率地决定去那两个土堆。在咸阳机场联系酒店，很快，一辆面包车把我接出了航站楼。

车往北开，高空鸟瞰的玉米地、杨树，带着渭河平原的气息把人裹挟进去。一堵猩红的围墙，里面露出两座墨绿色山头。想不到酒店就在围墙后面。两座山头就是那两个土堆？是不是太巧合了？我冲动着，放下行李便出了门。

围墙铁门早早落了锁。沿着墙根训训而行，我从一个破落的院子冒冒失失闯了进去，里面是坍废的墙垣，一条青石板的老路伸向田野。几棵老槐树在落日下，使得橙与绿交融成一片光亮，濯亮了青石条的路。路边又是一道围墙，围着一座古庙，古庙后面一座小山出现了。

寂寂无人。山下一股荒凉之气，让人想到侠客隐身之地。青砖青瓦砌筑的亭塔立于山脚，说它亭塔，是样子像亭，其实是塔，近了，看到中间凹墙里嵌了一块黑色石碑，上书黄色隶书大字："周文王陵"。

周文王？三千多年前的坟墓？细看题款，乃乾隆年间咸阳知县孙景燧所立。

都说周朝墓而不坟，有茔无冢。春秋孔子父亲死时还没有坟，他长大后寻找埋葬父亲的地方还颇费了一番周折，于是破古制，为父母立起了坟堆。这块土地上最早立坟的是秦国王公墓葬。由坟称陵，则从秦惠文王始。这是不是秦王的陵墓？周文王何以筑陵？难道周朝已有坟了？

阶梯升向天空，陵的顶端平如直线，这是一座覆斗形方陵。走在平坦的陵顶，稀疏的柏树立如人形。北面的一座陵墓，泥土的小径隐没在荒草丛中，恰似颈脖上围了一个项链。夕阳正从它的一侧坠落。那是周武王的安寝之地。

想起小镇的名字周陵，周朝的开创者就在这里安息？这是否是后人假托？丰京、镐京，两个词突然生出了一种气场，哪怕隔着三千年，它好像就藏在我的身旁。今夜就睡在陵墓兆域之内，我陷入了一种深沉的梦幻：灰色、模糊而虚幻，但却如此真实！

橘红的夕阳，天鹅绒蓝的穹庐，如水的晚飔，北方与南方阳光如此不同，哪怕正值盛夏，夕阳亦有深秋金箔般的色泽，光芒笼盖四野，一如垄上烟火，洪荒世界并未远去，苍茫岁月浸满了虚妄的况味。

一架一架飞机低低越过，白银闪耀，轰鸣声如风一样四散。想起上午的那扇舷窗，我从嘉峪关飞西安，久久地眺望——起飞时满窗钢蓝色，祁连山如伏地的冷兵器。钢蓝色曾困住我，爬七一冰川时，山上下雪，山下落雨。雨水引发了落石，落石阻断了铁路。六月雪把我留在了镜铁山的黄昏里。在矿区桦树沟食堂，与刚出矿井的年轻矿工一起排队打饭，他们看我的眼神充满了疑惑，但内心的热情却毫不掩饰——我这位不速之客打破了他们寂寞单调的生活。

入夜，月出峭岩，山高月小，等待出山的矿区火车犹如荒古遗物，被峡谷阒静深埋。我吟哦起匈奴的悲歌："失我祁连山，使我牛羊不蕃息。失我胭脂山，使我妇女无颜色。"感觉一条山谷古近而今远，匈奴的幢幢幻影正在靠近……卫青、霍去病的军队打到了山下。山下的酒泉正在庆贺胜利……两千年的岁月在巉峻岩壁上像神思一恍惚，它这么一晃荡就没了。

仅仅一夜之隔，我就站到了渭河平原。

周陵恰如一次奇袭。我遭遇了历史时空的重叠。

三千年的睡眠是如此安详，像田畴上的庄稼潮汐似的交复，王朝更替，演绎着天地间的宿命。脚下堆砌的巨大工程让死亡恒在，这是一次至今还在进行的死亡。兆民的膜拜把它比喻成了高山、巍峨、壮阔。王的威严在大地上亘古不易。

这一刻，触及的历史如此真切，时空穿梭的感受如此强烈，风一样行走的影子，便是暮霭似的王的殿宇楼阁、氤氲气象……

远处的村落，传来了鸡鸣犬吠。

周陵周围是否有周文王的后裔？或者人群里留下某种传承的行为、习俗、语言，像基因一样遗传？哪怕只鳞片爪都是令人兴奋的。这样的想法过于天真、偏执，时间久远漫漶，我明白两位王者早已失去了与世间的关联，土著们不过是来历不明的移民，但内心里却不愿两座陵墓孤悬于世。

一种冲动，为着印证．为着世间零落的奇迹。

一座大牌坊，红底黄字写着崔家村，逆光中的村庄像浮在光里。走村串户，我的眼里早把三千年与现在连成一体了。

新农村建设，水泥的村道，瓷砖的墙，院落围在屋子里面，由老人们守着。一个个老人询问下去，他们不是姓崔便是姓李，并无姬姓。经打听，清明节周陵隆重的祭祀，村里人都是去陵墓祭拜的。

三个老年妇女在宽敞的水泥路上收拾麦子，我跟她们一样蹲下来，淡淡的阳光浮在周围，仿佛自己也参与到这千百年重复的劳作中，老人慈爱的笑给了我回家一样的感受。

一位老人指给我费家村的方向，说那个村里有姬姓人家。

崔家村与费家村之间隔着大片田地，地里枯黄一片，都是收割后的麦茬。青青的玉米苗从麦茬里蹿出半尺高了。费家村村口废弃的小学叫崔费李小学，三个姓氏里独不见姬姓。

见到姬三建、姬辉的时候，欣喜的情绪难以掩饰，感觉讶异，就像他们是我的远亲似的。盲目的行为竟然有了结果！问起族谱，他们的祖先就是周文王姬昌。以前村里建有祠堂，可惜毁了。现在村庄因城镇化要搬迁，他们舍不得离开。除了故土难离，还有他们世代对周陵的守望。

血缘是这样奇妙，这一对堂兄弟长相并不相同，我却试图从他们的脸上寻找某些特征，去想象陵墓里的人，这样偏激的想象直到离开也没有停止。交谈、留影、观察，在他们宽大而空荡的房间穿过，直到夜幕降临，依依惜别。走在黑暗中的乡土路上，突然觉得时空从来就没有流动过。有个身影开始弥漫，仿佛正在靠近……

康　　陵

站在周文王陵上，发现西南方烟蓝色的山影，疑窦顿生：平原何来孤峰？若是陵墓，何以如此巨大？

第二天，租了一辆三轮电动车，我往西南方向而去，有一种预感，我在赴一个古老的时空之约。它的朝代古老到了哪一个年代？一种呛人的岁月烟尘渗满了现代汽车尾气。

开电动三轮车的老人，是从三岔路口三轮车堆里挑的，他掉了一半的牙齿让人心生怜悯。谁能想到他与我同龄呢？称呼他大爷，他连连说"不敢不敢"。他的方言是一株植物，看不明，认不清，风中哗啦啦翻响着。模糊中，明白了他的疑惑，他不知道我去哪一座，难道有很多座山？

当然是去最近的。"去大寨村？""大寨村？"听不明白。任由他往前开吧，有山我自然看得到。

康陵就这样向我扑面而来，西汉最后一位短命国君要向我诉说他的亡国之恨了。

一块简陋的牌立在铁栏上，记载了汉平帝刘衎的死期：公元6年2月4日。这是一个寒冷的日子，绿色褪尽，泥土冻得生硬。葬礼一定是隆重的。汉代的厚葬之风炽盛，皇帝的葬礼全都极尽奢华。

铁栏内欹斜的踩踏出的泥径，像一条倒挂的河流，急泻的地方坡陡，漫流的地方则缓，庞大的伸向天空的山体如此巨大，与一个十四岁少年的死太不相称了。一步一步攀登，平原低低地退缩、臣伏，双层覆斗形陵墓，半山上有一圈平台，在此驻足、眺望、沉思。埋葬如此之深，就像秘密的冤屈一样深。少年是心脏病复发还是被椒酒毒死？专权的王莽已经握紧了帝王的权杖。公元前206年由刘邦开创的巍巍汉代江山走到了尽头。这一个中华民族星河璀璨锦绣斑斓万世景仰的王朝，一个确立了汉人、汉族、汉语、汉礼、汉服的朝代，翩翩少年再也扛不住它了，未央宫里曾经照耀五服蛮荒的光芒渐渐熄灭，阴谋家露出了得意的笑脸。

山上来了一群人，一条五彩风向标迎风飘荡，一把巨大的滑翔伞意欲挣脱绳索飞去。有人架起相机，向着烟云浩渺的渭河平原取景。咸阳城的高楼矗立于地平线上。帝王的陵墓一座座在远处浮现出来，高高的陵墓一共九座沿渭河北岸展开，让平原生出了一种气势。

康陵脚下闪闪发光的全是墓碑，坟墓密密麻麻，死亡是如此浩大，他们都愿意长眠在帝王周围。

一队披麻戴孝的人出现在田间小道上，向着康陵走来。走在前面的人举着白色的招魂幡。他们头戴丧冠，身穿孝服，手执竹杖。队伍静默地行走着，不知是为新亡人祭悼还是办理什么丧事。

与汉代一样，杖依然竹制，那时长与胸高，现在短如戒尺；汉时苴绖用麻，现在用白布；汉时最重的斩衰服不加缝缉，现在孝家穿的是白大褂；女子依然不用丧冠，汉代女人麻布条束发成髻，现在白布裹头；汉代孝服以斩衰、齐衰、大功、小功、缌麻五服来区分与死者的亲疏远近，持斩衰之服的男子穿斩衰裳，系苴绖、绞带，执杖，冠绳缨，着菅屦，服丧三年，现在以白黄红三色的冠绳缨和杖作简单的区分……死亡没有变，对待死亡的态度却发生了变化，这是对待生命的态度，是人心人伦温度的变化。

茂　陵

出租车司机姓陈，他不知道茂陵往哪里走。他没关心过陵墓。他在一家工厂当保安，下班后开了自己的车来马路边拉客。对我坚持要去茂陵他感到奇怪，知道我来自广州后就更加不能理解了，一个外乡人跑这么远来看一座土坷垃？他一连说着"坟有什么好看的！坟有什么好看的！"

昨晚去路边的一家烤鱼餐馆，那是从康陵去咸阳的路上，暮色田垄里的一长排红灯笼，暖暖红光后面一座高大的坟墓。我拐到了坟前，天已黑，周围同样坟茔遍布。向人打听，谁也不清楚坟里埋的什么人。世代与陵墓相守的人，陵墓对他们不过寻常之物吧，已经视而不见。

司机一路打听去茂陵的路，聊起了他去广州、北京打工的经历，说自己是一个喜欢结交四方朋友的人。

水泥的公路，铺在玉米、苹果树与西瓜秧的平原上，铺在夏天的阳光里。路边砖混的农屋，零星散布在地里。靠近茂陵时沿路出现两排房屋，似街又不似街，粗糙的房屋，红砖外露，有的贴着劣质的瓷砖，有的水泥粉刷。想着汉代皇帝陵墓边的陵邑，"五陵年少金市东，银鞍白马度春风"。这些因供奉山园而修建的城邑，李白当年的想象与玉宇琼楼的陵邑仍不能相比，豪强大贾如挚纲、原涉、郭解都搬迁来了，虽然是强迫，但后来就连司马迁、董仲舒、司马相如也相继迁居。住在陵邑成了身份的象征。

路边这些狼犺的砖房，显出现代人的生活是多么简陋原始，对待生活的态度是如此的不经心、随便、得过且过。

茂陵出现了，除了一堵围墙，四面都是玉米地和苹果树。往东，陵邑一点踪迹也寻觅不到了。绕着茂陵围墙走的时候，注目东方，遥远的烟火气息似乎在我的鼻腔里弥漫。刺目的太阳光下，如毯的庄稼地、玉米与苹果树的绿四面延伸。陵邑数万人家仿佛一夜间蒸发。旷野里岑静无人，懒洋洋的热风把土地的腥气带向空中。

茂陵邑奢华喧闹的时候，陵墓还在修建，每年天下贡赋的三分之一投入修陵。汉武帝在长安城的未央宫临朝听政，他的大将霍去病、卫青先后离他而去，作为陪葬者，他们的陵墓在东方高高垒筑起来。卫青的陵墓形如庐山，霍去病的则状如祁连山。他们当年攻打匈奴，一路打到祁连山下的酒泉，霍去病把汉武帝奖赏的一坛酒倒入泉水中，与将士们共饮，酒泉由此得名。

茂陵修了53年后迎来了它的主人。他口含蝉玉，身穿金缕玉衣，安放五棺二椁的梓宫，随黄肠题凑、便房、堂坛、墓道、羡门、甬道一起埋入地下。茂陵修成了汉代最气派的王陵。陵墓的随葬品充塞，多得再也放不进去了。"金钱财物，鸟兽鱼鳖牛马虎生禽，凡百九十物。"

随后，他在五柞宫临终托孤的大臣金日磾、霍光也埋到了茂陵之东，为汉武帝陪葬。

一座座巨大的封土堆穿越岁月的风雨，高高耸立在今天的庄稼地里。茂陵的阙门、寝殿、便殿、昭灵馆、承恩馆、陵庙……不见了踪影，荒草地上仿佛晃荡着一个巨大的谎言。一个农人经过，偶尔一声咳嗽，发出了最真实的响声。

进茂陵不锈钢的大门，门外突然响起了鼓乐声。一辆卡车坐满了打鼓吹号的人。车在大门外停下，鼓乐也停了。三台白色面包车和一辆大巴开了过来，车内坐的全是穿白衣服的人，他们满脸哀戚的神情。

空调大巴下来一个男人，他头戴白色绳缨，身穿白大褂，拿着一把缠满白纸的竹杖。接踵而下的人抓着矿泉水瓶，三三两两朝前走。偶尔有人小声说话，有人热得解开了衣扣赤裸着胸膛，女人有的相互搀扶，他们慢慢走成了一个队形，男人在左，女人在右。人群朝西走进了玉米地。

这是一支送葬的队伍？没有灵轿，没有长绋，更无哭泣。我看不到死者。如若火化，那个小小的骨灰盒呢？它也在空调车上，或者面包车当了灵车？

我在草丛间追到了队伍前面。走在最前面的人双手端着外金内银锡纸包的脸盆，里面盛着金银色锡纸包的元宝，肩上扛着红白两色纸幡，头戴黄色的绳缨，身穿白大褂。他很年轻，圆脸阔大，浓眉微蹙。人在悲痛时眼睛总是低低看着路面的，仿佛有无尽的路要走。

走在他旁边的老年妇女，哀戚是沉甸甸的东西，拽着她的脸。她的头一直低着，眼皮也没有抬一下。他们都沉湎于自己内心的悲苦，也许正在冥想着死亡，困惑于生与死，也许在回忆着往事，独独忘了一个外人把镜头对着他们。

看到红绸包裹的骨灰盒，绸上印着黄色的"奠"字，心里一沉。她就是今天要安葬的人了。捧骨灰盒的人走在小伙子后面，他头戴黄色绳缨，年岁稍长。从黄色绳缨知道他们是同辈人。他的后面是一位长者，捧着黑白遗像，这是一位八十多岁老人的像。再后面是捧灵牌的人。灵牌白纸上用毛笔写着"魂帛"二字。他们都头戴白色绳缨。

南来的风吹动着纸幡，灼热的阳光照得尘土虚白。如此寂静的葬礼，不闻哀乐、炮竹，没有哀号，只有脚步踩踏尘土的声音。那座汉武帝的巨坟慢慢后退着，青青的树木渐渐变得灰绿，它屹立在天地间，见证了两千年的死亡，见证了葬礼、葬俗的变迁与人间的哀乐。它自己也成了死亡的昭示。大地上死亡的绵绵不绝、无处不在，拓开了茫茫时空。历史在所有的死亡之上得以完成。

疯长的荒草，成片的墓碑露出石头的青白。黄土隆起，南北低陷，形如微缩的塬。这塬上全是坟墓。鼓乐又在上面响起来了。

这是一个村庄的墓地还是一个家族的墓地？他们为何埋得如此之远？水泥砖砌好的穴，骨灰盒安放后，纸扎的金童玉女放进去了。陪葬的人偶着色彩艳丽的华服，让人想起世间的繁华亦如纸薄。

不闻哭声。一个人沿来路返回的时候，只有阳光罩的风声，大地亘古的宁静。

李 夫 人

抬头看到一座陵墓，来时只注意了送葬的队伍，我竟然没有看到它。

陵墓似乎是秀丽的，一种孤独的秀丽。陵分两层，虽然高大，但比茂陵要低。陵上青草稀疏，没有一棵树木，掩不住的黄土，一条灰白的土路蛇行而上，老远就看得清晰。

从一片片苹果树与玉米交织的庄稼地走近墓碑，阳光越来越猛烈，我靠近的是一个什么样的人？

"北方有佳人，绝世而独立，一顾倾人城，再顾倾人国，宁不知倾城与倾国，佳人难再得。"想不到李延年的《丽人曲》与这堆黄土有关！他所唱的倾国倾城的李夫人，就埋在这座陵墓中，这座陵墓就是英陵。

一个人如此靠拢，独自面对，一种迫近的压力，感觉到她的灵魂、她的气息在荒冢之上氤氲，灵魂的秘语在飘荡，我听到了自己的呼吸，听到丝丝风声拂过旷野，天地间的大寂静、大寂寞凝结在冰冷的天穹，汇聚在铁幕似的蓝色里，脑海里杂念全无，身心浸满了这万古沉寂。

李夫人是李延年的妹妹。李延年为汉武帝献艺，一首《丽人曲》深深拨动君王的心。她眉如柳叶，脸似桃花，何等的绝世芳华！汉武帝对李夫人一见钟情。当一对情侣生离死别时，汉武帝哀求她转过脸来，见上最后一面。她却执拗不肯，直至红颜委蜕、玉骨销香。她想要汉武帝记住的是自己最美的容颜。

《牡丹亭》里的爱情在长安城里发生。汉武帝命画师在甘泉宫画上李夫人的像，又邀方士祈仙求神，作赋唱曲。思念如同烈焰把他吞噬，汉武帝求助方士法术，他要去鬼神的世界与李夫人相见。

那天夜里，方士作法，看着自己心爱女人的衣服被抱进帷帐，生前的种种回忆一定汹涌而至。烛光摇曳，酒案飘香，方士东喷水、西念咒。汉武帝独坐帐前，痴望着帐内的灯光，数个时辰后，李夫人的身影在帐内出现了，恍兮惚兮。他忘记了阴阳两隔，站起来就往帷帐内冲，悲伤与喜悦已经让他失去了理智。方士一把拦住了他。那一刻，他心内一定如同刀剜。看着女子转瞬逝去，"是邪，非邪？立而望之，偏何姗姗其来迟！"情到深处，文字带泪。汉武帝这首短诗被收入了乐府诗，千古流传。

入葬英陵，汉武帝又写了《李夫人赋》。这首赋写得痛彻肺腑："饰新宫以延贮兮，泯不归乎故乡。惨郁郁其芜秽兮，隐处幽而怀伤……神茕茕以遥思兮，精浮游而出疆。"

"芜秽"写英陵上的杂草，而"隐处幽"写泥土深处的幽冥。面对同样的一堆黄土，爱她的人伤心欲绝，凭吊者如我则只有唏嘘。

站在英陵之上，脚下便是"隐处幽而怀伤"。远处的墓地，送葬的人群开始回家。寥廓的田野，苹果树、玉米一行行排列得整整齐齐，如列队的兵士。这些来自美洲大陆的玉米，李夫人是陌生的，坟边张里村人，李夫人是陌生的，红砖坡屋顶的小楼杂乱不堪，远处的荒冢死者不知来自何方，如果灵魂飞扬，东南方的茂陵一定是她向往的地方，那里有她的君王在思念着她，等待着她，与她茕茕相吊，遥相呼应。他们相守了两千年。

走下陵墓像有人把我往下拽，山坡有些陡。正午的阳光闻得到焦糊味，土地被太阳烤得灼热。我轻抬脚步，担心这样厚的黄土压痛了她，疑惑着这堆泥土怎么收拾得了这样的绝代佳人和千古风流？鼠洞、蚂蚁、蚂蚱与庄稼地一样的黄泥，热风、蓝天、阒静，同样寂寞笼罩，汗水湿透了Ｔ恤，泥土便是脂粉，敷了皮鞋厚厚的一层粉尘……

汉长安城

秋天来了，从广阔的天空吹来了凉意，几片枫叶飞下枝头。抬头望一眼虚空中的蓝，感知着更深的节律。秋天，我又来到了渭河平原，来到了汉长安城，来到了汉武帝与李夫人一起生活的地方。

这个秋天，在天津滨海新区客居、写作，我纠缠于芦花与荻花的区别，月光下细细观察芦花，希望它有银狐一样的光芒，仿佛这是一段借来的时光——我在过另一个人的生活。

汉代长安城遗址就在这个时候清理出来了。邀我去的电话来自北京，奇怪，又是汉朝，令人好不愕然——

这年，从春天开始，就跟汉代结了缘似的。四月徐州丰县之行，无意间我到了中阳里刘邦的故里。在汉皇祖陵看汉代开国皇帝的祖坟，青岩的墓碑，还有引出"筑巢引凤"成语的古木。一场突然而至的清明雨，庄稼地上哗啦啦响成一片。我在雨中鞠躬行礼，闻到了一股墓地泥土的气息。

那么，周陵的出现意味着什么？周、汉两个朝代之间是春秋战国漫长的分裂时期，秦统一后还没来得及施展拳脚就灭亡了。隔着一条宽阔的时光峡谷，汉代一定遥望过周的背影。它从诸子百家中吸收了众多的思想与智慧，但如何治理一个大国，周朝是唯一的榜样。正如我从周陵望见汉陵，历史的延伸需要传承。周陵给予我的是某种历史的象征，从中可以品味，可以思索。

汉长安城的遗址就在西安未央区龙首塬上。正是张衡《西京赋》中的"疏龙首以抗殿"。那里有绵延的黄土城墙，残碎的瓦当青石，巨大的础石，宫殿宫署的地基。未央宫周围的村庄搬迁走后，一个荒凉却真实的遗址裸露了出来，它面积达36平方公里，城墙长50多里。迅速扩张的西安城早已把它包围了。

一座大都市，如此广阔的土地可以任凭荒草生长，这是多么奢华的举动！谁有这样的魄力？汉代是如此强悍地存在着，两千年了，遗迹犹存，特别是长安城的城郭竟然如此完整无缺！伟大的朝代获得了后人的礼遇，这是我们向文明的致敬！它带给了子孙古老的文明气息和深刻的历史启迪。千年之后，今天的举动也将为后人赞叹。

汉长安城的古老堪比意大利庞贝古城，其神秘则可比秘鲁的马丘比丘，它的规模之大，人类任何古老遗址都无可比拟。西方石头的建筑保存并不难，东方的土木建筑历经岁月与战火，鲜有保存下来的，长安城会有怎样的模样？

飞机降落咸阳机场已是入夜时分，望着舷窗外沉入夜色的渭河平原，心里默想着文王、武王的陵墓，它们就在我的脚下，飞机的引擎声已经惊动了封土堆上的秋虫。

未央宫出现在我的面前，在一片市声远去后，它那开阔的视域，高高升起的台阶，当年的时空就凝固在今天的秋阳下，笼罩了悠远的静谧。一条几十米宽的中央大道彰显着一个东方帝国的气势，出入未央宫的人就走在这条大道上。

大道通向西安门。

西安门是汉长安城12座城门中的一座。城墙东南西北各有三座，西安门是南城墙最西边的大门，有东、中、西三个门道。除西门道遭破坏，东、中门道仍清晰可辨，它们宽8米，进深20米，门道间的夯土隔墙厚达14米。门道两侧排列着巨大的础石。地面由不规则的石头拼成，钢化玻璃下面它们呈现着一种淡青与泥黄的色泽。

两面的城墙早已坍塌，但它的气势依然不凡，高耸的泥土墙向着东西伸展，在淡蓝色秋霭里看不到尽头。与它平行的城壕，宽如小河，低低凹陷，野草如毯铺满了河床。壕中水由南向北，注入渭河。北城墙东段和东城墙的城壕至今仍在使用，那是一个湖——汉城湖。

城墙上的杂树绿得凝重，墙土斑斑驳驳起了一层灰白的皮壳，有砖砌一样笔直的线痕。这是一层层夯实时留下的印迹。裸露的一个个小洞，也许是竹筋，它们早已朽烂。城墙的夯土据说炒过，草籽和虫都被烧死了，又加糯米汤，这样既长不了杂草又坚固。十几万人修筑城墙，历时 5 年才完成。这是当时世界上规模最大的城墙。也许，世上历时最久的土城墙也只有它了，两千年的岁月仍然不倒。

从前有人在城墙下埋人掘墓，挖几下手就起泡了。住在城墙边的农民，砌房不用打地基，就在城墙上直接砌。李下壕村人清末战乱时还在城墙下挖过窑洞，那时森林茂密，时有豺狼出没。

当地人把城墙神化了，南城墙被称为公龙，北城墙被称为母龙。卢家口村人传说，北宋以前村里的城墙很完整，一天夜里，只闻车响马鸣，第二天一早，发现城墙都倒了，家家骡马大汗淋漓，一夜之间城墙的"脉气"飞去了汴梁。

四野空旷，阳光下草木的气息浓烈。我向着远处的高台走去，未央宫前殿虚幻的影子似有若无，默想着《三辅黄图》中的记载："前殿东西五十丈，深十五丈，高三十五丈……"它让这片荒地即使荒芜也难以堕入荒野之列。《水经注·渭水》写到未央宫前殿"斩龙首山而营之""山即基阙，不假筑"。眼前的土地可以清楚地看到，自南向北分成了三级，一级高过一级，这是前殿的台基，脚下的草地便是被削平的龙首山。曾经四座庭院梁柱雕花，瓦当悬空，在此经风沥雨。

长安城最密集的建筑群就在这里，班固的《西都赋》也在这里展开了。它崇方择中、左祖右社，《长安志》所列殿、台、观、阁 70 余座，温室殿能驱寒保暖，清凉殿伏天可清暑生凉，未央宫面积达到现今故宫的 6 倍。

当年萧何监造未央宫，刘邦进攻匈奴回到长安，看到一座极尽壮丽的宫殿，他为如此靡费财物而生气，"天下匈匈，劳苦数岁，成败未可知，是何治宫室过度也！"萧何却理直气壮回答："天下方未定，故可因以就宫室。且夫天子以四海为家，非令壮丽亡以重威，且亡令后世有以加也。"刘邦听后露出了笑容。的确后世再没有比它更加雄伟的宫殿了。这是《汉书·高帝纪》记载的情景。

想象着汉武帝接受群臣朝拜的情景，我穿行在宽大的汉服丛中。从这里发出的诏书传到了最遥远的地方。帝国的疆域如此辽阔，北方现今俄罗斯的贝加尔湖变成了它的内湖，西边到了哈萨克斯坦的巴尔喀什湖，东面鞑靼海峡是它的内海。汉武帝开疆拓土，达到了中华疆域的顶点，罗马帝国也无法与之相比。霍去病曾在此发誓："匈奴未灭，何以家为？"张骞从这里两度出使西域，打通了一条丝绸之路。他们都表现了汉代人开阔的胸襟。大汉雄风不仅在于宫殿与疆域之大，还在于人们的胸怀之大。霍去病墓前的动物石雕，视野开阔，面对苍茫壮阔的世界，人们为森然磅礴的气势所吸引而投入创造。他们想象奇丽，诡思放浪，随物赋形，不泥于实，形神妙趣，宛若天成，这正是汉人九天揽月气魄的真实写照，中华民族的奔放和世界的壮阔在此融为一体。这样的精神气象波及到了黄海之滨，当年孔子乘槎登山望海的地方，现今连云港孔望山发现的东汉大象石雕，椭圆形巨石通体雕琢，与霍去病墓前的动物石雕如出一辙！

帝国的心脏就在这里跳动。汉武帝接见西域使节，受理西域纳贡、回馈礼物。皇帝登基、天子大婚、寿诞、皇帝入殡，都在这里举行。重大的决策在此作出，董仲舒的"独尊儒术，罢黜百家"在此出台，影响中国历史两千年，直至今天。"实事求是"的思想也在这里发源。确立"二十四节气"，传统节日春节、元宵节、清明节、七夕节、重阳节也从这里开始进入百姓的生活，司马相如的煌煌大赋在这里传诵。当年司马迁走过未央宫，前往天禄阁、石渠阁翻阅图书典籍和档案，构思他的历史巨著《史记》。天禄阁至今弦歌未断，天禄阁小学就建在它的遗址之上。

登上前殿台基，城市的高楼退得远远的，阡陌之上，村落、耕地、树林，一如茂陵所见，大荒之野，仿佛历史从没发生过。而高台下发掘出的遗址十分醒目，皇后居住的椒房殿、皇室官署少府、中央官署、天禄阁、石渠阁，露出地面的础基，巨大的础墩……都像梦境似的呈现。

注目于高台下的槐树、大皂角树。槐树分两种，洋槐四五月开白花，可以吃，国槐七八月开黄花，结槐米，可以入药。汉长安城曾遍植青槐。

台基上站着一位王姓中年男子，他天天来这里，告诉来人这里发生过的故事。譬如他以前锄地，经常有西汉时期的钱币从地里蹦出来，地里瓦渣也多，从前村里有人用汉砖、瓦当垒过猪圈、厕所。他们村里的人把舅家叫尉家，因为西汉皇帝把皇后娘家人封为太尉。他在台基上出了一个上联，求来人对下联。

男子是大刘寨人。大刘寨就在台基的东北方，村庄搬走不到两年。槐树、大皂角树就是大刘寨的树。这片土地属于未央宫，还是属于大刘寨人呢？这是他们的故土，他们迁到北三环以外的地方去了，每户村民迁走前都拍了照片留念。他们还写下村史，编纂成《汉宫九村寨》出版。属于汉长安城的地名需要确定空间，需要考古，而属于一个个村庄的地名一目了然。

村名与汉长安城有什么关联？现实与历史的关系已经水乳交融，城如书，村如字。譬如高庙村，因为村庄所在地段的城墙上曾建有庙，被称作高庙；吴高墙村因为有姓吴的人居住，建村的地方城墙高大，故称吴高墙村；夹城堡村因为村庄的西面是汉长安城的西城墙，东面是桂宫的城墙，因此称作夹城堡村；天禄阁遗址边的小刘寨和柯家寨合成一个大队，取名天禄阁大队；樊疙瘩村建在高地上，因为村南卵石铺的路疙里疙瘩而得名，卵石是汉代铺的，后来挖出陶水道、汉砖和写有"长乐无极"的瓦当，才知道这里是长乐宫的前殿。樊疙瘩村的老人说，当年举行岁首朝仪大典，刘邦对着瑰丽的长乐宫发出"知皇帝之贵也"，这慨叹就是站在他们村南说的。

去茂陵时阳光那么灼热，眼前的太阳却失去了热度，蝉也喑哑了，黄昏时凉意开始渗骨。想起英陵和茂陵，汉武帝与李夫人在这里有过怎样甜蜜的时光？那个病重不肯转过身来的女子，对一代君王有过怎样的期望？临死也要把病魔夺去的美留在他心里。那座甘泉宫呢？那些画像呢？那些方士画师曾经陪伴安抚过的心呢？一种痛彻仿佛还在空中不去不散。

在未央宫前殿台基上北望，我希望再一次看见他们的陵墓。田野上，庄稼、树木和村落由近及远，直至虚如紫烟。茂陵一点踪迹也看不见。想起班固《西都赋》中写长安城"北眺五陵"的文字，他指的五陵是长陵、安陵、阳陵、茂陵和平陵，那不是他远眺能看到的情景。李白"南登杜陵上，北望五陵间"，他能看到的也只能是田垄村舍。而汉武帝当年写《李夫人赋》时一定也向英陵长久地眺望过。

茂陵与汉长安城并不遥远，当年霍去病举殡，一路旌旗蔽日，边境五郡将士身穿黑铠甲，排列两旁，浩浩荡荡自长安城一直布列至茂陵。李夫人举殡的情形并不知晓，四十里的路，阴阳两隔。汉武帝生前看到自己陵墓东西两端都埋下了自己最心爱的人，他的心该多么痛。怅然北望，目光里掠过的忧伤无人懂得。懂得他的人已经身在"隐处幽"了。一座未央宫已盛不下他的一腔情思，他的忧伤已随文字洞穿了苍茫岁月。

一个王朝通往另一个世界的路途已经匿迹。当最后一位皇帝刘衎的灵柩抬过渭河时，巍峨的王城就不再有西汉之魂了。虽然它作为国都又延续了一百多年，新莽、前赵、前秦、后秦、西魏、北周和隋都以它为都，东汉献帝、西晋惠帝和愍帝也在此建都，但王城再无汉代豁达阂大之风了。

平民百姓大约从元代开始住了进来，现在居住在遗址上的人大多是明朝华县大地震迁徙过来的人。又一次迁移开始，未央宫遗址上的9个村庄已经搬走，还有更多村庄等着搬迁。甲午年夏天，重新面世的未央宫遗址作为丝绸之路的起点，被联合国教科文组织收入《世界文化遗产名录》。

想起飞机上看到的塬，一种参差错落的奇异地貌，它由雨水切割而出，一块块平原因河谷而悬空，一面面的崖，陡而直，河谷直直地下落。这样的地貌你站在谷地，高处的平原只有一堵墙，背影一样平整地伸展，不像山更似岸。譬如一个朝代，我们落在了时间的悬崖之下，你看得到岁月的高墙，却看不到高处的平原，你只能仰望，无法攀登。这就是岁月，是历史，是王的土地的奇观。那一片看不见的塬，早已升到了我们的头顶。

（选自2017年第8期《美文》）

人生有几道斜杠

郑元绪

　　跨界，是生活的新课题；有斜杠的人生，才是傲娇的资本。这话题先是从演艺圈挑起。一夜醒来，演员变成了歌手，变成了导演／制片／主持，变成了作家／画家／书法家／演说家，变成了美食家／旅行家／收藏家／慈善家……百思不得解：老天已经给了你们颜值、身段还有大长腿，为何还要通吃世界，不让我们在海底捞一点？王宝强遭婚变时，有人说王导到了片场就蹲在一边落泪，大伙不知是劝还是哄。我才知晓，导演的门槛早已锯平，谁都能进了，横竖有粉丝捧。

　　演艺圈内部跨界其实不算啥，终没跑出"艺人"这个圈。真要一脚跨出去才算真本事。前辈有刘晓庆，靠码字进了作家群。晚辈有徐静蕾，"静蕾体"进了电脑字库，纸媒体上天天见，不服都不行。韩寒的作文写得少了，导个电影还算有个性，赛车的名次一直都不错。画画练字是明星自娱自乐的常选项，偶尔还能哄抬个高价钱，可真正能划斜杠的还不多。"吃嘛嘛香"的李嘉存算一个，称为艺人／画家大抵过得去。谢霆锋做了《十二道锋味》后，使劲往"美食家"上靠，有次演唱会上不厌其烦地表演了20分钟煮面条。跨界没有错，但不要抽去斜杠一锅烩。

　　医转文，鲁迅开了先河，改用文字做了手术刀。他无愧于好几道斜杠：要单挑文坛，还要看小说。当代小说家余华，过去也是个看牙的。作家毕淑敏是位军医，文字细腻温暖，近几年作品有点像布道了。心内科医生韦尔乔，值夜班时在处方笺背面瞎划拉，不经意成了画家，大师级。医学博士冯唐把玩文字是一绝，数百金句在流传："想生个女儿，头发顺长，肉薄心窄，眼神忧郁。用牛奶、豆浆、米汤和可乐浇灌，一二十年后长成祸水。"祸水未见，迷倒粉丝一片。听说冯还要开医院，再加上麦肯锡的经历，他的几道斜杠让同龄人难比肩。

　　红塔山掌门／种橙人，褚时健丰富的人生经历中，有一道粗粗的斜杠，那是衰牢山对老人的抚慰和赐予。前边还有一道杠人们不愿提起，那是褚和中国企业家永远的痛，斜杠后面跟着两个字：囚犯。

最吸眼球的跨界者乃赵薇。演员当导演没什么，影片有了高票房也没什么；可她变身投资人，俨然以数十亿身价上了富豪排行榜，从未自诩"我就是豪门"的"小燕子"飞上了财富金字塔。依旧拍片、依旧努力，但她看世事的目光与价值判断，跟我们有了分野。当我想写"成熟的女人都有同一道斜杠，后面是'母亲'"时，读到了这段话："为了让孩子以后能在优质环境下读书，2009年赵薇夫妇在新加坡购入了一栋价值3000万港元的海景洋房。2012年1月，赵薇夫妇改变主意，想让女儿去香港读书，又先后购入香港皇璧两个复式鸳鸯楼，总价约1.1亿港元。"自然，这里边的母爱够沉的。

卑微者也向往"斜杠生活"。看一栏法治节目，警察多日追踪，一个街头大盗落了网。偷来的旧电机、废铁皮去哪儿了？在他破旧的顶楼上，停着一架装配半截的滑翔机。这位穷困的中年人，终生梦想是用双手造架飞机上天。我看那焊接、捆绑得歪歪扭扭的机身架，真是可怜。他梦想拥有的"机械师"身份落空了。他有了一根斜杠，后面的身份却引他进了高墙。

楼下有个餐馆，清晨承租给人卖早点，热气腾腾，食客蛮多。主人三十上下，油条炸得好，每回都现炸两根，烫烫地给我。上星期我又去，他叹口气说，餐馆已通知，过几天可能要撤摊了。我知道整顿市容是大动作，他这回肯定躲不过，便忍不住问：撤了摊你怎么办？他说回乡的路已经堵死了，打算跟人搭伙开黑车，有驾照。嘿，油条师／黑司机——多根斜杠，多条活路啊。不知他能苟且到哪天。

（选自2017年第6期《中外文摘》）

爸爸出差时

余 华

我第一次看到埃米尔·库斯图里卡的电影是什么时候？应该是一九九四年，我的记忆有一个重要依据，就是我儿子出生不久。一位中国的导演借给我一盒录像带，说你应该看看这部来自南斯拉夫的电影。就这样，我在家里看了《爸爸出差时》，没有中文字幕，里面人物的台词我完全听不懂，可是我觉得自己看懂了。过了几年，我在北京街头的地摊上翻找 VCD 电影时，突然看到有中文字幕的《爸爸出差时》，还有库斯图里卡的另一部电影《地下》。我拿回家重新看了《爸爸出差时》，屏幕下方一行一行出现的中文字幕证实了我几年前的感觉，当时我确实看懂了。

我在中国"文革"时期的成长经历让我迅速抵达《爸爸出差时》的社会背景。那时候我背着书包去小学路上最担心的就是看到街上出现打倒我父亲的标语，一天又一天的担心之后，这样的标语终于出现了。当时我和哥哥一起走向学校，看到标语后我畏缩不前，不敢走向已经不远的校门，比我大两岁的哥哥若无其事，他说怕什么。他勇敢地走向学校，可是还没有走到校门口他就转身回来了，走到我跟前说，老子也不上学了。我哥哥确实比我勇敢，他第二天还是照常去上学，我请病假在家里躲了几天，然后提心吊胆去了学校，我不知道同学们会以什么样的方式对待我，当我小心翼翼走进校门，走到操场上时，几个同学奔跑过来，热情地向我喊叫，你病好啦。那一刻我被解放了，压抑已久的恐惧和不安瞬间消散，我奔跑过去，跑到同学们中间，加入应得的生活之中。

我父亲很幸运，没有被关押，他被发配到了农村。就像《爸爸出差时》孩子跟着母亲去父亲那里，我和哥哥也去了乡下看望父亲，不同的是我们没有坐火车，也不是母亲带我们去，她不能离开工作，请一位同事带我们坐上轮船去了乡下。那是在中国南方河流里行驶的轮船，大概有五六十个座位，前行的速度很慢，只是比岸上行走的人稍快一些而已。我记得自己不时走上船头，迎着风吹，惊讶地看着轮船划出的波浪，还有远处广阔的田野。那位阿姨担心我会掉进河里，把我抱回船舱，趁她不注意时，我又会走上船头，接着又被她抱了回来。

我在看没有中文字幕和有中文字幕的《爸爸出差时》时，也在看一部有关自己往事的纪录片。所以我要说，一部伟大的电影后面存在着千万部电影，不同的观众带着不同的人生经历和生活感受去与这部电影接触碰撞，发出共鸣之声。这样的共鸣之声或多或少，有时候是一两句台词，有时候是一两场戏，有时候甚至是整个故事。这共鸣之声也是引诱之声，引诱观众置身电影之中，将自己的人生加入别人的人生里，观众会感到自己的人生豁然开朗，因为这时候别人的人生也加入自己的人生里了。所以一部伟大的电影会让观众在各自的记忆和情感里诞生出另外一部电影，虽然这部电影是残缺不全的，有时候可能只是几个画面和几句台词，但是足够了。

我的意思是每个人在自己的现实世界之外，都拥有一个虚构世界，很多的情感、欲望和想象存放在那里，期待被叫醒，电影、文学、音乐、美术，所有形式的艺术如同叫醒闹钟，让人们虚构世界里的情感、欲望和想象获得起床出门的机会。然后虚构世界开始修改现实世界，现实世界也开始修改虚构世界，这样的相互修改之后，人生不知不觉丰满宽广起来，并且存储在记忆之中。当然记忆会有误差，误差是在相互修改过程中出现的，也是在时代差异、文化差异、人的差异等差异之中出现的。

举个例子，一位中国的文学博士想见我，请他的导师联系上了我，我们在一家街边的茶馆见面了，他提出来做一个简短的访谈，我说可以。访谈的时候，有一个话题是关于作家写作时如何把握叙述分寸，我提到了纳博科夫的《洛丽塔》，我说亨伯特为了得到洛丽塔，采用的伎俩是和洛丽塔的母亲结婚，亨伯特一直想着洛丽塔的母亲怎样死去，我觉得纳博科夫也一直在想如何让这位母亲死去，如果她不死的话，亨伯特无法得到洛丽塔，纳博科夫也无法写下去，所以她在小说里死了，一个简单的细节让她死了，她读到了亨伯特狂热色情的日记，才知道亨伯特的目标不是她，是她女儿洛丽塔，她情绪失控夺门而出，冲到街上时被一辆卡车撞死了。这样的处理似乎是一些平庸电视剧和平庸小说里的处理，不应该是纳博科夫这种级别的作家写出来的，但是没有问题，纳博科夫毕竟是纳博科夫，他在此前的叙述里做了不少铺垫，让亨伯特在想象里一次次弄死洛丽塔的母亲，比如一起游泳时如何潜水过去拉住她的双腿，把她拉进水里淹死，造成她游泳时不慎溺亡的假象。纳博科夫应该觉得这样还不够，在车祸之后又让那个卡车司机带着一块小黑板来到家里，一边用粉笔画车祸现场图，一边向亨伯特解释不是他的责任。我告诉这位文学博士，这个车祸之后的小黑板的细节尤其重要，让这个车祸之死处理变得与众不同了。

这位文学博士回去把访谈录音整理出来发给我，同时在邮件里告诉我，他查了小说《洛丽塔》，那个卡车司机不是带着一块小黑板来到亨伯特面前，是带了自制事故图。这位文学博士觉得我记忆误差里的小黑板比自制事故图更有意思，他想在访谈里保留小黑板。我同意他的意思，如果从中国读者的角度来看，小黑板确实比自制事故图更有意思，可是对于英美读者来说也许自制事故图更有意思。我给这位文学博士回信，说我们还是应该尊重纳博科夫的原作，把访谈里的小黑板改回自制事故图。

还有一个记忆误差的例子我待会儿再说，我现在继续说说自己的"文革"往事。在那个压抑并且摧残人性的时代里，我目睹了很多不幸，经常有同学的父亲或者母亲突然被打倒了，有的被关押起来，有的被批斗游街，这些同学背着书包来到学校时都是低头不语的模样，然而没过多久，他们忘记了发生在昨天的父母的不幸，汇入我们操场上的嬉闹之中。有一个同学的遭遇我至今历历在目，我忘记了他父亲是什么罪名被打倒的，经历了日复一日的批斗游街和羞辱殴打之后，这位父亲决定离开人世，我在他临死那天的黄昏见到了他，从街上走过来，右手搂着他的儿子，脸上留下被殴打过的瘀青，他微笑着和儿子说话，他儿子正在吃着什么，显然是父亲刚刚给他买的，他们与我迎面而过，他的儿子，也就是我的同学正沉浸在自己的美味里，没有看见我。第二天这个同学哭泣地来到了学校，我们才知道他父亲在深夜时分，趁着家人睡着时悄悄出门，投井自杀了。这一天他一直在哭泣，无声地哭泣。那时候女同学热衷玩跳绳，男同学热衷打乒乓球，不是在正式的乒乓球桌打球，只是一张长桌子，中间用砖排成球网，男同学们在长桌子的两端排成长队，每人只能打一个球，输了的下去，赢了的继续打球，我们向着这个哭泣的同学喊叫，要他也来排队打球。他走了过来，排队时仍在哭泣，轮到他打球时不哭了，他赢下一球，又赢下一球后，我们听到了他的笑声。

生活是那么的强大，它时常在悲伤里剪辑出欢乐来。这就是我为什么喜爱《爸爸出差时》，因为库斯图里卡剪辑出了生活里最为强大的部分，然后以平凡的面貌呈现出来。我记得有两场戏，一场戏是梅沙和妻子激烈吵架，似乎家庭就要破裂了，如果我没有记错，库斯图里卡给大儿子一个流泪的特写，极其感人的特写，接下去的一场戏是一家人并排坐在床上快乐唱歌，坐在中间的梅沙拉着手风琴。我在没有中文字幕的版本里看到这连接的两场戏时深受触动，后来在有中文字幕的版本看到时再次深受触动。我一直在想，只有对生活有着非凡洞察力的导演，才能让生活呈现出非凡的表现力。还有一场戏，妻子带着儿子坐火车前去监狱看望丈夫梅沙，晚上入睡之时，给经常梦游的小儿子马力克脚上系上绳子，绳子另一头接着一只铃，这样马力克一下床他们就能听到铃声。夫妻久别重逢，欲火燃烧，用中国的话说是干柴遇上烈火，梅沙把水龙头打开，让水声来掩盖他们接下去做爱的声响，可是他们刚刚进入热身阶段，马力克就来捣乱了，动动脚让铃声响起来，他们只好起身去看看儿子，当妻子终于让马力克入睡，回来时看到丈夫梅沙已经睡着了，好比干柴看到烈火睡着了。库斯图里卡没有在电影里着力表现梅沙在监狱里繁重的体力劳动和来自精神的压力，他的睡着已经说明了这一切。当然这场戏所表现出来的远不止这个，我意识到用文字复述库斯图里卡的电影是多么无趣的工作，我硬着头皮讲述是为了接下来说一下我所理解的"生活的强大"。生活的强大是如何在艺术作品中表现出来的？不是庞然大物招摇过市，而是在微小之处脱颖而出。

我有机会说说另一个记忆误差的例子了。马尔克斯的《霍乱时期的爱情》，这本书二十世纪八十年代就翻译成中文出版，当时中国还没有加入伯尔尼版权公约，所以是一本没有版权的出版物，后来没再重印。二〇一二年终于正式出版，出版商邀请我参加这部小说的读者见面会，我根据二十多年前的阅读记忆，向中国年轻一代读者讲述这部小说里的一个细节。

我说马尔克斯用沉着冷静的笔调描写了阿里萨和达萨年轻时期的爱情，读者阅读的时候却是热血沸腾，两个年轻人爱到宁愿死去也不愿意分开，可是小说开始我们就知道他们的爱情中途夭折，他们是怎么分开的？达萨的父亲威胁阿里萨要杀了他，阿里萨却骄傲地说没有比为爱情而死更光荣的事，父亲只好带着达萨远走他乡，可是仍然阻止不了他们之间的联系，这位父亲用电报把行程告诉了亲戚，行程泄露了出去，作为电报员的阿里萨把各地的电报员联络到一起，于是一份份爱情的电报来到两个年轻人手上。差不多三年时间，父亲觉得达萨已经忘记阿里萨了，决定回家。马尔克斯的描写将他们的爱情推向了巨大的高潮，当读者觉得不可能分开时，马尔克斯用微小的方式将他们分开了。回家的达萨和女仆去市场采购，阿里萨看见了她，尾随其后，马尔克斯用几页纸来描写这个激动人心的时刻，当市场里的男人们用色迷迷的眼睛盯着美丽的达萨时，阿里萨因此脸部扭曲了，这时达萨刚好回头看见了阿里萨的可怕表情，心想天哪，三年来日夜思念的竟然是这样一个男人。马尔克斯这么轻轻一笔就推翻了强大的爱情。

我说完以后，一个同样应邀参加读者见面会的西班牙语文学专家，我的一个老朋友，他熟悉马尔克斯的作品，笑着对我说，你说的这个细节是你的《霍乱时期的爱情》，不是马尔克斯的《霍乱时期的爱情》。

确实如此，正确的应该是达萨走进了"代笔人门廊"，那是一个充斥着淫秽明信片、春药和避孕套的藏污纳垢的地方，这不是体面小姐该去的地方，达萨不知道这些，她是为了躲避中午的烈日走了进去，阿里萨紧随其后，她兴高采烈地走在门廊里，买了这个又买了那个，她听到了阿里萨的声音，阿里萨说这不是你这样的女神该来的地方。达萨回头看到阿里萨冰冷的眼睛、紫青的脸色和僵硬的双唇，这是被爱情震撼之后的恐惧表情，达萨却因此掉入了失望的深渊，那一刻她突然感到此前铭心刻骨般的爱只是对自己撒了一个弥天大谎。当阿里萨笑了笑想和她走在一起时，她阻止了他，说忘了吧。

我的记忆总是出现误差，没有关系，就如我在前面所说的，一部伟大的作品后面存在着千万部作品，这千万部作品就是由各自不同的误差生产出来的。我在这里讲述《爸爸出差时》也同样如此，我有近二十年没再看过这部电影，录像带版早就还给了那位中国导演，VCD版已经没有机器可以播放，可是我还想再说说《爸爸出差时》。

我十分迷恋胖乎乎的马力克的梦游情景，我觉得这孩子走在神行走的路上，那条狗的突然入画可谓神来之笔。艺术家经常会为神来之笔倍感骄傲，觉得自己有多么了不起，当然他们有理由骄傲，但是我更愿意相信这是一种恩赐，是对才华和辛勤创作的恩赐。

亲爱的库斯图里卡，请你不要告诉我这条狗是你拍摄前让道具组找来的，即使你这么说，我仍然认为这条狗是意外入画，因为我现在所说的不是二十多年前那位中国导演从欧洲某个城市带到北京的《爸爸出差时》，这是我用近二十年的记忆存储之后从北京带到贝尔格莱德的《爸爸出差时》。

（选自2017年第5期《十月》）

纠结铸就伟大

——柳青和他的《创业史》

阎　纲

柳青在皇甫村深入生活十四年，创作了反映农村合作化运动的《创业史》。柳青的精神遗产在中国现当代文学上影响深远。

柳青离开我们将近四十年了，我想说说他和他的《创业史》。

一

在荣获茅盾文学奖的三位著名的陕西作家中，路遥反复研读《创业史》，共七遍，从中汲取了巨大的精神力量。陈忠实说，他只见过柳青一次，"还是他在上边讲，我在下边听"，称柳青是"伟大的作家"，也七读《创业史》，耗时六年创作《白鹿原》。贾平凹说他那时年轻，柳青是他的一面旗帜，却缘悭一面。我从1960年第一次拜访柳青起，到1978年柳青逝世的十八年间，却有幸六访柳青，但没有深刻理解柳青。

在文代会召开前一年的1959年4月，柳青的《创业史》开始在《延河》杂志上连载，同年《收获》转载，1960年6月由中国青年出版社正式出版。

7月22日，全国第三次文艺工作者代表大会在北京召开。我那时在《文艺报》工作，专程看望柳青，柳青叫我"乡党"。

柳青说："短短的几年，就把一个几千年落后、分散的社会，从根底上改造了。庄稼人现在成了敢想、敢说、敢做的公社社员。时代赋予中国革命作家光荣的任务——描写新社会的诞生和新人的成长。思想意识的改造是首要的，最重要的是对党的无限忠诚，对工农兵方向的坚定性。"

他计划把《创业史》写完四部，一直写到"公社"化。

1976年9月，"文革"期间，我去西安长安干休所看柳青。一间普通的宿舍，陈设极为简陋，入秋，更加冷清。

矮矮的个儿，佝偻着身子，挂着拐杖，由相依为命的女儿刘可风扶进房门，啊，柳青！他清瘦的脸上腮须浓密，步履维艰；瘦了、老了、小了，剩下一对眼睛亲切和善，依然明亮和深邃。

柳青打趣地说："我现在是寸步难行，每走一步，都要人用自行车推着！"他很吃力，喘着气，使劲地用哮喘喷雾器往嘴里喷气。他天天下楼、上楼去医院打针。

经历了"文化大革命"一应俱全的折磨和历练，柳青计划在《创业史》的第二、三、四部里，将时下世态的炎凉、人情的冷暖给予真切深刻的反映。

死神随时会来叩他的门！

1977年酷暑，为了出版《创业史》第二部上卷，柳青来京。看气色，比去年秋天强多了。

他说："《创业史》第二部上卷即将出版，不到第二部的一半，只是一个心意。第一部的改本年内也可能出来。"

1977年11月14日上午，蒙蒙的细雨中，我到西安陆军医院看望似乎久别的柳青。

柳青又瘦了，说话嗓子有些沙哑，陕北口音显得更加浓重，鼻孔插着氧气管，旁边立着氧气瓶，手里握着哮喘喷雾器，三种器械像卫士一样维护着顽强的生命。

柳青说："江青搞艺术完全是为了推行其阴谋政治，'四人帮'统治中国文艺界是一场大灾难！不要给《创业史》估价，它还要经受考验；就是合作运动，也要经受历史的考验。作品的全部力量都在作品里头，作品以外，任何评论家给你加不上去。一部作品，评价很高，但不在读者群众中间受考验，再过五十年就没有人点头。"

天阴得很重，雨下得很大。

二

1978年5月，柳青转到北京治疗。我带着几期《人民文学》看他。

"这半年你不简单，《创业史》第二部下卷在《延河》陆续发表了。"

"逼一逼好，逼着你不写不成。"

"大家怎么评价的？"

"一个作品出来，要让人把缺点和意见说尽，我的书不能说全好。要分析形象，不要评价太高。有些作品作为传统教育可以，作为文学水平则不高。还有一些作品，经不起问几个'为什么'，问形象达到了没有，一问就倒了。光说不行。我在写作中，所谓的'创作苦闷'，大多来自这些方面。"

柳青忽然问道："是有一本叫《战争风云》的书吗？"

"有，是一位美国记者写的长篇小说，受到过尼克松的推崇。"

柳青让我给他介绍书中的人物、结构和写法上的一些特点，要我把《战争风云》

全部借来给他。

关于《创业史》第二部下卷的构思情况，柳青说："下卷有几章要写县上开会，省委书记出场。这个人还去过苏联。全县已经发展了十个农业合作社。会议期间，村子发生变故，一解决，就结束。事故——乱了——吵架——解决——完了。"

我又回到上次关于改霞的争论，柳青说："梁生宝和郭振山在合作化问题上的冲突，就是通过改霞表现的。到了第三部，就要明说郭振山破坏人家的婚姻。素芳大哭，是哭旧制度。这个人后来代替欢喜妈当了队长。有个同志自命不凡，要砍掉改霞，我说他糊涂，只看政治，不看生活。政治不是两条线，任何时候都是三条线，一个世界，还有不结盟国家嘛！第三条线上的人是多数。"

陪护柳青的大女儿刘可风忍俊不禁，突然插话道："爸爸近日来精神好，饭也吃得香，有时看不住，一个人偷偷下床跑了。"

柳青微微一笑，我大笑不止。看见柳青嚼着碗里的酱肉，我又想笑，说不出的高兴。这是我第六次对柳青的访问，问答之间，柳青完全是一副主人公的姿态，我为柳青重新回到这个"界"而庆幸。

柳青正吃着酱肉，姚雪垠和江晓天来了。

鹤发童颜的姚雪垠现身说法，证明生命在于运动。

我和老江闲聊："老江，《李自成》的出版，姚老可得感谢你啊！"姚老对我说："《李自成》一卷出版，我要感谢阎纲你啊！你在《文艺报》的《1961年中篇、长篇小说印象记》里敢于首先站出来肯定它，我很感激！"

柳青听得入神，我便介绍说："《李自成》第一卷的责任编辑就是江晓天。江晓天不但帮助划过'右派'的姚老精心加工、张罗出版，而且在'文革'后期给姚老出主意，上书毛主席，《李自成》第二卷得以出版；出版二卷《李自成》，救活了被'砸烂'的中国青年出版社。"

江晓天说，六十二岁不算老，老刘（柳青姓刘），你要增强信心，安心养病，把四大部作品完成。柳青放下酱肉碗，微笑应答："胃口还行，身体不行了！"但语调轻盈，并不灰心。

刚过二三十天，正要把《战争风云》送去时，传来柳青逝世的消息，我的泪眼模糊。

向遗体告别，柳青已经缩成一把骨头。他已经留下话："我离不开长安这块土地，离不开长安人民，我死后把我送回长安，埋到皇甫塬上。"

遵照遗嘱，柳青的骨灰分放在北京八宝山公墓和长安皇甫村神禾塬墓地。北京和西安分别举行了隆重的追悼大会，胡耀邦、李先念，还有陕西省委、省革委会主要负责同志参加了追悼大会。

......

一个干瘪的陕北老汉常常浮现在我的脑海，轻得像一捆干柴，只有一双眼睛荡漾着生意。

从这个"单个人"的身上，人们看清了一个时代，一个时代的文学。

柳青去世五年后的 1983 年 6 月 9 日上午，我专程来到长安皇甫村神禾塬墓地献花圈。

沿神禾塬南下，是柳青那座破庙故居，屋舍墙院荡然无存，宅基也已塌陷，我站在西南角一丛荒草之上想象着《创业史》怎样在脚下这一小块土地上出世，想象"文革"期间满身疮痍的柳青站在这里喟然长叹，久久、久久地。呜呼，什么都没有了，荒芜、空寂，空寂、荒芜，半生顿踣、死后寂寞，噫吁嚱，这废墟上的冷寂！五年过去了，柳青的形象还是那样动人。他的一生教人敬慕又让人困惑，他的死，我们不管什么时候想起来都十分难过。

告别柳青的墓地，我和皇甫村土生土长的两个高中毕业的女娃一块儿等车，问："知道柳青不？"

"知道。"

"读过《创业史》吗？"

两个女子都摇头，有些不好意思。

三

2014 年以来，文艺界号召文艺家们学柳青，习近平总书记高度赞扬柳青"深入到农民群众中去，同农民群众打成一片"的创作精神，说："文艺创作方法有一百条、一千条，但最根本、最关键、最牢靠的办法是扎根人民、扎根生活。"同时强调说："追求真善美是文艺的永恒价值。艺术的最高境界就是让人动心，让人们的灵魂经受洗礼，让人们发现自然的美、生活的美、心灵的美。"

正是在这两个方面柳青创造了奇迹：一、在当代作家中，"扎根人民、扎根生活"的模范当数柳青；二、虔诚地"为政治服务"却（同比）写出最好作品《创业史》的，还是柳青。

柳青在世的时候，巴金还在世，我当时的印象：巴金是"五四"文学启蒙的产儿，柳青是文学服务工农兵的产儿。

《在延安文艺座谈会上的讲话》旨在工农兵占领文艺舞台，"把颠倒的历史颠倒过来"。《讲话》是柳青的"圣经"，柳青是《讲话》最虔诚的践行者。《讲话》号召："中国的革命的文学家艺术家，有出息的文学家艺术家，必须到群众中去，必须长期地无条件地全心全意地到工农兵群众中去，到火热的斗争中去，到唯一的最广大最丰富的源泉中去，观察、体验、研究、分析一切人、一切阶级、一切群众、一切生动的生活形式和斗争形式、一切文学和艺术的原始材料，然后才有可能进入创作过程。"我们不妨做一番比照，以上《讲话》所要求于文艺家的，哪一条柳青没有做到？当时的文艺界能数出第二个人吗？

蒋子龙离开工厂两个月就想得难受，说："我用半天所了解到的生活，一个专程来采访的作家半个月也得不到。作家的生活是靠经常不断的观察和研究，不是偶然碰上的。典型是作家的心长期埋在土壤里所得到的结果。"

柳青像个苦行僧，摩顶放踵沉到基层，找了一座破庙安家，拉扯一大家子艰苦度日，在感情上来一番脱胎换骨的改造，为农民兄弟办好事。他给社员编写《耕畜饲养三字经》；他见陕北农民干旱贫瘠"于心不安"，撰写《建议改变陕北的土地经营方针》上呈当局；他调停人事纠纷、家庭矛盾；他宁肯自己吃草，不拿群众一针一线，哮喘了，日常医疗费没有报过，稿纸也没有在省作协领过，却怜贫惜幼自己掏腰包。困难时期，竟然把《创业史》的稿酬一万六千多元全部捐给王曲公社，说："我有工资，不需要这些钱。"1961年开始写《创业史》第二部时，他向中国青年出版社预借五千五百元稿费，为皇甫村支付高压电线、电杆费用。

柳青把自己从里到外变成老农，上北京开会坐软卧，差点被列车长赶下火车。

陈忠实是学柳青的，他亲口对我说："我坚信深入生活是可靠的……生活不仅可以丰富我们的生活素材，也可以纠正我们的偏见，这一点，我从不动摇。"试想，不深入农民，不同农民掏心窝子，柳青敢写四万字的《狠透铁》而且是特别注明"1957年纪事"吗？敢控诉一哄而起的合作化高潮吗？敢在拳打脚踢、罚跪、抽耳光迫使他承认自己是走资派、《创业史》是"毒草"时非常冷静地说："要承认了，我就不是柳青了吗"？据刘可风的《柳青传》（父女的私房话）披露，"四清"时期，柳青甘冒风险面见胡耀邦，大胆质疑"社教"运动的"前十条""后十条"和"二十三条"。胡耀邦同柳青交心，说："柳青同志啊，你最了解农村情况，我完全同意你的看法。"接着说："我也在受审查、挨批判。"最后气愤地说："权大压死人啊！"我们陕西人都知道，胡耀邦1964年11月任代理陕西省委第一书记，到次年6月离开西安，总共两百天，其中一百天跑调查，一百天挨批斗，人称"陕西的百日维新"、历史的悲剧。

感谢刘可风的《柳青传》，父女的私房话向人们披露了柳青晚年深埋心底的秘密，要不然，柳青将被误读。柳青忏悔反思，重塑自己，终于找到自己的灵魂。

"不疯魔、不成活"，经过长达十四年在皇甫村一座破庙里切身的观察和体验，经过常年在草棚院同庄稼汉们摸爬滚打痛苦地打磨自己，柳青终于成为当代文学史上的一座大山，山中林木茂密、宝藏丰厚。

柳青以惊人的顽强意志，义无反顾，投身生活长达十四年之久，首先是做人，然后是写作，着力表现《讲话》所指向的"新的世界、新的人物"，留下划时代的《创业史》。这是柳青创造的第二个奇迹。

柳青称颂陕西农民直而尚义的脾气禀性，以及极富人情味的孝、勤、朴、犟、倔，打破艺术构思、叙述策略、心理描写诸方面老套的技法，塑造出梁三老汉、梁生宝、郭振山等新的人物典型。他笔下的自然景物、劳动场景何等真切和美妙！他对农民向往新生活而艰苦奋斗的描绘（例如梁生宝买稻种、砍竹子等），对于传统道德伦理细致入微的刻画（例如梁三为童养媳上坟等）惟妙惟肖，充满了人性至情，读者无不动容。他将三秦的地域文化、关中方言口语提升到审美的层面，细密冷峻而精确，充满生活情趣，新颖而有意蕴。只要不把《创业史》仅仅看作"社会主义高潮"语境下的文学社会史，而是把它看作千百年来受苦的庄稼汉在一种类似宗教精神鼓动下的翻身运动行将到来和已经到来时其面貌和心理的目击者、体验者和创作个性的表现者，《创业史》感动了中国。

柳青对长篇小说形式的驾驭能力无疑是第一流的，他把长篇小说艺术推向新的审美层次，其叙事推动之严谨和细节描写之精致，对苦难中人性的表现和对农民劳动的赞美，是工农兵时期公认的标志型的里程碑，前"文革"时期的巅峰之作。他对现当代文学的贡献，在于继承"五四"以来长篇小说的现实主义传统，把外来的，特别是俄苏托尔斯泰、肖洛霍夫等批判现实主义的长篇小说传统拿来，与本土本民族广大群众的思想感情相结合，成就为人民喜闻乐见的民族风格、地方风情和中国气派的长篇范本。

只要将个性特色、思想特征和审美意识联系起来，进行系统化研究的话，那么，梁生宝、梁三老汉、郭振山、高增福们都是艺术典型，《创业史》不会过时，不会速朽。

四

柳青在"十七年"间创造了两个奇迹，文学史不会忘记，但是毕竟受到时势的局限留下遗憾。

柳青原定在《创业史》第四部写"全民整风和大跃进，至人民公社建立"，晚年改口说："第四部主要内容是批判合作化运动怎样走上了错误的路。"

我不胜叹惋：柳青死得太早了！

写作和发表《创业史》的时候正是农民饥饿的时代，《创业史》的主调却是为农民失去土地大唱赞歌，教育农民"私有制是万恶之源"，把富裕中农推向路线斗争的对立面。

柳青表示："不从个人角度考虑，时刻记住党和人民的事业。"曾经亲口对我说，他"文代"会上发言的重点是两条："对党的无限忠诚"，"向人民负责"。

柳青皮肉受苦，夫人跳井，臭骂"给狗当狗"的小人，到死以《报任安书》为伴，痛苦反思，"文革"后，他虽有纠结，但依然坚持罪在林、江。他既忠于领袖不动摇，又葆有与生俱来的庄稼人的血脉，忠于人民不动摇；既服膺两条路线斗争，又体贴大众百姓的生活境况，两个"不动摇"，世界观同创作方法产生矛盾，此消彼长或此长彼消，双双不敢违逆以至于产生冲撞。悖论产生了：他刻意设置的"典型环境"却与农民最为可贵的传统精神以及恋土情结相抵牾；他扎根农民群众，却未能识破穷苦农民被"形势大好"的时局遮蔽着的真相；他通过"草棚院对立面的矛盾与统一"塑造出先进人物梁生宝的同时，塑造出梁三老汉这样的落后人物，最后，要将梁三老汉改造成高增福、冯有万那样的共产党员，岂料，正是梁三老汉体现了农民勤劳朴素的本色以及在合作化运动行将到来时农民真实的心理反应。

柳青把两个"不动摇"撮合为一体，忠实履行"严重的问题是教育农民"的教导，在皇甫村安家落户，把自己变成老农，同时又以农民教育者的身份出现，以阶级斗争学说武装农民走合作化的道路，同富裕中农对着干，同父亲梁三老汉结怨，振振有词，议论变成说教和口号。

柳青虽然扎根长安县十四年，但是刚下生活大约两年多的时间（正处于合作化高潮时期）就动笔写作《创业史》，对于一部长篇小说来说，灵感乍现却不及产生距离美，难免仓促应对；即便多次修改，甚至于做"重要的修改"，仍摆脱不了合作化道路（两条路线斗争）的框架，从而留下遗憾。

陈忠实则不然。陈忠实把《创业史》读了七遍，学柳青，是柳青的好学生。要是说柳青在《创业史》里常常用绝对正确的头脑思考，用"严重的问题是教育农民"的指示教育农民，那么，《白鹿原》抚今追昔，知往鉴今，好像提示人们"最严重的问题是接受农民的教育"。陈忠实比柳青幸运，他经历了以一脑治天下的"文革"，又在基层摸爬滚打二十年，尝尽甜酸苦辣，坚信只有实践才能检验真理。

柳青的现实主义胜利了，在以革命图解现实的"革命的现实主义"面前失意了。

柳青的经验和教训极具典型意义。

后来，情况有变！柳青特别让人敬服的是深刻的精神反思。他说，"生活是创作的基础""先懂得生活，然后才能懂得政治。脱离生活，那政治是空的"。经过"四清"和"文革"的实践检验，柳青猛醒了，"决不能把人民驱赶到共产主义"，从而改弦更张：原定的《创业史》第四部写"全民整风和大跃进，至人民公社建立"，晚年改口说："第四部主要内容是批判合作化运动怎样走上了错误的路。"——这是反思后理性的升华，也是人格魅力的劲升。

柳青的创作经验耐人寻味。那铁骨铮铮的艺术生涯，绘声绘色的现实主义才情，无愧于作家的人格和作家的责任。不能苛求故人，大师谁没有弱点？岂以晚年"重要的修改"之一眚掩大德。

柳青置身无休止、起伏跌宕的运动中，纠结、无奈、反思、极端痛苦，他宁折不弯坚持下来，肺心病却要了他的命，他死得太早了！

时局决定命运，性格决定写作。

柳青死得太早了！

五

"向柳青同志学习！"学什么？就是"扎根人民""讴歌人民"，"发现心灵美""创作真善美"。

贾平凹说过："我有使命不敢怠，站高山兮深谷行。"——无"深谷"哪有"高山"？八十年代以来，贾平凹跑遍了陕南几乎所有重要的乡镇和村庄。

陕西作家几乎无一例外地继承了柳青全身心深入生活的好传统。陕西作家淳厚而倔犟，能吃大苦耐大劳，只要有面吃，有烟抽，浑身是胆雄赳赳。他们全身心地沉到乡下，写作也在乡下，深入生活和进行创作一概都在现场。

固然，"深入生活、扎根人民"是创作的源泉，但是从深入到写出，是一个非常复杂的创造过程，而创作又是作家的个人劳动，是否深入人民大众的灵魂，如何判断生活、体味灵魂世界，如何将"政治家的政治""群众的政治"同作家自己独立思考的政治统一起来？又如何通过审美价值的对象化、艺术的典型化，最后成功转化为具有"永恒价值"的"真善美"？这是一个感性、知性、理性彼此渗透，逻辑思维、形象思维相互交融的极其复杂的深化过程。几十年了，尤其是在简单地指令为政策服务而政策变了味的那些荒诞岁月里，教训还少吗？

务必把"扎根人民"同"讴歌人民"结合起来，把"发现心灵美"同"创作真善美"结合起来。

一、深入生活不是万能的，它不能代替主体审美的创造，即便深入生活，同吃同睡同劳动，感情发生变化，闻牛粪也是香的，也不能自动转化为真善美的艺术。是故，路遥把《创业史》读了七遍，称柳青为"文学教父"；陈忠实也读了七遍，说《创业史》是"伟大的作品"。作家想把吃下去的"草"变成"奶"，一定要学柳青的创造精神。

二、不深入生活又是万万不能的，巧妇难为无米之炊，谨防凌虚踏空、以假乱真。我想起三十年前孙犁给我回信中在一段话：

"一种思想，特别是经过亲身体验、有内心感受的思想，可以引起创作的冲动。但是必须有丰富的现实生活，作为它的血肉。

"如果这种思想只是抽象的概念，没有足够的生活基础，只能放弃这种思想。为了表达这种思想，我选择了最熟悉的生活，选择了最了解的人物，并赋予全部感情。如此，在故事发展中，它具备了真实的场景和真诚的激情。

"我国文学艺术的现实主义传统，是非常丰富，非常值得学习、值得珍贵的。这个传统的特点之一，就是真诚，就是文格与人格的统一和相互提高。

"投机取巧，虚伪造作，是现实主义之大敌。不幸的是，这样的作品，常常能以哗众取宠之卑态，轰动一时。但文学艺术的规律无情，其结果，当然昙花一现。"

柳青死得太早了！要是天假以年，活到"思想解放"的三中全会，百般纠结又深刻反思的"晚年柳青"，当更令人期待。

柳青死得太早了，要不然，《创业史》第四部成就不可限量！

柳青不死！

（选自2017年第4期《随笔》）

撕日历的日子

迟子建

又是年终的时候了，我写字台上的台历一侧高高隆起，而另一侧却薄如蝉翼，再轻轻翻几下，365 天就在生活中沉沉谢幕了。

厚厚的那一侧是已逝的时光，由于有些日子上记着一些人的地址和电话，以及偶来的一些所思所感，所以它比原来的厚度还厚，仿佛说明着已去的岁月的沉重。它犹如一块沉甸甸的砖头，压在青春的心头，使青春慌张而疼痛。

发明台历的人大约是个年轻人，岁月于他来讲是漫长的，所以他让日子在成方形的铁托架上左右翻动，不吝惜时光的消逝，也不怕面对时光，当一年万事大吉时，他会轻轻松松把那一摞用过的台历捆起，随便扔到什么地方让它蒙尘土，因为日子还多得是呢。而对于中老年人来说，看着那一摞摞用过的台历，也许会有一种人生如梦的沧桑感。

于是想到了撕日历。

小的时候，我家总是挂着一个日历牌，我妈妈叫它"阳历牌"，我们称它"月份牌"。那是个硬纸板裁成的彩牌，上面是嫦娥奔月的图画，下面是挂日历的地方。那时候我每天最喜欢做的事情就是撕日历。早晨一睁开眼，我爬出被窝的第一件事不是穿衣服，而是赤脚踩着枕头去撕钉在炕头的月份牌，凡是黑体字的日子就随手丢在地上，因为这样的日子要去上学，而到了红色字体的日子，基本上都是节假日，我便捏着它回被窝，亲切地看着它，觉得上面的每一个字母都漂亮可爱，甚至觉得纸页泛出一股不同寻常的香气。有时候父亲就进来对炕上的人喊："凉了凉了，起来了！""凉了"不是指他，是指他做的早饭。反正灶坑里有火，凉了再热，于是我仍然将头缩进被窝，那张星期日的日历也跟了进来。父亲是狡猾的，他这时恶作剧般地把院子中的狗放进睡房，狗冲着我的被窝就摇头摆尾地扑来，两只前爪搭在炕沿，温情十足地呜呜叫着，我只好起来了。

有会过日子的人家不撕台历，用一根橡皮筋勒住月份牌，将逝去的日子一一塞进去，高高吊起来，年终时拿下来就能派上用场。有时女人们用它给小孩子擦屁股，有时候老爷爷用它们来卷黄烟。可我们家因为我那双不安分的手，日子一个也没留下来，统统飞走了。每当白雪把院子和园田装点得一派银光闪闪的时候，月份牌上的日子就满了，一年就要过去了，心中想着明年会长高一些，辫子会更长一些，穿的鞋子的尺码又会大上一码，便有由衷的快乐。新日子被整整齐齐地装订上去后，嫦娥仍然在日复一日地奔月，那硬纸牌是轻易不舍得换的。

长大以后，家里仍然使用月份牌，只是我并不那么有兴趣去撕它了。我在哈尔滨生活的这几年才算像模像样过起了日子，每天早晨起来的第一件事就是翻日历，让它由一侧到另一侧。当两侧厚薄几乎相等时，哈尔滨会进入最热的一段日子。年终时我将用过的台历用线绳串起，然后放到抽屉里保存起来。当我串起今年的台历、将明年散发着墨香气的日子摆在铁皮架上时，我会在上面简要抒写一些我的所作所为、所思所虑。如果能把幼时已撕去的日历一一拾回，也许已故的父亲就会复活，他又会放进一条狗进我的睡房催我起床，也许我老家那个已经荒芜的院落又会变得绿意盈门。但日子永远都是：过去了的就成为回忆。

（选自2017年11月10日《作家文摘》）

紫 灯 记

李修文

离开东京的前一天，连日的重感冒和花粉过敏终于止住了。虽说凉风一吹，我仍然头疼欲裂，但是，为了一桩说不清楚要紧还是不要紧的事，我还是坐上了去府中的电车。一路上人迹稀少，沿途所见和十五年前并无什么分别：高楼，小店铺，广告牌，奔涌的人流，选举车的噪音，一张一张漠然的脸，满世界的樱花都开得像心如死灰的人正在自杀。

唯有到了府中车站，往外走时，站台上突然想起了《秋樱》的调子，我的心里还是震颤了片刻。

十五年前，我曾经每日里在这车站进出，一草一木无不烂熟于心。所以，一旦在站前的小广场上站定，那些埋伏在身体里的记忆，霎时间便全都复活了：往东是绿町，往西是晴见町，更远的地方，还有天神町和分梅町。

我要去的地方，正是分梅町，也不知道算不算矫情：我去那里，是要找一盏灯。

那盏灯，有半人高，悬挂在一座狭小神社的门口，因为是用紫色的油纸包裹，到了晚上，它便通宵散发着紫色的光芒。每逢下雨的晚上，光影在雨雾里散开，弥散了半条街，看上去，就像一场召唤。如此，哪怕隔得远远的，我也总想快跑两步，好去靠近它。

在神社的门口，紫灯照耀之处，有一间电话亭，几乎每隔两三天，我都要去那里给国内打电话。如果下雨或者落雪的夜晚，神社的屋檐下总会三三两两聚着些躲雨躲雪的过路人，过路人里自然也有中国人。这样，我一边打着电话，一边就能听见屋檐下有人说中文，当然也有心上去攀谈几句，但终于还是没有。

——那应该是在圣诞节前后吧？其时，东京虽然没有像往年那样陷入大雪，雨水却是终日不休，下了整整半个月。那天晚上，我从打工的地方回到府中时，已经都快要到了凌晨时分了，终于没能忍住去神社前的电话亭里打个电话。电话却坏了，拨了半天都没拨通，我只好推门而出，颓然离开，却被一个人扑面拦住了。

对方说的是中文，径直告诉我，天气实在太冷了，如果我有钱的话，他想找我讨一点，好去买酒喝。见我不知所以，他又接着告诉我，他知道我是中国人，因为他听见我一直在电话里愤怒地呼喊着"喂喂喂"。

当时，我在东京已近穷途末路，终于下定了回国的决心，只是一直没有凑齐回国的路费。我早在心里对自己说了好多遍：一旦路费凑齐，一分钟也不要停，立即打道回府。可是，这一晚也不知道怎么了，可能是因为某种莫名的怨怼，可能只因为同是天涯沦落人，我竟然毫不心疼自己口袋里一点所剩无几的钱，痛快地答应了找我讨钱买酒的人。而且还提议，先去把酒买来，而后，就在此处，两个人一起喝。

他显然没有想到，笑着连声答应。这时候，透过那盏紫灯散出的光晕，我这才看见，他的双眼其实是坏掉的，什么也看不见。我倒是没有多想，只想着赶紧来一场放纵。既然他的眼睛看不见，我就狂奔到了街角还没关门的最后一家小店，掏出所有的钱，全部买了酒。

说起来，还是青春好，手起刀落，不管不顾。

酒买回来，雨也下大了，我们端坐在紫灯之下，一人一瓶，身上也就热烘烘地暖和了起来。有时候，当我抬头望见头顶上的紫灯，竟然生出了今夕何夕之感，甚至怀疑自己不是在异国，而是在故乡的家门口，母亲和方言，都近在咫尺。多少有些伤感的时候，我便问他所为何来，又何以至此。他其实知道，我是在问他的眼睛，也就如实告诉了我。

原来，他是云南人，早我八年就到了东京，一直没能混好，只好四处给人打工，服务员，看门人，在马路上刷油漆，在车站和学校卖电话卡，这些生计，他全都干过。两年前，他在一家垃圾处理公司打工的时候，从吊车上坠进了一处山丘般的玻璃堆，当即，两只眼睛都被玻璃碴刺瞎了。近几年，他一直在忙着和那家垃圾处理公司打官司，但时至今日，他还没有收到一分钱的赔偿款。

听完了他的出处和来历，除了默不作声，我也不知道说些什么好。终了，还是只能跟他继续干杯。又迟疑了一会儿，我问他，还想不想回国。他却让我去看头顶上的灯，然后告诉我，从前，他眼睛还看得见的时候，这里一共有三盏灯，一大两小，看上去，就像一家人。这么多年下来，两盏小的早就不知所终了，只剩下了最大的一盏还在这里。他的情形跟这盏灯差不了多少：国内的妻子带着孩子早就消失了，不管写了多少信也不回。所以，他也就不回去了。

好吧，往事不要再提，且让你我再干一杯。

突然间，他似乎想起了一件什么事情，将酒瓶放到一边，如梦初醒般，热切地告诉我，他其实还有几瓶从云南带来的酒，地底下埋过十年以上，是他这辈子喝过最好的酒，堪比琼浆玉液。他一直舍不得喝，这两年，因为打官司，居无定所，所以，他把这几瓶酒存在一个朋友处。莫不如，就在最近，找个时间，他和我二人将那两瓶好酒喝掉，也算了却了一桩念想。

我当然说好，他便愈加兴奋，不断搓着手，一半是因为穿得少，一半是因为即将到来的一醉方休。

有酒不觉夜长，但酒总有喝光的时候，虽说雨水更加猛烈，可是为了第二天的生计，我终须和陌路上相识的朋友说再见了。临走前，我留了电话给他，又问他是不是住在附近，我可以送他回去。他却笑着并未回应，说来惭愧，哪怕他没地方住，我也没办法帮上他，因为我自己也寄居在别人的方寸之内。我还记得，当我走到巷子口，回头去看他，在紫灯的照耀下，他静止端坐，就像一个入定的僧人。

而今十五年过去，我又来了，却总是止不住地迷路，越往前走，越发现自己的记忆并不可靠。原来，往西走才是绿町，往东走才是晴见町。每户人家门口的樱花都并得好，所以，每户人家看起来都是一样的，好不容易，越过了几条沟渠与铁路，都已经快要入夜了，我总算到了分梅町的地界，分梅町却也是樱花遍街遍地，那家神社，那盏紫灯，我始终都没找到。

类似的情形，十五年前我曾遇见过一次——那是在我回国的前几天，终日里东奔西走之后，我离凑齐路费已经越来越近了。恰好这时，那个曾经和我一起痛饮的朋友打来了电话，约我再去那盏紫灯之下，将他的琼浆玉液喝完。说来也是怪，那一天，我恰好发了高烧，下了电车就开始跌跌撞撞，站在街上茫然四顾，竟然觉得自己身在九霄云外，怎么也找不到那盏灯。到了后来，实在支撑不住，也就回了自己的寄身之地。

事实上，自从那晚相逢之后，我的朋友，每隔两三天就要约我一回，说是那两瓶酒早就被他从朋友处取回了。现在，只等着我去跟他一饮而尽。可是，我却没有心思，回国的路费已经使我几近癫狂，四处找零工，又在每一个零工里恶狠狠地计算着归期。下了零工，就守在旅行社的外面，盯着电子显示屏上的便宜机票信息，再恶狠狠地渴望着一张可以买得起的便宜机票从天而降。

哪里知道，好运气真的来了，忽有一天，我刚走到旅行社门前，只一眼，便看见了一张便宜机票的信息出现在了电子显示屏上。有那么短暂的一刹那，我心脏狂跳，镇定了再三，才确认自己真的没有看错。随后，几乎是手脚颤抖着走上前去，订下了机票。

也是凑巧，正在买机票的时候，那个紫灯下的朋友又打来了电话。只是这一回，他的邀约都还未再次说出口，我便径直告诉了他，我要走了，归期就在两天之后。

其时情境，说是欣喜若狂也毫不过分，这样，我的朋友便不再邀约，转而还劝我说少喝些酒，多省点钱，以备回国路上的不时之需。

而我已经根本无心在东京多停留一天，以至于，在归期的前一天晚上，我就向着成田机场出发了，我打算去机场里过夜。一来是可以少一天再在府中寄居，二来是早一点到机场也更令我不再陷入莫名的恐惧与焦虑。不过，我未曾想到的是，电车已经快要进入东京市区的时候，我朋友的电话又来了。他告诉我，为了不麻烦我，原本他是想带上酒直接去机场找我喝掉的。可是，他的眼睛实在不好，转了一下午也没有转出府中地区，所以，如果时间来得及，他想还是请我去到那盏紫灯之下，再将那两瓶好酒喝完，就当给我送了行。

真的是好酒。他在电话里接连说了好几遍：真的是好酒。

一时之间，某种悲痛竟然在瞬时之间将我席卷了，这悲痛，首先是我对自己的厌倦：我和朋友的相逢，以及其后的邀约，看似只是一桩不足道的小小机缘，但实际上，它们就是从天而降的情义，好像被雨水或河水冲洗过的石头一样清清白白，却被我置若罔闻，全然忘在了脑后。而后，这悲痛也和我的朋友有关：一桩小小机缘，被他看得如此认真和重大，而我却要走了，明朝巴陵道，秋山又几重。接下来，他一个人的异国生涯又当如何度日呢？

所以，电车到了下一站之后，我下了车，再重新上了回府中的 JR 山手线。是啊，无论如何，也要陪他把酒喝完。

实际上，也不知道为什么，那天晚上，我的醉意都来得特别快。大概是因为临别，也可能是因为地里埋过的酒格外的烈，半瓶还未喝完，我的身体里便生出了酩酊之感，再看头顶那盏紫灯，只见它随风飘摇，忽近忽远。然而，天上却并没有起风。

既然醉了，我便说起了醉话，告诉他，如果我再有来东京的一天，一定带上正在喝的这种酒，到时候，可别忘了不醉不归。他听了只是笑，笑着笑着，又剧烈地咳嗽起来。这才跟我说，上一回时间太短，他没来得及告诉我，他的肺上长了东西，只怕等不到我再来找他喝酒的那一天了。

好像一盆冷水浇淋，我的醉意醒了一半，迟疑了半天，终于还是问他，何不就此回国，哪怕死在家乡，也总比死在这里好。他却还是一笑，像上回一样，他让我去看头顶上的灯，再对我说，从前这里一共有三盏灯，一大两小，看上去，就像一家人，这么多年下来，两盏小的早就不知所终了，只剩下了最大的一盏还在这里。他的情形跟这盏灯差不多少：国内的妻子带着孩子早就消失了，不管写了多少信也不回，所以，他也就不回去了。

直到这个时候，我才发现，他也醉了。他一边说着话，一边仰起头去，就像是在认真地凝视着头顶上的那盏灯。当然，一如既往，他什么也看不见。

"走了！"突然间，他站起身来，径直朝前走，又对我说："好好活！"

——十五年了，我当然没有忘记我朋友的叮嘱，他要我好好活。可是，世事就是如此吊诡，在绝大部分时间里，他的叮嘱又每每被我忘在了脑后，就像当初忘记了他的邀约。我得向他承认：十五年里，我未能脱胎换骨。相反，每到一地，我都把它过成了当初的东京：迷路、莫名焦虑，又心猿意马。渐渐地，甚至对这心猿意马的生涯不以为耻，反以为荣。

好在是，今天，此刻，在被樱花们篡改的街巷里兜兜转转了小半个夜晚之后，偶然的一瞥，我竟然如遭电击——是啊，我终于看见了那盏紫灯，它就在离我不到五百米的地方。越往前走，紫色的光芒便离我越近。终于，手脚颤抖着，我来到了光芒的中间，盯着它，看了又看，看了又看，好久不见，它还是原来的样子，只是街对面的樱花被风吹拂过来，落了满身的花瓣。

亲爱的朋友，我来了，你在哪里呢？紫灯做证，我没有食言，不仅带来了你我曾经喝过的酒，而且，这酒也在地底下深埋过十年以上，不多不少，一共两瓶，一瓶给你，一瓶给我，我也不管你是死是活。

（选自2017年第3期《大家》）

外婆的世界

李　娟

外婆跟着我时，总是白白胖胖，慈眉善目的；跟着我妈时，整天看上去苦大仇深的。但这怎么能怪我妈呢？我妈家大业大，又是鸡又是狗又是牛的，整天忙得团团转，哪能像我一样专心。

在阿勒泰时，我白天上班，外婆一个人在家。每天下班回家，一进小区，远远就看见外婆趴在阳台上眼巴巴地朝小区大门方向张望。她一看到我，就赶紧高高挥手。

后来我买了一只小奶狗（就是赛虎）陪她。于是每天回家，一进小区，远远就看见一人一狗趴在阳台上眼巴巴地张望。

我觉得外婆最终不是死于病痛与衰老，而是死于等待。

每到周六、周日，只要不加班，我都带她出去闲逛。逛公园，逛超市，逛商场。

阿勒泰对于她是怎样的存在呢？每到那时，她被我收拾得浑身干干净净，头发梳得一丝不乱。她一手牵着我，一手拄杖，在人群中慢吞吞地走啊走啊，四面张望。

看到人行道边的花，她喜笑颜开："长得极好！老子今天晚上要来偷……"

看到有人蹲路边算命，她就用自以为只有我听得到的大嗓门说："这是骗钱的！你莫要开腔，我们悄悄眯眯在一边看他怎么骗钱……"

在水族馆橱窗前，她举起拐棍指指点点："这里有个红的鱼，这里有个白的鱼，这里有个黑的鱼……"水族馆老板非常担心："老奶奶，可别给我砸了。"她居然听懂了："晓得晓得，我又不是小娃儿。"

进入超市，她更是高兴，走在商品的海洋里，一样一样细细地看，还悄声叮嘱我："好生点，打烂了要赔。"

但是赛虎不被允许进入超市。我便把它系在入口处的购物车上。赛虎惊恐不安，拼命挣扎。我们心中不忍，但无可奈何。外婆吃力地弯下腰抚摸它的头，说："你要听话，好生等到起，我们一哈哈儿就转来。"

赛虎一个月大就跟着外婆，几乎二十四小时不分离。两者的生命长久依偎在一起，慢慢就相互晕染了，它浑身弥漫着纯正的外婆的气息。它睁着美丽的圆眼睛看着我，看得我直心虚——好像真的打算抛弃它一般心虚。

接下来逛超市也逛得不踏实。外婆更是焦急，不停喃喃自语："我赛虎长得极光生（极漂亮），哪个给我抱走了才哭死我一场……"

我一边腹诽，那么脏的狗，谁要啊，一边却忍不住生出同样的担忧。

每次逛完回到家，她累得一屁股坐到床上，一边解外套扣子，一边嚷嚷："累死老子了，老子二回再也不出去了。"

可到了第二天，她就望着窗外的蓝天幽幽道："老子好久没出去了……"

那时候，我好恨自己没有时间，好恨自己贫穷。我哄她"明天就出去"，却想流泪。

除此之外，大部分时间她总是糊里糊涂的，总是不知身处何地。常常每天早上一起床她就收拾行李，说要回家，还老向邻居打听火车站怎么走。

但她不知道阿勒泰还没通火车。她只知道火车是唯一的希望，火车意味着离开。

她在激情中睡去，醒来又趴到阳台上，直到视野中出现我下班的身影。

她总是趁我上班时，自己拖着行李悄悄跑下楼。她走丢过两次，一次被邻居送回来，还有一次被我在菜市场找到。

那时，她站在那里，白发纷乱，惊慌失措。当她看到我后，瞬间怒意勃发，好像正是我置她于此等境地。

有一次我回家，发现门把手上拴了条破布，以为是邻居小孩子的恶作剧，就解开扔了。第二天回家，发现又系了一根。后来发现单元门上也系上了。原来，每次她偷偷出门回家，都认不出我们的单元门，不记得我家的楼层。对她来说，小区的房子一模一样，这个城市犹如迷宫，于是她便做上记号。

这几块破布，是她为适应异乡生活所付出的最大努力。

我很恼火。我对她说："外婆你别再乱跑了，走丢了怎么办？摔跤了怎么办？"

她之前身体强健，但自从前两年摔了一跤后，便一天不如一天。

我当着她的面，把门上的破布拆掉，没收了她的钥匙。

她破口大骂，哭喊着要回四川，深更半夜拖着行李就要走。我筋疲力尽，灰心丧气。

第二天我上班时就把她反锁在家里。她开不了门，在门内绝望地号啕大哭。

我抹着眼泪下楼，心想，我一定要赚很多钱，总有一天带外婆离开这里。

那是我二十五岁时最宏大、最迫切的愿望。

就在那个出租屋里，赛虎第一次做母亲，生了四只小狗。外婆无尽欢喜，张罗个没完，然而没几天又糊涂了。一天吃饭时，她端着碗想了半天才对我说："原来这些奶狗是赛虎生的啊？我还以为是买回来的，还怨你为啥子买这么多……"没等我做出回应，她突然又提到另一件事，说八十年前有一家姓葛的用篾条编罩子笼野蜂，又渐渐将其驯化为家蜂。每次"割蜂蜜"能"割"三十桶，然后再"熬黄蜡"。细节详细逼真，听得我毛骨悚然。

我还没回过神，她又说起头天晚上做的梦。说有个人在梦里指责她，说她不好。她问道："哪里不好？"对方说："团团（到处）都不好。"

她边笑边说："老子哪里就团团不好了？"

可就在昨天早上，她不是这么说的。梦里的那个人明明是说她好。她问："哪里好？"对方说："团团都好。"

我便提醒她，帮她把原梦复述一遍。她放下筷子，迷茫地想了好久。

我突然意识到自己介入她的世界太深。

她已经没有同路人，她早已迷路了。她在迷途中慢慢向死亡靠拢，慢慢与死亡和解。

我却只知一味拉扯她，不负责地同死亡争夺她。

我离她多远啊，我离她比死亡离她还要远。

每天我下班回家，走上三楼，她拄着拐棍准时出现在楼梯口。那是我今生今世所能拥有的最隆重的迎接。每天一到那个时刻，她艰难地从她的世界中抽身而出。在她的世界之外，她放不下的只有我和赛虎了。我便依仗她对我的爱意，抓牢她仅剩的清明，拼命摇晃她，挽留她，向她百般承诺，只要她不死，我就带她回四川。坐火车回，坐汽车回，坐飞机回，想尽一切办法回。回去吃甘蔗、吃凉粉，吃一切她思念的食物，见一切她思念的旧人……但是我做不到。我妈把外婆接走的那一天，我送她们去客运站。再回到空旷安静的出租屋，看到门把手上又系了一块破布，我终于痛哭出声。我就是一个骗子，一个欲望大于能力的骗子，而被欺骗的外婆，挂着拐棍站在楼梯口等待。她脆弱不堪，她的愿望也脆弱不堪，我根本支撑不了她，拐棍也支撑不了她。其实我早就隐隐意识到，唯有死亡能令她展翅高飞。

（选自2017年第22期《读者》）

水、茶叶和紫砂壶

黄永玉

水、茶叶和壶的讲究，我懂得很少。

从小时起，口干了，有水就喝水，有茶就喝茶。

我最早喝的茶叶是"糊米茶"。家人煮饭剩下的锅粑烧焦了放进大茶壶里，趁热倒进开水泡着，晾在大桌子上几个时辰，让孩子们街上玩得口渴了回来好喝。

喘着气，就着壶嘴大口地喝，以后好像再没有过。

据说这"糊米茶"是个好东西，化食，是饭变的，好亲切。

小时见大人喝茶。皱着眉头，想必很苦，偷偷抿过一回，觉得做大人的有时也很无聊不幸。

最早觉得茶叶神奇的是舅娘房里的茉莉花茶。香，原来是鼻子所管的事，没想到居然可以把一种香东西喝进口里。

十二几到了福建跟长辈喝茶，懂得一点岩茶神韵，从此一辈子就只找"铁观音""水仙种"喝了。

最近这几十年，习惯了味道的茶叶不知到哪里去了。茶叶们都乱了方寸，难得遇上以前平常日子像老朋友的铁观音铁罗汉水仙种了。

眼前只能是来什么喝什么，好是它，不好也是它。越漂亮的包装越让人胆战心惊。茶叶的好不好要由他告诉你的为准，你自己认为好的算不得数。这是种毛病，要改！要习惯！

我喝茶喜欢用比较大的杯子。跟好朋友聊天时习惯自家动手泡茶倒茶。把普通家常乐趣变成一种特殊乐趣，旁边站着陌生女子，既耽误她的时光也搅扰我们的思绪话头，徒增面对陌生女子的歉然。

我一生有两次关于喝茶的美好回忆：一九四五年在江西寻邬县，走七十里去探访我的女朋友（即目下的拙荆），半路上在一间小茶棚歇脚，卖茶的是一位严峻的老人。

"老人家，你这茶叶是自家茶树上的吧？"

"嗯……

137

"真是少有，你看，一碗绿，还映着天影子。已经冲三次开水了，真舍不得走。"

"嗯……"

"我一辈子也算的上是喝过不少茶的人，你这茶可还真是少见。"

"嗳！茶钱一角五。天不早了，公平墟还远，赶路吧！你想买我的茶叶，不卖的。卖了，底下过路的喝什么？"

六十年代我和爱人在西双版纳待了四个月，住在老乡的竹楼上。

老奶奶本地称作"老咪头"，老头子称作"老波头"。

这家人没有"老波头"，只有两个儿子，各带着媳妇住在另两座竹楼上。

有一天晚上，"老咪头"说要请我们喝茶。

她有一把带耳朵的专门烧茶的砂罐，放了一把茶叶进去，又放了一小把刚从后园撷下的嫩绿树叶，然后在熊熊的炭火上干烧，看意思她嫌火力太慢，顺手拿一根干树枝在茶叶罐里来回搅动，还嫌慢，顺手用铁火钳夹了一颗脚拇趾大小的红火炭到罐子里去，再猛力地用小树枝继续搅和。这时，势头来劲了，罐子里冒出浓烈的茶香，她提起旁边那壶滚开水倒进砂罐里。

罐子里的茶像炮仗一样狠狠响了一声，登时满溢出来，她老人哈哈大笑给我们一人一碗，自己一碗，和我们举杯。

这是我两口子有生以来喝过的最好的茶。绝对没有第二回了。

关于水。

张岱《陶庵梦忆》提到的"闵老子茶"某处某处的水，我做梦都没想过。我根本就不懂水还有好坏。后来懂得了一点点。

20世纪五十年代我在版画系开始教学的时候，好像东欧的留学生都在版画系学木刻，有个捷克学生名叫贝雅杰的和我来往较多，不少有趣的事这里就不说了，让我印象深刻的是他口渴的时候就旋开龙头喝自来水，我制止他生水不可喝时，他却告诉我北京的自来水是最卫生的。那时候中国还不时兴矿泉水，这个知识由外国留学生反转过来告诉我无疑是一个震动。是不是北京的自来水现在仍然可以旋开龙头代替娃哈哈，那我就不敢说了。几时可以？到几时又不可以，这课题研究起来还是有意思的。

就我待过的地方的水，论泡茶，我家乡有不少讲究的水。杭州苏州的茶水古人已经吹过近千年，那是没有说的，还不能忘记济南。至于上海，没听朋友提过，起码没人说它不好。广州，条条街都有茶馆，有那么多人离不开茶，不过就我的体会，它的水没有香港的好。两个地方的茶泡起来，还是香港的水容易出色出味。人会说那是我们广东东江的水，是这么回事。不过以前没用东江水的时候，香港的水泡茶也是很出名的。

故乡在我小时候煮饭都用河水，街上不时听到卖水的招呼声。每家都有口大水缸，可以储存十几担水，三两天挑满一次。泡茶，一定要用哪山哪坡哪井的好水，要专门有兴趣的好事之徒去提去挑回来的。

我们文昌阁小学有口古井名叫"兰泉"，清幽之极，一直受到尊重。也有不少被淹没的井，十分可惜，那时城里城外常有人在井边流连，乘凉讲白话。

乡下有墟场的日子，半路上口渴了，都清楚顺路哪里有好井泉，喝完摘一根青草打个结放回井里表示多谢。

习俗传下来有时真美！

我家里有一把大口扁形花茶壶，是妈妈做新娘时人送的礼物，即是前头讲的冲糊米茶的那把。用了好几代人，不知几时不见了的。

爸爸有时候也跟人谈宜兴壶，就那么几个人的兴趣，小小知识交流，成不了什么气候。

也有人从外头回来带了一两把宜兴壶，传来传去变成泥金壶，说是泡茶三天不馊，里头含着金子……

文昌阁小学教员准备室从来就有两把给先生预备的洋铁壶，烧出来的开水总有股铁锈味，在文昌阁做过先生的都会难忘这个印象，不知道现在还用不用洋铁壶烧开水泡茶。

这几年给朋友画过不少宜兴壶，他们都放在柜子里舍不得拿出来泡茶，失掉了朋友交情的那份快乐。傻！砸破了，锔上补丁再放柜子欣赏做纪念不也一样吗？

在紫砂壶上画水浒人物是去年和朋友小柳聊天之后就手兴趣做出的决定，也就当真去了宜兴。记得一个外国老头曾经说过：

"事情一经开始，就已完成一半，底下的一半就容易了。"

我很欣赏他这句话。

仅仅是因为年纪大了，找点有趣的事做做而已。

长天之下，空耗双手总是愁人的。

给这本册子以笑容和个性的是几位有见识的快乐的年轻朋友。他们哪里像个编辑？简直是这一百多把茶壶和我的舞伴。和着拍子互相欣赏地跳舞，一种团圆的欢欣活动。

多谢各位的工作风格、现代见识，给这本册子带来的年轻生命力。最得益的当然是我这个老头。

九十三岁书于北京太阳城时逢端阳

（选自2017年6月11日《文汇报》）

土离我们还有多远

鲍尔吉·原野

行走的风景

草原上的风景并不会行走，即使秋空的云朵也不易流散——孤悬于海子一样湛蓝的天幕，远远地羞涩地打量我们这些闯入者。云的样子一如牧区的孩子。听到吉普车的马达声，这些孩子像羊粪蛋似的滚出来，三五成群聚在一起。他们远远地观察着外来人，眼睛眨也不眨，用牙咬着衣襟。

在草原上，行走的是我们乘坐的吉普车和面包车。草原上的山形水势，造就得浑然大气。眼前的一座山，在草色的金黄中漫漫矗立起来，可以驱策坐骑一口气跑上山顶。这样的山自然不崎岖，也不勉强。草原上的景物无一样在眼里看着勉强。河流像一条镀银的鞭子曲折而来，草地在秋风中苍茫而去。所谓山——其实是丘陵，只在草地的背景下起伏而已。若在黄昏，天空将暮色像铁锅一样罩在草原上。在弧圆的天边，如有火烧云，地平线上便翻腾熔流的金汁。如宁静无云，天幕则一派澄蓝，浮几粒金星，天地之交是白茫茫的光带。

在草原俯仰天地，很容易理解生活在这里的人为什么信神，为什么敬畏天地。人在此处是渺小的。在暮色中，你若发现一个牧归的人在行走，那个移动的剪影，无异于一株树、一头不关四季变化的狼或狗，或如帕斯卡尔较体面的说法——人是一棵会思想的苇草。站在草原，会感到这里的主人绝不是人，而是众生。你能够理解，蒙古族人赶着羊群漫游，人与羊那样和谐，已然融为一体。在天地威重的注视下，人仿佛不敢凌驾于其他生灵之上。外边的人还会发现，居于草原深处的蒙古族人为什么谦逊，即使高龄的老人也很卑微。在他漫长的一生中，骨子里浸透了天的辽远和地的壮阔，他只能缩紧筋骨劳作，仰仗天地活下去。最好的人生姿态莫过于谦逊，你如果仰面躺在草地上，咬着一根草茎痴望高天，这时有人走来向你皱眉瞪眼，宣布指示或发脾气，你会觉得他的举动古怪、可笑以至于软弱。这里只能顺应天地，而无法在天地的睽视之下树立所谓人的权威。因此，在草原上无法开展"文化大革命"，因为人的力量过于单薄，缺乏天安门广场那种人头攒拥，也没办法群情激奋了。克什克腾草原，任何一个嘎查（生产队）的草场都比天安门广场辽阔。在牧人的眼里，朝岚暮霭，流年丰歉，山高水低，人世悲欢，必由一只比人的手更有力的手、比人的脑更深远的脑在安排。

有关神的事迹或心迹，蒙古族人并不热心追问。不像在实证主义影响下的西方人到处探听诺亚方舟在哪里，耶稣是不是真的复活了。蒙古族人目睹了眼前的秩序，以为是大道，便默不作声了。这种顺应，使他们的人生观更近于老子的哲学。草原的景物，熔铸了蒙古族人浑和自然的个性，蒙古族人也给草原的天廓地辐贯注了懒散厚重的心思。可以说，江南园林全由勉强而来，炫耀着人的机巧，因而那里精明的人们常常恨自己不够精明。精明的结果是更多的钱或名。在草原，钱只是天地手指缝漏下的微不足道的副产品。老天爷垂爱施舍些雨水，草儿长起来，牛羊肥了，牧人就有日子过。

一辈子生活在白云底下

我离开老家好多年，有时遇到别人的探询：你老家什么样子？到处都是草原吗？

我答不上来，迟疑，不知从哪儿说起。

我迟疑，是由于草原没法描述，它宽广而且单一。草原静得好像时间都在打瞌睡，低头看，一朵小花微微摇摆，像与别的花对话，蚂蚱随人的脚步弹到半空。回头看，人的影子被拉出两米多长，这是早晨。躺在地皮上的老鸹草的蓝花在见到阳光之前还不肯开放。

说草原，谁都说不流畅，只有旅游者才会说出一些观感，就像说大海，怎样才能把海说清楚呢？给每朵浪花做上记号，便于你的讲述吗？海边的人说不清海有多少朵浪花，每朵浪花长什么样。像吉尔博特说的：希腊的渔人不到海滩嬉戏。

草原在每个人心中都不一样。对家在草原的人而言，它是故乡，而非旅游区。草原于我，是一团重重叠叠的影像。想到马，马在奔跑的马群里转身，鬃毛挡住偏向一旁的头颈。想起四胡，蒙古族人的英雄故事从四胡的弓弦声中款款而出。说书的屋子有漆黑、漂着茶梗的红茶缸，旱烟的雾气缭绕着牧人一张张倾听的脸。说书人惯用嘶哑的嗓音，像上不来气，医学称为呼吸窘迫或肺不张，而他有意如此，嘈杂的琴声接上他后半截的气。我想起冰凉的洋铁皮桶里的鲜牛奶；想起天黑之后草叶散发的露水的气味；想起饮水的羊抬头叫一声，嘴巴滑落清水的亮线；想起草原的夜晚真黑，人像被关在带盖的箱子里；想起马，桩子前雪青马的蹄子踏出新鲜的黄土。

这些记忆像解体的卫星碎片在大气层里茫然飞翔，没办法把它组合成完整的故事。我能跟问我的人说这些事吗？别人听不懂。还有磨出好看花纹的榆木炕沿，漂在水缸里终年湿沥却不腐烂的葫芦瓢，小红蜘蛛正在房梁上拼命奔跑。

我读过一篇国外语音学家的文章，说结巴是因为元音和辅音急于一起冲出来，结果堵车，谁都出不来。我对草原的印象也像一个口吃者——印象的雪球堵住了大门。

今天我对草原的记忆只剩下一样东西——云。地上的事情都忘了，忘不掉的是草原无穷无际的云。骑马归家的牧人、挤奶的女人，背景都有云彩。清早出门，头顶已有大朵的白云，人走到哪里，它追到哪里。

老家的人一辈子都在云的底下生活。早上玫瑰色的云，晚上橙金色的云，雨前蓝靛色带腥味的云。他们的一生在云的目光下度过，由小到大，由大到老，最后像云彩一样消失。云缠绵，云奔放，云平淡，云威严，云浓重，云飘逸，云的故乡在草原。在异乡，我见到的最少的就是云，城市灰蒙蒙的雾气屏蔽了云。偶见零散的白云，一看就是进城串门的乡下云。有一次，我跟大姑姥爷到林西县拉盐，我躺在牛拉的木轮勒勒车里睡觉。大姑姥爷突然停车，拉我起来看。我问看什么？他指着天：那两朵云彩打起来了，像摔跤一样。我看去，两朵云立在天边，如决斗。他坐下抽烟，乐着说："看云打架比看人打架文明。"他跟我说话间，云没了，大姑姥爷很惋惜，把烟袋锅掖进裤腰带，连吐几口唾沫。那年我七八岁，他七八十岁。大姑姥爷跟猫狗说话，跟豆角说话。他曾说，每个死去的人都会被云接走。他告诉我望云要带敬意。云打架让他乐了，露出光秃秃的牙床，像掰开的西红柿一样。

土离我们还有多远

花日村在大雁山的后边。"花日"就是花儿，蒙古语"花"的音译。这个词也是对汉语的借用。蒙古语中，"花日"是花，"讷日"是名字，"觉日"是画，"怒日"是脸蛋子，"夏日"是黄，"穆日"是脚印，"海日"是珍惜，都好记。

为什么叫花日村？我问吉雅泰。

花日是外号，这个村的人爱种花，实际上叫大雁村民组。吉雅泰回答。

花儿——大雁，这些名字都好听，纯朴而遥远，以后人们会离它们越来越远。沈阳航空博物馆附近有一家"大雁肉烧烤店"，我看了——心情怎么说呢——无论人类遭受到怎样的旱涝灾害，都不必去怜悯，他们曾经对动物这么无情。

我们走上大雁山顶往下看，花日村没什么花，每家门口有三四棵柳树。房子没铺瓦，屋顶的泥巴被太阳晒褪色了，燥白。土埋在地里原本都是新鲜的黄色，土也氧化了。进村，见每家窗下摆四五个木质箱子。不是蜂箱，是花箱。

冬天卖橘子的木质包装箱，里边垫一层塑料布，盛土栽花。

这些土可了不起。吉雅泰说，草原没有土，是图卜勋老汉套驴车从外地拉来的土。

草原没有土吗？这真是个奇怪的说法。广阔的草原怎么会没有土呢？草原难道是塑料的吗？然而，草原真的非常缺土，或者说绿浪翻滚的草原只有薄薄一层表皮的土。这层土珍贵呀，它是无数青草用根须编结的半尺厚的土毡，是草原的衣裳，下面的流沙无止无休。鄂尔多斯草原水草丰美，它也是央企主力煤田的所在地。《半月谈》杂志 2010 年第 10 期报道："那里有上湾、榆家梁等千万吨级的矿井，高管每年拿几十万元的工资。采矿的结果造成地表塌陷，植被枯死，水源渗漏，土地不长草"。没土了，怎么长草？煤矿开采区的牧民背井离乡，生活穷困。煤采完，草原失去黄金般的土，将变成永远不适合人类和动物生存的无人区。

蒙古族人珍惜草原，包括珍惜这一层薄薄的土，它是草原有血有土的皮肤。剥掉这层皮，草原就死了。祖祖辈辈鲜花盛开的故土，死在了 GDP 上。GDP 变成了剥皮抽筋的代名词。野花在草原盛开，野花只用它自己脚下的一盅土。它怀抱自己的土，死后又用枯萎的枝叶填充自己用过的土。除了土，野花一生什么也没有，它们知道报答。

牧民们不挖草原的土栽花。草原的花儿比海洋的浪花还多，还需要在自己家里栽花吗？要想栽，自己去弄土吧。就像花日村每家门前摆的木箱子，土像在河床里那样细腻，挤在木箱里，举着娇艳孤独的花朵，如礼物。

图卜勋的家住在村子最东边，比别的家低矮。屋顶西北角已经露天了，还没用泥抹上。门口大鹅叫，老人猫腰从门口走出。他身高一米八多，开口笑，两撇灰胡子从上唇垂下来。

看花来了，吉雅泰说。

嗨，都是乡下的花。图卜勋双手在裤线上蹭。他的花木箱放在窗台上。一箱秋海棠，个头矮小，紫红的花瓣像蜡做的。一箱三色堇，也叫猫脸花，每朵花上有蓝、黄、白三种颜色。还有一种花的茎像注满了水，躺在土上不起来。它的叶子如小香蕉，肉乎乎的。

这是什么花？我问。

太阳花嘛。今天阴天，它不开了。老汉说，它的脾气很怪，太阳出来才开花，红的黄的小花。

老汉指着那箱高棵的花，这是指甲花。春天的时候，苗是红梗就开红花，白梗开白花，它们不骗人。

老汉笑起来，皱纹遮住了眸子。他说，指甲花也有脾气啊。花儿谢了，胳肢窝长出一个小口袋，不能碰，一碰就像弹弓那样，把种子射出去了。

这是好事啊，吉雅泰说，自动播种机。

这个事都是瑙浩做的，老人说。

瑙浩在蒙古语是"狗"的意思。我说，狗聪明。

不是。老汉喊：瑙浩，瑙浩——

跑过来一只白爪白嘴的小黑猫。

老汉说，它名字叫瑙浩。秋天了，它上窗台专门碰指甲花那个小口袋，然后去抓蹦出来的种子。

黑猫舔舔白爪，像说："是这么回事。"

养花的土是你用车拉来的吗？我问。

是，我干不动活了，套驴车拉点土，送给各家种花，也有种柿子的。老汉回答。

咋不上草原取土？我问。

那不行，咱们从来不挖土，土下面就是沙子。你看那些出夏营地的牧人，他们套牛车走，在这个地方支蒙古包住两个月。回家了，把木头楔子拔出来，土踩实。你在草地上钉一个楔子，拔下来不踩好，这块土就破了，像伤口一样，不长草，沙子从下面冒出来。嗨，土就像肉一样，咱们不破坏它。

什么人破坏土？

唉，老汉叹气，伸胳膊指门外，外边来的人都破坏土。他们不心疼土，开矿呀、种西瓜、种药材，第二年再换地方。种过地的土全都沙化了。开矿更完了，河都完了。

你拉的土是从哪儿破坏来的？吉雅泰开玩笑问他。

我的土不是破坏。老汉挺直腰板说。春天，西拉沐沧河的冰化了，发大水。水退了，岸边留一尺厚的淤泥，我套车把泥拉回来。挖泥也不要在一个地方挖，第二年发水，让挖过的地方淤平。

离这儿远吗？

远，吉雅泰说，西拉沐沧河离这儿五十多里路呢。图卜勋老汉带着干粮，车上拉着瑙浩，还有咪咪——咪咪是他家狗的名字，到那里拉土，一回拉五六个木箱的土。

图卜勋笑，他的脸、脖子和胸膛都是红铜色。他举起四根手指，一回拉四箱土，一箱十斤吧。

名叫咪咪的细腰黄狗跑来，坐地上看老汉伸出的手指。

老汉的儿子和女儿都在日本留学，吉雅泰介绍。

老汉笑着伸出三根手指，孩子在日本工作三年了。他说，看看我的驴车吧。

绕到房后，我大吃一惊，驴车上扣一个驾驶楼。铁皮钻眼，穿牛皮绳子系在驴车驾杆上，驾驶人坐铁皮楼子前面。

"现代化。"老汉说。

小毛驴拴在车边上，低头吃帆布袋子里掺黑豆的干草。图卜勋套毛驴，咪咪和瑙浩迅捷地钻进驾驶楼，坐在人造革长椅上，从风挡玻璃里严肃地向外看。

你们坐上吧，绕村子转一圈，老汉邀请。

不坐啦，我们谢辞。

毛驴抬头，仿佛闻空气有什么味道。南风捎过来草的气味，我想起西班牙诗人希梅内斯写给小灰毛驴普拉特罗的诗："这路边的花多美呀。许多牛啊、羊啊，还有人，从这些美丽的花旁走过。而花呢，仍旧立在路旁。花的一生就是春天的一生。然而普拉特罗，如果我们让这些花在秋天也为我们开放，用什么办法让它们永远鲜艳呢？"

我见过爱钱财、爱肴馔以及爱珠宝的人。我也见过爱土地的人，但他们仍然把土地当作母鸡生农作物的蛋。图卜勋老人是我见到的最爱泥土的人，仅仅是土，就让他欢喜不尽。村里像蜂箱一样栽着鲜花的土，是他赶车从河边拉来的。而草原上的土，在他眼里是一片不能触碰的血肉。

我有些走神了——我所想的是——以后我们的国土会不会没有土了，被风刮跑或被河流冲入海里。土，这个最土气的词将会像矿产资源一样成为珍稀品，应了那个词——稀土。春天里，北京、石家庄、沈阳的人为沙尘天气所刮来的土而责怨。细密的土落在人的衣服和车上，让人烦。然而，它们仍然是珍贵的土。以后土搬家了，甚至沉入黄海，永不返回陆地。再往后，刮在人脸上和车上的全都是沙子，想见土已经见不到。这不是妄言，沙漠的风里，没有一点点土。

中国人如果为了工业化而丧失蓝天，丧失鱼儿游弋的河流，最后连土都不复拥有，后代会说他们并不需要工业化，他们想有一片有土的国土。成吉思汗陵所在的伊金霍洛旗乌兰木伦镇的 108 个自然村已经有 49 个丧失了土，地因为采煤抽水而塌陷，这些村子消失了。

图卜勋把两箱花装到车上，说送给村西的白喇嘛。驾驶楼里的猫狗把爪子搭在木箱上，花朵在它们鼻子前面摆动，使它们像在嗅花的香气。图卜勋步行，在离毛驴一米之远的地方挥着鞭子。鞭子系一根细细的鞋带，上面拴着碎布条，打上去，驴也不会觉出疼。

（选自2017年第6期《民族文学》）

杰斐逊墓碑上忽略了什么

林 达

看到一个中国学者的感慨。大意是说，看看美国的建国之父们：本杰明·富兰克林拽着个风筝在大雨中疯跑，发明了避雷针；据说是华盛顿率先把骡子引入美国农业；托马斯·杰斐逊在一个匿名建筑设计大赛中，得了二等奖。"感觉像一群贪玩的孩子，整天琢磨着怎么玩出新花样，与此同时，顺便建立了一个伟大的国家。"这让我想起多年前，另一个中国学者来美国，也感慨地说："这样的国父出一个就不容易，这地方怎么运气那么好，居然一出一群！"

1776 年，在北美一个蛮荒之地，建立了一个三权分立的现代国家。究其原因，一是求知若渴的一群人，偏巧生在一个好奇心和求知欲大受鼓励的宽松环境；二是他们有丰富的千年欧洲文明为养料；三是这文明偏重逻辑——看上去丰富多彩、五花八门，一旦进入一个具体领域，却很容易把大家归拢、整合到一个队伍里。

美国国父之一的托马斯·杰斐逊，30 岁前就学了 6 种语言，他代表美国到法国当大使，法语便派上用场。除了建筑，杰斐逊对农学、园艺学、密码学、词源学、考古学、测量学，还有古生物学等也有研究。学习文学和音乐是这代学人的时尚。记得那年肯尼迪总统请了几十个诺贝尔奖获得者去白宫参加晚宴，席间总统说："今晚大概是这地方有史以来聚集最多智慧的一刻了，不过，"他补了一句，"托马斯·杰斐逊在这里独进晚餐的时候不算。"

当年促成美国独立的，个个都非等闲之辈，而杰斐逊不仅思路清晰，更以文笔简洁优美著称，《独立宣言》最终也是交给杰斐逊起草的。这一文本果然成为经典，人们已经熟知杰斐逊写下的原则："我们认为以下真理不言而喻：人人生而平等，造物主赋予他们不可剥夺的权利，其中包括生存权、自由权和追求幸福的权利。为了保障这些权利，人类才在他们中间建立政府。而政府之正当权力，来自被治理者的同意。"

杰斐逊 16 岁就在大学哲学系读书，他跟着大师学习历史、哲学和数学。他迷恋的学科很有代表性。数学和西方哲学都在训练思辨和逻辑能力，训练有别于宗教信仰的理性思维。在他们眼中，历史也有逻辑和规律可循。在这个文化传统中，事实是推论的基础，所谓良知，首先是诚实面对全部事实，从真实的前提出发，不在思辨中途偷换概念，然后，让逻辑自己走，它自然会推出结论来。《独立宣言》就是个经典的逻辑推论，大前提就是上面提到的原则——成立政府就是为了保障人民的自然权利，政府若侵犯人民的权利，就可以被推翻；小前提是，英王侵犯了北美殖民地人民的权利，并且对他们怀有恶意；顺着逻辑推，结论"美国可以独立"就这样自然而然被"推"出来了。

古代西方是政教合一的，为了从制度上确立政教分离和思想自由，杰斐逊在1786年就推动弗吉尼亚州通过了自己起草的《宗教自由法》，他指出：统治者"也是可能犯错的常人，却把自己的意见和思想方法奉为唯一的真理，并竭力强加于人"，这样是不可以的，因为"人的思想见解既不是政府的管理对象，也不属其管辖范围"。《宗教自由法》后来发展为美国宪法中权利法案的一部分。

200多年前的北美学人，接受同样的教育，形成同样的知识框架和思辨原则。在他们那里，政治可以是学术问题，重事实，按照同样的立论分析、逻辑推理。所以在美国制宪过程中固然有各州利益的平衡与妥协，但更是一个学术讨论过程，个人思辨扩大为集体思考：如何设计政府才最有利于民众。如同将个人的大脑集合为智库，逻辑和学理是一样的，人多，只不过是思考得更周到而已，不但不相互消耗，还可以使知识和智慧叠加。这种智慧积累可以追溯到千年之前，古希腊与古罗马哲人谈论政府，思想已经很现代。这是美国可以出一大群国父的原因。

托马斯·杰斐逊深知，美国的发展取决于这个独特文化的传承。他亲手画了几百张设计图，建立了弗吉尼亚大学。当时弗吉尼亚州已经有了威廉与玛丽学院，也是杰斐逊的母校，但他觉得不满意，决心要建立一个更为独立的现代大学。我还记得那个冬日的清冽早晨，站在弗吉尼亚大学校园里，学生都放假了，没有人，四周都是杰斐逊设计的建筑，古朴、宁静。这是现在全美唯一被列入联合国教科文组织世界遗产名单的大学。

托马斯·杰斐逊的政绩数不清。从拿破仑手里买下路易斯安那地区，使得美国版图扩大了一倍，这只是其中之一。按照美国人的说法，杰斐逊的墓碑上假如要刻下他的全部功绩，那是用几块墓碑都刻不下的。站在他故居旁小小的家族墓地，我发现他的墓碑上只有他生前撰写的短短几行：

托马斯·杰斐逊

美国《独立宣言》起草人

弗吉尼亚《宗教自由法》起草人

弗吉尼亚大学创建人

埋葬于此

那么，他在自己的墓碑上忽略了什么？至少，他忽略了这些：他是弗吉尼亚州的第一任州长，美国第一任国务卿，第三任总统。

（选自2017年第7期《公务员文萃》）

好学近乎智

感谢历史文化学院的邀请，让我这个老学生趁山西大学校庆之际，回来给同学们作个讲座。郝平院长说，题目由我定，正好此前有个讲座，定了这个题目，顺嘴就说了。这个题目，对那个讲座不一定合适，对这个讲座，倒是十分的恰当。

学问这个事，古人有个说法，说是"知之者不如好之者，好之者不如乐之者"。好学近乎智，原文是"近乎知"，这里的"知"即是"智"。一句话里，有"学"，有"好"，还有"乐"——"智"里就有"乐"的成分。

用这么个题目，是为了好记，也有点卖弄的意思，说白了就是怎样做学问。

你一个作家，来大学作讲座，不谈写作却谈做学问，是不是有点自不量力？这茬儿，我还真不好接。就算我解释清楚了，你们也会说，噢，你这个铁匠会做木匠活呀，受窘的还是我。我们能不能达成一个共识，就是，不管我是谁，做什么的，只看我说得对不对；对了你们听，不对也不要怨我——要怨该怨你们郝院长，是他找错了人。

讲做学问，最易蹈空。为了避免这个通病，今天给同学们介绍四个著名的历史学家，全是华人。说他们著名，并不是说没有超过他们的，只是说，近几十年来，在大陆，他们的名头够响的。听了这四个人的故事，该有怎样的心志，该走怎样的路子，聪明人不用教，也懂个七七八八。

这四个人是杨联升、何炳棣、黄仁宇和唐德刚。以年龄而论，杨年长（1914—1990），何次之（1917—2012），黄又次之（1918—2000），唐最小（1920—2009）。注意一下，都是20世纪第二个十年的人。还有一个共同点，都是留美的博士；以国内教育而论，杨和何是清华的，黄上过南开，唐是中央大学。

不能说得太详细了，只说说他们学术生涯中，最为关键的一两个节点。

先说杨联升。

河北保定人。他的一生，最为蹊跷的是，那个哈佛大学的博士来得太容易了。

古人说那些轻易当上大官的，叫"拾青紫如地芥"；用现在的话说，就是当大官如系鞋带，弯一下腰的事。杨先生这个哈佛大学的历史学博士，得来真的跟系鞋带差不了多少。

1937年夏天，杨先生清华毕业，正赶上抗战全面爆发，在家里闲待了一年。转过年，运气来了。哈佛大学远东语文系有个助教授，英文名叫 Charles Sidney Gardner，中文名叫贾德纳，1938年有一年的休假和进修，便率全家来到中国，在北平的南池子住下。先是请了青年学人周一良帮他看中日文书籍。时隔不久，周得到哈佛燕京学社的奖学金，要到美国去读博士。谁来接替呢？周推荐了同是清华出身，毕业于经济系的杨联升。

杨与贾，可说是一见如故。这也不是没有道理。周一良是天津周（叔弢）家的公子，原就打算留学的，做这种陪太子读书的事，只是一时的将就。杨就不同了，父亲有过军职，但早就失势，只能说是个普通职员家的孩子，遇上这样的好事，自然是尽心去做。贾住在南池子，杨每星期去三次，除了帮贾看日文学报，用英文做提要之外，还帮贾选择北平各书铺送来的古籍；贾来北京，有一个任务是，替哈佛代购书籍，自己也要买些。

1939年贾回国时，知道杨面临失业（其实还未就业），特意留下一部百衲本《宋史》和一部《后汉书》，请杨替他用朱笔标点校对，每月仍有酬金。按说两人的关系到此就该结束了。好事在后头。1940年8月，杨联升意外地接到贾德纳从美国发来的电报，说他自己肯出钱，邀请杨去美国一年，一半时间继续帮他工作，一半时间在哈佛研究院选课，读硕士学位。经过几个月的筹措，1941年2月初，杨来到美国。贾供给他全部学费和生活费一年有余。1942年夏季，杨得到历史系的硕士学位，又得到哈佛燕京学社的奖学金，继续就读，于1946年2月获得博士学位。

他的博士论文是什么呢？说了你们不会相信。就是一篇《晋书·食货志》的翻译注释。

说开了也不奇怪，他的导师就是贾德纳，而这位导师，当年的博士论文是《〈清史稿·康熙本纪〉译注》。若以为这位导师汉学根底浅薄，只会翻译古史，那就又错了。贾氏著有《中国旧史学》（*Chinese Traditional Historiography*，今多译为《中国传统史学》），精于目录之学，是一位颇有根基的汉学家。

杨后来的表现甚是杰出。他一直在哈佛历史系任教，当过哈佛中国史学会的会长；这个职务，过去一直是白人担任。用何炳棣的说法，杨这个人，可说是海外清华大学史学传人里，最早成名的。

杨的著作不是很多，且多在海外与台湾出版。大陆最早出版的，是蒋力先生编的《哈佛遗墨》，由商务印书馆出版；近年又出了他的《汉学书评》和《东汉的豪族》。读书人更多的，是知道他与胡适的关系非比寻常，前些年有家出版社，出过他与胡适的书信集《谈诗论学三十年》。

这个人，会作诗，会画画，风流儒雅，博学多识。他的学问，几乎不是使了劲做出来的，而是不经意间，偶有所得，轻轻松松就写出来了。他说他是开杂货铺。是杂了点，但是，凡有所论，必有高见。他写过一篇小文章，叫《五、十新解》，举了好多例子，说是古书里有一种特殊的计数方法，就是一小一大两个数字组成一个复合数字时，通常不是我们现在说的几十，而是几到十。比如汉代某渡口，需要三十人守卫，这里的三十，实则是三到十个人。我曾就此写过一篇文章，说战国时，秦国坑杀赵降卒四十万，很有可能是四至十万。

再说何炳棣。

浙江金华人。杨联升是清华六级，何炳棣是清华九级。何的学历，那真是一步一个台阶走过来的。多辛苦不好说，一步一步，都有骄人的成绩则是真的。

何炳棣出身于一个有文化、有地位的家族。上清华的时候，他的本家哥哥何炳松，就是清华的史学教授。抗战开始后，清华撤到昆明，与北大、南开合组"西南联大"；对外叫"联大"，内部三个学校，仍各是各的。1938年，他清华毕业。他的目的是，考公费名额，出国留学。因故耽搁，直到1944年，才参加第四届清华公费留美考试。西方史只有一个名额，他考上了。

我在一篇文章里说，晚年在北京，他曾跟杨振宁较过真儿。杨说炳棣啊，那年留学考试，你比我高三分，何当即说不对，是高七分。我说这是外语的考试成绩。后来我查了何的《读史阅世六十年》，知道我记错了，不是外语的成绩，是多学科的综合成绩。当然，专业课是各算各的。当时我只是估计了他俩的分数，查了以后才知道，何是78.5分，杨是71.5分，确实高了七分。历届留美考试里，成绩最高的是钱钟书，87.9分。

何的学术特点是，气派宏大，论证精密，完全是西方学人做学问的路数。如果说杨联升的学问是杂货铺，他的学问则是专卖店，且是大型的。出国留学考的是西方史，去了美国修的是英国中央和地方财政。拿到博士后，觉得还是要做中国的学问，于是转向明清史的研究，1952年获哥伦比亚大学史学博士，出版了《明清社会史论》等著作。晚年，大概在七十岁以后了吧，又转向中国古代史的研究，仍有不俗的成绩。

在明清经济史的研究上，他是个高峰，至今无人可及。何很勤奋，天分也极高。多少人研究明清时代，丁口与赋税的关系，丁就是人口，该没有什么疑义。而他在《中国历代土地数字考实》里说，他用了一周的时间，翻阅清代赋税资料，发现丁口与田亩，绝非前代学者说的那么回事。随粮起丁，随田起丁，清初的丁，与各州县的人口细数无关，是一种赋税的概念。明初规定，十六至六十岁的成丁，其劳役已折成税银，转由田地承担，雍正朝正是推行"摊丁入地"的时期。

多年前，大陆出过他的自传《读史阅世六十年》。这书有好几种版本。我最早买的是广西师大出版社的本子，后来见了中华书局出的纪念版，又买了。有志学历史的，可以看看这本书。开头一章里，说他考上了清华，父亲给他写信，说有两种事，不要舍不得花钱，一是买书，一是吃饭。想想，多有道理，买书是充实智力，吃饭是充实体力。有智力有体力，还愁成不了大事？他是南方人，体魄则完全是北方大汉型的，活到九十多岁。书里还有个情节，很是发人深思。某年在巴黎，何遇见数学家林家翘。林对何说：我们这样的人，不能做第二等的学问。听听，这话多有气派。玩味一下，什么叫第一等的学问，什么是第二等的学问，不用再往下说了。

三说黄仁宇。

湖南长沙人。改革开放初期，外籍华人历史学家里，此人可说风头最健。

《万历十五年》这书名，学历史的，学文学的，几乎无人不晓。大陆的初版本，是中华书局出的，薄薄的一本，封面是黄绿色的图案，书名几个字是廖沫沙写的。1986年春天，蒙李占恒先生之邀，我和两三个朋友去黑龙江一带考察，实际是游玩。每到一地，都要去新华书店，若有可能，还要去库房里看看。记得是在黑河，在书库里，一下子找见一摞《万历十五年》，一人买了好几本。回来留下一本，其余的全送了朋友。当年读《万历十五年》那个兴奋啊：原来历史还可能这样写，可以写得这样有趣，这样机警！

这个人的经历很是复杂。曾在南开大学读工科，没毕业，投笔从戎，军校结业后，分配到前方作战部队。1944年奉派加入驻印军，第二年参加过密支那战役。抗战胜利后，奉派去东北，任少校参谋。1946年保送入美国陆军参谋大学，回国后在国防部任职，不久又奉派赴日，为中国驻日代表团团员。1950年退伍后，再度赴美，于密歇根大学攻读历史。1964年获博士学位时，已46岁。《万历十五年》是他的代表作，也是他的成名作，完成于1976年，这时他已是58岁的人了，可谓大器晚成。实际上，谈不上多么的成，据说都评为终身教授了，没过几年，又被解聘。这事较为复杂，不说也罢。

他的学术特点，不好概括。说他精细吧，他提出的历史观点，叫"大历史观"；说他宏阔吧，他的最有影响的著作，却是《万历十五年》，以一年而写尽了明代后期的历史风貌。当然，叫这么个书名，并不是真的只写这一年的事，而是选择了这一时期的五六个代表性人物；写了这几个人，也就写了万历朝。一年，五六个人，写尽一个朝代，真是绝了。给了平常人，想都不敢想。他是军人，精研战术，借用来说他的学术，该是出奇制胜吧？相比之下，他的《明代的漕运》，也就是他的博士论文，倒是一部扎扎实实的史学著作。

晚年，他写了本自传，叫《黄河青山》，很有看头。看了你就知道，什么叫坚忍不拔，什么叫矢志不渝。同时也就知道，一个人的阅历，对他学术上的成功是多么的重要。我甚至以为，他能用那样一个蹊跷的方法写历史，或许与他某一时段的经历有关。一个时期，几个人物，便是一部丰盈的历史。没有特殊的经历，难有这样奇特的体验。至于他的大历史观，实在没有什么新鲜的东西，不过是老生常谈而已。

最后一个，说说唐德刚。

安徽合肥县人。1939年秋，考入重庆中央大学历史学系，1943年毕业，曾任中学教员，大学讲师。1948年赴美留学，获哥伦比亚大学博士学位，此后长期在美国大学执教。

1980年我在北京"文讲所"学习时，有个同学也是写小说的，后来出国了，听说他的舅舅就是唐德刚。后来看了唐的照片，发觉这舅甥二人，还真的很像。我看唐德刚的书是比较早的。1990年后，我不写小说了，转向现代文学研究，跟太原外文书店建立起关系。他们有一项业务，就是给研究者提供买港台书的便利，办法是他们提供一个书目，凡是这个书目上有的，都可以买，没有的，经他们认可，也可以买。我的台湾版的《徐志摩全集》、香港版的《徐志摩新传》，就是这样买下的。除了买这类书，见了新奇的书，也会买一些。就是用这个办法，买了唐德刚的《史学与红学》《书缘与人缘》。过了几年，他的著作，内地大都出版了，最有名的该是《胡适杂忆》《胡适口述自传》。这两本书，我买过三个版本，最早是华文出版社的，后来买了广西师大出版社的，再后来又买了台湾版的。《晚清七十年》，是他的集大成之作，买的也是台湾版的。

唐是晚清和近代史的专家，从学术成就上说，跟台湾的郭廷以、大陆的杨天石这样的专家，是不能比的。他见识是有的，只是材料上，论证上，粗疏了些。相比而言，他在口述历史上的贡献，更大也更重要，有开宗立派的意义。这方面的著作，除了前面提到的《胡适口述自传》，还有《李宗仁回忆录》和《张学良口述自传》。对《顾维钧回忆录》，他说他出了大力气，但家属好像不太认账。

这个人，有一点是非常了不起的，就是文笔十分的好，甚至可以说是十二分的好。你看他的著作，常常会忘了这是一个史学家写的，由不得会想到，这个人只是将史实当作材料，在写他的文章。由此可以推知，文笔好了，对一个历史学家，是多么的重要。说句刻薄的话，文笔好了，能把一个不太合格的历史学家，造就成著名的历史学家。

我对他最不满意的，是他提出的"历史三峡说"。好几本书里，都有这个说法。也没有什么精确的论证，只是说，中国由战乱的诸侯国，到统一的农业帝国，经历了三百年。两千年发展下来，现在要由农业帝国，转向工业文明的现代国家，要走出这一困境，少说也得二百年，这二百年，可称之为"中国历史上的三峡"。这话，比瞎子算卦还要不靠谱。瞎子给人算卦，问什么时候能发家，说个二百年，耳刮子早就抽上去了。二百年，七代人啊，谁能等得上？还不如"圣人出，黄河清"，圣人再难出，总是个人，有盼头。他倒好，什么条件都没有，叫人干等上二百年。

不说他这个数字怪异，要探究的是，为什么说这么个数字。

他是 1920 年生人，内地的改革开放，取个整数，以 1980 年为界，他整整六十岁了。他是 2009 年去世的。我注意到，这三十年间，尤其是改革开放之初的十几年，他曾多次回大陆讲学游览，所到之处，都受到隆重的接待，视之为对大陆友好的海外学者。他的"历史三峡说"，就是这一时期提出来的。我们有理由怀疑他提出这一论点的动机。一个历史学家，完全是凭着自己的情感，提出这样一个难以实证的命题，是很难让人信服的，甚至让人怀疑其人格。照他这样说，这二百年内，发生什么都是可能容忍的，正在三峡嘛，出了三峡就是广阔的江面呀。

说一句多余的话，实际上他在海外发表的言论，对大陆政权并不友好。比如台湾版的《史学与红学》里有篇文章，夸了刘绍唐办的"《传记文学》"，又说到大陆政协办的《文史资料选辑》，说刘的功绩，可谓"以一人敌一国"。

这四个人，可说是四个类型的历史学家。

杨联升是中国传统型的，他的长处是博学多识，轻松自如，常在他人不经意处，显示了自己的高才卓识。何炳棣是西方传统型的，结构谨严，气势恢宏，就是要超越前贤，就是要彪炳史册。黄仁宇属于经历型的，以其独特的经历，敏锐的才识，独辟蹊径，自立门户。唐德刚是才子型的，也可以说是位学者型的社会活动家，能在纷纭的现实社会中，及时地找到彰显自己才华的门径，获取地位与声名。你看他，结识了胡适，就写了《胡适口述自传》，以此为开端，走上口述历史的路子。

有志于史学的同学，不妨把这四个人当作自己的四种人生阶段。也就是说，走到哪一步，算是哪一步。

比如说，现在还没有定下研究专题，或者说只是隐隐约约有个方向，还不很明确，这时最好是学杨联升的治学方法，多看书，多结交名流，激起兴趣，想写什么文章，就写什么文章，不慌不忙，消消停停，朝前晃悠着。

一旦获得学位，站稳脚跟，就要拉开架势，大干一场。这个时候，就要学何炳棣的做法了，旁搜远绍，竭泽而渔，最大限度地获取资料，拼足气力写出煌煌的著作，占领学术高地，铸造人生辉煌。

人生总不能都那么一帆风顺，说不定会遇上什么样的困厄。这时候，千万不要气馁，要咬着牙，坚持下去，想想黄仁宇先生，四十多岁了，才获得博士学位，六十多岁了，才获得巨大的声誉。你也许什么都得不着，但努力的过程，也是值得欣慰的。

不管什么时期，什么境况，都要有唐德刚的本事，文思敏捷又笔下灵动。有了好的文笔，只要逮住个题目，就能写出洋洋洒洒的文章。这可不是小本事，这是大本事。而这个本事，是要靠平日勤学苦练，才能得到的。

按说我的讲座到这就结束了，但是，因为我是历史系的老学生，你们是小学弟小学妹，我很愿意跟你们说几句掏心窝子的话。

一是，毕业后不选择历史研究则罢，若选择历史研究，一定要舍得花钱买书 凡足有大成就的学者，都是舍得花钱买书的，胡适是，钱穆是，陈垣是，陈寅恪是，这些人，都做成了大学问。钱钟书聪明过人，但是舍不得买书，做学问全靠从图书馆借书，抄书。他的《管锥编》，只能看到一根一根的管子，一根一根的锥子，看不见天，也看不见地，只能说是饾饤之学。我以为，像钱钟书这样的学者，还是应归到作家里头更恰当些。这样说，并不是说作家不好，下面还要说到这个问题。

二是，一定要知道，做学问的最高境界，乃是竭忠尽智。这四个字，各人有各人的理解。有人认为，我只要做好自己的本职工作，就是报效了国家，就是竭尽了对国家的忠诚。我的看法是，只有竭忠，才能尽智，也就是，只有有了强烈的报国情怀，才能将自己的聪明才智充分地发挥出来。报国情怀，不同历史时期，有不同的内涵。为什么19世纪末年出生的那一批知识分子，凡是去海外留学的，几乎都成了所学领域里的开山祖师呢？一来是因为等他们成人的时候，科举停了，门户开了，有了外出求学的机会；最最重要的是，他们认识到祖国积贫积弱的处境，一心报国，也就最大限度地显现了他们的才智，这才成了大事的。

三是，中国有个传统，就是文史不分家，由经可以入史，由经也可以入文。而中国文人，自明代以后开始认识到，过去的诗词歌赋，格局小了点，最能显现文人情怀，最能施展文人才华的，还是说部，就是长篇小说。自明末以来，中国的长篇小说的传统，可以归纳为八个字，就是"邪思淫喻，逞才使性"。肇其端者是《金瓶梅》，继其后者是《红楼梦》。清末民初，大放异彩，为其绚烂期。钱钟书的《围城》，可说是中国长篇小说的一部杰作，虽说吸取了许多外国小说的元素，也没有破了这个八字诀。我曾写过一篇文章，叫《钱钟书的淫喻》，意思是说，《围城》里面精彩的比喻，几乎全是从男女情事上来的。钱氏有此成就，不比任何一个学者差。

说这个的意思是什么呢，就是，将来若有可能，不妨试着写写小说，别让你们这个老学长，孤零零地走在前头

谢谢同学们，谢谢郝平院长！

2017 年 8 月 23 日，于潺湲室

（选自2017年第8期《文学自由谈》）

为什么怀念西南联大

张　渺

潘际銮收到国立西南联合大学的录取通知书，是在 1944 年，那年他 16 周岁。

这位老人如今是中国科学院院士，被称为中国焊接第一人。作为西南联大北京校友会的现任会长，潘际銮在许多场合回忆起西南联大。

他还记得母校的样子。泥土板筑成的围墙里，是 120 亩的校园，由梁思成、林徽因夫妇所设计。

校门并不大，黑底白字的匾额悬在大门上方，进门就是一条稍宽的土路。教室的屋顶是铁皮的，宿舍的屋顶是草搭的，夏天漏雨，冬天灌风。

战争年代，一间宿舍里，挨挨挤挤地摆着 20 张双层床，住满 40 个学生，没有多余的地方摆书桌。宿舍里没有灯，天一擦黑，就没法看书了。

"那时候，我们这些学生总爱唱三首歌。"潘际銮轻声哼唱起《松花江上》的第一句，"每个人都在想，总有一天要打回去。"

第二首是《毕业歌》，田汉作词，聂耳作曲。歌词的第一句就是："同学们，大家起来，担负起天下的兴亡。"

第三首，就是西南联大的校歌《国立西南联合大学进行曲》。潘际銮慢慢陷入回忆，低声念着校歌最后几句："待驱除仇寇，复神京，还燕碣。"念着念着，他又微笑起来，眼睛里像是闪着光，"那是罗庸和冯友兰写的歌词，非常悲壮。歌词里的这些愿望，最后都实现了。"

百年陈酒

昆明，这座西南边陲安静的山城中，猛然迎来了一大群"有大学问"的人。这些人是当时最具名望的大学者，其中许多位，"蒋介石见了都要礼让三分"。

那时候，大学校长也没有什么行政级别，学者的身份才是第一位的。"梅贻琦就不是什么'官'，但没有人不尊重他。"潘际銮说。

学者为昆明的市民演讲，"闻一多讲诗，刘文典讲《红楼梦》，吴晗讲形势"，直讲得"台上失声痛哭，台下群情激奋"。

"九叶"诗派中唯一的女性诗人郑敏，1943年毕业于西南联大哲学系。在她的眼中，西南联大的老师，都像是"几百年的陈酒"。

当时，哲学系没有月考和期中考试，只需要写期末论文。课程都是"启发式"的，没有课本，但老师"本身就像一本本教科书"。

"我接触的老师，什么时候见到他，你都觉得他是在思考问题。他的生活跟思考完全连在一起，并不只是上课时是一副教书的样子，而是什么时候都是这个样子。"郑敏回忆说。

西南联大哲学系的老师们都是带着自己"一生研究的问题"站在讲台上讲课的。郑敏印象最深的一位教授，讲的是康德。这位教授站在台上，一边抽着烟斗，一边把自己对康德理论思考的过程抛给学生。包括他正在怀疑的、不确定的，都讲出来，让学生跟着他一起思考，而非仅仅提供一个标准答案或考试提纲。

"这种求索的传统和质疑的智慧，现在的大学已经丢失了。"张曼菱在《西南联大行思录》中写道。

她去南开大学采访陈省身。一座袖珍的小楼里，这位数学大师就坐在其中一间更加袖珍的书房中。陈省身的轮椅进了屋子，其他人就转不开身了，摄制组的机器甚至无法进入房间。

张曼菱觉得书房太小，但陈省身说"够用了"。1938年，他在西南联大讲授微分几何，战时动荡的环境和逼仄的住所，让他养成了在任何时候都保持思考的习惯。

"他的书桌上放着一张纸，上面写着他最近正在研究的数学问题。他没事儿就会看看，这就是他的生活。"张曼菱说。

在昆明期间，陈省身与华罗庚、王信中同住一间屋子。三位教授当时都是大名鼎鼎，早上没起床时，就躺在各自的床上，互相开开玩笑，聊聊天，就像如今"同宿舍的男生"一样。

当大半个中国沦陷时，许多才华横溢的学者聚集在西南联大教书育人。很多原本带硕士甚至博士的教授，限于时局，都教起了本科生。

著名外交家、书法家叶公超早年赴美留学。他在西南联大担任外国文学系主任的时候，学生第一次见他，都有些惊讶。这位留过洋的教授一点也不洋气，反而穿着一件最寻常的长袍大褂，垂着袖子，双手背在身后，捏着个本子，"摇头晃脑"地进了教室。学生一看，都问："这就是叶公超啊？"

他手里拿着的，是个英文剧本。从第一排开始，他让学生挨个儿站起来，读一句台词。某个同学读完了，叶公超就随手一指，"你坐在这里"，"你坐到那边去"。

全班人被他打乱座位，渐渐分成了几拨儿。学生看着他，都有些不明所以。等到所有人都读完了，叶公超这才一个一个地指出来，"你们是江苏人"，"你们是河北人"，"你是天津人"。除了一个来自蒙古的学生，其他所有带着口音的英语，他都听出来了。

学生一下子都服了。

往后的课上，他一个一个地纠正学生的发音问题。期末考试，他依旧是把学生一个个叫进办公室，让他们读一段英文。

同样是英文系的教授，翻译家吴宓在英文发音上就不强求标准。

但吴宓另有让学生震慑之处。他讲的是英国文学史，课堂上讲起什么诗词，从不看书，每一首都能当场背出来。他翻译不同时代的英文时，会用同一时代与之对应的中文来译：古英语的诗文，他就用文言文翻译；现代的英文，他就用白话文翻译。

"怎么能拿一种古代语言的文字，跟另一种现代语言的文字对照翻译呢？"他反问学生。

即使在战乱中，吴宓依然保持着"风雅兴头"。他在昆明时，成立了一个"石社"，想入社的成员，要写文章将自己比喻为《红楼梦》中的一个人物。这位文史学家自比为紫鹃，取意"杜鹃啼血，忠于理想"。

不曾料到，入社的女社员都自比为"迎春"，男社员都自比为"薛蟠"。据张曼菱推测，战乱年代，大学生的个性正"走向民间，变得粗犷"。对吴老师的这种"纯美与唯美"，学生们都忍不住调侃起来。

吴宓一怒之下，"石社"当即解散。

联大学风

在进入西南联大就读之前，潘际銮是云南省全省高中生毕业会考第一名。可大学第一学期的期中考试，他的专业课物理，就拿了一个不及格。

这对当时的他来说，简直是"当头一棒"。

教机械原理的老师刘仙洲，学生私底下称其为"刘老大"；另一位教热力学的老师孟广喆，则被称为"孟老二"。两位老师都以严格而著称，孟老师时不时还会在上课前来一次突击小考。

"平时上课我听得很认真，没想到考试一下来了个不及格。从那时候起，我才明白，西南联大的老师，不仅要求我们学会他们在课上讲的内容，还要求我们自学，把课堂上没有讲到，但是又相关的原理，自己融会贯通。"潘际銮坐在沙发上，一边回忆一边感慨。

他突然又露出一个有些小得意的微笑："从那次不及格之后，我的成绩就一直排在前边啦。"

说起西南联大学风的严谨，潘际銮举了王希季的例子。

据潘际銮解释，那时的工科考试计算题很多，计算的工具是计算尺，可以算出复杂的公式，"拉"出三位有效数字。考试很严，时间很短，学生需要非常熟练地"拉计算尺"。定位要在"拉计算尺"后，自己根据算式，推算出结果。如果定位错了，就给零分；如果有效数最后一位错了，得一半分数。

"两弹一星"功勋奖章获得者王希季在校时，一次考试就曾因小数点错位，得了零分。

当时在西南联大，考试不及格不能补考，但可以重修。要是一门基础课考不过，就得一直重修下去，直到合格为止。西南联大没有学年的限制，采用选课制与学分制相结合的制度，学生如果有基础课一直学不好，可以换专业读下去。

当时学校招生，并没有全国统考。求学者或是拿着自己读中学时的成绩，或是凭会考的成绩，前往心仪的大学提交申请。潘际銮同时被两所大学录取，他选择了西南联大。

学校不会开除学生，实在读不下去的，往往会自行离开。西南联大自成立后，共招生8000余人，只有3800人最终得到了毕业证书。即使不算其中因参军、战乱离散等原因离开的学生，也称得上是宽进严出。

西南联大的学生，喜欢跨系、跨院去旁听自己感兴趣的课程。老师也同样喜欢互相旁听，时不时还要进行一些"学术对话"。

"无论是制度，还是校风，西南联大的辉煌，现在都无法复制了。"潘际銮摇着头感慨。

一边讲着课，教授们一边还须艰难地维持生计。

著名核物理学家、"两弹一星"研制工程重要骨干赵忠尧，在西南联大教实验物理学。诺贝尔物理学奖得主杨振宁和李政道，都曾是赵先生的学生。时局最艰难时，赵忠尧自己做起了肥皂。

他买回油和碱，放在一个大汽油桶里烧制。成型后的肥皂，在昆明郊区的一处院子里晒干后，被他用自行车推出去，卖给化工厂，这才养活得起一家老小。每一天，赵忠尧都得等交了货，才回到家中开始备第二天的课。

抗日战争结束后，赵忠尧前往美国，在麻省理工学院进行核物理方面的研究。数年后他归国，从美国带回了一批原子核能物理实验器材。那是他用打工和平时节省的钱，自己购买的。我国第一台质子静电加速器，就是基于他带回来的这些材料最终装配完成的。

理科教授赵忠尧做肥皂，文科教授闻一多制印。

从北平逃难出来时，闻一多没带什么细软。在昆明住得久了，生计艰难，闻一多只好凭着刻图章"增加一些收入"。朱自清同闻一多交情好，将自己保存的一瓶印油送给了闻一多。

学校里的许多教授，都帮闻一多打起了广告。著名古典文学研究专家浦江清教授起草了一篇《闻一多教授金石润例》。梅贻琦、朱自清、沈从文、蒋梦麟等11位教授一起签了名。

签名的教授当中，不乏平时与闻一多针锋相对、意见不合的。当时的西南联大，教授之间即使对政治和社会的意见相左，但对于对方的学问，往往也会有"相当的尊重"。

"这就是君子之风，即使不同意你的意见，也不打算让你饿死，活不下去。"张曼菱总结道。

（选自2017年6月21日《中国青年报》）

纸 上 天 堂

盛可以

　　2013 年的某天饭后，试用余墨涂鸦，突然上了瘾，画了上百幅小画，绘出记忆中红衣绿裤的孤独童年与美丽故乡，到小画成书，翻阅时依旧忧伤，且温情荡漾。知晓自己无绘画基础，那么多人欢喜小画的稚拙天真，心里很惭愧，打算接下来花工夫临摹清末画谱《芥子园画谱》或名人水墨，掌握画山水树木花鸟虫鱼的基本技巧，以便新作禁得起细致观赏。有人说没必要那么做，保持天然野生，无根无派的很好。这使我想起另一种观点，意思是大学教育没用，千万不要去上大学。这观点我不太赞同，社会里坏且复杂，那就不要到社会去了。我们身在某处，不是单纯地、被动地接受教育，更潜在的是，在过程中发现自我、形成自我、证实自我，一个人的成形，取决于自己的底色，你是自己的主干。一棵冬天里落满雪的树，根茎仍然在土地里生长，汁液依旧流淌，若不是毁灭性的破坏，它总是按自己的样子成长。当然，只是打个比方。在漫长的被教育过程中，始终有一个自我的核仁，这颗核仁要么自我分解，要么被敲碎，要么长得坚不可摧。硬核，也就是人格与思考的独立部分，敏锐、智慧，这一部分将是卡住小齿轮的石子。

　　多年来我以书为师，相信书本多于相信人，相信古人多于相信现代人，习画也是如此。我已经买了《芥子园画谱》，读来有几分痴醉，更明白自己画笔浅显，知道需在哪里用功，哪里润色。欣喜的是，在未接触与画有关的书籍时，我发现自己已经用过类似的手法，比如点叶、皴、蟹爪、双勾、浓破淡……尤其是偶然的泼墨经验，看到水墨在宣纸上产生的变化，暗自称奇，当时很想与人分享那种巨大的愉悦，但唯沉浸其中，没有告诉任何人——因我不确信，我是否真的发现了宣纸遭遇水墨的小小秘密。

　　我住北京的中央美院附近，那里有个画材市场，顾客以美院学生为主。初备文房四宝时，我去买宣纸。店长问要生宣还是熟宣？我不知道什么生熟。店长又问你是画工笔还是写意？我也不知，脸都热了，只说想用毛笔和宣纸画画。店长说这样吧，生的熟的，还有不生不熟的各买一点，你画的时候就知道哪种合适。

宣纸卷成轴，码着。想起小时候跟母亲去镇里扯布做新衣，布匹也是这么卷着码着，丝绸、的确良、卡其、尼龙、粗布……手东摸西捏，体验不同的质地手感，心里喜欢。我当时像对待布匹那样，捏捏摸摸，不知道该选哪种，又有窘态。店长抖了抖宣纸说，要听声响，好宣纸声音绵软轻柔，也可以对着光看，有云状的好。一个人摸索，终于在绘画中慢慢懂了宣纸的习性，毛笔的脾气，迷恋纸笔，单凭一张好纸、一支好笔，也会激起画画的热情。后来用色又成一大困惑，我不知道如何调色。小时候总是红衣绿裤，于是选了单色，曙红与头绿。湖南乡下有句俗话，叫作"红配绿，看不足"；一位安徽老兄说，他们那儿称"红配绿，赛狗屁"。人们大约觉得，红配绿，要么大俗大雅，要么土得掉渣。只是我画中的红衣绿裤的小女孩，与世间雅俗无关，她是天然的。

人需要不断学习。我不迷信天才。比如写作，天才只是一种禀赋，而不是金库，短暂的爆发之后，如何继续小说创作，必然需要阅读、学习、积累，储备直接或间接的生活经验。比如写诗，仅仅依赖于一行惊艳的句子，或者一个漂亮的比喻，肯定不够，还得要建构诗的时间与空间，凿戳纵向的深与横向的广。画画也是一样。画是用笔、用线条，就如小说是用语言，这是基本的东西，然后才有故事，然后才有图画，然后才有作品的意境内涵。小说讲究语言，绘画须有笔法，绘画的美学包含更广，自然的、建筑的、诗歌的、小说的、空间的、时间的……画有情趣、构图、主题、意境，稳健的笔法不会破坏它，只会使表现更为完美。

山水画绵延至今，诞生过五代后梁荆浩、五代宋初李成、北宋米芾、元代赵孟頫和黄公望等非凡的画家。艺术发展受社会、政治、经济影响，更赖艺术家们继承、打破、创新与变革。古人画山水，师自然，师造化，更师于心，徜徉山水间，精气神与大自然浑然一体，画家寄情山水自娱自乐。明之后，画则多为商品，连沈周、文徵明都曾以卖画为生。到了当代，追名逐利之风侵蚀艺术，山水画"古意"难存、画"道"渐无，附庸风雅的有钱人，以糙劣的审美情趣，培育与催生众多画匠，使他们成为浮躁时代的表征之一。

也许，这只是外行人目见之一二，陋识促狭，无心评头论足。近些年，我一直在后退，退到自我的田园，砍斫生活的繁枝，抖落蔓叶，哪怕只剩光秃秃的枝干——那些原本就是生活肌体里多余的组织。人群中总有碰撞伤害，无意的，刻意的，后退不一定能完全避免，但相对清净很多。

我的友人胡赳赳曾谈到艺术的初心与机心，对我而言，生活也是一样，初心入世，从未有过机心，倦于周旋人际，故难左右逢源。我是个简单的人，也会永远简单下去，正如我在画册里写的，以拙朴面对圆滑，以简单应对复杂，人越老，心越赤。我画出了自己，那个画中没有长大的红衣绿裤女孩，依然天真、孤独、忧伤，不需要抚慰。回到初我、本我、真我，退避人群、流言、诽谤，我写作、画画，每多写一个人物，就多一个朋友；每多画一寸山水，就广一片天地。愿如此将逝去的故乡留在纸上天堂。

（选自2017年8月18日《文艺报》）

颜值这回事

裘山山

最近整理家书，在一封大学时期写给父亲的信里，我看到了自己对容貌的自卑。

这封信写于 1982 年，我 24 岁，读大三。也就是说，我在 24 岁的时候，依然为自己的容貌自卑。用现在的话来说，就是觉得自己颜值太低。其实那个时候，我也算草花有主了，也不乏"主"之外的追求者。但我依然认定自己长得难看，并且还由容貌谈到了宿命，可见思想包袱之重。

我对容貌的自卑始于少女时代。小时候妈妈带我和姐姐外出，一给人家介绍，这是我大女儿，人家马上就说，好可爱，真漂亮。但一介绍我，人家只会说，哦，挺文静的。

"文静"这个词，婉转地表达了不好看的意思。我那时虽只有六七岁，也是明白的。等到了中学开始在意容貌了，却越发得难看。十三四岁应是女孩子一生中颜值最低的时期，而我又黄又瘦又涩，更加不堪。

因为自卑，见了人没点儿笑容，总是紧紧抿着嘴唇。不好看的人不笑就加倍不好看；也因为自卑，拍照时特别紧张，老是闭眼，不好看的人闭眼就加两倍的不好看。所以当父亲写信告诉我，我们家的合影已经拍好时，我马上就心虚地说，我拍的肯定没有姐姐的好看（事实也是如此）。

母亲是不会认为自己孩子难看的。所以母亲总是感性而直截了当地鼓励我。我给她看我和女同学的合影，羡慕说，她长得真好看。母亲看了一眼说，她哪有你好看？五官都挤到一起了，你看你长得多舒展。我这才知道，一张脸布局也很重要；还有一次我说，某某的眼睛好大啊，还是双眼皮呢。母亲就说，鼻子那么塌，眼大有什么用？我这才知道，原来鼻子对长相也有重要贡献。

斗胆说，我母亲也不算漂亮，属清秀类。有一天她下班回来跟我说，哎呀，今天我在公共汽车上见到一个女人，长得太难看了。真的，我当即就在心里感谢我妈妈，没把我生得那么难看，把我生得普普通通。母亲手抚胸口，一副很庆幸的样子。我被母亲

165

逗乐了。还真是，比起那些长相有缺陷的人来说，长得普普通通已经是很幸运的事了。

后来看书，才知中国历史上有很厉害的"七大丑女"。排第一的就是我华夏祖先，黄帝的妻子嫫母，黄帝竟然用她的相貌来驱邪！尽管是传说，也够励志的。后头跟着的几个丑女，也都是君王之妻或名士之妻，让人觉得古（男）人更看重心灵美，因为这几个丑女都是德才兼备的。

大学毕业我分到教导队教书。我们教导队有六个女教官，个个英姿飒爽。有一次吃饭，我就依次夸她们。她们全都乐了，然后一起问，那你呢？我？我愣了一下说，我嘛，一样都不出色，但总体还算和谐。那是我第一次对自己的长相作了鉴定。

婚后有了孩子，更顾不上自己的容貌了。偶尔穿件新衣服，或换个新发型，一照镜子，又泄气了，感觉怎么都不对，遂不去想它。

也不知从什么时候开始，我竟然被人夸奖了。外出开会或者参加笔会，总会遇到几个夸我好看的人。记得有一次遇到一个比我年长的女作家，她竟然说，你这么好看，能安心在家写作吗？我心里既高兴又困惑，就回家问先生，他们都说我好看，我是真的好看呢，还是他们哄我高兴呢？先生打量了我一下说，中年妇女嘛，气质好就可以了。

这，真的实现了"腹有诗书气自华"吗？

后来就有了"美女作家"一说，老实说，我特别不喜欢。有几年很流行，外出被人介绍是作家时，对方马上跟拜年似的来一句，美女作家呀。我真觉得闹心，因为这顶帽子对我来说死沉死沉，感觉自己瞬间矮了几分。当场扔回去吧，拂了人家的好意，不扔吧，只能佝偻着身子。

相比，我还是更喜欢另一个说法，中等美女。据说还有一首同名歌。我一听到这个就对号入座了，坐得极为踏实。尽管人家说"中等美女"是带有安慰性质的提法，就好像说笨人"很厚道"一样，但我还是极为认可。

"中等美女"有太多好处了。第一，毕竟中等，不至于太自卑而（丑女）多作怪；第二，毕竟中等，不需要在容貌上花太多时间和钞票；第三，毕竟中等，没那么多人围观打赏（以至于浮躁）；第四，毕竟中等，不会为红颜易老、美人迟暮而伤感——咱中等美女，老了无非就是更慈祥嘛。

其实在我看来，颜值这回事，就看你怎么想，你完全可以把它拓宽来想。我认识一个女人，长相一般，但声音特别好听，迷倒不少人。由此我想，假若你相貌一般，但你的谈吐动人，你写的字漂亮，你的歌声迷人，你穿衣有品位，你举止得体，你健健康康充满活力，你开朗乐观喜欢大笑，那你就是一个美丽的女人。人生何处无颜值？

（选自2017年4月2日《文汇报》）

越热闹，越孤独

王跃文

几年前，见媒体报道，有位中年男子在长沙街头徘徊，警察上前询问，原来那男子不知道自己是谁了，也不知道自己从哪里来，要到哪里去。我很羡慕那男子，居然患上这种很哲学的病。只可惜这种病用医学术语一说，就索然无味了，叫暂时性失忆症。

有一回，某高校约请我去讲学，我却找错了地方。那地方我本来很熟悉的，几个月前还去过。我又想，自己可能真的要患失忆症了。可是，我仍然清楚地知道自己是谁！

我曾经把一个真实事情写进了小说。有个疯子，每天坐在街头，望着对面高楼大厦微笑。不管刮风下雨，他都坐在老地方，幸福地微笑。当时我还在政府机关，内心很彷徨，不明白自己去路在何方。我就老琢磨那疯子，羡慕不已。他眼里只有对街的高楼；那里面也许黄金如山、美女如云，都属于他独自所有。可我马上发现自己也许亵渎了疯子的纯粹。疯子脑子里只有快乐，地地道道的快乐。

近些年，我只做过一回美梦。我梦见很多很多飞机，多得像夏日雨前的蜻蜓，低低地贴着田野飞，天边霞光万道。没多时，我自己也驾着飞机，擦着田垄飞翔。我把飞机停在水田里，飞机也像蜻蜓一样，翅膀上下摆动着，优游自在。我穿得浑身素白，皮鞋都是白的，跷着二郎腿，嘴里叼着烟。醒过来后，好久，我仍恋恋不舍梦里那蜻蜓一样的飞机。盼着再遇这样的好梦，却总不遂意。

我总想耐着性子做好手头的事情，然后独自上路。不用周密筹划，也不去游览名胜，就像行脚僧人，载行载止，了无牵挂。

孤独这东西在我是由来已久的，并不因为生活环境的改变而消失。我记得当年迷恋罗大佑歌曲的时候，还是一个倔头倔脑的少年。那时不知怎么回事，我平素没有音乐细胞的，罗大佑的歌却一下听到心里去了。罗大佑有首歌，歌名我忘了，里面几句歌词我却印象很深："爱情这东西我明白，但永远是什么？姑娘您别哭泣，我和您在一起，今天的欢乐将是明天伤痛的回忆。"

我活了这么些年，爱情这东西是什么，好像也不很清楚。但永远是什么，我倒慢慢有几分明白。只是越明白，越不愿说，越不忍说。永远是什么呢？就是孤独。

我有时并不很信科学。按科学的说法，孤独只是一种心理感受。我却相信孤独这东西肯定是一种生理机制，一种物质，它蛰伏在我们大脑某处，就在那里，阴暗，固执，沉默，与我们的生命共始终、共存亡。有时我们感觉不到孤独，那是它睡了。可它只打了个盹，一转念间它又会醒来，睁着灵闪的眼睛。

其实，每一个人，都害怕孤独、逃避孤独。

某一年的一个风雪夜，阳历新年的前几天，我给妻子留下一封致歉信，独自驾车出走了。我在信里说，我不知要走向哪里，我没有地方可去，可我一定要走，因为有一个东西在后面追我，使我无法安宁。我沿着高速公路跑了4个多小时，随便找一家旅馆住下。我在那个完全陌生的地方，安静地睡了两天两夜，可又想家，结果还是回来了。

也许人永远是在围城之中，人生的荒谬与困惑就在这里。

世界越来越热闹，人们越来越孤独。如果从文学上解读这种现象，我认为人类很多美好的精神享受需要距离和缓慢，但现代社会，速度、节奏，消失了距离，摧毁了缓慢，破坏了很多人类内心精神层面的东西。有些美丽的忧愁，只能是往古的绝响了。宋人蒋捷有一首词叫《听雨》，大家都很熟悉："少年听雨歌楼上，红烛昏罗帐。壮年听雨客舟中，江阔云低，断雁叫西风。而今听雨僧庐下，鬓已星星也。悲欢离合总无情，一任阶前，点滴到天明。"短短的一首词，就是一生的缓慢，就是一生的忧伤。

我最困难的时候，大概是1999年后的两年时间，关于我的谣言很多，有的说我被抓起来了，有的说我被监视居住了，有的说我已出国避难了，有的干脆说我人已被灭了。

有一回，外省一位读者打来电话，说要找王跃文老师。我说我是王跃文。他反复问，真的是您吗？原来，他们那地方传言，说我已不在人世了。还有人发来匿名电报，对我表示声援。我至今不知道发电报的是哪位朋友，我要向他致敬！

那段时间给我写信的朋友也特别多，年纪最大的是重庆一位78岁的大妈。老人家自称78岁健康老妪，一手钢笔字隽秀、清丽。我在这里祝她健康长寿！

我平时都是一个星期给老家打一个电话，那段时间我三天两头打电话回去，同爸爸妈妈拉拉家常。我想让他们知道，我的状态很好。可是，有一天，我正在家吃晚饭，门铃突然响了。我开门一看，两位白发苍苍的老人站在门口。我的父母来了。

平时父母到长沙来，都会先打电话告诉我，我去车站接他们。但是，他们这次没有事先告诉我，突然就来了。我明白，两位老人就是想突然出现在我面前，看看我到底好不好。我把父母迎进来，端茶倒水请他们坐下。我已经多年没有泪水了，那天我躲在洗漱间不停地洗脸，我的泪水忍不住。吃过晚饭，妈妈正式说话了：儿子，你写的书我和你爸爸都看了，你没有写半个不该写的字。你不要怕，城里过不下去了，就回老家去，家里还有几亩地，饿不死你的。我的母亲只是粗通文墨，却懂得天下的大道理。我敬仰我的母亲。

我平时做人本来很低调的，特别是不喜欢在电视里亮镜头。可是有一段时间，只要电视台邀请，我就满口应承。只想让天下所有关心我的人知道，王跃文还活着！

（选自《无违》，百花洲文艺出版社2017年5月出版）

何处是乡愁

梁　衡

乡愁，这个词有几分凄美。原先我不懂，故乡或儿时的事很多，可喜可乐的也不少，为什么不说乡喜乡乐，而说乡愁呢？最近回了一趟阔别60年的故乡，才解开这个人生之谜。

故乡在霍山脚下。一个古老美丽的小山村，水多，树多。村中两庙、一阁、一塔，有很深的文化积淀。我家院子里长着两棵大树。一棵是核桃，一棵是香椿，直翻到窑顶上遮住了半个院子。核桃，不用说了，收获时，挂满一树翠绿滚圆的小球。大人站到窑顶上用木杆子打，孩子们就在树下冒着"枪林弹雨"去拾，虽然头上砸出几个包，也喜滋滋的，此中乐趣无法为外人道。香椿炒鸡蛋是一道最普通的家常菜，但我吃的那道不普通。老香椿树的根不知何时从地下钻到我家的窑洞里，又从炕边的砖缝里伸出几枝嫩芽。我们就这样无心去栽花，终日伴香眠。每当我有小病，或有什么不快要发一下小脾气时，母亲安慰的办法是，到外面鸡窝里收一颗还发热的鸡蛋，回来在炕沿边掐几根香椿芽，咫尺之近，就在锅台上翻手做一个香椿炒鸡蛋。那种清香，那种童话式、魔术般的乐趣，永生难忘。这次回村，我站在老炕前叙说往事，直惊得随行的人张大嘴合不拢，而村里的侄孙辈也如听古。因为那两棵大树早已被砍掉，河已不再。只有旧窑在，寂寞忆香椿。

出了院子，大门外还有两棵树，一棵是槐树，另一棵也是槐树。大的那棵特别大，五六个人也搂不住，在孩子们眼中就是一座绿山，一座树塔。常记小树下总是拴着一头牛或一匹马，主干以上枝叶重重叠叠，浓得化不开。上面有鸟窝、蛇洞，还寄生有其他的小树、枯藤，像一座古旧的王宫。而爬小槐树，则是我们每天必修的功课。隐身于树顶的浓荫中，做着空中迷藏。槐树枝极有韧性，遇热可以变形。秋天，大人们会在树下生一堆火，砍下适用的枝条，在火堆里煨烤，制作扁担、镰把、担钩、木杈等农具，而孩子们则兴奋地挤在火堆旁，求做一副精巧的弹弓架或一个小镰把。有树必有动物。村里的野物当然也不离古树。各种鸟就不用说了，松鼠、黄鼠狼、獾子、狐狸的造访是家常便饭。

出大门外几十步即一条小河，流水潺潺，不舍昼夜。河边最热闹的场景是洗衣，在没有自来水和洗衣机之前，这是北方农村一道最美丽的风景，是家务劳动，也是社交活动，还是一种行为艺术。女人和孩子们是主角，欢声笑语，热闹非凡。许多著名的文艺作品都喜欢借用洗衣这个题材，如藏族舞蹈《洗衣歌》，歌剧《小二黑结婚》等，我们山西还有一首原汁原味的民歌就叫《亲圪蛋下河洗衣裳》。印象最深的是河边的洗衣石，有黑、红、青各色，大如案板，溜光圆润。这是多少女子柔嫩白净的双手蘸着清清的河水，经多少代的打磨而成的呀。河边总是笑声、歌声、捶衣声，声声入耳。偶尔有一两个来担水的男子，便成了女人们围攻的目标。洗好的衣服就晒在岸边的草地上，五颜六色，天然图画。可惜，这情景永不会再有了，前几年开煤矿破坏了地下水，村里的三条河全部干涸，连河床都已荡平，洗衣歌已成了历史的回声。

忆童年，最忆是黄土，我的老乡，前辈诗人牛汉，就曾以敬畏的心情写过一篇散文《绵绵土》。村里人土炕上生，土窑里长，土堆里爬。家家院里有一个神龛供着土地爷。我能认字就记住了这副对联"土能生万物，地可载山川"。黄土是我的褓褓、我的摇篮。农村孩子穿开裆裤时，就会撒尿和泥。一群孩子，将胶泥揉匀，捏成窝头状，窝要深，皮要薄，口朝下，猛地往石上一摔，泥点飞溅，声震四野，名"摔响窝"。以声响大小定输赢，以炸洞的大小要补偿，输者补对方一块泥，就像战败国割让土地，直到把手中的泥土输光，俯首称臣。这大概源于古老的战争，是对土地的争夺。孩子们虽个个溅成了泥花脸，仍乐此不疲。这场景现在也没有了，村子成了空壳村，新盖的小学都没有了学生，空空新教室，来回燕穿梭。村庄没有了孩子，就没有了笑声，也没有人再会去让泥巴炸出声了。

农家的孩子没有城里人吃的点心，但他们有自己的土饼干，不是"洋"与"土"的土，是黄土地的"土"。在半山处取净土一筐，砸碎、细筛、炒热，将发好的面拌入茴香、芝麻，切成条节状，与土混在一起，上火慢炒至熟，名"炒节子"。然后再筛去细土，挂于篮中，随时食用。这在城里人看来，未免有点脏，怎么能吃土呢？但我们就是吃这种零食长大的。一种淡淡的土味裹着清纯的麦香，香脆可口。天人合一，五行对五脏，土配脾，可健脾养胃，村里世代相传的育儿秘方。

从春到夏，蝉儿叫了，山坡上的杏子熟了，嫩绿的麦苗已长成金色的麦穗，该打场了。孩子们终于盼到一年最高兴的游戏季，跟在碌碡后面，一圈一圈地翻跟头。我们贪婪地亲吻着土地，享受着燥热空气中新麦的甜香。一次我不小心，一个跟斗翻在场边的铁耙子上，耙齿刺破小腿，鲜血直流。大人说："不碍，不碍。"顺手抓起一把黄土按在伤口上，就算是止血了，至今还有一块疤痕，留作了永久的纪念。也许就是这次与土地最亲密的接触，土分子进入了我的血液，一生不管走到哪里，总忘不了北方的黄土。现在机器收割，场是彻底没有了，牲口也几乎不见了，碌碡被可怜地遗弃在路旁或沟渠里，有点"九里山前古战场，牧童拾得旧刀枪"的凄凉。

　　没有了，没有了。凡值得凭吊的美好记忆都没有了。我问自己，既知消失何必来寻呢？这就是矛盾，矛盾于心成乡愁，去了旧事，添了新愁。历史总在前进，失去的不一定是坏事。但上天偏让这物的逝去与情的割舍，同时作用在一个人身上，搅动你心底深处自以为已经忘掉了的秘密，于是岁月的双手就当着你的面将最美丽的东西撕裂，这就有了几分悲剧的凄美。但它还不是大悲、大恸，还不至于呼天抢地，只是一种温馨的淡淡的哀伤，是在古老悠长的雨巷里"逢着一个丁香一样的结着愁怨的姑娘"。乡愁是留不住的回声，捕捉不到的美丽。

（选自2017年3月29日《人民日报》）

松树风姿秀，军歌精神扬

——《中国人民解放军军歌》诞生记

樊希安

今年"八一"前夕，我和石丽侠合著的《我们的队伍向太阳——中国人民解放军军歌词作者公木的多彩人生》由人民出版社出版了。这是我们献给中国人民解放军建军九十周年的礼物，可谓生正逢时。

公木（张松如）是我国著名诗人、学者、教育家，《中国人民解放军军歌》的词作者。他1910年生，河北辛集人，1998年10月去世，享年88岁。公木1930年1月在北京参加革命，一生经历丰富传奇，诗创作与臧克家、艾青齐名，著名诗作有《父与子》《鸟枪的故事》《哈喽，胡子！》等。他长期在大学任教，培养了大批学子，科研著述丰富，在诗论、老子研究、毛泽东诗词研究等方面成果丰硕。由其作词、郑律成作曲的《中国人民解放军军歌》成为不朽之作，还创作有《英雄赞歌》（电影《英雄儿女》主题歌）、电影《白毛女》《豹子湾战斗》等插曲，整理定型《东方红》歌词。这些歌在我国几代人中广为传唱，产生过重大社会影响。

公木的一生是追逐理想、坚守信仰、追求真理的一生，是青少年时代就投身革命洪流，为祖国繁荣富强和民族解放事业奋斗的一生，是"以诗歌为生命"，为人民勤奋创作奉献文艺精品的一生，是以极大热情投入教学科研，"甘化泥土润花根"，为国家建设事业培养大批栋梁之材的一生。作为公木先生的学生，我于20世纪80年代与张宇宏合著《公木评传》，对老师进行过多次采访交流，也曾经详细地听公木先生给我们介绍了《中国人民解放军军歌》的创作经过。

1939年7月中旬，抗大总校职工万余人在校长罗瑞卿率领下，东渡黄河，开赴前方。政治部宣传科只留下公木和郑律成两人，奉命等待到筹办中的抗大三分校工作。三分校政治部各科室人员一时还没有调配齐全，他们紧紧抓住这个短暂空暇的宝贵时间去实现共同合作创作歌曲的凤愿。一天，郑律成告诉公木，他为公木的《岢岚谣》作了曲。公木很惊讶，近200行的长诗，谱曲会多么费力呀！郑律成还说，想为《子夜岗兵颂》谱曲。这是公木半年前在抗大一大队做学员时写的一首短诗，登在连队墙报上，诗中反映了他在抗大学习时深夜站岗放哨的一点儿感受。诗写得很美：

> 一片鳞云，筛出了几颗流星，相映溪流呜咽呜。是谁弹奏起这一阕乡曲．四周里低吟着断续的秋虫。远处一点孤灯，像一点流萤。明灭在有无中，画出了无涯的黑暗，也画出了山影重重。你可敬的岗兵，手把着枪托，挺立在路口，面对着西风……

郑律成把这首《子夜岗兵颂》拿去不声不响地用咏叹调谱成一首独唱曲，然后用他那带有朝鲜族音调的清亮歌喉唱给公木听，这使公木又惊奇又激动，紧紧握着他的手说不出话来。以后，郑律成经常催促公木，让公木作词供他写曲。他诚恳地说："你是从前方来的，有生活基础，我俩携手合作为八路军歌唱吧！"他进一步建议："咱们也搞一部大合唱吧！""什么大合唱？""当然是《八路军大合唱》啦！"经他一再鼓动，并且提出命意，点出题目："军歌、进行曲、骑兵歌、炮兵歌、冲锋歌，再添一篇《快乐的八路军》，《子夜岗兵颂》也算一篇，总共七八篇或八九篇就够了。"两人具体商定，立即动手创作《八路军大合唱》。他俩决定这个大合唱要由八支歌组成，要的是这个"八"字。一时间，战火纷飞的疆场、一队队荷枪实弹奔赴抗日前线的八路军战士的雄姿、战士们英勇杀敌的矫健身影……萦绕在诗人公木的心头，也萦绕在作曲家郑律成的心头。对祖国的无限热爱，对人民的高度责任感，对八路军的一往情深，掀起了他们感情的巨澜。灵感之火把创作的激情点燃，而且越烧越旺，终于凝铸成火一般的诗行，弹奏出发自肺腑的乐章。

公木一气呵成，写下《八路军军歌》《八路军进行曲》《快乐的八路军》《炮兵歌》《骑兵歌》《冲锋歌》《军民一家》，加上原来创作的《子夜岗兵颂》共八支歌的歌词，完成这些歌词的创作还不到一周时间。以前是郑律成为公木现成的诗篇谱曲，而创作这些歌词时是公木为郑律成未成的曲子作词。两人配合默契，凡是谱曲需要的，公木都尽力配合，郑律成满意了，就算拍板定稿了。在写作这一辉煌的历史性名曲《八路军大合唱》中，诗人公木与作曲家郑律成的合作高度充分、完善，树立了合作的楷模。

公木每写成一篇歌词，郑律成就拿去作曲。没有钢琴，连手风琴也没有，郑律成只是摇头晃脑地哼哼着，打着手势，有时还绕着窑洞中摆放的一张白木茬桌子踏步转悠。意识到公木带着笑意注视他，他就走出窑洞，到山坡上去"创作"。谱曲似乎比作词更费些斟酌，郑律成也经常用鼻音哼哼出一个调儿来，征求公木的意见。作曲的时间拖得比较长，大约到 8 月底、9 月初，全部编曲才算完成了。郑律成说："给词作曲，如同为虎添翼。"公木说："为虎添翼，不是一句好话。"郑律成笑道："不管它，咱们的虎，是吃日本鬼子，吃反动派的虎，生了翼，更凶、更猛、更厉害，有什么不好？"

等郑律成把"翼"生出来，抗大三分校已经正式开学，公木搬到三分校政治部住，继续搞时事政策教育工作，郑律成则调到鲁迅艺术学院音乐系做教员去了。郑律成虽然离开抗大，还是经常回来教歌。三分校的每个连队，无论是行军途中还是在集合会场，到处都在唱："铁流两万五千里，直向着一个坚定的方向。""向前，向前，向前，我们的队伍向太阳。""炮火震天响，战火漫天烧，看我健儿抖擞精神个个逞英豪。"1939年秋冬，这嘹亮的歌声在延安的山山岭岭回荡着。这年冬季，《八路军大合唱》由鲁艺音乐系油印成册，还在中央大礼堂组织过一次晚会，由郑律成亲自指挥，进行专场演出。此后，不只是抗大学员唱，各机关、部队、学校也都传唱起来。学员们一批批毕业了，也就把歌声传遍四面八方。这部大合唱一经唱出，就受到热烈欢迎，唱遍延安，唱遍陕甘宁边区，唱遍各根据地。

1940年夏季的一天，当时的总政治部宣传部部长萧向荣邀请郑律成和公木到文化沟青年食堂吃了顿红烧肉，以示犒劳，并告诉他们说，这些有关八路军的歌曲已由抗大学员传唱到各个抗日根据地，很受广大战士的欢迎，特向他俩祝贺！萧向荣笑着说："今天破例，都喝三杯。一杯酒，祝你们继续合作取得更大成果；二杯酒，祝你们更认真地向工农兵群众学习；三杯酒，祝你们再接再厉，继续写兵唱兵！"

1940年夏，《八路军进行曲》在《八路军军政杂志》刊载后，便在各抗日根据地军民中传唱。1941年8月，该歌曲获延安"五四青年节"奖金委员会音乐类甲等奖。全国解放战争时期，《八路军进行曲》更名为《人民解放军进行曲》，歌词略有改动。1951年2月1日，中央人民政府人民革命军事委员会总参谋部颁发试行的《中国人民解放军内务条令（草案）》，将《人民解放军进行曲》改名为《人民解放军军歌》。1988年7月25日，经中共中央批准，中央军事委员会决定，将《中国人民解放军进行曲》正式定为《中国人民解放军军歌》，邓小平签署了颁定军歌的命令。

公木先生虽然离我们远去了，但他创作的歌还在，他的业绩还在，他留下的精神财富仍然在鼓舞激励着我们前进。

（选自2017年7月29日《解放军报》）

马拉松，中产广场舞

蒋方舟

说实话，我很害怕在朋友圈看到人晒长跑之后的照片，直视镜头的脸面色潮红，全身汗湿，裹在紧身衣里。看人在严酷环境下的马拉松照片更紧张：晒伤的身体，起泡的双脚，皮开肉绽的肩膀。

我是青春期受张爱玲影响的文艺女青年，对于文明世界有着畸形的向往，贪图享乐，喜欢吃奶油蛋糕，喜欢包裹在华丽的袍子里——即使袍子上长满了虱子，也胜过青筋毕露的身体。我仔细想了想，我不敢看人长跑后的照片，就和张爱玲抱着牛奶瓶面无表情地穿过病人呻吟的病房一样，是对受苦的一种回避。看到大汗淋漓的身体，我并不觉得性感，只觉得好惨。

为什么中产爱跑步？因为跑步是一种苦修。而苦修，是对过剩的回应。

食物过剩，糖分过剩，卡路里过剩。而互联网创业的热潮中，很多人的很多努力，都是为了让别人更懒一些，人和食物之间的距离被缩短了，食指一动，就等着外卖小哥的敲门。

我们的社会充盈而饱和，由一个肥胖者的社会进入了一个厌食症的社会。中国最先胖起来的一代诞生于饥荒之后，饥饿的记忆告诉他们的大脑要不断储存热量，因此对于食物有着穷凶极恶的热情。肥胖者说："我什么都缺，所以我什么都吃。"而新型的城市中产说："我什么都不缺，所以我什么都不吃。"

戒糖，戒油，戒一切因为过于幸福而让灵魂出窍的食物。在跑步这个近乎受苦的单调运动中，把过剩的能量呕吐出来，中产再次掌握了自己的身体。

受苦对于中产是陌生的身体经验，对于富人阶层更是。跑马拉松的潘石屹和登珠峰的王石是中产看齐的对象，我相信潘石屹和王石并不是为了作秀，以及为了征服的虚荣而运动，而是真的享受这种对于他们的日常生活来说遥远而陌生的身体痛苦，痛苦放大了人对身体的知觉，痛苦让人感觉到自己正在活着。

现代科技的发展与其说"解放了身体"，倒不如说"剥离了身体"，工具代替了身体的功能，中产要借助马拉松找回自己的身体。所以，你很难想象一个重体力工作者或一个快递小哥在结束了一天的工作之后决定在城市公园跑个步。

跑者很爱说的一句话是"跑步是一种宗教"。

我在东京居住时住在皇居附近，绕着皇居跑步一圈刚好是 5 公里，据说是村上春树爱跑步的地方。我为了偶遇村上春树，连续半个月每天去跑步。

跑步的人很多。他们白天是坐地铁的上班族，到了晚上，他们换上专业的跑步服，上百人的群体呼吸在同样的频率之下，在窄窄的跑道上连绵不绝，其仪式感就像是参加弥撒。

跑步具有这样一些特征：人群聚众，大脑中分泌出一种欢愉，因为聚众，这种欢愉又变得更为强烈。

中产急需这种欢愉来缓解自己的焦虑和压力。中产的压力是方方面面的：一方面是日常的琐碎，另一方面是"均质"的焦虑，房价和养老，股票和医疗，它们既抽象又具体，如乌云般遥遥而至，压在每一个中产的头顶上。跑步成为缓解这种焦虑最好的方式。

所有的运动都能让人产生愉悦，比如打篮球、踢足球，再比如广场舞。为什么中产会选择长跑呢？

宣称"跑步是种宗教"的中产阶级并没有资格嘲笑跳广场舞的大妈。大妈除了装备不如跑者，背景音乐落后了 20 年，其实两者没有太大的区别：同样欢愉，同样缺乏对抗性，同样切割城市空间，参与者同样热情地伸出双手邀请你加入他们的队伍。

可鄙视链却依然真实地存在着，最大的原因就在于：广场舞不够中产。中产需要自己小群体的阶层认同。

当中产刚刚开始在俄国流行时，纳博科夫是这样刻薄他们的："他们被两种相抵触的渴望煎熬着：一方面他想和所有人一样，用这个用那个，因为成千上万的人都在这么做；另一方面他又渴望加入某个特殊团体，如某个组织、俱乐部，成为某个宾馆的贵宾或者远洋航班的乘客，然后因得知某集团的总裁或欧洲的某伯爵坐在自己身边而欢欣雀跃。"

跑步不仅仅时髦，而且像是某种成功人士的标配。中国的企业家和企业高层们为了显示自己的追求，纷纷把马拉松的奖牌当作自己的勋章。中产选择跑步而非广场舞来锻炼身体，显然是因为跑跑步更像身份的象征。

乐观的人会把跑步的中产看作阶层自我意识的觉醒。中产在财富以外，开始关注健康，并且以此为起点，开始关注一些大于自身的东西，比如大气环境、食品安全、医疗健康、公众权力、财富安全。跑步既是一种焦虑下的反映，也是一种自救。而跑者彼此抱团，更让人有一种集结号已经吹响的想象。

然而真的是这样吗?

很多中产并不认为自己有着推动社会变革的责任，而仅仅是想通过长跑和吃秋葵把自己修炼得百毒不侵，水木清明。

然而，我们并没有办法指责中产的犬儒和自私。他们仅仅是无力，在无力与无力每天交替的缝隙中，大脑借助运动而产生内啡肽——那半真半假的愉悦与沉醉，变成了生活中最大的安慰。

（选自2017年第5期《新周刊》）

孤独才是岁月真正的结晶

姚鄂梅

6年前，我来到上海，住进了一间老旧的公寓。很快就发现，整栋房子几乎全住着老人，单身的老人，非单身的老人，如果路上能活动几个穿白色制服的男女，肯定会产生错觉，以为它不是居民楼，而是养老院。偶见几个稍年轻一点的，也是像我一样的外来者，本地年轻人都搬到了新型高档小区，把上一辈像蚕蛹一样蜕在这里。

虽然老旧，却有一个优点，位居市中心，交通便捷。一个夏天的傍晚，我站在某处回身一望，夕阳像条变色龙，在不同的楼身上显现出不同的面貌，那些巨大的玻璃幕墙，不由分说将阳光啪地反射回去，现场一片电光火石，而我们那栋楼，淡黄色的涂料墙体正畅快地消化着橘色落日的余晖，通体柔软。明亮，显出一种可食的质感来。日落大厦四个字就在这时嗖地跳了出来，从这以后，暗地里，我一直把我的栖身地叫作日落大厦。

时间一长，日落大厦的邻居们在我心里渐渐有了各自的脸，各自的故事，不像初来乍到的时候，觉得他们差不多都一个模样。

我的对门邻居是一对年近八旬的夫妇，爷爷的身体不如奶奶，上楼下楼都要死死攀住栏杆，满脸的绝处逢生，遇有年轻人从身边上下，立即侧身，屏住身体，只恨骨头太硬，没法像刺猬一样缩成圆球。奶奶体形偏胖。一手拎家常布袋，一手拿简易板凳，垂着眼皮，随伺在后，看上去比抓住栏杆攀沿而上的爷爷还要疲惫。有天夜里，门外一阵异常的响动，最多不过半个小时，一切归于寂静，楼道里弥漫起烧纸钱的味道。老头走了。

大门紧闭了10多天后，奶奶出现，她脱去臃肿的冬装，换上春季外套，空着两手下楼，看见我，展颜一笑，原来她的笑容是这样的，牙齿完好无损，皱纹也不是太多，唇间甚至有润唇膏的痕迹。此后多次在楼道上碰到她，才发现她腿脚利索，完全不似以前，从一楼到顶楼，一次都不用歇，也不喘气。难道她有独家养生丹，爷爷在世时牢牢锁着，单等爷爷走后，独自一人服用？又过了些天，门外响起她女儿喊妈的声音，边喊边拍门，吵得我紧张万分，难道奶奶也走了？既然家里有老人独居，为什么身为子女却没有钥匙？没多久一阵欢快的笑声响起，是奶奶在楼下回应她女儿。从猫眼往外一看，奶奶系着紫粉相间的小丝巾，敞着衣襟，缓慢但稳当地拾级而上。听不清她们在说什么，但能看出她们在说开心的事，两人都笑嘻嘻的。

有天出外办事，不得不让对门的奶奶代我收下快递。傍晚，我拎着一小袋水果，去敲对面的门，奶奶殷勤地拿出我的快递包，却坚决不肯收下我的水果。我是不太擅长聊天的人，直通通问了句：怎么不给女儿留把钥匙呢？她一笑，说了两个字：清净。

4楼住着母女俩，男人在无锡上班，偶尔能见到他的车停在楼下，但肯定不是每天，甚至也不是每周，母女俩每天衣着鲜艳，上楼下楼，有说有笑，有人建议她想办法把老公调回来，她却无此打算，反而说，载重过大太耗能，不如轻车简行。有人猜他们感情出了问题，但我看着不像，我见过他们的3人周末，当他们悠然前行时，并没把孩子放在中间阻隔他们两肩相撞，上车前，男人很自然地为妻子拉开车门，当他倒车，孩子扑向车后，圆溜溜大眼睛警惕四顾，专心指挥。见过这几个场景，我能推测他们的日常。

楼下的楼下的楼下，住着一对年轻人，门口总是飘着轻轻的烟味，以及类似香水的古怪味道，不知道他们是做什么的，只知道他们进出频繁，时有喧哗之声，突然一天，一阵警笛划破小区的静谧，三个警察下了车，直扑那对年轻人的家，没多久，架出一个垂头丧气的小伙子，女子身上斑斑血迹，被人小心扶出。平静了一阵子，众邻再次被女孩的尖利哭嚎吓呆，试探着过去一问，原来男孩突然搬走了。奶奶阿姨们安慰她：走了就走了，都打过你了！你年轻又漂亮，天涯何处无芳草！女孩抽噎着说：没有他，我不知道怎么活下去。众邻相视一笑，小心退出。

很少有人因为某人的缺席就真的活不下去，日落大厦的老邻居们深信这一点，不管那男孩回不回来，女孩最终都会活下去，活到像她们这么大的年纪。至于目前，她还在痛苦的练习阶段，那是奶奶们也曾经历过的阶段。

也许我们毕生的追求不是如何得到幸福，而是学会如何面对孤独。孤独不光是独守空巢，无人说话，孤独还是爷爷去旅行，奶奶宁肯披头散发四处搭伙也要待在家里；孤独是爷爷去世，奶奶一个人反倒活得津津有味起来；孤独是女人宁肯做辛苦的单亲妈妈，也不要被"家大口阔"的琐屑消解人生的意义。孤独是个发育迟缓的小孩，当我们年轻，它蛰伏体内，动静全无，活得久了，才像皱纹般一根一根地找了上来。比起之前种种过眼云烟，孤独才是岁月真正的结晶，认识它，接纳它，像脚和旧鞋子一样彼此欣赏，互为唯一，除此之外别无他法。毕竟，越往后，我们越有可能独自玩耍。

　　一个孤独的人，必是经历过不够孤独的人生，像停火后的战场，硝烟渐熄，该走的都走了，留下疲惫又幸运的一个，从废墟中脏兮兮立起来。我从未听说有人会不爱这样的孤独。

（选自2017年6月6日《作家文摘》）

独 自 出 行

赵培光

一

我喜欢独行，却够不上侠。心气不够，步力不够，抱负也不够。然而，这些并不影响我的喜欢。像雨水喜欢土地，喜欢到一定深度，忘我如斯。

这么说，好像我云游天下、四海为家似的。其实，很惭愧，绝大部分的时间，我不过是在自己的意念中突围。远方有多远？依据每个人的足迹去丈量；远方在哪里？依据每个人的精神去探索。我经常去远方，实际上也不知道远方有多远抑或远方在哪里。哲学上的命题，留给有兴趣的人吧。我独自出行，起伏跌宕，只为心中那一朵朵梦想，绚丽芬芳！

二

独行，即：独自一个人，天地任我行。

既潇洒，又逍遥。

是不是呢？不是的。一个人的路程，吃喝拉撒乃第一要义。样样顺遂，只有做梦，梦境也是虚着来去。光落实诸多细活儿，便坏掉了大部分心情。何况，刮风了，下雨了，落叶了，飘雪了，哪一种遭遇，凡体俗骨的我能经受得起？在家里，在亲人身旁，已然被照料惯了，日久成习。妻子戏而谑之：除了饭是自己吃的，澡是自己洗的，地道的甩手掌柜。

且慢，我连掌柜也不做。天天忙活自己的工作（美其名曰事业），寒来暑往，暑往寒来，赚些养家糊口的小钱，也算尽心尽力了。出门在外，茕然一身，没办法高贵，没办法傲慢，只有亲力亲为，尽量照料好自己。经常马马虎虎，经常咸咸淡淡，经常于陌生中悠长地翘望。所谓"在家千般好，出门万事难"，这是我的写照，真实，真切，真真的"意恐迟迟归"。

哪里会生发那种黄昏的舒心——"走在乡间的小路上，暮归的老牛是我同伴。蓝天配朵夕阳在胸膛，缤纷的云彩是晚霞的衣裳。"

哪里会生发那种夜晚的惬意——"闲居少邻并，草径入荒园。鸟宿池边树，僧敲月下门。过桥分野色，移石动云根。暂去还来此，幽期不负言。"

外乡人的黄昏与夜晚，郁郁快快，灵魂沉入苍茫。

即便是这样，远方依旧是我的向往，我的柔柔韧韧的向往。

三

与芸芸众生相比，我已经很幸运了。身体不弱，朋友不薄，情怀不空，读写不止……这么些个优势，想来一次"说走就走"的出行，当然易如反掌。

在路上，人兴许会发现（遇见）最好的自己。何止放松了，简直放空了。这样的情形下，花开花的，水流水的，鸟飞鸟的，云游云的。时光只是时光，似乎跟谁都没有关系。

可惜，我却是个软家伙，整装待发的日子里，纠结着，犹疑着，搁浅在所难免，有些机会甚至放弃了。放弃，留在心底的或许是更大的遗憾。因为放弃一次出行，就等于放弃一次游览自然景观与人文景观，放弃一次领略悠悠历史、楚楚现实以及茫茫未来。私下里不由自主地嘀咕，从前的公子小姐出行，总有书童和丫鬟围绕在身边答应，那才是方便。我这个小户人家，出行多是影子相随，怎么可能神灵般异想天开？

话又说回来，心底还是有抚慰的，抚慰来自格雷戈里·考伯特那句放浪山水而又意味深长的告白："我将会找到，我遗忘多年的面孔，我自己。"

格氏 1960 年出生在加拿大，春风得意，被公认为王牌摄影师。然而，正值如日中天之时，他却自动消失了 10 年，远征 27 次，拍下了震惊全球的人、动物和大自然的微妙关系。在他劳作的背后，是无数无数的市井人群，熙来攘往，热热闹闹，一不留神却把自己（亲爱的自己）丢了。

人海中，丢了也不觉得！

生命的知与行，不在话下，而在脚下。一颗心，干净着，照耀着，由少年到青年，由中年到老年。

四

我的独自出行，远远近近，冷冷暖暖，缺乏醒世意义，无非是看人和看景。不过，一个人在路上，平时那些忽略或省略的事情，被一张张面孔演绎在脑海，痴痴缠缠，意犹未尽。

哦，独行于风中雨中霜中雪中，红颜隐去，蓝颜隐去，莫道不销魂。难是难，千难万难，最怕的是意外。意外是什么呢？不是没食没水了，而是迷失方向了，而是陷入困境了。所幸，我的经历多在意料之里。意料之里，平稳过渡，让我得寸进尺地迷恋山水。

意外也是有的，并且刻骨铭心。三十年前，随着长春市作家协会赴林区采风，采花草，采蘑菇，采参叶，一路笑语欢歌。6月10日，登长白天池。前面的人失踪了，后面的人没影了，剩下孤单的我被困在半山腰的雪窝子里。死死地侧卧，欲动不敢动，欲喊不敢喊，眼瞅着身边的滚石七七八八地顺势而下，一时间欲哭无泪！好几次，意识几乎垮掉了，只要松开手脚则会顺着陡坡滚落到山脚，那里是来时的小道。绝望之际，终于见到几个"走"山的农民，我用手势急切地求救。他们发现后，一点一点接近我，终于把我从雪窝子里拉回到安全地带……

或许做下病了，再以后，无论我在哪里，山顶、海边、轮船上、飞机上、长途客车上，只要我一个人出行，往往会想到意外，想到死。禁不住，热泪盈眶。

五

经验告诉我：独行是独立的一种外化，其实质是更多的人既本真又畅达的理想状态。所谓山水犹在，清音自来。

独行注定了独处，那些不分昼夜的长长的或者短短的独处。

李白便是独行日月、独处天下的榜样。他的诗词中，总是不失时机地"晒"出自鸣得意的好境好情。

独行——"仰天大笑出门去，我辈岂是蓬蒿人。"

独处——"花间一壶酒，独酌无相亲。举杯邀明月，对影成三人。"

还有更绝妙的《赠汪伦》呢！

一听说有桃花潭，一听说有万家酒店，他便不辞劳苦地跋山涉水去了。抵达之后，方知与暗想的美景大相径庭。不过，他并未失望，毕竟他摸透了友人的心路。离别时刻，由衷地道出了兄弟般的友谊——"李白乘舟将欲行，忽闻岸上踏歌声。桃花潭水深千尺，不及汪伦送我情。"

思绪绵延，忽然勾起了我对另外一个人的怀念。

他，就是余纯顺。一箪食，一瓢饮，身单影只，徒步罗布泊，探索无穷的奥秘，直至消失在茫茫的沙漠里。这种壮怀激烈的大义，名扬八方，名垂千古。

人生……有味……是清欢。余纯顺活出了味道，同样也死出了味道。

悲壮吗？绝对悲壮！

忧伤吗？绝不忧伤！

六

印象中的独行侠，最早是电影《佐罗》中铁马雄风的佐罗，他头戴礼帽，眼扣黑罩，一身披肩大氅，一柄凌厉长剑，在天地间呼风唤雨，在人海中神出鬼没，挑落了一桩又一桩的凶残与邪恶。

潇洒佐罗，无愧于我少年及青年时代的英雄，英雄的英雄！

进入中年后，我的心力、体力及努力，已经支撑不起行侠仗义、气吞山河的神威（或神武）了。作为一介书生，我觉得卢梭和梭罗同样也是英雄，另一种英雄。他们充分享受独行、陶醉独处的快慰与幸福，远远地逃离喧嚣的闹市，远远地躲开虚浮的繁华，守望一泓碧水，深入地梳理自然与人生，并以《漫步遐思录》和《瓦尔登湖》的书籍，传达给每一个渴求纯净、渴求深邃的你，或我，或他。

七

无论武雄，抑或文雄，身上无不透射一种平天下的气概与气度，哪怕雄关漫道。

寻常人，却喜欢独善其身。简而易得的方法是："独守一方土，独耕一亩田。独居一斗室，独享一朝闲。"我，便是这寻常人中的一员。所以，每次"独在异乡为异客"，我总是免不了被寂寞偷袭。寂寞的时候，我会痴痴想念遥远的亲人和友人。他们在我的生活中多姿的点缀，在我的生命里多彩的点染，使我的内心踏实，踏踏实实。那么，谁又是我生命之"锦"上绚丽绽放的"花"呢？

好久没有出门在外了，一个人去体验那朦朦胧胧的"诗和远方"。无奈的陷落中，我感觉到浑身滞重，生锈了似的，再不上路，都快魂牵梦绕了。我的"桃花潭"在哪里？我的"汪伦"在哪里？

人啊人，终究是独自地来，独自地去，无论多少牵挂，与系念！

（选自2017年5月18日《吉林日报》）

银色杀手（外一篇）

苍　耳

　　无论作为货币还是饰品，银子都是炫目之物，但用久了也会变黑。在现代语境里，银子更多的是指向隐喻义。然而古代不是这样。以清代为例，它自建朝时便彻底取消纸币，实行银钱并轨的币制，即只流通两种货币——银币和铜钱。传教士李提摩太在《亲历晚清四十五年》中，特别提到晚清混乱的币制"简直要毁掉坚实的数学的基础"。因为，有的地方，八十二文铜钱被看作一百文，有的地方五十文相当于一百文，而另一些地方十六文等于一百文，例如在北京，十文相当于一百文。天朝的草民无法知道其中的诡秘，而李提摩太可以接触到上层，有个官员告诉他，铸造银钱有一个诀窍，运用恰当可以大大增加帝国财富。比如，在每一百文铜钱中，十八文可用铁来铸造，倘一年铸造百亿文铜钱，可为国库净增十八亿文铜钱的财富，而天朝百姓的财产因此大大缩水——中产沦为贫民，贫民陷入绝境。但铁钱伪装得再好，却禁不起时间的锈蚀。在交易中，人们宁要那八十二文铜钱，也不要十八文铁钱。久而久之，八十二文便等同于一百文了。源于此，银子和铜钱的兑换也乱了：一两白银原本可兑一千五百文制钱，后来只能兑一千文。由此看来，这种拙劣的"通货膨胀"，其实涉嫌制造"假币"，实质就是巧取豪夺，转嫁危机，与变形杀手无异。但，银子的妙用远不止这些。银子验毒在中国恐有数千年历史，用于法官破案至少有一千年。那种试毒的银器叫银探针，又叫银钗，纯银制，比筷子稍细，约一尺二寸长。远在宋代，法医学家宋慈在《洗冤集录》中就有用银针验尸的记载。问题是，银器真能验毒吗？古人所指的毒，主要是指砒霜，即三氧化二砷，因生产技术落后，致使砒霜里含有少量的硫化物，一旦与银接触，银探针表面便变黑——生成"硫化银"。也就是说，银探针插入含硫的蛋黄，它也会变黑。相反，那些剧毒却不含硫之物，诸如毒堇、亚硝酸盐、农药、毒鼠药、氰化物等，银探针与之接触，却不会变黑。由此可见，银探针试毒极不靠谱，它只对含硫的砒霜有效。

　　写到这，笔者不敢往下想了。何者？以银子验毒为前提的古代神探们，包青天们，他们假手银探针制造的冤假错案会少吗？然而在史书上却看不到那些呼号的冤鬼、漏网的罪犯，尘封的御制典册无不笼罩在公正神明的巨大光环里。当司法——人类社会公正性的一面巨镜——建立在类似银探针验毒这样不靠谱的方法上，它造成的隐性悲剧岂不成了对公正和文明的嘲弄？古代科技水平固然落后，但证伪的办法还是有的。你不妨用银探针随便插入某个物体，比如插入鸡蛋中，倘它变黑了，问题是很容易发现的。退一步说，即便你不愿证伪，什么也不想干，但你仍可以注意到银首饰慢慢变黑的现象，因为空气中含硫，含量越多，银饰变黑越快。这时候，假若你怀疑空气中也暗藏砒霜，甚至虚空中也有一个投毒者，那么你是不是会猛然开窍，或者有所顿悟呢？然而，在最近一千年里，没有一个臣民愿意证伪，直至民国初年依旧如此。美国传教医生戴世璜在《福杯满溢》（*My Cup Runneth Over*）的自传里，回忆民国初年在省城安庆参与几起验尸工作，法官用的仍是银探针验毒。当时银探针变暗了，法官因此判定这是一起投毒杀人案。戴世璜对法官解释说，让银子变色并不难，他取来一只鸡蛋，让法官看看银勺子与打碎的鸡蛋接触时是怎样变黑的。

在西学东渐、洋务运动勃起的晚清和民国，银子验毒仍大行其是，这恐怕不是科技水平落后所能解释的了。

这面公正的巨镜差不多被扭曲成哈哈镜了，让人不寒而栗。不论古代人怎样标榜圣明公正，他们其实只重告密和口供，重援引古法，更重严刑拷打，有罪推定，因而最忽略细节、过程和物证链。还有，他们嗜好八卦和面相学，倘爹娘给了你猴嘴猴腮、鼠眉鼠眼，那你就注定倒霉。此时若有银子行贿，那你面对双重杀手，就断无生路了。

如此看来，银子验毒之谬误倒在其次了。

倘进一步追究下去，你不能不发现，将银子验毒奉为圭臬而不敢有丝毫怀疑，因而既不验真也不证伪，其实是源于一种僵化了的独断思维。在专制型社会里，独断论一株独大，任何挑战它甚至靠近它的异端想法都被扼杀，被诛灭。久而久之，独断论成了真理，放之四海而皆准。当一个社会充斥着形形色色的独断论，这个社会也必然充斥犬儒和奴才，其精神生态必然是枯瘠、死寂的。呜呼！银子银子！在你的灿亮而炫目的背后，我的先人们是怎样生存在你的杀气和淫威下的呢？是的，当你在空气中慢慢变黑，那个抹黑你、追杀你的叫作硫的家伙，是远不及你这个杀人不见血的杀手的。

牡蛎和霾

霾是霾，在空中飘飘荡荡，与牡蛎风马牛不相及。牡蛎在水中，有着坚硬的壳，既不冒烟，亦不排放尾气。当它来到地面，那一定是人们的餐桌。

一百多年前，契诃夫死于德国巴登韦勒，运回俄国时，亲朋好友到火车站迎接，在军乐队的哀曲声中却找不到他的灵柩——原来军乐队是来恭迎一个将军的灵柩。恍然大悟后，人们才手忙脚乱地在一节车门上赫然写着"牡蛎"的绿皮货厢里找到他——静静地躺在灵柩里的契诃夫。高尔基愤怒地写道："这辆货车的肮脏的绿色斑点，在我看来，好像是'庸俗'对它那个疲乏的敌人发出的胜利的狞笑。"

但我想契诃夫的亡灵不会像高尔基那样愤怒，他甚至会嘿嘿笑出声来。因为他理解上帝的用意，这老头刻意要他再给世间留一篇"契式小说"。

高尔基毕竟是诗性作家，直觉相当饱满、锐敏。然而他将那个"赫然写着'牡蛎'的绿皮货厢"归结为"庸俗"，显然不够准确。契诃夫一生都在观察、深研"套中人"和"变色龙"，以及他们背后无所不在的雾霾，因而绝非"庸俗"一词所能概括。在迎回契诃夫灵柩的次年，俄国爆发了资产阶级民主革命。高尔基在革命失败后漫游了美国以及欧洲。在《美国游记》中，他通过对美国餐馆的观察，相当准确地发现美国社会阶层的分野：吃鸡的全是低收入阶层，吃牛肉的几乎都是中等阶层，而吃牡蛎的则是上流阶层。这与沙皇俄国大同小异，只是在俄国，草民怕是鸡也吃不上。契诃夫在小说《牡蛎》中写那个饿得发慌的男孩，站在街上，透过旅店那灯火通明的窗子，看到在管风琴右半边的墙上挂着一块白色牌子，盯了半天才认出上面写着"牡蛎"。

"爸爸，牡蛎是什么？"他好奇地问正打算向行人乞讨的父亲。

男孩的父亲也没吃过牡蛎，回答说："一种动物……生活在海洋里……这东西要生吃……"

高尔基早年境况比这个男孩好不了多少，大约也没吃过牡蛎。后来他写下一些自传体小说和富于正义感的文字，给世界带来过有益的影响。不过后半生完全不同了，他住在莫斯科郊区斯大林别墅附近，两人时常走动、聊天，一个叼烟斗，一个吸雪茄，饮着葡萄酒，吃着鱼子酱和牡蛎。倘若他在官方媒体称颂斯大林，尚可用"违心"加以解释，那么他在日记里称斯大林为"主人"，则不能不令人瞠目结舌了："没有机会和主人谈话""因为主人身体不适，没有到我这里来，我明天要去看望主人"等等。如此看来，其后他在《真理报》上发表《索洛维茨岛——犯人的天堂》一文，也就顺理成章了。他确乎在"赫然写着'牡蛎'的绿皮货厢"里谋到了一个靠前的席位。

这决定了高尔基不可能写出《第六病室》，而契诃夫也不可能写出《癌病房》和《古拉格群岛》。库页岛距索洛维茨岛甚远，索尔仁尼琴也无法见到契诃夫。但霾是一样的，只是厚薄浓淡不同而已。当然，牡蛎仍在那儿，不论什么时代它都在那儿，非常美昧，非常"上流"——据说泰坦尼克号"最后的晚餐"第一道菜就是牡蛎。

想想看，牡蛎那么小，那么低端，它是如何爬到绿皮货车的车门上的？它与霾真的一丁点关系没有吗？契诃夫在写给《演员》杂志编辑库马宁的信中，有几句值得玩味："彼得堡的天气真要命。大家乘雪橇，可是没有雪。这不是天气，而是一种什么手淫。"可是，手淫或意淫跟天气跟下不下雪，有关系吗？

牡蛎是无辜的。它总是被人类利用。一方面，牡蛎曾作为信用凭证，比如古希腊进行民主选举时，常用牡蛎壳作为选票，可见当时吃牡蛎相当普遍了。据说著名音乐家阿里斯提德斯被放逐前，当局举行全民公决，便是往票箱里投牡蛎壳——那响声听起来一定很美妙。另一方面，牡蛎壳也被用作处决犯人的凶器，古罗马女数学家希帕蒂娅因笃信"理性是真知的唯一源泉"，在公元415年3月被教会雇凶用牡蛎壳残忍磔杀。至于恺撒大帝远征英格兰，被史学家解释为冲着泰晤士河畔的肥美牡蛎而去，未免有些八卦了。

法国人对牡蛎的情结尤深。据说在法国大革命时期，有个叫劳顿的公爵被捕后，在面对断头台时，提出要喝白葡萄酒，吃生牡蛎，同时邀请刽子手一道喝，一道吃，声称吃了生牡蛎后，你们这些屠夫才有胆量下刀。牡蛎居然能给革命风暴中对峙的双方均等地带去"能量"，我对于它不能不刮目相看了。至于当代法国人借助木偶剧创造出"牡蛎人"这一形象，可谓家喻户晓，深入人心。"牡蛎人"是嘲讽那种脑子进水、"智商比牡蛎还低"的人，他们向权力邀宠，将异端者投进疯人院，在地球上制造垃圾和污染，完全不考虑行为后果。

有人在吃牡蛎时偶然发现一颗珍珠，于是就指望发现第二颗、第三颗，甚至归纳出"牡蛎定律"放之四海而皆准。可是后来什么奇迹也没发生，连那牡蛎也存在不实之嫌。当然，也有人吃牡蛎面条时发现一只臭虫，但他并没有倒掉整碗面条，而是采取行动防止出现第二只臭虫，因为面条是真的，而且味道很好。

契诃夫死得太早了（享年四十四岁），倘再多活几十年，我想他一定会写出《牡蛎》的续篇。因为那个饥饿的小男孩长大了，说不定加入了苏联红军，在1945年的雾霾中攻进柏林，并在希特勒的餐桌上又吃了一回牡蛎。也许他会将满桌的牡蛎壳积攒下来，幻想着回国后像古希腊人那样干点什么。

（选自2017年第2期《随笔》）

大词里的村庄

王新华

　　猪、马、牛、羊，草垛、石磙、水塘、槐树，二狗、大爷、队长、媳妇，杀猪、赶集、割麦、过年……这些词语，都是村庄上看得见摸得着的东西，算是小词。还有一些东西，它们与村庄若有若无、若即若离，却主宰着村庄的自然和人文生态，它们是一些大词——

村民自治

　　过年回家，走进房间，落满灰尘的桌子上是一沓烟盒大小的纸片，水红色的。父亲放在这里的，这是几张选票。我们家的六口人，都是成年，却只有父亲一人在家。

　　不知道这是一次什么选举。人大代表？村长？我国农村现在是村民自治，村长不是官，是村民的利益代言人，由全体村民直接选出。不是官，为啥总有一些人在争呢？

　　这一沓选票，像春天里的一把辣椒苗，干枯在这里了。我却没觉得可惜。妻子是台资企业里的清洁工，那一天她说，台湾选举，台湾人都坐飞机回去了。我有些惊讶，选举，有那么要紧吗？现在想想，那时还在家里，我好像也没有填写过什么选票。有一年冬天在村头开会，搞什么选举，发选票的时候，好多人都不接，说选啥选，上头都弄好了。发不出去的一堆选票，管事的就找一个人，指派他怎么划，划了半天还没划完。头缩在毛领里的村长急了，快点快点，冷死了！

扶贫开发

　　这些年来，中国有哪些贫困地区？有多少贫困人口？每年又成功脱贫多少？这些，只要跟电视没有完全绝缘，你就会知道，在一组组数字面前，贫困面就像春蚕吃桑叶一样在迅速缩小，毫不含糊。

　　我们这个叫作赵庄的村子，属于国家级贫困县，地处黄淮平原，又摊上了持续多年的黄淮海开发，还沾着大别山革命老区的边，扶贫开发的力度应该是不小了。

在赵庄，这个长达三十年的过程中，能够看到的，就是修了一座一庹多长的小桥，打了两眼机井。机井在那儿，谁家要抽水，就带着自己的电线、潜水泵、送水带，夜里睡在那里看着，抽好了就全部收回。送水带的长度是有限的，够得着机井的地块有多少？

在这之前，赵庄曾有三眼机井，水渠、水泵配套齐全。这都是 1970 年代农业学大寨留下的。后来地分了，这些东西一家一户就不好使用了。电动机、水泵被人卖了；电线被风吹倒也没人扶，电伤一个劳力、电死一个小孩儿，最后被人割走；水渠被人一点点犁掉；机井在谁家地头也嫌碍事，都被一个个填上了。

但是，扶贫开发的工作终归是要有成效的。据说，赵庄十年前就属于小康村了。

新 农 保

我们家六口人，现在都有保险了。

据说，新农保在全国已接近全覆盖。现在加一个"新"字，显然是曾经有过"旧"农保。四十年前（1974 年）春天的那个晚上，娘突然妇科大出血，村里人把她往外抬，娘对俺大（爹）喊叫着，他大啊，你把小孩儿都招呼好，我不中了……娘被抬到公社卫生院，紧急抢救，在那里住了一个多星期，又好过来了。娘出院以后，俺大到大队开个证明，到公社民政助理那里批了十五块钱，渡过了难关。这点钱是国家工作人员半个月的工资，现在看，也是一两千块了。

一家人都有保险了，我却没有一点感觉。也许是因为除了老父亲，我们都在外地。在外面，一家人看病每年都是万儿八千的，也没有报过。八十高龄的父亲这些年在家也没害过啥病。除了交费，我们跟医保还没发生过关系。

过年在家，那天晚上我跟邻居干丁闲坐，叙到医疗费报销。干丁说：啥医保不医保，上头八把，底下四掐。这里的"掐"字是两手合围，这句土话是说，两头一般大。干丁说，你现在能报销了，他让你多花钱。他今年得阑尾炎，让村医挂了几天针没用，在县医院做了手术，报了百分之七十，自己还掏了一两千。干丁过年都七十了，还在工地上爬高上低地做着小工，这一两千可是大钱。

新农保除了医保，还包括养老保险。这一块，我家已经受益了。现在，父亲每月可以领取六十块钱。那一天说起这个事，八十岁的丈母娘说，政府是傻了吗，还给老百姓钱？一年七百二十块钱，让这个交了一辈子公粮的老农妇受宠若惊了。她不知道，她的邻居，那个村学校的退休教师，一星期就拿她一年的钱。

计划生育

这总叫人想起一场场暴风雨。电闪雷鸣、房倒屋塌。

那时，我的一个表姐，第几胎怀上以后，表姐夫在屋房里挖了一个地窖，上面掩盖起来，一有风吹草动，表姐就就地隐蔽。后来突击队半夜进村的时候，他们还是觉得不够安全，表姐就挺着肚子，从冰冷的围沟里突围了，终于又收获了一口人。

现在我打工在外，身边的老乡都是拖家带口，知名道姓的也有上百号。不管是在外面，还是回到村里，再也没有听到计划生育这个事了。

是村民的思想觉悟都提高了吗？显然不是。这些年，我的离开村庄的老乡们，有人犯罪被判了刑，有人赌博倾家荡产，有人给有钱人养着私生子。他们在计划生育方面"守法"，是因为养不起了。生活的重担让他们冷淡、阳痿了。现在，政策已放开二胎，要鼓励他们生了。

专业合作社

赵庄的地片上，有一个红薯专业合作社。

这些年，政府一直是在催促着农民致富。初分地的20世纪80年代，叫的是"专业户"，好像所有的农户都可以去种菜、种药材、养老鳖，挣大钱。那一年，闻香花大价钱从"致富带头人"那里引种了一块桔梗，到了秋天一地的桔梗挖出来，刮皮、晒干，白花花的一大堆，却没人要了。后来闻香跟我说，那东西烧锅，起火得很。到了90年代，又有了"公司加农户"，"产供销一条龙"。那一年，开小四轮跑运输的舅哥致富心切，请劳力一下子养了两万只鸭子。他是白手拿鱼，先从县公司拿来鸭苗、饲料，鸭子养大了再卖给公司。鸭子养到半大，饲料却没有了，一圈鸭子饿得炸了把，死的死，逃的逃，遍地都是。舅哥一合计，这一场下来欠了人家十来万，一辈子也翻不过来了。那个漆黑的夜晚，两口子带着几个孩子，从地面上蒸发了。

现在的这个专业合作社，是过去的升级版，它是租用农户的土地栽种红薯，用红薯粉做粉条。我家的十亩地就给了他们，一亩地一年六百块。

我见到过当地报纸对这个合作社的宣传。从联系的农户、红薯的种植面积，到总产值，那些数字至少都多了一个零，相当于当年的亩产万斤。

可以说，今天很少有人有能力种地、种粮食，除了村庄上那些没办法外出打工的人。可是，就是还有一些响当当的大户，他们的经营，顶好就是保本。他们的生存，靠的是当地政府的补贴。

腊月二十七了，合作社的地钱还没有给。有的人家跑了好几趟了，最后的答复是，等过罢年。年是一道关，一过去就算了，至少要再等半年。

到这一天了，家里还等着用钱。我只得给主任打电话，讨要十亩地的六千块钱，我一报上姓名，他说，钱随要随有。这叫我想到，他还要跟我谈地的事。我家的那块地紧靠着合作社的围墙，过去已经谈过了，他想让我永久性地流转出去，他以合作社扩建的名义，盖房子卖。看到我爱理不理的，他说：地在你手里没用，只能种几棵庄稼，交给我们才可以运作。

农业现代化

那个时候，赵庄所在的大队比较先进，已经有了几台东方红拖拉机，带着犁耙，还有播种机、插秧机，农业生产起码是半机械化了。这个只有一千多人的大队，每年可以上交国家一百万斤公粮。后来土地一夜之间分到了户，大块地变成了裹脚绕子，这些大家伙就没法用了，只能停在那里风吹雨淋，后来有人确信已经成了一堆废铁，就把它们拆卖了。

一家一户种地靠的是老牛，这个阶段我家先后招呼过四头牛。后来有些人家嫌牛脚步慢，就添了手扶拖拉机。现在，村庄上没有了一头牛，没有想到的是，手扶拖拉机也早已成了废物，在角落里蒙着灰尘。现在的庄稼，都是拿钱让外面的机器收种。

现在，赵庄的四百多亩土地已经无法靠自己生产了。牲畜没有了，秸秆完全靠就地焚烧，管也管不住。整个村庄，看不到一个粪堆，完全靠化肥。也没有一个人再扛锄头了，全靠打除草剂。水稻、小麦、玉米这些主要农作物的种子，全部得买，只能种一季，再种就没有收成了。十几年前我在家里的时候，还不是这样。那时的种子主要是自己留。比如小麦，要想留哪个品种，收割之前，先把那个田块里（有时取半块）的个别杂穗择掉，单割单垛单打，扬场的时候，取上风头籽粒饱满的，灌上几袋子，妥善保存，这叫提纯复壮。一个品种，能使用多年。看到谁家的品种好，也可以跟他调换，一斤换一斤。

那个时候，我家的十几亩地里种有小麦、玉米、红薯、棉花、大豆、花生、芝麻、烟叶。我在红薯垄沟里套种玉米，它们植株一高一低、成熟期一早一晚、一喜湿一耐旱。这样可以充分利用空间、光照、水肥和生长期，提高复种指数，增加总产量。

现在，就是还在家里，我也不会这样弄了。有这个精力，干一天小工就抵一百斤粮食。

这几年，赵庄的村口有了一个小卖部，那里有一个棚子，下面摆着几张桌子，一年到头都有一些人在那里打牌，地里却是空荡荡的。现在，机械、种子、化肥、农药这些农资的大量使用，比起当年的农家肥、精耕细作，究竟哪一个更科学、更现代化？

在一些人眼里，这些，可能都不是农业的现代化。他们追求的现代化，就是赵庄的四百多亩地，或者再加上邻村的几百亩，合并成一个农场，由一个老板来耕种。

耕地红线

那天晚上，在工地上干活的妹夫来到我家，他说，家里有人打电话，想要他家的那块四亩地，盖房子卖，三万块钱一亩，管给他吗？

盖房子不是种玉米，给了他，啥时候也要不回来了。我犹豫了片刻，却说：管给他。

这些年，我也接到过这样的电话，片刻之间是一种反感，像是这人要抄我的老窝。这也不过是一个农民本能的反应，随即就被理智所修正。这些年坊间一提到困难群体，就是城里的下岗工人、农村的失地农民。说这些话的，都是一些好心的外人。他们并不知情。对于农民，他们的困难其实并不在于失地，而是土地没有得到好的价钱（补偿、安置）。我们看到，苏州地区的失地农民，日子都过得很好。手里有地没地，差不多。自从走出村庄的那一刻，他们其实已经破产了，只是农民没有失业一说。但是，土地的意义还是存在的，这主要是在精神方面，一间破房子跟一块地，才是他们身后的一个家。要想种地，即使是在免税的今天，一分钱不拿都能找到一块地。我家的三块地，两块给了合作社，合作社靠政府扶持，一亩地一年六百块。就是减一半，我也只能给他种。另一块地，这些年就是让人家白种着，分文未取。三万块钱一亩地，在我们打工的地方还买不了一个卫生间，却是个好价钱了，就是以合作社的这个当地最高租金，也要五十年，整整一辈子了。

现在乡村的公路边上，几乎每个村子都竖有一个醒目的大牌子，上面是基本农田保护示意图。图上的地片，属于高压线，神圣不可侵犯。可是，日光和风雨已经把它冲刷得一片模糊。在外人看来，保护耕地就是保护农民。其实，今天土地的主人已经悄悄反水，卖着自己的土地。钉子户所捍卫的，只是自己心中的价码。

新 农 村

面对赵庄，我的感叹与其说是来自于空间，不如说是来自于时间。三十多年了，赵庄的人还都生活在瓦片、檩条搭建的平房里；赵庄的地面上，还是没有一步水泥路。

可是，时间并没有在这片土地上停止。今天的赵庄并不是一个传统村庄的活标本。当年宅盘上的各种果树，以及槐、桑、榆、柳……几十种土生家材树，早已不见踪影，取代它们的是速生的杨木，十年就能砍倒卖钱；由于再也没人自发地清淤（淤泥是一种肥料），赵庄的围沟、港汊、水塘已经全部淤积，不能蓄水；世代延续的菱、藕、茭白以及各种鱼虾全部消失，能看到的是疯长的野草和无法消失的垃圾；猪、马、牛、羊也相继绝迹。赵庄的路过去叫生产路，三纵三横，能跑大拖拉机，土地分到农户以后，这些路都被小步犁削得豁豁牙牙，拉架子车都磕磕绊绊。

表哥家的房子盖到他那个街头四五年了，他们是按新农村建设统一规划的。常年打工在外，我还没有去过。表哥来拜年，住在平房里，我觉得自己已经不行了。娘跟舅舅都下世多年了，那里还有几个远门子舅，都是七老八十了。正月初九那天，我骑着电动车拐到镇上割了几块肉，顶着北风去了曹营，娘的娘家。问到了表哥的家，大人这会儿不在，两个中学生模样的人，该是表哥的孙子了。我坐下来了，他们不让烟不倒水，也不跟我说一句话，只是玩手机。这里盖成了街道。这个三层楼，底下是门面房，没有生意，用作大厅，却摆放着粮食袋子，破手扶拖拉机，破桌子板凳，还有一个床铺；二楼用作卧室，有一半房间是在空着；三楼连门窗都还没有，雨水长期飘在屋内，墙壁已经发暗、开裂，有一间用门板堵着，养了几只兔子，一地的烂草、粪便。几年前村庄统一搬迁，盖这个房子，表哥一家腿筋都拉直了，还冒了不少账。我又去了一条街上的几个舅舅家，年轻人有的过年没回来，有的已经走了。走了五户人家，我没有看到过一个沙发。这是在镇上。

在赵庄，这几年也有几个人在公路边上开发了一些楼房。地不值钱，房子也贱。几百块钱一平方，有的一套还没卖出去。

联产承包

显然，这一条应该摆在最前头。新时期，或者我们的话题就是从这里开始的。

联产承包。现在看来，这一词语具有浓厚的修饰性。它巧妙地隐藏了一个"分"字。分，就是分地、分家、散伙。分地的风声是从河北（我们县与安徽隔一条洪河）传来的，像天边的一阵沉雷，很快，我们这里就下起了暴雨。谁也没有预见到。后院的老韩那阵子还很有些伤心。老韩是当年跑黄水，推着土牛（独轮车）一家人从开封流落到了赵庄的，成了这里的一个社员。老韩掌着生产队的印版，队里打了粮食堆在场里，瞧夜的劳力到场的时候，老韩拿着大印版在粮食堆上印上一圈"合理"，第二天早上老韩过来查过，瞧夜的才算交差。有一天老韩在乌龙港边放一条牤牛，队长会计领着一个人过来，说这牛要卖掉，老韩脸一黑：这么硬实的牲口都卖了，赵庄几百亩指望啥？老韩不松绳子，牤牛也终于没有牵走。

地分了，庄稼人从社员变成了村民，一下子自由了。说是联产承包，你只要不欠上面的粮款，你的地一年到头抛荒长草也没人管。不少人就念叨着一个人的名字说，还是他会办事，各管各，只要能弄到家什就中。过去，社员没有这么随便，总是没日没夜地干。那一年腊月二十九，明天都要过年了，大人们还在雪地上抬土坯盖仓屋。那个一月的隆冬，从墙上的小喇叭里听到周恩来总理去世的那一刻，天还没亮，我还在床上，父母已经吃过饭，拉着架子车出门了。冬天没有水，社员们在清理乌龙港（一条河），把那些泥土垫到低洼易涝的地块里，"大搞农田水利基本建设"。

现在，不管是响亮的种粮大户、专业合作社、土地流转还是农业现代化，显然都在指向一点：土地集中。这不能不教人想到，赵庄本来就是一个生产队，或者说是一个农场。这些年，一只无形的大手，似乎只是在村庄的土地上画着一个圈儿。

三十多年过去了。赵庄这个一百多人的小村庄，有五十来人回归了泥土。其中十几人是青壮年。他们的离去，除了天年，就是癌症、自杀和工伤。刘正和豹子就是在小匣子里由家人捧着从千里之外回来的。今年，村子东头十几岁的飞龙又在外地的车间里丢了一只手。

两年前，一条高速公路由南向北从赵庄的地边上穿过。这是时代的速度。它与静止、破落的赵庄构成了一种蒙太奇：时代在飞速向前，村庄依旧是村庄。

（选自2016年第6期《天涯》）

寻找扬州八怪

胡　烟

我想写扬州的初衷，源自我在扬州的新居。为了躲避北京可恶的霾，只好在江南安了一个小家。想象着，我是一只水鸟，那是在湖面的小岛上，寻找到的独属于自己的草窝。天晴了，就到水上漂漂，晒晒江南软绵绵的太阳，或者淋淋细密的雨。再不然，就是飞向离岸边最近的树。要多随意有多随意，要多自在有多自在。

买到扬州曲江边上的小房子之后，那是一个夏天。江南闷热的天气，身上一天到晚黏糊糊，阻止了我欢呼雀跃的冲动。然而，我心里已经亮堂了，终于在江南安家。等到春天，我再也不用望着北京窗外干燥的风，想象着被风裹着的浮尘蹂躏得皱巴巴的皮肤而叫苦。只需想想，家在扬州，就足以让心湿润起来。春天最便于说走就走。只需一动念——回家，我就置身扬州的烟花柳巷。就这样，我每天活在盼望里。外面世界的模样并不重要，心里装的风景更真实。

小房子坐落曲江公园。四层的小灰楼，被竹林围着若隐若现。当我把它当成一个陌生人审视的时候，我发觉它相当幸福。离江畔只有二三十米的样子，白天清寂，夜晚繁华。小房子低调而神秘。那是一个窗外全是风景的房间，是开发商为画家或者音乐家准备的房间。曲江，连着江边的芦苇、田田的荷叶，一同入画窗棂。细究起来，右上角还有几大棵玉兰树，叫我更盼着春天早来。

选中了小房子之后，我忍不住下楼考察观赏一圈。我想知道我为什么想要买下它，我心里到底藏着什么样的动机和秘密。几步到江边，我看出了端倪。江边间杂着无规则的芦苇，这真的让我喜欢。我把它当成家乡海边的苇塘。我喜欢芦苇，野野的，没规矩，因为被人轻视，反而获得了极大的自由空间，可以恣肆地长。往前走，是一个别致的二层楼连着小院，挂牌扬州市文联。小院的空地摆放着几尊侍弄讲究的盆景，墙上爬满了藤蔓，不知从哪个角落隐约传来花香。我往里望，未见半个人影。

沿着甬道往前走，也就是以曲江为中心画圆。前方真的出现一个小水塘。偌大的江边，这个水塘的存在，显得很没有必要。水塘的水并不活泛，所以绿绿的不清澈。

然而周边的杂草让我高兴，一丛丛，乱乱的，像少妇刚睡醒的头发。几种叫不上名字的野花遍地，中间居然点缀了桂花树，增加几分高贵。水塘拦住了去路，便有了桥。由于水塘横在我面前，狭长，所以桥的弧度显得很大，鼓得高，有点滑稽。桥的左边，是大片的荷，由于缺少风，所以没神采。右边又是苇塘。我下去摸几株芦苇，芦苇也开花，芦花。芦花不艳丽，所以不被称作花。我想守着芦苇住下来。我是水鸟吗？此生不是。只好离开。

再往前，有一座桥，这是一座真正的桥，跨益江。桥上有垂柳，若有风来，站在桥头，柳梢可拂面。

前面便是大广场，空荡荡。"曲江公园"四个字，在这广场的北门写着。门口有大片的竹，密得可以捉迷藏。外面晴朗的时候，竹林里却湿。

一个圆，快要画完。最后是一个儿童乐园和篮球场，填满小孩子嬉戏的各种玩具车、旋转木马。篮球场，让我想到阳光少年。

这就是我的江南居所。我为什么会来到这里，我要在这里干什么？我还不清楚。

过了大概半年，我才知道我是来寻找扬州八怪。

为什么要寻找？他们藏起来了吗？没有。他们在时间的暖箱里冬眠。扬州城，那个被皇家和盐商催生鼎盛繁华的地方，滋养了扬州八怪。他们以卖画为生，原本跟街头卖花的女人没什么两样，但他们画的是思想，他们更高级地促成了扬州城的文化繁荣。当繁华谢幕，他们的身影也隐匿起来。城市的命运起伏跌宕，都是时光的游戏。我相信，从地理空间的角度，他们还在。只是扬州城的人越来越庞杂，所以找到他们的身影，需要费一些时日。

一开始我还没发现我要找的是八怪。只是发现自己经常去的地方，就是那么几个：扬州八怪纪念馆、天宁寺、观音山。再不然就是围着曲江公园绕圈。扬州八怪纪念馆，是以前金农居住的西方寺，里面还有很深的寺院的痕迹，那种清寂，是很多人聚集也难以驱散的。基本不用买门票。门口的店面，卖字画、文房四宝，颜色都是古铜色的，我相信这个店，连同店主，都是从清代直接活下来的。第一次来这里，是八年前，那时候我还不知道扬州八怪是谁。见到馆长刘方明，寒暄几句，得知他也画画。后来他的画风生水起，我想是得了八怪的熏习。那一次我爱上了那个金农住的旧屋子。草房子，门口有棵芭蕉树。雨来的时候，坐在屋檐下的木凳子上。如果是秋雨，会夹杂着桂花香，这样的场景、情境，除了画画，又能做些什么？

后来，我在北京认识了一个名画家，仿金农。

金农的梅花是萧索的。淡淡的，疏朗。画这种画的人，都与俗世不入流。巧的是，那种像油漆刷子刷出来的字，恰好给满纸的梅花盖了一个个墨色印章，本来梅花碎碎的，像是要飘，但有漆书辅佐，墨便稳稳地落在纸上，满纸梅花骨朵成了珍珠。南昌的八大山人纪念馆，也有金农的楹联，让我经常混淆这两个人。尤其是，这两个人的自画像很类似，画得自己在纸上，十分矮小。

金农住的这个院子，郁郁葱葱，雨中绿得惹眼。据说金农常常在这院子里，与鹤相伴，踱步时候，鹤不离左右。但金农的画里少有鹤，不知什么原因。后来又得知黄永玉也爱养鹤，是不是学金农？跟鹤在一起的，像是仙人，但金农说自己非佛非仙，只是一个奇人罢了。

金农本来是杭州人，70岁客居扬州，没有儿子，仅有的女儿早夭。金农晚年是一个人，独居扬州。晚年光景，做的最多的事，不是画画，而是念经礼佛。74岁，他画的《设色佛像》是代表作。题字是很多佛的名字，工工整整的，把佛像给围了个密不透风。别人不敢这么写，他却敢。心到笔到，自然没了章法。乱了章法却传出了神韵，别人不服不行，所以只能称怪。金农是八怪之首。"怪"是别人归纳的，"怪"字里，夹杂着几分不得已的佩服。

金农晚年说，自己对佛虔诚。站在那个小院子前，我相信他不是自吹。那棵芭蕉，不知是不是金农亲手栽种，我看不出芭蕉的年龄。芭蕉树在佛教里，比喻人身。说人的肉身，像这芭蕉树一样，看起来结实，中间却是空。佛门讲的"苦空无常"的真义，就是在这雨打芭蕉的声响里，水落石出。这是我在代金农设身处地地想象，也就是替古人担忧。金农学佛，不是附庸风雅。

金农的特点之一是名号太多，一长串，"曲江外史""稽留山民""心出家庵粥饭僧"，好几十个，最常用的是"冬心"。后来有评论家说，名字太多，影响了金农的知名度，不然定比石涛更有名。金农难道不知道这一点吗？想叫啥就叫啥，与别人何干？不去谋划经营自己，就是率性。不论叫啥，金农还是金农。

还有一个怪事儿，金农画画找人代笔，那梅花，有时候是罗聘画，有时候是其他什么人画，金农只题字落款。换了别人，算是作伪，遭人痛骂，但在金农这里，无所谓。不论什么人画，都是珍品。

看到"曲江外史"这名号，我感觉隐约打探到了金农的信息。曲江边上他一定来过，他的脚印在哪里？在曲江公园里吗？

金农一生布衣。在那个年代，能书善绘的人大多都给自己谋个一官半职，但金农给自己定了位，就是当个普通老百姓。这种心性，当今人无从模仿，从而他的画，也很难模仿。怪，就是你找不到他的心路，找到的只是笔路。

还有一个人跟曲江有关——边寿民。边寿民是个教书秀才，家境贫寒，擅长作诗，参加"曲江文会"，才华出众，成为"曲江十子"之一。我喜欢边寿民的画，可能还是跟芦苇有关。他叫"苇间居士"，他的画室叫"苇间书屋"，多么草根的名字。

一个穷教书匠，擅长作诗，本可以靠着曲江文会的圈子，往上蹿两把，谋个一官半职不算太难，但边寿民也是不走寻常路，天天在芦苇塘边上看芦雁，画芦雁。这点志向，真让人替他着急。我很想知道，边寿民是在哪个苇塘附近住着，他和芦雁一定有很多的交流。那时候自然环境还没破坏，芦雁不怕人，说不定晚上有芦雁用硬嘴壳敲他的门，进屋跟他相伴而眠。芦雁睡眠的姿势，有几种，边寿民的画里都有。头向后转，红嘴唇别在灰羽毛里，憨憨的，姿势漂亮，却盖不住心里的高冷。

他爱芦雁，是不是就像王羲之爱大鹅一样？我想探听一些边寿民跟芦雁的故事，可到哪里去打探呢？

如果边寿民是在曲江边上画芦雁就好了，我到江边上，找个长胡子老人问问，他爷爷的爷爷，或者他们家祖上，有没有流传着一个画家画芦雁的故事。

我走到曲江边的芦苇塘的时候，真能不自觉地想起边寿民。芦雁在扬州这个地方落脚，应该是秋天，继续往南方去飞，中途歇息。秋风瑟瑟的时候，苇塘边的边寿民是否能感受到阵阵寒凉？那种寒凉，是否等于他在人世间的某种冷遇？芦雁栖息的地方，或两只，或四只一家，在一起磨磨蹭蹭梳理羽毛。边寿民就这么呆看着，他已经听懂了芦雁的心声？边寿民的芦雁，用笔非常熟练、流畅。那种感觉，其实就像是画自己喜欢的人一样，对他很熟悉，一闭上眼，就能浮现他的样子，随时可以默写下来。

边寿民画的芦苇也特别好看，穿插在一起不显得乱，浓淡墨相间，仿佛能听见秋风的声音。他的芦苇大多在风里，芦雁倒是静，安坐，或者入眠，跟芦苇产生动静相间的效果。边寿民擅长作诗，但他轻易不在自己的画上卖弄诗。他的画题字经常简单，经常四个字——"清江鼓翼""晴江游泳""深芦息影"，就是简单地形容芦雁的各种姿态。我猜他没把自己当画家，而是当成了芦雁的摄影师。各种姿势，正面的、侧面的、即将入眠的、盘旋低回的，各来一张。

芦雁不是野鸭，芦雁比野鸭大一号。边寿民笔下的芦雁，是人。不论是低头不语还是仰望天空，都是人在倾诉的样子。尤其是仰着脖子的芦雁，极其孤独。仰天长啸，但苍穹里并没有谁在倾听他的鸣音。苇塘萧瑟，纵然有伴，却不尽然能够与之心心相印。

芦雁是边寿民本人的化身。

这一点，比齐白石要好。齐白石笔下的鱼、虫、螃蟹，都是人的玩物或吃食。

不论是乱世还是盛世，文人墨客，心中都该是孤寂。不然边寿民不会成天望着芦雁发呆。他不到人多的地方去，偏偏在苇塘里，做一个"苇间居士"。

遗憾又庆幸的是，如今的曲江边上，鲜有孤寂的人。

白天，这里荒无人烟。桥头，是多么好的思索人生的地方。站在这里，望茫茫江水，发出逝者如斯夫的感慨，该多么切合！但没有人。那座桥，白天荒凉着。

夜晚，这里极尽繁华。霓虹初上，三座高楼的轮廓，红色的灯一闪一闪，雄伟得几近虚幻，据说是江苏省某大机构。曲江江畔，吸引了上千人跳广场舞，快节奏的群舞。离江畔最近的地方，又有人唱卡拉 OK。一个长发中年男人，拉着小推车，搬出发电机、两个大音箱、大屏幕、麦克风一应俱全。常常是午夜了，江上还飘着不伦不类的男高音。靠近我居所的地方，有个会所，叫作啤酒花园，里面夜夜笙歌。据说并不神秘，都是些平头百姓搞生日会，里面装修得很气派，大舞台上演着各种游戏。临近散场的时候，一撮三四十岁的男人在等人，抢着上前，去扶那些喝得歪歪斜斜的人。他们是代驾。

夜晚的扬州城，让我感到，历史的沿革是如此毫厘不差。这种欢聚和热闹，就是那个鼎盛时期盐商聚集、享乐主义的延伸。

我到哪里去找一个人，打听边寿民画芦雁的故事？

扬州城最好的一条路，是盐阜路。这条路连接古今。年迈的银杏树，把扬州城最值得炫耀的辉煌——接待乾隆皇帝的细节记录在案。过了暑热时节，在这条路上走，像沿着时光回廊的光影徘徊。有人认为最有滋味的是御码头，但我却觉得，天宁寺的滋味最浓。打住脚，进去一待可以是大半天。

进到天宁寺，好像每次只能关注一种东西，因为信息太多，所以接收起来很困难。第一次去，是关注了那几株硕大的叶子闪着亮光的玉兰树，虽然不是开花季，但它们气色很好的样子，像是吃了大补药。后面一次去，是关注了寺院院子两侧那些卖古董的商人。透过窄窄的门望进去，店主半躺在摇椅上，手里把玩着不知什么宝贝，又隐约传来各种味道奇异的熏香。我想，大概每个店主买卖古董的故事，都是一本小说，惹我好奇。古董店的生意称不上红火。天宁寺，昔日的佛门净地，不容易让这些钱物交流的俗事大红大紫。

其实，天宁寺最珍贵的，是扬州八怪的画。珍品如林，不经意地一个大厅接一个大厅地展示，不吝啬。现在的扬州人跟扬州八怪并不生分，隔了那么多时日，依旧当成自己家的近亲，敞开门晾晒，而不是把他们束之高阁或者捧上供台。又或许，这扬州八怪，一直以来就是草根的命运。

我看画的时候，旁边有个三十岁左右的女人，手牵着五六岁的男孩，指着李鱓的芭蕉图说，你看，这个芭蕉，就比你画得生动些，叶子不僵硬。

扬州八怪的画都是间杂着挂在一起，唯独郑板桥有个专区。不懂画的人一幅幅看下来，难免感觉千篇一律。不得不说，郑板桥画路真的很窄，除了竹子、石头、兰花，基本不会画别的。在这一点上，他跟金农不是一个档次。郑板桥题诗好，字也好，所以弥补了缺憾。

郑板桥是苏州人，家境贫寒，三十多岁来扬州卖画糊口。他是个上进青年，读书很多。他当年读书的地方，正是天宁寺。郑板桥当年在哪个角落里读书，读书时有什么人相伴左右？不得知。

我总误解郑板桥是山东人，其实他只是在山东潍县当了几年县令而已。因为他那个火暴脾气，不像是江南出来的柔情书生，倒有着山东大汉的耿直莽撞。郑板桥爱骂人，平时骂人，写文章也骂人，而且骂得有理论：隔靴搔痒赞何益，入木三分骂亦精。按照他的逻辑，只要你骂人骂到位，骂得出彩，比那些无关痛痒的赞美要强得多，很有力道的话。听这口气，像是听他画里风吹竹子的声响。可郑板桥偏偏又在竹子里听出了民间疾苦，更高一筹。

天宁寺里竹子并不多。扬州城，竹子多群居在路边，郑板桥选了这个题材，也是不离草根。本来是个布衣，选些老百姓司空见惯的东西入画倒在情理之中。如果是我，路边的竹子，可能视而不见，不知道竹子什么时候骚动了那些文人墨客的神经。我会选择漫步在瘦西湖门口的盆景园，那里曲径通幽，百转千回，从每一个廊子和拐弯处望过去，都是不一样的风景。盆景里有碧绿的大铁树。模样周周正正，比北方的铁树要水灵很多，称得上俊美。我会选择画铁树，再或者，画盆景。扬州的盆景精细讲究，又有"长寿"寓意，可入画。

郑板桥为了画竹子，费了很大功夫，据说成年累月地画，一连画了十多年，才开始画那种萧索的竹子。也就是给竹叶做减法。郑板桥观察竹子，在窗上糊一层白纸，看窗外竹子的投影写生。墨的浓淡，同时也都有了。这一情境，我称为"郑板桥的光影游戏"。

郑板桥之所以有名，得益于典故多。"衙斋卧听萧萧竹，疑是民间疾苦声"，单是这句诗，足以让他流芳百世。据说郑板桥画梅也不错，这是因为隔壁邻居，一个穷书生，以画梅为生，所以郑板桥不画梅，怕抢了他的生意。可见，郑板桥真心善良。刀子嘴，豆腐心。

虽说饱读诗书，狂放不羁，经常放出厥词，但骨子里还是向往做官，是个崇尚现实主义的艺术家。艺术家当官，往往没有好下场，所以，官场十年，晚年又返回扬州卖画。仕途，像是宝玉神游太虚幻境。郑板桥终究又回归到宣纸上。

虽然是画竹让他名留史册，但对比起来，倒是做官对郑板桥更有吸引力。我宁愿相信，郑板桥原不想名留青史，他的观点、言论，只不过是有话想说，憋不住而已。这是官场的致命伤。

天宁寺往西走，是花鸟鱼虫市场。只要是这些关乎闲情雅趣的，扬州人都能玩出名堂。盐商用大笔资财滋养了这座城市的娱乐，让扬州人骨子里流淌着游戏的气息。花鸟鱼虫市场历来繁荣，人来人往热闹非凡。路边的花还嫌不够看，扬州人闲着就会来买花。修剪盆景，更是在行。扬州人养鱼，品种花色闻名全国。还有各种鸟在笼子里蹿，各种石头养在水里。上次去到市场，居然见到挂牌卖龙猫，仔细一看，是浅棕色的大耗子，称为龙猫。花鸟之间，夹杂着旧书摊，蹲上半天，几本广陵书社的绝版书，都是五元。真好。

有吃有喝慢节奏，便是好。早上皮包水，在冶春茶社吸上一屉蟹黄包，晚上泡个澡。从身到心，彻底绵软了。若还能像郑板桥那样，保持愤怒，认真地计较个是非，真的不容易。从这点看，板桥的劲竹，令人敬佩。倒比他晚年的"难得糊涂"，更能叫人清醒。

郑板桥的性格，线条太硬朗，不像是江南人。

除了金农居住的西方寺成了后来的扬州八怪纪念馆之外，还有一个画家的故居留了下来，那就是罗聘。罗聘故居之所以能保留下来，原因很多。但我想，可能跟他家几口人同时画梅有关，他自己画，他夫人方婉仪也画，他的两个儿子也跟着画，而且画出了名堂。梅家画派就此形成。

罗聘故居，叫朱草诗林，在弥陀巷。

弥陀巷让我好找，路人皆知的，是朱自清故居。问罗聘故居，很多当地人不知罗聘是谁。朱草诗林的位置，离扬州城中心的文昌阁不远，但远远称不上热闹。又联想到罗聘画梅，所以觉得罗聘故居，四时都有一种冬的气息。

遗憾的是，我没赏过扬州的梅花。据说史可法纪念馆的后山，又称梅花山，可赏梅。古运河边上，也有梅花栽。可惜我只注意到玉兰树惹眼。盛夏时节，又属夹竹桃开得最旺。令我印象最深的是南京的梅，那一次，赏梅的游人比梅花还要多，人群中挤来挤去，狼狈不已。至今，能品味到梅花的清冷孤寂，只有在宣纸上。

记住罗聘，是跟爱情有关。罗聘的夫人方婉仪貌美贤淑，才华横溢。传说她过生日，金农、郑板桥都为她题诗。她跟罗聘相当恩爱，擅长画梅，印章都是"两峰之妻"，不署自己的名号，可见对罗聘的爱慕程度。

罗聘是金农的弟子，虽然拜师之前，就已经相当有名气，据说与金农画艺不相上下，但仍被金农的奇才所折服，拜师源于仰慕欣赏。在西方寺，金农常携罗聘与鹤相左右，真是一幅有趣的画面。

罗聘名作《梅花图卷》，是一米多的长卷，与方婉仪合作。提款中描写了二人耳鬓厮磨、笔墨相加，连作画三天的情景，深情厚谊，跃然纸上。传说，这幅长卷本来没有上色，清晨起来，方婉仪见到庭院里开放粉色的牵牛花，心血来潮，将牵牛花的花汁染在《梅花图卷》的花瓣上，效果奇好。罗聘起床后，只感觉繁花漫卷，那种惊喜和心心相印的笃厚深情，无以言表。

天妒红颜，方婉仪陪了罗聘二十几个春秋，最终撒手人寰。妻亡后，罗聘无限怀念，自号"依云和尚"，再未续弦。

又传说罗聘的眼珠是绿色，能见鬼见神。他想画关公，关公便提着大刀来见，所以画得栩栩如生，如在目前。罗聘的关公画挂在关帝庙，香火便旺，十分灵验。不知真假。但罗聘善画《鬼趣图》确有其事。当时正赶上蒲松龄《聊斋志异》风靡，所以罗聘的《鬼趣图》也趁机火了一把。

画比小说更为上乘。这是抽象与具象的关系，也是我的个人看法。聊斋里的鬼，都是美，但罗聘笔下的鬼，丑得出奇。据说罗聘有神通，所画的鬼都是亲眼所见，当然只能是丑。但罗聘以此丑陋暗喻人世间的贪官污吏，这就把画的意趣提上了一个台阶。这种情怀，千金难买。

一个绿眼珠的画鬼人，念着民间疾苦，画的梅花也能香芬四溢。钟情于爱妻，一生思念倾注一人，在朱草诗林漫步的时候，我想，罗聘堪称完美男人。我游朱草诗林的时候是清晨，我想在那个小院子里找到牵牛花，想找出方婉仪给梅着色的证据，可惜并无所获。只好在心底，继续对那样的琴瑟和鸣发出渴望。

我在扬州城居住，早上不想起床，因为本来就是休闲。可惜又偏偏早起。清晨的气息阻挡不住，从窗户缝隙里溜进来。窗外曲江公园的跑步声、或许还有车水马龙，结伴去喝早茶的喧闹声，让我浑身都沸腾起来。我只好冲下楼，竹林、江水，这样的风景，让我对寻找扬州八怪又充满信心。

楼下并没有像样的茶馆。干脆坐上一辆公交，到了一处平坦的大草坪，这里鲜有人烟。夏天并不是放风筝的季节，不然这样开阔的地带一定有追逐嬉戏的孩童。草坪对面，是依山而建的寺，那座山，正是观音山。大树葱茏，掩映着佛家的黄墙灰瓦，一路阿弥陀佛，拾阶而上。那种安静，让人不敢相信是置身于扬州城。

还没走到山门处的弥勒殿，便看见一盲人拄拐杖正欲下山，瘦癯有力，眼睛看不见，仙风道骨，没有民间算命先生那样的狡黠。我想，他是看不见，却像是用心眼看得见。莫非是观音帮忙，知道我在寻找扬州八怪，迎面走来一个汪士慎？

大雄宝殿里燃了很多的灯盏，供养观音菩萨。以灯供佛，象征着智慧常在。闪闪烁烁，这些灯盏，是否照亮的是我内心深处的黑暗？与灯盏对视，内心的纷繁尘染——现形，跪拜当下，惭愧不能自已。忽然叩问心门，我为什么要寻找扬州八怪？

绝顶仡立万为一，是否是在寻找迷失的自己？

扬州八怪创造"掀天揭地之文，震惊雷雨之字，呵神骂鬼之谈，无古无今之画"，难道我骨子里也流淌着这样不安分的血液？

观音山上的观音姿态各异，想必是欲接引不同需求的凡夫。然而我徜徉于菩萨的慈悲心怀之中，仍然像边寿民画中的芦雁一样仰望苍穹，心在别处。

下山时，我又执着地想起汪士慎。不知汪士慎有没有到访观音山。

汪士慎是个可怜人。他生在安徽，为了卖画讨生计来到扬州。以他的书呆子性格，不会讨价还价，几十幅画只卖三两五两。汪士慎嗜茶如命，待客也用茶，金农称他茶仙。汪士慎画梅。画到四十多岁左眼失明，写道："尚留一目着花梢。"意思是只剩下一只眼睛，用来看花。六十多岁时，双目失明。这对画家来说是致命打击。奇的是，双目失明的他，竟能挥毫写草书。

汪士慎性格内向。双目失明后，一个雪天，拄着拐杖，由小童带领，到金农住所拜访，两人喝茶谈论书画。知音难觅，金农备好纸笔，汪士慎挥毫狂草。"有眼有手徒纷然，但见满纸丑恶笔倒起颠。"积郁了半生的情绪得以抒发，愤懑满纸。眼前的汪士慎如此高洁，不染世俗情，让金农忍不住泪沾衣襟。

倘若失明的汪士慎常常来这观音山，听听回廊里流淌的诵经的声音，是否能平复那些愁肠百结的委屈与不平？到底历史是想牺牲汪士慎内心的恬静安然，成就一个千古奇才，还是汪士慎错误地理解了时空的本意，冤枉地把自己埋葬在命运的低谷？

观音山归来，我依旧没有答案。

扬州八怪不是八个人，不止八个人。他们各有各的怪，但各自怪得都有理。叫我敬佩的是，他们不是互相贬低谩骂，而是互相提携，彼此欣赏。俗话说，"互相帮忙上天堂"。他们的相互认可，更促进了八怪书画群体的繁荣。

华喦生在福建，客居扬州，却画了大量边塞的画，传世《天山积雪图》，那一抹红衣，行者旅途的孤寂迷茫，天山外那只鸣叫的孤雁，毫无偏差地戳中了人在旅途的泪点。红衣人、天山、骆驼……让当时没有条件旅游、对西域一无所知的观者大跌眼镜。那种奇异，是仅凭幻想还是梦中游行所致？

李鱓善画松，苍茫挺拔的树干，像是北方一路。不难看出，李鱓的松和郑板桥的竹，有异曲同工的地方。果不其然，他的履历，也和板桥相似。他两度为官，两番下野为民，不但有"护跸直入古北口"的机遇，也有更多不得志的岁月。想来这扬州八怪，聚的是一群要么清高得不想当官的布衣，要么是在政治上混不开的下野小官。他们大多脾气极其倔强，生性却无比善良。他们不因循前人，不画自己没感觉的东西。他们的才华光耀中国绘画史。

难道我只能到史书上找他们吗？

还有我一无所知的杨法、李方膺、黄慎，我到哪里去找这些人？

带着这个疑问，我继续在扬州城游荡。本以为大运河一带，被旅游者称为扬州古渡的地方，会寻到他们的蛛丝马迹。然而，除了不会说话的柳树和夹竹桃，就是运河水不声不响。还有年迈的散步的老人，见了我，谁都一声不吭。我没告诉他们我在找人。

扬州的新建筑都在西城，那是有钱人聚居的地方。所以，我断定扬州八怪还在老城。因为他们活着的时候，大多比较清贫。盐阜东路的入口处，我走进气派的扬州书局，书局里卖四库全书，还有扬州八怪的高仿画。我买了一沓袖珍版高仿，把它们挂在我的新居，提醒我来扬州的使命。

走出书局的大门，我不禁想，安然、恬静的扬州城，为什么会有怪人诞生？所有的山水草木都那么柔顺，为什么偏偏是他们不与人同？

文昌阁往东的巷子里，冶春茶社对面，有个著名书店——钟书阁。钟书阁里面的灯光是蓝色，连屋顶都码放了书，像是哥特式建筑的教堂，令每一本书神圣。钟书阁里站立着很多看书的人。在这纸质图书式微的时代，非常稀有可贵。我绕着他们走了一圈，确信钟书阁里没有扬州八怪。

我终究放弃了寻找，让自己随波逐流。华灯初上，扬州繁华尽现。莺歌燕舞，窄窄的街道柔情蜜意。虽然比不上昔日乾隆皇帝下江南时的奢靡，却是享乐的天堂。扬州人性格温婉，不仅是烟花三月的杨柳风所致，更是娱乐的氛围使然。人生有风月，春花常相伴，其他的烦心事，像是江水自奔流，与我何干？

白天，我沿街走，忍不住坐上李斗笔下的画舫。两岸的风景虽然不似《扬州画舫录》中那般繁盛，但花团锦簇、不大不小的城，正适合在水上看光景。从天宁寺门前的御码头乘坐画舫直达平山堂脚下，沿着瘦西湖的水路，欣赏着两岸不断变换的情境别致的园林。"两堤花柳全依水，一路楼台直到山"，我再一次被迷醉，忘记了寻找扬州八怪。

扬州处处有美食。盐商的精致生活，激活了整座城的味蕾。淮扬菜的盛名里，没有半点虚言。如果说扬州饭店的清炒虾仁和蟹粉狮子头是老生常谈，倒不如随便走进哪家小馆子。小本经营，却干干净净，井井有条。清汤小馄饨，周周正正，像是手巧的少妇清晨绾起的油亮发髻，温婉利落。各种面、汤圆，都是细致的、饱满的。吃的时候我又忘记了我的寻找。

一段时日后，我空手而归。

在扬州的小居所里待了几个来回，心被江南的水泡软。回京后，我没了半点火气。性情温柔了不少，同时却沦为我厌恶的那种毫无斗志的人。甚至，想要由人类退化成蕨类，紧紧地黏在石头上，冷眼旁观周围人的匆忙。

平日里，我经常是呆望着办公桌上看不完的书稿，向往退休的生活。或者盘算着，干脆挎着大包小包夹着铺盖卷，逃离京城。去扬州一边看花，一边继续寻找扬州八怪。

这样几个思想的回合之后，我意识到，扬州于我，只是客居。虽然不喜北方的干燥，但在扬州，更要警惕那种软。

我终于知道了我为什么寻找。

春天的玉兰十里、夏天的运河杨柳岸、秋天的满城桂花香和冬天梅香冷艳，如果能抵挡住这些，浸在花香里心怀苍生天下，绝不流俗，活在掌声里却能清醒地谩骂，无视庸人的冷眼。这样的人，便是我要找的扬州八怪。

我固执地认为，他们依然在扬州。

（选自2017年第2期《山西文学》）

高　级　丧

闫　红

好多年前，和女友在某个日料店见面，中间出了一点状况，老板亲自到场说明情况。是个瘦削的中年男人，平头，衣着灰色系，醒目的是他异乎寻常的低眉顺眼，并非谦恭，更像是对这一团热闹缺乏兴趣。和室昏沉的灯影下，面对伶牙俐齿眼波横动的女友，他眼皮都不带抬的，淡淡地解释着。

他离去之后，我说，这个人气质很好。女友惊奇地看着我，一脸的"我怎么没有看出来"，然后才说，你的审美真是太奇怪了。

也许确实有点奇怪，相对于广告里那种西装革履精神抖擞迎着朝阳开始美好一天的鸡血男，我总是对无精打采垂头丧气的人陡生好感。比如《围城》里的方鸿渐，即使他"没用"，被指为"多余的人"，但他那点玩世不恭，弱小姿态下的颓唐，在我看来都是迷人的。就连他买假学历我都不觉得是个问题。

俗世滔滔，他不入眼的东西很多，但也没有兴趣激烈对抗，干脆逆来顺受，顺水推舟，马马虎虎地应付掉，他用开玩笑的态度过日子，颓得太狠，有时会显得放肆。

方鸿渐的这种状态，现在叫作"丧"，互动百科中这样定义丧：丧文化是指一些90后的年轻人，在现实生活中，颓废、漫无目的、蹒跚而行——发展前景太过迷茫，前进的路太过曲折，让我们洞悉并受困于自身无能。既然如此，就让我们躺一躺……发展与前进，对于方鸿渐来说，意义都不大，他的丧，并非压迫的结果，而是自我的选择，这也许，是一种"高级丧"。

聪明如他，早就知道这世间事都是"围城"，城里面的想出来，城外面的想进去，那么拼也不过是从一种遗憾抵达另一种遗憾，不如以逸待劳躺下拉倒；另一方面，他也知道自己不过如此，即便天降大任于他，他那小身板也承担不起。

他注定不能像赵辛楣那样单纯又优越，将美式英语说得流利响亮，像天上滚过的雷，也不能像四喜丸子脸的曹元朗那样，为自己令人作呕的诗句沾沾自喜。却也懒得绝望，裴多菲有诗曰："绝望之虚妄，正与希望同"，他只求片刻自在，被动地，懒洋洋地拒绝被异化。

嵇康则比他"丧"得激进一点，那篇著名的《与山巨源绝交书》，简直就是一篇丧者宣言。

嵇康先说自己："性复疏懒，筋驽肉缓，头面常一月十五日不洗，不大闷痒，不能沐也。每常小便而忍不起，令胞中略转乃起耳。"

个把月不洗头，不是特别痒就不洗澡，感觉到尿意也是不会行动的，不到尿急都不解决，估计他成天都在葛优躺。

这还不算，他又进一步地讲自己还有不堪者七，甚不可者二，分别是，爱睡懒觉，受不了有人叫自己起床；喜欢抱着琴到处乱走，要是有吏卒在旁边跟着多不自在；身上好多虱子，没事就挠挠，因此不能穿着官服揖拜上官；讨厌写信，更不想处理公文；特别烦吊丧，当了官以后要是不去，别人怕是不能原谅；讨厌俗人，不想应付宾客；天生不耐烦，搞不定那些政务公事；还爱信口开河，非汤武而薄周孔，必为世教所不容；刚肠疾恶，轻肆直言，遇事便发，更是万万不可。

看这洋洋洒洒一大篇，如果还认为嵇康只是跟司马家族对着干，未免把他看扁了，这明摆着是要跟兴兴头头的整个世界为敌，跟光鲜周全进取争做人生赢家的三观为敌，宁可做个自由而邋遢的"行尸走肉"，以他的颓和丧，构成对那个忙忙叨叨的世界的讽刺。

即使不是司马家族当权，是曹氏家族主政，嵇康估计也是这德行。被司马氏抓去，到了刑场上，他还是那副混不吝的模样，只是来一句："广陵散于今绝矣"，好像是说，世间事唯此一件值得挂怀，倒显得那个想要他脑袋的人用力过猛。

当然，如果温度土壤合适，"高级丧"也可以不那么沉重。有个朋友，文章写得挺好，但自知并非不世出的才华，也不怎么认真去对待，偶尔见他出手，都像是随随便便写的，里面有灵光闪烁，但并不想致密地编织。他似乎打定主意，就这样看人生流逝，将自己淹没在芸芸众生之中，说起来是不够进取，但想想世间有那么多争前恐后在名利场上拼争的人，有这么一个人，也算是滚滚浊世里的一股清流了。

普通的"丧"是希望上进而不得，希望做一个优越的人而不得，"高级丧"则是看着世间的各种欲望发笑，不求升官发财，也不指望自我实现，那些看似诱惑的词，他们早已呵呵置之。

（选自2017年第13期《读天下》）

玄妙之眼

周蓬桦

宿命的甘霖

人长到懂事了，追究前生是一个解不开的情结。人不相信没有来历，烦烦恼恼几十年，说完也就这么完了。我因此怀疑那些哲学家，他们最初探求根本的动机起源于此。前生或许是一株草木，一只鸟，一头牲畜，但人在内心仍然希冀前生为人。在上帝眼里，人虽然也是动物的一种，但人活得更有章法。人在现实中是时常厌恶章法的，但这就像是一堵墙壁，它存在着，感觉有诸多不便，一旦拆除了，麻烦更多。

因为灵魂深处的前生结，让我时常感到一种天地间神秘力量的存在，尤其在夏日的傍晚，置身于某处空阔之地，风声从天而降，树木瑟瑟吹动，就觉得身边有神。它不是具体的上帝，不是面壁的达摩，也不是伯利恒星光下那个木匠的儿子。它只是一个符号，是主宰万物的一只手掌，因为没有更确切的命名，我只好姑且称之为神。神，难道不是一个最好的命名吗？

人长到四十岁后，就渐渐地变成一个宿命论者，处事一切随缘，不再强求获得。这貌似有些消极，话说回来——如果一个人活到四十岁后，仍不认命，端的是从前的日子白白活过了。因此，我对生活中雄心勃勃的老男人总是格外担心，看不惯他们遇到点小刺激就暴跳如雷的抓狂态。其实，遇到冷落或不公了，何不把思维的频道调转一下，想想前生吧。想想前生自己是什么物质？心会平和下来。

在作家群落中，艾·巴·辛格是个典型的宿命论者，典型到路边遇到一粒石子，都认为是命中的赐予；将一片跌到头顶的落叶，视为前生知己的话语；将一场春雨的沐浴，视为上天的甘露。其幽默平和的自嘲心态，让他成为世界上最伟大的小说家之一，并于1978年摘得诺贝尔文学奖的桂冠。值得一提的是，辛格活了八十七岁，安详地度过了患糖尿病的晚年，与躁狂的海明威和抑郁的川端康成的自杀结局不同。

他在一篇小说中写一个青年，为追求一位姑娘而烦恼，索性去撞火车，暗自祈

210

祷着如果火车在瞬间停下来，那个美丽的姑娘就会属于自己，他们会相爱一生。青年要撞火车的消息惊动了全镇子的人，使这个自杀事件看上去有些作秀成分，但他是决意要以死来证明心迹，绝非玩忽悠的炒作。人们劝阻不住，只好跟着起哄：

"小伙子，离火车远一点儿！远一点再趴到铁轨上去。"

"小伙子，算了吧，你心爱的姑娘也赶来看热闹了……哈哈。"

但那位凶猛的情种始终沉默，等到一列老式的运货车哐哐地开过来，离他只有几步之遥时，他一个训练有素的箭步，稳稳站定在了铁轨之上，扬手制止火车的前进。随着一片唏嘘，人们在幻觉中看到火车头前绽开了一朵红花，这是一个无知青年冲动的后果。但，奇迹发生了：那辆疾驰或缓慢的火车突然在青年面前停住，青年被火车上跳下来的司机拉了起来，重新安然无恙地站回了台阶。于是感天动地，人们看到他跪下来，泪流满面，在胸前轻轻划着十字祷告："神的旨意啊。阿门！"

整个过程神速而奇妙，仿佛一个梦境。他心爱的姑娘目睹了一切，扑上来，当众送给他一个热吻。自然，他们喜结良缘，有了自己的牧场，生了一大群孩子。

在众多的经典小说中，幸福的象征就是结良缘，有牧场，然后生孩子。而童话的结尾则用一句"从此他们过上了幸福的生活"了事，这是经典的套路。

眼下，似乎什么都有了套路，包括出家做和尚——我有一位远房本家兄弟，原本是酒店二级厨师，无奈颇有佛缘，迷上了《金刚经》，今年终于去了一家寺院，业绩突出，很快做了住持，法号慧空。因寺庙在山中一旅游点，我便借开会之际看望了他一回。出于对宗教的尊重，去前我还特意到网上查阅资料，以免说出错话。慧空手捻佛珠，装模作样地接待了我，陪我逛遍了寺院的前堂后殿，烧香叩头，还抽了一个上上签。那天我很开心，忍不住要搞恶作剧，拉其到无人处，用手指捅他腰眼："兄弟，从西藏回来，我酒量大增，兴致来了可饮一瓶。"他听了把嘴咧成八万，暴露了一张世俗凶相："你……吹牛！"

于是，迅速换了便衣，戴了发套，要与我到山下草鸡店比酒量。那日中午，我们都喝醉了，倒在柴草堆上嬉闹，像两个无知孩童，白云蓝天，其乐陶陶，其乐融融。

由此可见，人骨子里的根性，遇到点风吹草动便会显现，哪怕隐姓埋名藏到寺院里。我知道他是不相信什么前生来世的。他还告诉我说，因为他《金刚经》背诵得好，颇得小尼姑们的青睐，成了她们的偶像。自此我想，前生大事究竟有无？即便有罢，今生也了无痕迹，放弃吧放弃吧。

不久前，我回了一趟故乡，在那里，我却终于找到了一丝前生的印象。因为，正是在故乡泥浆四溢的土路上，我验证了一个旧的自己已死去。

现在的我，固执地认定前生就隐藏在那个叫故乡的地方，前生的消息就是故乡的消息——它们通过柴草和春天茉莉花的香气传递过来。它们没有声音，却隆隆而至，像宿命的甘霖，握有全部的秘密。

亲爱的孤独

生活总是泥沙俱下，精致的孤独不被理睬。有人说所谓孤独，往往是通过喧嚣的人群被命名和确认的，换句话说，孤独是从比较中抽离出的元素，被放大并加深着它的颜色和刻度——当一个人置身于茫茫人海，突然有落水般的感觉涌来，他于是喃喃自语："啊，亲爱的孤独。"

但我要说，那仍然不是真正的孤独。真正的孤独是彻骨的，是在漫漫长夜和横无际涯的日子里的无人读懂，或者是一个与上帝有关的永恒密谋，世人无法走进这个黑洞。

孤独的人随处可遇，比如福克纳笔下的艾米莉，那个曾经貌美如花、青春妖娆的艾米莉。在湖畔的甬道上，在小巷的某一扇窗棂下，在人群里，隐藏着一个活着的幽灵。

艾米莉，我们看到她身着黑裙，独自行走在某世纪的街道，她的头上戴着同样黑色的面罩，人们因此永远看不到她哀伤的眼神：那偶尔泄露的一瞥，会像一道锋利的电流，把对面的接招者击中……这个老军人的女儿，破落的贵族后裔，因家庭变故被命运抛弃在一个寂寥荒凉的小镇上，就像一只狼被搁浅在一座荒岛上。她先是失去了父亲，接着又失去了恋人。从此，侍候她的只有一个黑人，这家伙比她更沉默寡言。他们在漫长的一生中是如何交流沟通的？此问题像孤独本身一样令人不安。整个小说，通篇笼罩着一股神秘的气息，这是福克纳式的神秘。但福氏毕竟还算善良厚道，在这一点上，比冷酷的博尔赫斯可强多了——在小说结尾，福克纳把谜底交给了读者：在艾米莉死后，人们在她卧室的床榻上看到一具躺倒的骨架，那是她心爱的男人的骨架，但他似乎仍然活着，夜夜与她倾诉衷肠。多年来，艾米莉与之同床共枕。人们最终恍然大悟，原来她采用这种极端的方式，消解了内心的孤独。这个故事有些残忍，让我发现了福克纳的另一面，他用艾米莉的爱情和极端方式，重重地打了活着的人们一记耳光。

较之艾米莉，川端康成小说《睡美人》中的老人江口，则是另一种孤独，此种孤独属于时间的力量。它让我们看到生命的余烬——真是比死亡还无趣无聊！这个故事讲述一个年近八旬的老者，时常怀想和回味青壮年时代的艳史，但他目前显然已经丧失了性能力，时间已经把他逼向死角，他成了一个独居的、连上帝都懒得理睬的一息尚存的老人。于是欲望和身体的悖论诞生了，它们在折磨着他，让他坐卧不宁。恰巧，他发现有一家这样的旅馆，有一项据说是很人性化的匪夷所思的服务：少女在被药物催眠的昏睡状态下陪同孤独的老者共度良宵。一宿过后，两者都相安无事，少女自然是什么都不知晓，而江口老人却在回味中找回了许多生命感觉。他从此乐此不疲，身上的血流渐渐恢复。小说读到这里，我停顿思忖：世界上有什么场景，比一个垂死挣扎、骨瘦如柴的老人搂着一个裸体的青春少女更滑稽呢？少女圆润如露珠，呼吸轻盈口吐芬芳；老人则哮喘不止，形似骷髅———一向精细的川端发现了这个画面，把这个有关孤独的故事演绎得惊心动魄，让人绝望得想发疯，然后说不出任何话。

事情说白了，孤独其实与生理关系真是不大，在这个时代生理的问题不难解决，它多半是来自精神的渴求。当世上的对话者多起来，你还会感到孤独吗？生活里处处充斥着误解、误会和误读，生活里处处充斥着怀疑、猜测和八卦，这让我时常感觉到生活常态下隐藏的杀伤力。我多次对身边的朋友说：什么都行，唯独不可原谅的是误解。当身边的朋友盲目胡猜你的行为时，你可以不必做任何解释，剩下的事情就是远离这个人。

有一次，我冒着严寒，跑了数百公里的路程，来到另一座城市会友。当时时近年关，家家户户都忙碌着同一件事情，城市的上空烟雾缭绕。我们坐在一家老式咖啡馆里，说了那么多话，把积攒了一年的话都说完了，反复絮叨。那一天，我觉得自己就像是一个赶来倒垃圾的人。因为在实用主义者看来，我说的话全是废话，没有任何实际的用途。第二天一早我就离开了，朋友送我到车站，我想告诉他"我是来释放孤独的"，但却始终没有说出，说出显得矫情。

"啊，孤独，它是无法说出的，就像一幕无法排练的戏剧。"———其实，因为对方早已懂得，什么都不必再说。

月光下的酒杯

在自林芝赴雅鲁藏布江大峡谷的公路上，我接到西藏作家敖超的电话，那熟悉的语音带着特有的节奏和韵味，他劈头询问我几点抵达拉萨———我听了有些微微惊讶，为破产了一个自鸣得意的小设计而泄气。我原本想赠他一个意外，故而此前并未告诉他进藏的消息，但没想到他早已从西藏作协接待山东作家考察团的名单中发现了我的名字。在这个资讯发达的时代，即便是一个微小的秘密也保不住，人类的生活细节已经几近完全地暴露在光天化日之下。电话里，我只好如实相告，说看完大峡谷，即赶往拉萨与之会合，大约傍晚到达。他说好，我在拉萨的宾馆等你。

敖超是我读鲁迅文学院高研班的同学，其形象与某部"文革"电影的主人公极其吻合：高大的身躯，浓眉大眼，留平头，五官正点，配上一脸憨厚真诚的微笑，让人感觉踏实靠谱，是个"正面人物"。在鲁院时，我们气味相投，往来颇多，他好饮啤酒，几乎天天与另两位嗜好相同的东北同学泡在小酒馆里。我是眼瞅着他健壮的形体在某一天突然隆出一个啤酒肚的，他毫不介意，与人对话时还习惯性地摸一摸，似乎有意把人家的目光吸引到肚子上来，仿佛暗示他的学问都储存在那里。

有一次，我与扬州作家顾坚在校园外散步，漫不经心，边走边聊，行至一个天桥下时，突然从小酒馆钻出一团黑影，黑影捉住我的左手腕，动作飞快地下口咬出了个圆圈形状，像一块手表。我被这突如其来的一幕惊呆了，想叫警察，定睛一看，却是敖超，在咧嘴大乐。"狗东西，下嘴好狠咯，牙齿有毒液吗？"我骂他。自此，他在班里获得了一个"藏獒"绰号。

在鲁院，许多同学一直以为他是藏族人，因为他的眼睛太明亮了，可谓目光如炬，其实他是地道的汉族人。敖超在西藏自治区文化厅工作二十多年，他自幼在拉萨长大，他的生命已经与西藏紧密相关。在生活里，敖超为人随和实在，朋友云集，乐善好施，灵魂也修炼得接近佛性，埋头做着自己喜欢的文学。人活着都希望自己有一个好的人生，究竟怎样才是好的人生？我认为随遇而安就是。人在年轻时打拼奋斗、苦苦追寻，抓住机遇实现自己的理想目标当然是正确的能量释放，那时你犯点小错误，甚至愤青一点儿、扮酷一点儿、剑走偏锋一点儿都无妨，这是神赐予年轻者的权利和回旋空间，但人若到了四十岁后仍没有转型觉悟，固守偏执，见什么都气愤得嘴歪，对人不真诚，对事不认真，做什么都虎头蛇尾，尤其要命的是，还以为他人都是傻瓜，唯独自己很聪明，这就真的大错特错了。基于此，我对敖超的处世态度颇为欣赏。

至今记得，结业告别，在鲁院大门口送敖超返藏的情景，他伸出长长的胳膊与我拥抱作别，泪涌眼眶，口中喃喃自语。那一刻，我们深知此后将天各一方，地理相隔遥远，或许终生不得相见。人世间有许多告别看似漫不经心，却注定已是永远的诀别，只是当事者在彼时并不知晓。内心的珍惜与看重都无法阻止时光的魔法，这其实正是人生残酷的侧面。结业后我们回到各自的生活原点，与敖超联系还算较多，手机、电脑、E-mail、博客、微博，后来又有了微信，想躲藏都难。时光一晃两年过去，尽管这次西藏之行完全出于一次偶然的机缘，但敖超一直都在我的生活里，似乎一天也没有走远过。

抵达拉萨时已是黄昏，刚在宾馆入住坐定，还未来得及打开窗户欣赏一下太阳城的迷人暮色，房间的门就被咚咚地敲响，我知道是敖超来了，兄弟相见分外亲切，除了照例的拥抱外，还往各自的胸脯上捶打了一拳。他还是两年前的老样子，乐观、积极、爽朗，貌似粗线条，实则内心丰富细腻，时常泪眼迷蒙。与他同来的还有藏族小说家罗布次仁，是拉萨市作家协会主席，黝黑的脸膛，厚嘴唇，一脸的谦和。然后，我向省作协领导请假，由罗布次仁开车，穿越已进入夜色中的拉萨街道，来到拉萨河畔一家酒吧品尝拉萨啤酒。敖超和酒吧的老板熟悉，被热情地引领到二楼一个靠窗的位置，窗外就是水声潺潺的拉萨河，灯影迷乱，似乎还有游人在水边唱歌，眼前的一切如梦似幻。可惜夜幕降临，夜色浓重，著名的拉萨河始终像一位蒙面美人，她动人的波浪只能在我的想象中数次回闪。

应该说，这是一个重要的夜晚，敖超和罗布次仁帮我解除了诸多有关西藏行程中的心理戒备，首当其冲的自然是高原反应。同行的作家中，已经有三位反应强烈，胸闷气短，有一位还发了高烧，一进宾馆就躺下了。敖超和次仁对我说，内地人来西藏旅游一定要解决心理诱因，不要强化和突出"高原缺氧"的心病，该吃吃该喝喝，就当是到了其他城市旅游或开会一样，把注意力集中到欣赏西藏风景和文化古迹上来，就什么事情也不会发生，这和有的人晕车的道理是一样的。罗布次仁还举例说明，一周前刚刚接待了一位重庆的七旬老者，这老者从不信邪，进藏的第一天就喝了半瓶青稞白酒，当晚睡得很香，第二天还噌噌地登上了布达拉宫。敖超说了一个在拉萨流传很广的笑话：有一年，香港一位女游客来拉萨，飞机刚一落地，这位女士就起了高原反应，晕倒在机舱里。接机的是两位小伙子，已经在机场附近的餐馆里等候多时，他们刚刚在餐馆吃了午饭，每人还喝了一瓶啤酒，这时接到电话，让他们火速把氧气袋送到机舱里，可他们却突然发现氧气袋已经像泄了气的皮球——瘪了下来。怎么办？返城再买来不及，延误了事要负责任。其中一个小伙子急中生智，咧开嘴把两只氧气袋吹得鼓满了"氧气"，两人把伪装的氧气袋送进机舱，香港女士吸了"氧"后，很快苏醒过来，还激动地握住两位小伙子的手表示感谢，说："你们的氧气太好啦，救了我一命——吸着还有点淡淡的酒香味！"两个小伙子听了，挠头，相视坏笑。

敖超的故事果然奏效，让我彻底放松了警惕，当晚喝掉了两瓶爽口的拉萨啤酒。西藏的水质好，拉萨啤酒的清醇口感，即源于此。在此后的十多天里，我在访问团打破了至少两个"神话"：1. 进藏后不能洗澡。高原的温度长年不高不低，即便是时令到了六七月份，也不用开空调。内地人到了西藏，主要是怕因洗澡患上感冒，那将不好收拾。我长年养成"日洗一澡"习惯，每天活动完后第一件事就是进卫生间冲澡，舒服清爽，未出现任何不良症状；2. 在旅行车上不得睡眠。高原辽阔，从一个景点到另一个景点，时常花掉整整一个上午的时间，要时时瞪大眼睛，怎么能够？因此我抓住空隙打盹儿，不为别的，我坚信充足的睡眠才能保证体力。整个行程中，我没有出现任何高原反应，表现和在家时一样，心理放松，自然而然。同行们都说我"准备工作充分"，言外之意是他们准备工作没有做到位，没有把"红景天"喝够，其实不是那么回事儿。

我把自己在西藏的体能表现，归功于敖超同学。

敖超在拉萨，一直过着准单身的生活，自治区文化厅分给他一套八十余平方米的房子，他与在河南南阳工作的妻子两地分居。不为别的，为了女儿有个更好的教育环境。

拉萨的时光是缓慢的，上午九点钟人们才到机关上班，而晚上不到五点就回家歇息了。拉萨的时光是典型的朝九晚五。而他就是在这样的时光中不紧不慢地写作。平日里温一壶月光下酒，喝一碗酥油茶作文。

在当下，能够享受到如此缓慢时光的人实在不多了……

相信来生

在西藏文学圈，有两个次仁：罗布次仁和次仁罗布。名字很容易混淆，其实是两个性格迥异之人，且形象反差也较大，我与同行们开玩笑，说：如果同时见到他们二人，就绝对不会认为是同一个人。

在西藏，人们起名字就像遍地野生的植物一样随意，如果一个人出生在星期五，就取名"巴桑"，如果对孩子寄托吉祥，就取名"扎西"，如此一来，重名现象普遍。作家罗布次仁和次仁罗布，其名字包含的藏语寓意都是：长寿的宝贝。

罗布次仁已经在头一晚见过面，一起在拉萨河边喝了拉萨啤酒，并且相谈甚欢。后者其实也见过面——2011年鲁院校庆，次仁罗布作为"鲁奖"得主（其短篇小说《放生羊》获得第五届鲁迅文学奖）学员参加，开幕仪式结束后，周到的鲁院把我们拉到京郊通州一家宾馆座谈联谊，那是我头一次见到次仁罗布。他和范稳同学相熟，在其房间频繁出入，清瘦的面容，一头浓密的黑发，目光炯炯，眉锁刚毅，是典型的藏族汉子形象。接触第一眼时，我甚至还感觉到微微的讶然，这来自我的错觉与无知，也始于我对少数民族生活习性的陌生与隔离——在以往接收的信息中，一直储存着藏族人如何野性、不容易沟通交流的词条，这是个误解。因此，在范稳叫上次仁罗布一起喝酒的晚上，我试图阻止其参加，不为别的，我担心次仁罗布喝多了酒局面将不好收拾，在那一刻，我的脑海里还浮现出一个醉酒后拳打脚踢、掀翻桌椅、血肉横飞的场面。很抱歉，我把次仁罗布想象成一位武林高手了。我该向宅心仁厚的次仁罗布兄道歉。

事实上，次仁罗布，太谦逊了，为人也低调得过了头。在拉萨三日的接触中，他始终像一块朴实无华的玉石，散发一种天然去雕饰的品格气息，他一直在精心呵护远来的客人，说话的声音都透着小心翼翼。大家不时地与他开着玩笑："嘿，你这个——吃人的萝卜！"

在著名的西藏博物馆外，高大的菩提树下，我们有过一段简洁明了的对话，我问："人死后真的有灵魂存在吗？"他答："有。"我问："你相信有来生吗？"他答："相信。"

发问时，我感觉自己像个孩子，而次仁罗布一脸庄重。从他的脸上，可以读出一份洗尽了世间浮华的淡定与从容。据说他一心向佛，把佛像请到家中，每日点灯焚香，按时朝拜，拜完后才开始写作。这样的人写出的文字，散发宗教的高蹈之气，这是一种内地作家身上所没有的沉静。他写得很慢，写得很苦，字斟句酌地像愚公移山。

离开西藏博物馆，我们去了达赖喇嘛的夏宫、堪称豪华的罗布林卡，该宫殿位于拉萨的西郊，始建于十八世纪四十年代，当时达赖七世格桑嘉措在世。罗布林卡内清风习习，宽敞幽静，高大的乔木需要仰视才能看到树冠和一角蓝天，园内草木繁茂，格桑花迎风盛开，甬道两旁姹紫嫣红。室内不允许拍照，光线幽暗、神秘，用植物染料涂黄的地面烛火摇曳，我突然看到一个年迈的僧人蜷缩在柱子下擦拭地面，动作缓慢，面色蜡黄，身上绛红色的僧服在微微颤动。面对如织的游人，他的表情视若无睹。

依照宗教规格，一世达赖有一世的行宫，不可混用，看完整个行宫，花去了一上午的时间。正午，从宫室内出来，感受到阳光强烈的照射，满眼都是白影子：白色的墙，白色的树干，白色的甬道。而迎面走来的游人，则是让高原紫外线照得黝黑的健康的肤色，忧伤的眼神，洁白的牙齿，红绿搭配的服饰。

环顾四周，我的眼前不时幻化出当年世代达赖喇嘛们在这里修炼大乘佛法，修身、诵经、做仪式的宏大场景。香火袅袅，酥油灯泼哧作响，诵经声响成一片。当时的西藏，还是政教合一的格局，达赖喇嘛在这里统治着西藏的大部分地区。历经风雨的宫殿像扇动的鹰翅，掠过高原的河流与牧场、牦牛和经幡，掠过农奴时代，掠过松赞干布和文成公主，掠过喜马拉雅山和珠穆朗玛峰，也掠过1951年5月23日——中央政府和平解放西藏的隆隆礼炮声。

俱往矣，无论辉煌与衰落都已烟消云散，昔日的宫殿凝固了时间，已化作历史的符号坐标。如今，罗布林卡成为供市民游玩的公园，供僧侣和信众们凭吊和回味。当走出罗布林卡，我的耳畔萦绕着一支忧伤的挽歌。

次仁罗布始终在我旁侧相伴，他肩背一只帆布挎包，看上去风尘仆仆，像一个被高原风吹日晒的牧人。他不时地向我讲述西藏的历史，宗教里的光荣与背叛、争斗与血腥、虔诚和执着，还讲述他未来宏大的写作计划。

有一个细节让我至今难忘——我向他请教，问他为什么我们来西藏朝拜的内地人说不好"扎西德勒"，发音太"艮"，应该怎么说才听上去自然流畅，次仁罗布朝我微微一笑，轻轻地吐出这句祝福吉祥的口语：扎西德勒。

这句话从他嘴里说出来，类似蓝丝绒鸟的歌唱，伴着潺潺的水声，是如此悦耳动听，这让我的眼前突然明亮了一下，大脑马上跳出"口吐莲花"这个玄妙的词语。

（选自2017年第6期《青岛文学》）

在虚拟中到达

范晓波

描绘上帝

我意识到父母即上帝，是因为近些年来，周边一直有人在唠叨发福这个词，而我充耳不闻，似乎它离我的距离，比月亮离我的距离还远。

有人揭露我晚上吃得比较少，近年还坚持游泳。我眯眯笑着认错，其实我做这些并非要和发福这个词过不去，我有时也乱吃乱喝不锻炼，和发福也没扯上任何关系。

有次在饭桌上被朋友夸张的演绎弄得难堪，就辩白了一句：我不多吃肉不是怕长肉，是不爱吃。就是天天吃肉也不会发福的。我爸就这样，活到七十岁还是标准身材。

然后，就从一圈人的眼神里发现了话语里的骄傲。

正是在那瞬间，我第一次明白中年不发福也是一种令人愤恨的天赋。

忽然意识到，我爸我妈在我身上贮藏了不少这样的天赋。

比方说身高。在平均身高不到一米七的南方，我从来没为身高犯过愁。每见一些矮个男生被内增高皮鞋弄出怪异的走姿，就庆幸我妈当初选择了我爸这样的高个子而没嫁给某个矮个子远亲。比如说，我也庆幸我爸当初爱上的是能歌善舞的我妈而不是某个憨厚朴拙的农村姑娘，否则我这个羞于言谈的人怎敢当众放歌？

不不不，不能用这种颂歌体语言与逻辑罗列父母留给我的私货。我必须多运用一点我爸的理性以及我妈的自省，因为不少私货也令我自卑且难堪。

很显然，我身上的自私和粗暴一点不比我爸少。即便在恋爱期间，我也是爱自己胜过爱他人，就算是当了父亲，学会了不时充当爱这个动词的主语，但迄今为止，我仍没看见自己在这方面有质的飞跃，还总是试图以中性化的"自我"和"自爱"掩盖自私的本质。

如果有人觉得我貌似谦逊温和，那一定是在公共场所，走进过我的私人空间的人都知道，这厮自负得粗暴，缺少倾听的热情，缺少对不完美的包容和耐心，并因此喜怒无常，常因小小的不悦破罐子破摔毁掉一些大好局面，负面情绪总是比正面情绪多一秒钟。

更多的是无关优劣的气质型遗传。

敏感而文艺，这毫无疑问是我妈给的，我高中刚在报刊发表作品时，她主动认领了这份功劳：这点像我，如果像你爸，你一个字都写不出来，写出来也是干巴巴的。

我只是略有些困惑，我小学和初中写作文都极像我爸，怎么高中后突然就像我妈了呢？

可见遗传的线路是复杂而多变的，有时还会重叠和融合。

比如非主流择业观，比方说爱体面，这是我爸和我妈最一致的地方，恐怕也是他们吵了一辈子也没分开的症结。我妈做了一辈子教师，我爸兜兜转转许多年还是把职业固定在讲台上，还成为县里当年唯一的物理特级教师。

我虽没坚持当教师，履历表貌似驳杂，谋生法则其实和他们并无二致：以不求人为体面，以不被人求为自在。

我爸的幼稚和我妈的成熟在我这得到互补和融合。我有着很长的浪漫和幼稚期，中年后对人性的幽深与社会的繁复却豁然开悟。因为两种力量的相互掣肘，我没有从一个极端连向另一个极端。

比例搭配得不够好的是我爸的简单和我妈的多思。

我爸五六十岁后还会张着嘴看《西游记》《水浒传》之类电视剧并自得其乐，我妈就撇着嘴说：你爸头脑简单得像个小学生。

作为中学教师，我妈很少接触深奥的哲学和社会学原著，但她对人间事却有着极深邃灵敏的洞察，这让她的性情不可遏制地一步步走向忧郁和悲剧感。

最初我曾跟着我妈一起嘲笑我爸的简单，在我妈的多思多虑毁掉了她的健康后，我本能地向往起我爸的简单。

我近年最大的快乐，是不断在言行中找到我爸简单而乐观的影子，我要靠这心理暗示帮着自己远离心理的黑洞。

上帝造人的故事是基督徒的信仰，对于非教徒们而言，这上帝其实就是自己的父母。

意识到这点后，也理解了许多事。

比如励志者总爱说：三分靠先天禀赋，七分靠后天努力。可实际呢，成功者永远是十分之三或更少的那些人。

三七分的不妥之处是，把先天的禀赋和后天的努力二元对立起来。其实，凡能做到后天努力的人，也是基因里有了促成这努力的性格与能力基础，能努力本身也是一种重要天赋。它们实际上是一体的，就像一个药方里的两种不同成分。

懂教育的人都心知肚明，好学生大多不是被老师和家长管出来的，需要管和逼的，很难学到特别优秀的程度。

话说到这份上就太不心灵鸡汤了，甚至有点残酷。

基于对上帝造人手法缺乏全面了解，也基于我妈遗传给我的自我反思习惯，我必须给自己的观点留点活扣。作为上帝的作品，我们无法改写基因，却可以依据外部环境编写适合自己的运行程序。

这也是基因图谱相近的双胞胎却走向完全不同命运的缘由。

尊重上帝的基因设置，对人生进行合理规划是每个人都可能做到的事。那样，就能最大限度地削平上帝的不公平给每个个体带来的痛苦。所谓成功者和幸福者，不过是程序编排得最高效最恰当的。

但是，这世上的矮个子想当篮球巨星的肯定很少，雄性资本不足却执意风流倜傥的男人却比比皆是。

这说明，读懂上帝的编码，仍是大多数人需要认真面对的课题。

从已翻译出的基因密码来看，我的程序编写难度远大于其他人，运行难度也是如此。我出生时难产三天三夜，差点害了我妈性命似乎就是警醒。这几年中年危机来势汹汹，不断把我逼向暗崖以探测终极底线，也是一种佐证，这使得我发自内心地羡慕大多数发福忧患者。

但我仍会对上帝的关照心存感恩。

上帝给了我漫长的青春期，给了我绵延至今的对抗孤独的骄傲，给了我对美与爱的强烈感知与渴望。

上帝让我即便在最深的绝望中，眼底也有隐隐的热泪。

虚构一张床

如果我要刻意安慰一下自己，就跟失眠者比睡眠。

这话透着底气，也略有些心虚，好像我是睡眠大师似的，好像我是我弟弟似的。

我弟弟当然也不是睡眠大师，我甚至不了解他每天的睡眠到底是不是貌似坚固的豆腐渣工程，我从没问过他。他弧线动人的脸型和光泽喜人的肤色应该就是答案，如果这些证据都会骗人，这世界的表里不一就太令人担忧了。

弟弟还有一项让我望尘莫及的本领，他的睡意像天使般无邪，即便在魔兽管辖的地带，也会安然降落。

那些在火车、公交车上酣然熟睡的面孔，不说是猛兽群里突然探出头来的梅花鹿，也像是岩石堆里开出的鲜花，令人意外，担心又感动。

我弟弟就有这本领，不管身边的岩石多拥挤多锋利多冰冷，他都能在它们的环伺之中安然小睡。有些时刻我也在旁边，困倦已把眼皮变成了两片沉重的破轮胎，但它们就是无法把我的思维关闭其中。

我比弟弟大四岁，不过在睡眠的本领上，同弟弟侧靠在火车靠椅上酣睡的红润脸庞相比，我至少要落后一二十年。

我不怎么可能在公共交通工具上入睡，和陌生人同居一室，也会遇上困难，总觉得那影子会拦在通往睡眠的路上。

睡眠的本质是放松。放松神经，放松血管，放松肌肉，只有把身体的硬组织、软组织所构成的零部件全部放松，才能达到休息和恢复的目的。

放松的过程是舒服的，甜的，后果则可能是苦的，危险的。

野生食草动物基本都是站着睡觉的，斑马、驴、鹿、长颈鹿等，猛兽和家养的牛羊则习惯于躺着睡觉。

基本可以肯定，前者的睡眠质量不如后者。它们一生也不敢贴着地面踏踏实实放松一次。据说马群在特别安全的地带也会让少数马匹享受一下躺姿睡眠。只是这待遇不知通过什么方式分配到个体身上呢？是轮流？还是关照赢弱者？或者像人类的某些族群那样让某些马享受特权？

站着睡和躺着睡的差异也映照着人的差异。

特别自信和被保护感强的人睡眠时会特别放松，处于弱势、安全感不强的人容易发生睡眠障碍。

身边有陌生人就睡不好，在乱世提防的是他人，怕人谋财害命。正常情况下提防的是自己，怕睡姿、呼噜、梦话破坏形象。

外公常从《水浒》和民间传说里找灵感，给我编强人潜入屋内行窃的故事，这导致我小时候每次睡觉前都要检查床底是否躲了蒙面人，他因此收获了不少恶作剧般的快乐。

我不愿和他人同宿一室，提防的正是自己，谁的形象经得住睡眠时的无限放松和敞开呢？

结婚前还因此遭到女朋友的误解与谴责：你跟我好却从不想陪我过夜，你不爱我！

中年之后，我仍会因需与他人合住而谢绝一些笔会。别人的呼噜和自己辗转反侧时的响动都会把我拦在睡梦的门口。

这些足以表明，我和睡眠的关系只是过得去，离铁和亲密距离尚远。

我年轻时皮肤就不好，黄且有暗斑，这显然不是睡眠高手应有的表现。我只敢和那些经常睁眼到天亮的人比睡眠。

他们在自家卧室，心里也像揣了许多小松鼠，必须服安眠片麻醉它们。

一开始我以为失眠的都是老年人，四十岁之后发现身边很多同龄人都有这毛病，每次见面就围在一起交流对付小松鼠的新办法。

有一次看资料，发现中国成年人失眠发生率已达百分之三十八点二，其中老年人失眠症人数高达百分之六十。

这时我就觉得，至少在睡眠的能力上，我还没出现衰老的迹象。正常情况下，我入睡的速度、深度和二十岁时几乎没有差别。几分钟内就能入睡，一般也不会被夜尿中断，也基本不做噩梦。早晨醒来就像充饱了电的手机，目光带电，脚下生风。

这表明我的身体状况是不错的，也似乎能证明，我每晚睡前的精神按摩起到了安眠的作用。

这点我从未和任何人交流过，许多年来，晚上关灯后我都会在脑子里虚构另一张床，然后乘着它远离现实时空。

依据心情的不同，它被安置到诸多不同场景当中。

有段时间我爱虚构在亲人的聊天声中入睡的场景。

外公、外婆、父母和他们的朋友在床前围坐闲话。聊国家大事、家长里短，聊天气，聊某家主妇炒菜的手艺好，哪家的男人昨晚又打了女人。时节一般是冬天，烤火盆里坐着搪瓷缸。醪糟在搪瓷缸里噗噗冒着香气，他们的话题也像缥缈的热气，散漫且缓慢地散发，时而浓时而淡，最后把他们的身影和我的意识都弄模糊了。

这样的场景在童年不时发生。那时我被鬼故事折磨得心力交瘁，惧怕夜晚，更惧怕一个人走向黑暗。亲人的声音成为屏障，把我和鬼魅世界远远地隔开。

外公外婆逝去多年了，我现在怕的不是鬼魂而是活人，惧怕人性中一遇上合适土壤就茁壮生长的恶。我只有在虚构中才能重返那样的夜晚。他们的影子斜映在墙壁上，像是头顶上多了一层屋顶。一想起那场景神经就松弛下来，像紧绷了一天的橡皮筋，忽然失去张力回缩跌落在地。

有段时间我把床安放在一艘古代的木战船的内舱里，风雨不侵，船舱门口还安装了厚厚的棉门帘，寒风也透不进来，门边还有人把守，不用担心熟睡时遭行刺。大船顺着江水低速夜航，漆黑的江面白雪飞舞，室内炭火不灭，温暖如春。

我静卧木榻细听遥远的风噪和水波与船底温柔的摩擦声。

有时也把床安放在军帐的里间，外间是升帐议事的地方，火烛噼啪燃响，凸显着夜晚的寂静，值班的校尉睁着眼枕戈待旦。地毯把草地上的湿气和臭虫隔开，军帐外还有重重帐篷众星捧月般地拱卫。锯齿形远山之上的夜空高冷漆黑，一轮弯月寒冷如马刀。

就像窗外的风雨能让人备感被窝的温暖一样，这种虎口边的和平让我特别安心。

近两年，睡前去得最多的地方是一个远离城郭和现代社会的村寨，我无法确切描摹它的样子，因为它压根就没有确切过，我每去一次都要修缮一些细节。

最初在一座湖区孤岛上，和最近的村落也隔着几十里水面。我和数十户彼此友善的朋友一起在岛上筑寨隐居，平素以捕鱼、耕作为生，闲时读书习武，每季度派人外出置办无法自给自足的生活用品。

后来一想，岛对于湖来说是个太显性的存在，中国也没那么大的淡水湖，足以让人的视线忽略一个岛的存在，便将村寨挪到了某座大山中的一块大盆地。田地整饬，溪河清澈、宜农宜居，屋舍集中的区域以石墙围拢，防止土匪侵扰。

最重要的是，连接山下世界和盆地的是隐秘的一线天通道，一夫当关万夫莫开的那种，这才是盆地最重要的安全保障，山外人一般不知这个通道，即便发现，每日派五人在此值守就足以保证其他人高枕无忧。

这村寨的诞生，陶渊明的《桃花源记》和黑泽明的《七武士》都有所贡献。

每天晚上，我一点点修改、丰富村寨的细节。有时把石墙改成木栅栏，有时把一线天改为天然隧道；有时让屋舍按徽派建筑格局摆布，中间设祠堂作为公共活动场所；有时又把全体居民安置进三座互为犄角的围屋中，之间暗设地道以备不时之需。

那近百户村民，我也一户一户加以想象落实，人丁部分来自现实朋友圈，部分来自嫁接和想象。这工程繁复而细致，是重点中的重点，实施多年仍进展缓慢，因我现实中可信赖的朋友从未超过二十人，每当我从山脚徒步穿过一线天，过桃林、水田、旱地，刚到石寨前，瞌睡虫就压倒了眼皮……一切只好留待明天。

这未完工的部分，也成了每天睡前最迷人的欠债，欠得越多，心里就越踏实。想还，但一点不着急，充分享受准备还债却一直没还净的快乐，还了这笔又欠那笔。像写长篇时每天收工时后第二天留的活扣；更像某些做生意的人，最慌的是手头没欠银行的钱，欠的钱越多，生意和人身安全就都越有保障。

以上是我能记起的若干场景中的几个，也是我能找到感恩对象的部分。许多年来，我给自己虚构过各种各样的床，它们像渡船一样把我载入夜色中最安宁最甜蜜的部分，然后自动隐退不见踪影。

它们填补了我性格的窟窿，让一个睡眠天赋并不很好的人拥有了富足结实的睡眠。

天赋不好，除了对环境过于考究之外，还有个例证，即便在自家卧室里，以上虚构仍有失效的时候。

如果第二天需修改生物钟起早去开会或赶火车，我也会沦为睡眠的弃儿。如遇上了特别喜剧或特别悲剧的事，我也像把一群小松鼠揣在了心里。我只有和它们比耐力，等它们累瘫了，才能慢慢入睡。

熬到朝阳临窗小松鼠还在蹦跶的情况也不是没发生过，我因此特别理解失眠症患者的痛苦和绝望，如果连续十多天都这样我也会想跳楼。

毕竟，跳楼比通宵和一伙小松鼠比耐心更容易些。

常有人说，活着都不怕，还怕死吗？

这话貌似夸张和玩噱头，对于睡眠崩溃的人来说，其实准确而形象。

睡眠的本质是放松，放松的前提是遗忘现实与自我。

跳楼是永久性抛弃自我。睡眠，则是不断暂别现实，回到现实，暂别现实，又回到现实……

一生两三万次地折返跑，哪可能程序一点不出现混乱？我想，所谓的睡眠大师，要么是智障者，要么是机器人。

只有这样想，我才能更彻底地安慰自己。

魔幻人生

对于现实，梦是一种尴尬的补充。不可控，不必须，不可信，也不可全不信。这使得它面目诡异，处境微妙。即便周公和弗洛伊德这样的解梦大师，也无法对所有梦境自圆其说。那些与梦相关的成语把人对于梦境的复杂态度暴露无遗：美梦成真，南柯一梦，飞熊入梦，浮生如梦……

不过人类的意愿一点不影响梦在夜晚的蓬勃长势，美妙也好，尴尬也好，荒唐也好，就像人无法清除自己在阳光下的影子，人也无法改变梦境的寄生与伴行。

生命科学尚且幼稚，但科学家在这点上还是有把握的——多梦有害健康，完全无梦则肯定不健康，要么脑子受了伤，要么是发生了病变。

梦和意识之间的隐喻关系，梦对现实和未来的预言意义，是我们留意钻研的核心部分。

梦见发大水会发财，梦见自己被蛇咬是好运……人们总是选择性地摘取梦境有利于自身的寓意，只要不是特别凶险的噩梦，我们都能找到安慰自己的解读路径。

我在对自己不特别有信心时，也曾尝试去这种民间智慧里寻求启示和安慰，而自信一旦恢复或对未来彻底绝望，在梦的启示面前就无所畏惧了，对一切都能一笑了之。

与过于玄乎、摁倒葫芦又起瓢的心理解读相比，我更确信的是梦与生理的关系。

小时候常梦见尿急找不到厕所然后尿床；青春期梦见滚烫的女性身体然后遗精；

梦见高空坠落或被追赶跑不快，结果证明睡姿有问题。那种意识清晰而手脚无法动弹的梦魇，被证明和睡得太晚时肌肉的放松与神经的兴奋之间失调有关，睡前拍打按摩后脑勺便会缓解。

那些过于离奇、混搭的梦境，不管是日有所思、所见导致的，还是潜意识中的欲望引发的，还是所谓神秘的暗示在敲门，我统统不期待，不抗拒，不深究，也不刻意记录。

还是那句话，我把梦境看作自己投在地面和水中的影子来接纳。

人到中年，该自信的部分牢固得像水泥碉堡，无法自信的部分脆弱得像太阳出山前的露珠。既然如此，一切顺其自然好了。

因不刻意记录，近些年做过的许多梦，像近些年度过的许多日子，我只是记得它们来过，却说不清它们的样子。

能记起的，是最近刚刚来串过门的，或是来的次数多的。

比方说考试，此类梦境一直从中学、大学往后延续，像薄瓦片在水塘上飞出的波痕，一波波地减弱，却几乎波及了大半个水塘。

三十多岁后这类梦渐渐少了，前段时间因要参加一次计算机能力测试，再次被它绊了一跤。

这次最焦虑的还不是考试本身，而是早起。

早晨八点半就要开考，住处离考场的车程顺利的话要半个小时，但那个点，道路多半稠得像糨糊，功率再大的汽车都使不上劲，又没有地铁到达，为此最晚七点要出发，六点要起床，生物钟完全陷入混乱。

花费了二十多年时间才摆脱的恐慌又乘乱潜了回来。

前半夜支离破碎，后半夜薄若蝉翼。然后梦见离开考还有二十分钟，赶紧开车赶路，汽车却在半途变形成自行车，公路也变成山间小路。那山还从本市飞到了我二十多教书的县里，离考场有数百里之遥。

可能是久病成医对这种梦有了一些免疫力，梦中就觉得事情也没多了不起，这种考试的合格证对我并非必需品，一切说不定还是个梦。只是忽然想到手里还拿着一位朋友的准考证，我可以放弃，人家年轻可耽误不起，然后拼命踩踏自行车。

第二天一早，我提前半小时到达考场，那位朋友开考后二十多分钟才赶到考场外，不紧不慢打电话叫我拿准考证去门口接人，说是昨夜玩得太晚了早晨起不来。

中年后的梦境，比过去多了人际交往的内容。

刚做了一个梦，白天一直犹豫着说不出口的拒绝的话，在梦中极其自然地说出了口，地点回到了朋友年轻时教书的中学，回到了我去做客并吃过饭的小瓦房，炭火还在炉子里红艳艳地燃着。朋友并未因我的不便帮忙而生气，一直陪着我在蛙声弥漫的山路上散步，因我穿着绒拖鞋，路过一处水洼时他还背了我一下。他个子比我小，这举动让我感动良久，抬眼望天，星斗亮得像是无数银钉。

他问我最近写了什么作品没有，我说不想写了，下半辈子准备画画，一辈子只干一件事太遗憾了。这确实是我近期时常想到的命题，只是并未对人谈起过。我一直爱绘画超过文字。

对我不友善的人也偶尔会梦见，梦中我们居然抱头痛哭，我掏心掏肺地表达善意和相互爱护的愿望，对方也用言辞响应，就像一些人醉酒后的表现。

四十岁后我体会到每个人在生存面前的卑微与艰难，也理解了各种迥异于自己的人生选择。我一年比一年宽容温厚，不愿以骄傲的观点伤害他人，甚至不愿自己的才华伤到他人，见别人难堪比自己遭遇难堪还难受。更不想与他人为敌，万一形成了我的存在对他人就是伤害的死局，也尽量通过行动释放诚意减低伤害的程度。

但我从不酗酒，更不可能和同性互抱肩膀流泪。梦中的场景把我自己都感动了，醒来仍心里暖暖的久久不能出戏。

异性偶尔也会梦见，不过从来不是陌生人，是现实交往中对我特别友善的好朋友，因这年头男女关系的俗套和不堪桥段太多，我特别珍惜那种清纯的关系，以至于彬彬有礼得近乎生分，生怕杂质会玷污交往的纯度，即便面对比自己小很多的异性朋友，我都尊重多于亲近，不乱开玩笑，不主动走近对方的私人空间，也不在交往中凸显过多的性别色彩。

我明知有些矫枉过正，让旁人觉得无趣和虚假。只有在梦境当中，对他人和自己的戒备才会完全消失，朋友有时会突然摇身一变成为亲人。

这些年重复频率最高的梦，都和母亲有关。

母亲离世后的这六七年，每年都会梦见她许多次。场景在我们共同生活过的多个地方不规则地切换，人物也多是家里的亲人。父亲、妹妹、弟弟他们都会以配角的方式轮番出场。

她刚去世那一年梦得倒少，之后就频繁梦见。在我小时候住过的黑瓦平房、青年时住过的县中宿舍楼和中年后我自己的小家里。

在陌生地方见面的梦境并不多见，唯有一个场景历时四五年仍历历在目。

那次见她在国外一个阳光泛滥的热带小岛上，岛上的居民懒散惬意，脸上都盛开着笑意，不像是靠拉网捕鱼谋生的土著，都像是去观光度假的游客，衣着鲜艳，气质新潮。我穿过人群找到她，她说在岛上很舒心，有好些朋友。

不知是她不愿意还是别的什么原因，她没跟我一起回来。

我傍晚时乘坐最后一班长途飞机飞回，庞大的喷气式客机居然是从松软的沙滩上滑行起飞的。飞机飞起来后，我望见那岛是弧形的，像是远在地球边际的一抹金色的地平线。

在其他的梦里，总有一个核心情节反复出现：她的面庞完全恢复了生病前的饱满。我每次见她都开心地叫："妈妈，你现在不是好起来了吗？脸上都有肉了。"然后用目光向身边的妹妹等人求证，她们也都点头确认。

她手术后消瘦得太厉害，而她恢复体形的愿望太强烈，因为体重和健康指数呈正比关系。那些在现实中始终没有发生的事，在梦境中不断得以实现。虽然每次醒来都很懊丧失落，梦中的惊喜却依然让我眼湿。

在梦境里，我居然从未见过她病后的样子，她永远是病前的模样，生活也仍像从前那样和平美满，质地闪亮。

我能想象心理学家对这些梦境的各种解读，对此我并无了解的兴趣。

按照睡眠专家的检测，人类每个夜晚都会做二至六个梦，大多数发生在意识尚存的异相睡眠中，少数发生在睡意更浓的正相睡眠里。

人一生在睡梦中度过的和在现实中度过的时间其实是差不多的。

既然如此，为什么一定要把梦看作意识的衍生物而不把它也视作一种人生呢？我们在梦中付出的心跳和泪滴与白天并无什么不同。

如果再有点庄子的执念，凭什么不能把所谓的现实看作梦中那个自己做的梦呢？只是这个梦太遵循逻辑和现实主义创作手法罢了。

我更愿意这样认定，我们所谓的梦境，其实是我们的另一个风格更魔幻的人生。

（选自2017年第6期《人民文学》）

灵　渠

蒋原伦

　　去过桂林多次，每次去总少不了游漓江去阳朔，或者参观芦笛岩和七星岩。早先漓江的水势充沛，游漓江的船停泊在解放桥附近，上船后要走一段水路才看见象鼻山，过象鼻山，气象逐渐开阔，水光云天下，葱白的山簪一座座拔地而起，尽显喀斯特地貌的美妙。这些年漓江水势渐减，登游船的地点就在象鼻山以外，再去桂林开会或出差，觉得桂林变得乏味起来，号称山水甲天下的峰峦在一幢幢威猛的高楼大厦背后露出怯生生的山尖，有点像给每座楼派发了一顶瓜皮小帽。

　　市政当局为增加旅游景点，疏通了两江四湖，造了卧姿各异的景观桥和玲珑剔透的日月双塔，使得桂林市区更加美轮美奂，游两江四湖的船票通常要预订，可见是热门景点。只是没有人跟我提起过几十里开外的灵渠，因此当文辉带我们一行人去灵渠时，还以为是又一个新开发的旅游景点，全然不知道，将要拜谒的竟是两千两百年前开凿的伟大水利工程。

一

　　古老的灵渠，作为景点是很晚才开发的，二十世纪八十年代末，才公布为全国重点文物保护单位，二〇〇六年成为国家级 AAAA 旅游风景区。可能是由于交通和宣传方面的原因，灵渠的知名度似乎并不高，当我走进灵渠园区的大门时，还以为是兴安县境内一处略加修缮的自然风景地。

　　说起来，作为"伟大水利工程"的灵渠，还正像是一处自然风景地，因为它的伟大是隐藏在自然山水之间的，不露真容。只有分水的铧嘴和大小天平坝的稍稍隆起，显示出人工作业的痕迹。与同是两千年前的水利工程相比——如古罗马人在西班牙塞哥维亚修建的大渡槽——灵渠称得上是鬼斧神工塞哥维亚大渡槽的宏伟壮美绝对是没得说，两万多块花岗岩巨石构筑的拱形连续主体延伸八百多米，远观就像腾空而起的巨龙。然而，面对早期社会的这类体量无比庞大的建筑，不仅自己顿觉渺小，还总会有阴暗的联想：如劳民伤财……孟姜女哭长城……因此在情感的倾向上，我已经站在灵渠的不显山露水又浑然天成这一边了，我想塞哥维亚大渡槽输送水的功能实在有限，且工程浩大，糜费大量人力物力，肯定不完全是出于实用目的，应该还有其他的考虑，如炫耀实力、增添城市的美观，再如展现建筑能力，等等。总之，不完全是出于民生的考虑，因此其文化意义大于实用意义。

灵渠的开凿也并非是出于民生的考虑，这是北方的强秦开疆扩土，打到岭南地区，为了运送士兵和军粮而修建的。待到征服百越，战争残酷的一页翻过，照理应该在史书上留下一些辉煌的记载，如疏通河川以利舟楫，泽万顷良田，功在三代，等等，遗憾的是史书上似无多记载，例如在《史记》的河渠书中就毫无这方面的内容。司马迁"南登庐山，观禹疏九江，遂至于会稽太湟，上姑苏，望五湖；东窥洛汭、大邳、迎河，行淮、泗、济、漯、洛渠；西瞻蜀之岷山及离碓，北自龙门至于朔方"，足迹遍布五湖四海，其开篇从大禹治水九州写起，经李冰开凿离碓而筑都江堰，再到郑国修渠、西门豹引漳河水入邺，一直写到当期孝文帝和汉武帝的百官治理黄、淮、洛水，等等，洋洋洒洒千多言，就是没提及这么有技术含量的灵渠，颇令人纳闷。司马迁是否压根儿就不知道有那么一条渠的存在？答案又是否定的。因为在其《史记·平津侯主父列传》中，就有秦兵"南攻百越，使监禄凿渠运粮，深入越"云云，那是公孙弘在总结秦王朝败亡的原因时，作为秦王朝过分穷兵黩武的一个例证被提及，这是一个反面的例子。由此看来，根本原因可能是灵渠偏于一隅，路途遥远，足迹未到。否则以太史公之视野、博学和判断，断无忽视灵渠的理由。

灵渠也可以说是中国最早的运河，虽然总长只有三十多公里，却沟通了长江和珠江两大水系，使得南下的漓江和北去的湘江水脉相连。在灵渠的铧嘴不远处，立着乾隆年间的书碑，上有清人查淳所写"湘漓分派"四个大字，碑身仅一人多高，但可谓气势干云。因为这四个字背后让人联想到浩渺的洞庭和蜿蜒美丽的珠江。

查淳是桂林知府，灵渠所属的兴安县地界正是他的治下。查淳的老爹也是知府一类的官职，当年为疏浚灵渠河道，探寻过湘、漓之源头，因此查淳在此处立书碑并不能算附庸风雅，是有职分所在的意味。如果说桂林的地貌可以用钟灵毓秀来描绘，那么兴安这边可以用人杰地灵的地灵来形容，说兴安是地灵之地，是因为这两千多平方公里的土地，也就两个香港的面积，竟然是湘江和漓江两条历史名河的发源地。虽然郦道元在《水经注》上称"湘漓同源分为二水"，实际上这"二水"分属于不同的山系，中间隔着湘桂走廊这狭长的谷地，而且这两条极有个性的河流居然背道而驰，各奔前程。湘江源出于兴安县南部的海洋山脉，故源头称为海洋河，此后一路向北，有朝觐中原的意味，而漓江源则打兴安西北的猫儿山下来，我行我素，一路往南往西，蜿蜒曲折奔梧州方向而去。多少万年过去，这两条河互不照面，突然在某一天，灵渠就像丝绸腰带那么一搭，将它们松弛地绾系在一起，真是相得益彰。作家张承志当年写北方的河多壮阔伟岸，而南方的河则清秀灵动，穿行于山林和田畴之间，又有沟渠相连，很有几分亲切感。

二

挖渠对于一个能修万里长城的民族来说不是什么难事，灵渠之灵在于那些建筑的细节。当园区的讲解员就灵渠具体的工程构造一一道来时，听得我两眼发直，一是外行人本来不懂水利建筑，名词术语听着陌生；二是其细致和讲究的程度叫人吃惊，这难道是两千两百年前的技术水准？当年作为知青下乡到黑龙江，时不时也搞水利建设，那时的高举高打、粗放粗作，现在想想都脸红。年年马马虎虎地挖渠，年年淤积坍塌，毫无技术含量可言。眼前的水利工程真可谓精品杰作，由铧嘴，到大、小天平坝，再到斗门、水涵、堰坝，等等，每一个细部和细部之间的组合都环环相扣，使得工程的整体构想能得到具体的落实。单说那起缓冲和分水作用的石砌铧嘴，就向上游方向延伸出百把米，可谓千年大计，已经把日后多少年水流的冲刷和淤积造成的损害预计在内了，所以到了清代重新疏浚修缮时，将铧嘴长长的前部废弃，剩下的部分，一点不影响分水的效果。与铧嘴相衔接的是作为拦河坝的大、小天平，它们既蓄水又分水，因此大、小天平坝的夹角成一百零八度的斜势，以减少迎面来水的压力。坝体各部分所用的石灰岩条石、鱼鳞石和混凝土砂卵石也各有讲究。所谓鱼鳞石就是将石条几近直立地嵌入式排列，故立面呈鱼鳞状，以应对日积月累的水力冲击，条石与条石之间还有石榫卯定。条石与鱼鳞石之间以掺有桐油的胶结物黏合，坚固异常。不仅仅坚固，还灵巧和便利，在灵渠河道分布的各座斗门就是便利的见证，这斗门就是所谓的船闸，是为船只的通航、蓄水和排水用。尽管所谓斗门的出现，到唐朝才有记载，但是我相信，既然开凿灵渠最初的功用是运兵和粮草，那时就应该会有替代性的船闸，否则通航有困难。

现在应该回过头来说说灵渠的设计者和建造者了。若非史籍记载，简直不敢相信我们的祖先早在公元前几百年就有这等智慧。此人就是史禄，即《史记》中提到的"使监禄凿渠运粮"的那一位。据说在《淮南子》和《汉书》中均有简略的记载。当然关于史禄更详细的情形就不得而知了，甚至他姓什么都存疑，因为"监禄"或"史禄"的头一个字是官职，禄才是本名，不过这不影响后人对其功绩的肯定和赞扬。许多年以后，宋人周去非在其《岭外代答》这本古代地理名著中提起史禄时，双手都跷起了大拇指，原话是"岂惟始皇，禄亦人杰矣"。也就是说，有了湘、漓二水，有了史禄，前面所说兴安县"人杰地灵"，这四个字就占全了。

打小受到教育，中国有悠久的历史传统，中华文化博大精深等等，初时肃然起敬，但是慢慢地觉着这是阿Q式的自夸和自慰，在实际生活中不觉得我们有那么多优秀传统。灵渠的存在，表明我们的祖上还真的优秀过。历史的嘲弄再加上吾辈无知，一度使我忽略了中国历史上的优秀科技人才和能工巧匠所作出的贡献。

当然我清楚，史禄并非奇人，灵渠亦非奇迹。灵渠在那个时代的出现，虽然代表了当时华夏民族的治水水准和高度，却不是绝无仅有。不往远处说，更不必上溯大禹治水，光是在秦朝那短短的半个世纪里，就先后建成了三大水利工程，这就是公元前二五一年建成的都江堰、公元前二三六年完工的郑国渠（此郑国非春秋战国之郑国，而是韩国的水利专家，姓郑名国），然后就是灵渠，通航于公元前二一四年。说起来灵渠还是最晚建成的，所以有人演绎，说史禄早年参与了郑国渠的建设，是从郑国渠的开凿中积累了丰富的经验；也有人说，史禄是郑国的弟子，被派往岭南修渠。应该说以上演绎都有其合理性，因为从年代上说，郑国渠与灵渠相对近一些，另外，关于郑国渠的故事和种种传说极富戏剧性和传奇色彩，拍几十集电视剧绰绰有余，因此各种附会自然多多。

三

郑国何许人也？他是韩国的水利专家兼土木工程师。不过我以为他也是一位高明的说客。最早的史书有那么一段记载，直接可以用作《战国疑云》一类谍战剧的梗概：

> 韩闻秦之好兴事，欲罢之，毋令东伐，乃使水工郑国间说秦，令凿泾水自中山西邸瓠口为渠，并北山东注洛三百余里，欲以溉田。中作而觉，秦欲杀郑国。郑国曰："始臣为间，然渠成亦秦之利也。"秦以为然，卒使就渠。渠就，用注填阏之水，溉泽卤之地四万余顷，收皆亩一钟。于是关中为沃野，无凶年，秦以富强，卒并诸侯，因命曰郑国渠。

（《史记·河渠书》）

太史公就是太史公，短短百多言，就将这么重大的水利工程、历史事件及其中的曲折交代清楚了。郑国劝说秦国修渠，乃施展"疲秦"之计，以消耗秦国的国力，使其抽不出身来伐韩，结果想不到此渠修成后，借灌溉之利，秦越发强大，不到十五年工夫就并吞了六国。自此改变了中国的历史走向，那郑国也是胆识过人，计谋败露之际，仍能说服秦王继续完成其水利工程，而且事成之后，居然还能以他的姓名冠名，也算是千古绝唱。因为从最早的大禹治水到今天的三峡水库，但凡有耳闻的大的水利工程，还真没有以个人名字来命名的。由此看来，当时的秦王（仅限于当时）也算是尊重知识、尊重人才的。

郑国渠开通，引泾水入洛水，横跨三百余里，灌溉关中平原，同时将泾水夹带的泥沙携入下游，改善了下游一带的盐碱地，可谓造福万方。如今郑国渠的完整原貌已不复寻觅，因为该渠年久失修，故道倾圮，所以这两年，泾阳等地在搞郑国渠国家遗址公园的开发项目，至于当年开渠的种种科技创新如能有所还原，当属世界水利科技史上值得秉笔书写的章节。据说郑国渠的奥妙在于其"横绝"技术，该渠一路向东，途中要横跨若干条河流，要处理和应对不同的水文和地理难题。而该渠既能把河水揽入渠中，既增加下游的供水量，又能妥善地解决泥沙淤积的问题，可谓绝活。当然郑国治水的具体思路和技法是否流传于后世？关中平原两千年以来，前前后后的水利建设是否受益于郑国？当初那么伟大的水利工程怎么就没有得到修复和保存？或者说郑国渠在修建之初就有某种暗疾，所以后人改弦更张，另辟蹊径？这一切需要有关专家或专项研究人员来回答。总之，在那时，此渠一开，黄金万两，不仅没有达到"疲秦"的目的，反而是加快了秦统一六国的步伐。

今天我们只能相信郑国是身怀绝技，否则秦王不杀他已经是皇恩浩荡，何必还继续让他总管作业？只是郑国的那一套治水本领是独出机杼还是有所借鉴、有所继承，倒是值得追问。我以为郑国有才华是一方面，但是那时的大环境造就科技人才也是一方面，所谓形势比人强。那时候一说起治水，就像今天人们说起建设互联网，没有人能够抗拒，也因此郑国一游说，秦王立马点头同意，丝毫不怀疑郑国的动机，并投入了大量的人力物力（也有说法，那时秦王尚年幼，是吕不韦当政，采纳了郑国的开渠建议）。即便数年后经人告发，郑国的"用间"身份坐实，秦王出于强国富农的愿望，仍未改变初衷。反过来，韩国上下觉得能以此法来说动秦国，也说明兴修水利以利农桑是当时的共识。

其实中国是农耕社会，向来关注水利技术方面的建设，水利是农业的命脉。不仅华夏历史的开篇就是大禹治水，中国历史上第一次大的生产技术方面的路线和观念之争，也是治水到底是用堵的方式好呢，还是疏导的方式更有效。再往下，《史记》有《河渠书》，《汉书》有《沟洫志》，三国至北魏有《水经》和《水经注》，宋史、金史、元史、明史等也都有《河渠志》，以记录水系变化、水利建设方面的作业和成就。由此，河清海晏也成了太平盛世的代名词。

回过来说，秦王朝正是由于此前在水利建设上尝到了甜头，所以才对开凿郑国渠有如此热衷，据传一下子派出十来万人工，搞得轰轰烈烈。这所谓甜头，就不能不说说蜀地的都江堰。

四

在秦代的三大水利工程中,都江堰最为巧夺天工。

如果说遇见灵渠颇感意外,那么当初劈面相逢都江堰对我来说是强烈的震撼。若说郑国渠和灵渠等的开凿,从整体上表明了中国古代水利科技水平所达到的高度的话,那么都江堰的出现绝对是奇迹,即便以今天的眼光来看,都江堰无论在总体构思、设计上的精妙合理,还是到最后实施过程的浑然天成上,都堪称无与伦比。说它是奇迹还有另一个理由,它是迄今为止我们能亲见的、体现中华民族早期智慧的最铁定的证物。如今古籍上记载的许多辉煌的科技发明,均不见踪影,如晚于此两百多年的汉代,有张衡制造的浑天仪和地动仪,如今在哪里?再往下,诸葛亮的木牛流马又在哪里?今天关于这些记载都不过是传说,几近于神话。连治水的大禹都可能是神话(顾颉刚认为,大禹到底是神话故事人君化,还是初民时期的人君神话化尚可讨论,当然他倾向于前者),盖因除了《尚书·大禹谟》《尚书·禹贡》等文献,没有太可信的证物。而《尚书·禹贡》中又将禹描绘成无所不能的伟人,在他的亲力亲为下,立马天下大治,做到了"九州攸同,四隩既宅,九山刊旅,九川涤源,九泽既陂,四海会同。六府孔修,庶土交正,厎慎财赋,咸则三壤成赋,中邦锡土、姓,祇台德先,不距朕行"。事情往往是过犹不及,这样一来大禹不是神也是神了。所以尽管全国的大禹庙有五六处之多,但都只能作民间信仰和民风民俗观。恰恰都江堰幸存下来了,跨越千年,屹立不倒,连地震都难以撼动。

都江堰是李冰父子所为,尽人皆知。可惜李冰是哪里人却无考。公元前三一六年,秦惠文王征服巴蜀之地,成都平原及周边自此就成了秦王朝的一个郡。公元前二五六年,李冰被任为蜀郡太守,开凿都江堰,成就一代伟业。我之所以关注李冰是何方神圣,是好奇他的治水技术承传于何人。比如祖上与魏国的西门豹有什么关系,或者像大禹一样,父亲也是水利专家,得之于家传?当然不管他受何种恩泽和培养,李冰本人无疑是治水的天才。仅在任六年,就将成都平原治理得风调雨顺,遂有了天府之国的美名。

都江堰水利工程之妙,在于无坝拦水分水。面对上游岷江的汹涌来水,前有鱼嘴分水,后有凿开的玉垒山(成宝瓶口状)引水,在鱼嘴和宝瓶口之间又有飞沙堰可再度分洪。在宝瓶口下方还有数条河流引水,这一切均形成了十分完美的组合,自此从岷山山脉飞奔而下的岷江,在鱼嘴处被分成内江和外江,原先岷江的故道成为外江,从成都平原西侧南下,直奔长江。而经宝瓶口流向成都方向的即为内江。内外江分水的比例是四比六,既能分洪,还能合理地分配水资源,满足了岷江下游农田灌溉的需要。

都说中国古人讲究"天人合一"，都江堰就是"天人合一"的典范。李冰父子在全部的工程中没有筑过横截江流的堤坝，分水或引水一切均顺势而为。故晋人常璩在《华阳国志》中引用古书的说法，极赞都江堰，"水旱从人，不知饥馑，时无荒年，天下谓之天府也"。这"水旱从人"之说，就有天人合一的意味在。当然再完美的水利工程也不是一劳永逸的，需要不断地维护。都江堰就有岁修制度来维护，还有"深淘滩，低作堰"的信条和规则要遵守。这许多细节听起来有点复杂，倒是不难理解，只是叙说起来，不那么直观。许多人慕名而游览都江堰，早有充分心理准备，一旦亲临，还是会被折服，这难道是两千两百年前的杰作吗？真是我们爷爷的爷爷的爷爷……那辈人留下的？万般神奇呀！若说中国只有一个都江堰，可以看成是天降奇迹，是上苍对川人的眷顾和偏爱。然而仅仅半个世纪的工夫，我们的祖先就修建了都江堰、郑国渠和灵渠这三大水利工程，表明在这片广袤的土地上的人民曾有以下的优秀品质：勤劳、勇敢、重实干，有创造力又有科学精神。无疑，以往对中华民族的一切赞语应该都成立！

李冰治水有功，造福四方，百姓纪念他，自然是立祠又塑像。他也难免会被传奇化和神话化。李白《蜀道难》有云："蚕丛及鱼凫，开国何茫然。"于是李冰就成了蚕丛和鱼凫的后人，不仅本乡本土化，而且家世背景也大有来头。在时间的发酵过程中，慢慢地李冰有了呼风唤雨的能力，也有降龙捉怪的本领，更有人认为，那位武功可以媲美孙悟空的二郎神，其原型可能就是李冰之子李二郎。

宋人黄休复笔记《茅亭客话》卷第一中有类似这方面的记载：

> 蜀困水难，至于白鼋生蛙，人罹垫溺且久矣。公以道法役使鬼神擒捕水怪，因是壅止泛浪，凿山离堆，辟沫水于南北为二江，灌溉彭、汉。蜀之三郡沃田亿万顷。仍作三石人以誓江水曰：俾后万祀，水之盈缩，竭不至足，盛不没肩。又作石犀五，所以厌水物。于是蜀为陆海，无水潦之虞，万井富实，功德不泯，至今赖之，咸云理水之功，可与禹偕也，不有是绩，民其鱼乎？每临江浒，皆立祠宇焉。

但是无论怎样神话化，没有人会把李冰当成纯粹的神话人物，盖因都江堰的存在，证明李冰是实实在在的一个历史人物，同时也表明在李冰那个时期，华夏民族已经有了相当高的科技水平和治水能力，且领先于全球。

五

这里，必须说说笔者的一个猜想，也可以说是关于"李约瑟猜想"的猜想。

所谓"李约瑟猜想"又称"李约瑟之问"。二十世纪五十年代出版的《中国科学技术史》的第一卷序言中，这位著名的科技史专家曾经这样写道：

广义地说，中国的科学为什么持续停留在经验阶段，并且只有原始型的或中古型的理论？如果事情确实是这样，那么在科学技术发明的许多重要方面，中国人又怎样成功地走在那些创造出著名"希腊奇迹"的传奇式人物的前面，和拥有古代西方世界全部文化财富的阿拉伯人并驾齐驱，并在三——十三世纪之间保持一个西方文明所望尘莫及的科学知识水平？中国在理论和几何学方法体系方面所存在的弱点，为什么并没有妨碍各种科学发现和技术发明的涌现？中国的这些发明和发现往往远远超过同时代的欧洲，特别是在十五世纪之前更是如此（关于这一点可以毫不费力地加以证明）。欧洲在十六世纪以后诞生了近代科学，这种科学已被证明是形成近代世界秩序的基础之一，而中国文明却未能在亚洲产生与此相似的近代科学，其阻碍的因素是什么？另一方面，又是什么因素使得科学在中国早期社会中比在希腊或欧洲中古社会中更容易得到应用？最后，为什么中国在科学理论方面虽然比较落后，但却能产生出有机的自然观？这种自然观虽然在不同的学派那里有不同形式的解释，但它和近代科学经过机械唯物论统治三个世纪之后被迫采纳的自然观非常相似。

以上这段思考包含着多重角度和含义，但是后来国人将李约瑟之问作了最扼要的概括，简言之就是中国古代科学技术十分灿烂辉煌，为什么近代科学革命没有在这块土地上发生？

其实在二十世纪四十年代，初次来访中国的前一年，李约瑟受到《自然》杂志和英国广播公司的节目邀请，想讨论的问题之一就是"中国的科学从整体上讲为什么从来就不发达"，注意！他那时说的是"从来就不发达"，而不是后来所说的"在三——十三世纪之间保持一个西方文明所望尘莫及的科学知识水平"，只是到近代，科学技术才落后。

是什么促使他改变了这一看法？都江堰！

当然，这是笔者关于李约瑟猜想的揣测。二十世纪九十年代，笔者第一次游览都江堰。突然就想到了李约瑟，此前并无翻看过他的著作，只知道他的煌煌巨著《中国科学技术史》有多少大卷，详尽介绍了中华古代科技文明，当时的直觉是这位洋人科学家一定是来过都江堰考察，只有来过此地，并亲见如此伟大的水利工程才会对中国古代科技抱有如此的热情。最近起念写此文，查阅相关资料，证实李约瑟在由英国派往中国任文化参赞的第一年的一九四三年，就迫不及待地去了都江堰。当然他原本的目的地是敦煌石窟，由重庆经成都去陇西的途中就劈面相遇了都江堰。都江堰令李约瑟着迷，惊叹不已。据说"它的设计在美学上令人赏心悦目"，也使这位曾经的剑桥博士、胚胎学专家为之折服。

他刚到中国，就奔敦煌而去，显然是受中国古代灿烂的艺术文化的召唤，或许那时在李约瑟脑海里，中国早期的人文文化发达，科技文化尚不足道。没来中国之前，他对中国的向往是对神秘而遥远的异域文化的向往，没什么科学技术方面的概念。我想一定是都江堰水利工程给他留下了难以磨灭的印象，改变了他中国科技"从来就不发达"的看法。既然都江堰改变了我这样一个土生土长的中国人的看法，不是从历史书上学会背诵中国古代文明的伟大悠久，而是从实例中收获切实的感受，也一定会改变任何一个外国人的看法。

其实，中国的近现代科技为何不发达，落后于西方？中国的有识之士在李约瑟发问的半个多世纪之前早已自问。这是一个刻骨铭心的、挥之难却的大问号。答案归纳起来虽然不容易，但大致有三个层面还是清楚的，一是思想文化传统方面的；二是体制和制度层面的；三是民族精神气质和性格特征等等。本文不想在各种答案上再增加新的内容，而是想揭示李约瑟之问的背景，同样问这个问题，中国学者或有识之士的目的是找到原因，急于改变中国的落后现状。对于李约瑟，则是想对复杂的文化现象和人类学现象做出自己的见解。据说作为生物化学家的李约瑟与人类学家有很频繁的学术交往，如与玛格丽特·米德就是好朋友，他刚进入中国的昆明，就给美国这位著名人类学家写信，谈了自己"在中国最初的三十六小时的印象"，因此有理由认为"李约瑟之问"是深受人类学界的影响。[1]

二十世纪二十年代到四十年代正是文化人类学大发展的时期，所谓文化人类学，关注的是文化在各民族的建构过程中发挥的作用。因此有关世界文化的多样性、相对性得到了人类学者足够的重视和研究。许多西方学者通过田野调查挑战了西方中心主义和单线进化论：即那种把文化看成是历时性的，由落后到先进逐渐递进的单线排列的认识模式。他们认为各民族文化有其各自的合理性，不能把全人类丰富的文化进程作为普遍的统一的历史来对待。当然更不能从现代科技的发展与否来判断人种的优劣。正是在这一大背景下，李约瑟来到抗日战争时期的中国，肯定了中华文明的伟大，并写下了《中国西南部的科学》《中国西北部的科学与技术》等论文，发表在《自然》杂志上，既从精神上思想上鼓舞了中国人民的抗日战争，也为其后的《中国科学技术史》的出版打下了坚实的基础。

当然那部伟大的科学技术史是按科学门类分卷的，如果是按历史年代排列，则都江堰、郑国渠、灵渠当为开卷。至今，它们还以当年的历史风貌屹立在中国的大地上！

（选自2017年第11期《人民文学》）

---

[1] 文思淼：《李约瑟——揭开中国神秘面纱的人》，姜诚等译。上海：上海科学技术文献出版社，2009年。

《一个人的编年史》前言

周同宾

书稿整理停当，又看一遍，忽有一种苍凉感。仿佛是转头间，年过古稀了。人生剩个尾巴，可能是兔子的尾巴。光阴真如白驹过隙，还没有来得及享受呢，已近黄昏。其实，只是后半辈子过得快，前半生挨整、挨饿时倒度日如年。

我有幸（准确地说是不幸）出生在二十世纪四十年代。我有幸（准确地说也是不幸）出生在一个偏僻乡村的普通农民家庭。三十岁后，才进了城市。四十岁后，才赶上改革开放。从少年、青年、壮年，直到老年，经历了许多事情。总体上说，前三十年迭遭风雨，多有波折，后三十年基本安定，日子过得平和。可以看出，国家的命运关联个人的遭际，时代的变迁牵扯个人的沉浮。六十多年来，我的足迹、心迹，与共和国的脚步及大多数草民的感受大体上应是一致的。我是个寒门出身的小人物，一辈子生活在基层，碰到的都是些小事件、小场面，小情景，小小的喜怒哀乐，小小的悲欢离合。这些"小"，和大的时代背景，大的历史过程，理当有些必然瓜葛。"大"影响到"小"，"小"反映出"大"。我没有宏大叙事的本领，只能写一己亲见亲闻亲历的若干"小"，希望以小见大，一叶知秋，一燕知春，一滴水中可见世界。如果说人生是个五味瓶，我尝过普通人都尝过的苦甜酸辣。如果说人生是一趟没有返程票的旅途，我看到的是普通人都看到过的一路跋涉的风景。如果说人生就像种庄稼，付出血汗，历经灾难，我和其他人一样种瓜得瓜、种豆得豆，有丰有歉，或者蚀了老本。如果说人生是个竞技场，我和其他人一样努力了，奋斗了，跌倒过，落魄过，至于得失成败，缘于自己，更缘于时运、天道。当然，我只是我，我有和别人不一样的地方，我只是个小小的"个案"。

近三十多年的故事写得较少，内容似乎也欠深刻，欠沉重。这是因为，一来这些年国家发展总体还算平顺，我个人没有太大的颠簸；二来自己没有足够的能力去揭示深层次的东西，我的生活阅历也没有提供揭示那些东西的可能。我写的是作为个体的"一个人"眼中、心中的存在，不是一群人、很多人的诸般情状。——这些辩解或许是多余的。

"编年史"云云，其实是比喻，是夸张，是文学化的说法。我不可能弄出什么"史"来，充其量只是零星的碎屑，是片片断断的史料、材料、资料，或者说，只是些现实生活的若干细节、情节、过节。老话说"隔代修史"，当代人只能积累并留下丰富的史料和细节，供后世人拣选、剪裁、使用。国家大事可能是历史的骨架，而黎民苍生的境遇，一个个小百姓的生与死、爱与恨、乐与忧、喜与惧，则是历史的血肉、魂魄和底色，是历史的表情、歌唱和呼唤。没有这些，历史可能失其真，可能变得冷冰冰的、硬邦邦的，不好接近。在著名的《二十四史》里，除了《史记》，其他各书均很少写到后者，所以读起来未免疏离、干巴、寡淡。即便《史记》，陈胜吴广等人如果一直在垄亩间舞弄庄稼，不是揭竿而起，狠狠地闹腾一阵子，也不会走进司马迁的笔下。史料、细节之类，随着一代又一代人的老死，很容易流失，泯灭。失去的，永远失去了，再也难寻觅。趁当事人还在，真应该多留些活的记录。不少人都这样做了，我以为还远远不够。我们这个民族，有很多优秀的传统，也有一些短处，健忘就是其中之一。鲁迅先生的杂文里，就一再揭示"中国人是健忘的""中国人没记性"。阿Q挨了打，受了第二次屈辱，"于他倒似乎完结了一件事，反而觉得轻松了些，而且'忘却'这一件祖传的宝贝也发生了效力，他慢慢地走，将到酒店门口，早已有些高兴了。"面对民族的劣根性，鲁迅痛心而又无奈。我们不能忘记过去，回望往昔是为了向前走得更好啊。古人云："前事不忘后事之师。"西谚说："被一块石头绊倒两次的人是可悲的。"我们不该忘掉了许多事，我们曾被同一块石头绊倒多次啊。

我弄的是文学，凭借的是记忆。一切文学都来自记忆，即便写畅想未来的文章，也必以曾经的生活为依据。客观事物入眼、入耳、映于心，形成记忆。主观的记忆有可能遮蔽一些事物，改写一些情景，不太准确，不太精确，但大体上应是八九不离十。我的写作，坚守尊重记忆，绝不遮蔽记忆，改写记忆。即便错了，我也认了。

我的父母、祖父母都是文盲。他们经历了那么多的事，那么多的劳苦辛酸，却没有留下片纸只字。我庆幸，读了书，识了字，学会了写文章，有能力把我的记忆写下来，尽管写下的只是很少一部分，而且很不到位。毕竟写了，稍感心安。

（选自2017年1月百花文艺出版社《一个人的编年史》）

谁是临花照水人

苏妮娜

而今，"闺蜜"成了全社会都热衷谈论的中国式关系。改编自亦舒原著的电视剧《我的前半生》中，子君"黑闺蜜上位"被狠狠指责"人设崩塌"。另一边，被闺蜜撬走男友的女二号唐晶又成了最让人"心疼"的人，此外，还有一顶"中国式闺蜜"封号加顶，意思是唐晶愿意为友情而冷落爱情、愿意为好友放下身段做一些高冷女知不屑一顾的事，这是她的义气和血性所在。群众这番众口一词：子君不是真正的亦舒女郎，唐晶才是。

以我的浅见：两个都不是。电视剧掀起的话题与亦舒原作本来的精气神相去太远。过去总有人说亦舒的小说不好改编，那是因为亦舒对于爱情孤注一掷、情天恨海式的燃烧，与对于其他人际关系坚壁清野、冷眼退避的方式，还有，这种方式背后隐含的清醒、孤立、决绝的观念，正是"背对人群"的。电视剧版唐晶一早要为子君包办一切，宠溺一切的态度，埋下了日后子君"越界"的冲动。帮该帮的忙，讲该讲的话，不邀功，不托大，及时抽身，这几者相加才是亦舒女子之间的友谊——一种临花照水遥遥相望的关系。原著中，唐晶是那个最早维护她的人，但也最早点醒她要对自己婚姻失败负责、切忌躺在受害者的身份上爬不起来。这个唐晶不是那个会煲汤、打小三、处处绕着她转的人，她与她，是谁也不攀附谁、是以平等为基础的相互扶持。

小的时候，我们总想与小伙伴形影不离，上个厕所都挽着手。学生时代一起美美美逛街剁手借小说看电影。但是，成年之后呢？如果又有共事的机会呢？如果身在狭窄的利益圈子呢？如果上天安排成了对手呢？安妮宝贝的《七月与安生》讲述的就是这样的故事吧。成年之后，命运的偶然性多了起来，无法再依赖幼时建立的情感，貌合神离的朋友多了起来，事实上，我们开始惧怕黏腻、共生的关系。在紧密的关系中，易于孳生没有界限和没有自我的"孽缘"。既害怕孤独，又惧怕"情热"灼伤，这是现代人时时面临的困境。抑或不止于现代人，如金庸带上佛教意味的"无人不冤，有情皆孽"的故事，也是对这种娑婆世相的摹写。亦舒是畅销作家中的异类，她对于这种心境的把握领悟，通透而准确，她与金庸一样，是以冷眼人世的人。

亦舒的故事中不乏女人间的友谊，但好像离"闺蜜"相去甚远，毋宁说是一种"心照"。随着年龄渐长，入世渐深，我们越来越能体会"静水流深"式情感的可贵。《她比烟花寂寞》中，报社主笔徐佐子为女明星姚晶做过采访，写过报道。等姚晶突然过世之后，她被指定为遗产继承者。徐佐子不明白为何丈夫、情人、密友、女儿、亲属一样不少的姚晶要把遗产给自己，为追究一个明白，渐渐深入姚晶寂寞孤清的情感世界中，一度无法自拔。徐佐子与姚晶，正是这种远远的追慕。亦舒愿意采信的，多年之后仍令我们心折的那种人与人之间的关系，大概就是如此。是隔着距离的关系，还有一种隐约的互为镜像、互相成全式的理解。

仔细看，刻画女人的中国故事中，多数都有这一类友情的影子。关于性格与命运互为因果的追索中，总是并置着一对两对这样的关系，《红楼梦》自然是现成的例子。例如，宝钗到底是凉薄势利，还是清醒凛冽呢？这些追问从来都没有固定答案。一般来说，人们总是在她对人的态度方式中揣测她的性情，宝钗其实也时时变化。但不变的是她的距离感，在大观园中，宝钗比任何一个人都注重自身与他人的界限。黛玉是挂了相的孤傲，"孤标傲世携谁隐，一样花开为底迟"，但是黛玉毕竟还在不停向人索要情感，所以终究是示弱的。宝钗的随和、守时、剔透，其实掩盖了她的强大，也许比起黛玉来，宝钗的孤傲更加彻底。尽管如此，两人在经历了龃龉、别扭、试探之后，她还是特意跑去探望黛玉，说了些好好养生的道理，引出黛玉一大篇子掏心掏肺的话，二人终于达成谅解。其实二女的关系，并不像世人想象的那样，时时围绕着与宝玉的婚事转。两位心性高洁美丽的女儿，抛除芥蒂，结下"心照"的友谊，这种情感独立于他人，也排除了利害关系，因此而美好。我不认为这时候的宝钗有什么虚与委蛇之处——只不过她平时谦和周到，人们并没有注意到，她与黛玉一样，向来不与俗人为伍。宝钗与黛玉，毋宁说也有种"临花照水"的情分。

如果你深入人世，就会发现，我们身边，总有这种似淡时浓、欲浓还淡的牵扯——或者应该叫缘分。若放到男女关系中，大概就像王家卫的电影《一代宗师》中，女人与男人相识了半辈子，这才有机会说上一句："叶先生，我的心里有过你。"若是一定要我给个解释，这个"心照"是什么，也许就是：在确认并承担了自己的孤寂之后，再向别人的命运投去赞许的注视。是你心性相投的人，这个注视便不免渐渐长久，久成一种流连。对，就是这遥遥的注视。

（选自2017年7月7日《中国艺术报》）

远逝在田园

羿　愚

　　我的家乡在江南平原，那里河流密布，水网如织。可以说，在我整个童年与少年时代的印象中，一直是水维系着这个世界，同时，也是水阻隔了这个世界。我想，我是属于极少数的那种生于水乡而对水又如此深怀恐惧的人，不光是因为水可以让人联想到窒息，也不光是曾目睹过那么多人的步伐止于岸边、滩头，我始终觉得是水分隔了那些土地，让一块变成两块，让一个世界变成几个，而土地与世界恰恰是两种最能决定人命运的东西。

　　记得在我的少年时代曾认识一个热恋中的女孩，为了与她的情郎相会，她每天晚上都在星空下把自己脱光，托着衣服泅渡过那条宽阔的河，也许只为片刻的温存，也许情欲远比激流汹涌。然后，女孩又拖着那些衣服回她对岸的乡村。可惜，当时想得更多的是女孩在月光下波光粼粼的身体，而忽略了她在一条河面前的勇气，以及这种勇气背后一个女人纤弱身体里的力量。也许，它比爱情更复杂一点，比世俗更单纯一点，因为那是20世纪80年代初，一河之隔的城乡是无数人一生都无法泅渡的天堑。

　　那时候，"田野里还没有公路，田野的半空中也没有高速公路。一到秋天，金黄色的稻浪被风吹鼓着，推推搡搡地卷着田野一直涌到天边……"那时候，我们全部的世界恐怕只是手里紧攥着的那把全国粮票；那时候，乡村的宁静如同河底的潜流，只要你静下心来就能听到那么多模糊的声音在响彻。

　　而现在，乡村早已成为公交线路上某个站头，没有什么可以阻挡汽油驱动的车轮。可乡村却真的静了，一种犹如死寂般的沉静。有一次，我曾在一个村庄里四处寻找，可我找不到一个孩子，也找不到一个壮年的男人或女人。他们都去了城里。村里的老人告诉我，他们只在每年春节的时候才回来。

　　有人说过一句戏言：哪怕村里有像样的树，如今也被挖进了城里。我想那棵村里的树此刻就种在无数住宅小区的花园里，只要你推开窗就可以看到一种美丽的田园风光，而我们记忆中的田园呢？恐怕只能翻开书在王维与孟浩然的诗里去重温了。

10年前，写《失明的孝礼》时的那种心境，现在已经想不起来。不过，可以清楚记得，那时的房价远没有现在高，天空中也没有雾霾。我从乡里小镇来到城市，刚过上了以写作为生的日子。一切看上去是那么的恍惚，以至于每天睁开眼睛，都是一种乡下人看待城市的目光，而一切似乎又是那么的美好，美好得让一个乡下人开始奢望能在城市安下家，扎下根。

那时候，我住在一幢旧楼的4层。那幢建于70年代的旧楼，有时候它就像生于那个年代的我们。

《失明的孝礼》这个小说意外地获了南方的一个奖项，我清楚地记得，就在我动身去广州的前一天，早上醒来发现放在床头的手机、手表都被盗了，小偷不光掏干净了我的钱包，连裤子上的皮带都没有放过。于是，我提着裤子去马路对面的公安局报案。尽管后来再也没有谁告诉过我这个小案件的结果，10年就这么过去了。10年，它让一个来自乡里小镇的男人改头换面，让他一次又一次地纠正过他的步伐。10年前，他坚信写作是可改变生活的，但慢慢发现，写作其实改变了他整个的人生。

不知道别人是不是这样，但我确实如此。我总把一个小说的结束，看成是内心对一种生活的挣脱。我想在我的一生中都不会经历我的小说《荒日》中马大成的经历，但我同时也能理解一个男人面对困境时所做出的选择，那必定是他内心必然的选择。这是值得我们尊重的。这个世界上还有多少人能真正屈服于自己的内心？其实在一开始的时候是打算写三个关于马长久的故事，从他的死亡开始，用三个中篇来讲述一个人的老、中、青岁月。我把三个题目打进我的文档，然后关掉电脑，面对黑夜开始想象一个人漫长的一生，想象使人忘却。在此后的一年中，人生的变幻使我离开小镇来到城市。生活就是这样，习惯把一个简单的人变得复杂，让一种平淡的人生充满诱惑。我几乎忘掉了曾经对一个人物的苦苦思索，直到有一天傍晚经过少年路时，目睹了一个维吾尔族少年在人行道上焦急地等待他的父亲。这让我重新记起了那个叫马长久的少年，记起了他从乡村来到城市寻找父亲的那个晚上。他在一条20世纪60年代的石板路上越走越近。写作就是这样奇怪，它可以使一个渐行渐远的人在一个晚上忽然重回你的面前，并且对你纠缠不休。但与此同时又是那样的无能为力，在那个不算漫长的过程中，我不得不放弃这个孤独的少年，反而挑选了他的父亲。让一个人的一生变成另一个人的短短几天，这也正是写作的迷人之处，还有什么可以使片刻成为永恒？

此时此刻重新记忆那段写作日子，我只能看到一个自行其乐的男人与一条暗淡破败的街道。这些印象完全来自一个人的想象，但当我的长辈们在这个物质时代里回忆那个时候真苦的时候，我想起了比现在更年轻时的某一年，我在一座深山里见到一个整天以两个红薯度日的少年。那里的天是那样的蓝，山是那样的绿，水是那样的清，而他的笑容是那样的灿烂。我想那个少年之所以有这样的笑容，是因为他的眼睛里除了天空与山水之外，他并不知道外面的世界是如何的精彩。而我们的苦难正是来源于那些渴望而不可即的美好事物，如果世界真是这样，那么信仰也许将会再次因想象而产生。

（选自2017年第5期《作家通讯》）

莫言的一锅 "乱炖"

唐小林

　　《我们的荆轲》是莫言在获得诺贝尔文学奖之后，趁热出版的一部话剧剧本。在这部书的腰封上，赫然写着这样两段推广语："中国首位诺贝尔文学奖得主莫言新作"；"莫言'将魔幻现实主义与民间故事、历史与当代社会融合在一起'。——诺贝尔奖评委会"。在该书的"莫言采访之三"中，莫言告诉记者说："我们一直将《史记》当信史读，但其实这部书里，司马迁想象的成分很多。他写的也是他自己心中的历史。他对历史人物的爱憎，也影响了他对历史的真实记录。我写《红高粱》时就认识到，历史其实就是传奇，因为最初的历史是口口相传的，人们在传说历史时，都在发挥自己的想象力，添油加醋，夸张神话。我现在还活蹦乱跳，但在我家乡，已经有人在'神话'我了，譬如说我过目不忘，说我能背诵《新华词典》，其实，我记忆力很差。所以，我建议将历史当成文学看。"

　　读罢莫言的这段话，我真佩服其卓越超群的想象力和将历史当作儿戏的放言无忌的"大嘴巴精神"。如此不靠谱的话，既是对司马迁的不尊重，也是对历史的不尊重。古往今来，人类历史上所有历史学家所付出的艰辛和不懈努力，都被莫言的信口开河全盘抹煞了。按照这样的逻辑，世界上根本就不存在真正的历史，更不会有什么真正的历史学家，所有的历史学科，都应该迅速取消掉。莫言之所以敢于挑战司马迁，一方面说明他偏激的思维方式有失全面和客观，另一方面则说明，莫言对历史的理解，仍然是晃来荡去的"半桶水"。

　　司马迁在写给任安的信中，说出了自己对于写作《史记》的宏伟理想："亦欲以究天人之际，通古今之变，成一家之言。"为此，司马迁忍辱负重，耗费了毕生精力。他广泛地阅读了《诗》《书》《易》《礼》《春秋》《秦记》《世本》《战国策》《楚汉春秋》，以及《禹本纪》《山海经》，同时还阅读了大量的汉家档案文书等。为写《五帝本纪》，他从长安出发，来到了湖南省宁远县境内，这个古代传说中帝舜南巡去世埋葬于此的九嶷山。为了写《屈原贾生列传》，他千里迢迢，来到古长沙国的罗县，访问了汨罗江乡亲。即便是写那些远古的历史，司马迁也并非像莫言所臆断的那样，凭空想象、虚构历史，而是满怀着对文字的敬畏和对历史的尊重，东浮大江，南登庐山，一路悉心思索，一路实地考察了"禹疏九江"的传说，然后顺江而下，来到了会稽山，考察了传说中禹王曾经居住过的"禹穴"。为了写作《孔子世家》和《秦始皇本纪》，司马迁不顾道路艰辛，到达了鲁国的都城（今山东曲阜），拜访了孔子墓和阙里，瞻仰了孔子庙堂，以及里面的车服、礼器等遗物。他还到了诸多重要历史人物的故乡和事件的发生地，考察历史事件发生的人文和地理环境——他到过孟尝君曾经封邑的古城，对当地的父老乡亲进行口述记录，并到过楚汉战争的必争之地，西楚霸王项羽的都城，以及刘邦、萧何、樊哙等历史人物的故乡……在撰写《史记》的过程中，司马迁从来就没有像莫言所说的那样，把人们添油加醋、捕风捉影的东西胡乱写进书里。

事实上，如《史记》中的《刺客列传》，完全就像是今天我们所说的"口述史"。司马迁特意在文中解释说，荆轲刺秦王的事，是公孙季功和董生讲述给其父亲司马谈的。刺秦这件事离司马迁出生也仅仅只有82年，而书中的许多资料，都是司马迁在调查了众多的古代传闻和故事、接触了当代许多重要的历史人物之后，所收集到的第一手资料。

对历史一知半解的莫言，也许根本就不知道，尽管历史有时会被当成可任意打扮的小姑娘，但更有许多史官"据事直书"，如太史伯、太史仲、太史叔、太史季兄弟，在崔杼弑其君齐庄公，强令改写历史的强权面前，不怕淫威、不怕杀头，毅然据实书写，执着地将真相告诉未来的历史学家。也许莫言更不知道，在中国历史上，更有董狐这样秉笔直书的"良史"。在撰写《史记》时，司马迁始终本着"原始察终，见盛观衰"的思想。在《封禅书》中，他无情地抨击了汉武帝不顾民生，热衷鬼神，享乐于方士们对自己的欺诈。对于老子思想中的糟粕，司马迁同样进行了有力的批判，并力图为后来的人们观察历史提供一种有效的借鉴。

正因为这种对历史负责的精神和批判锋芒，司马迁的《史记》才被鲁迅先生盛赞为"史家之绝唱，无韵之离骚"。古往今来，无数卓越的历史学家，都对司马迁给予了高度的赞扬。西汉的刘向、扬雄，东汉的班彪、班固父子，无不称赞司马迁的《史记》是历史的"实录"；即如班固所言："其文直，其事赅，不虚美，不隐恶。"（《汉书·司马迁传》）

由于对历史存在着片面的误解，莫言在写作历史剧的时候，采取的是当今某些影视剧为了吸引观众眼球、增加票房而进行的大胆解构和戏说。莫言的"历史剧"，除了剧中人物的名字是"历史"的，事件和故事都是犹如一锅猪下水一样的"乱炖"。

莫言说:"《我们的荆轲》取材于《史记·刺客列传》,人物和史实基本上忠实于原著,但对人物行为的动机却做了大胆的推度。我想这是允许的,也是必需的。"在《刺客列传》中,司马迁所记载的五位刺客,除了曹沫缺乏可信度之外,其他如专诸、豫让、聂政和荆轲四位,都已得到历史学家的首肯,而这些刺客都体现出了弱者在强者面前如何维护自己的尊严、小国如何抵御外来入侵和污辱以及"士为知己者死"这样一种昂扬向上的壮丽人生。但在《我们的荆轲》中,一位千古英雄,却成了不学无术、钻营行贿、一心想出名的无耻宵小。莫言借剧中人物秦舞阳之口,大肆矮化和妖化荆轲,称其"每到一处,就提着小磨麻油和绿豆粉丝去拜访名人。哪里有名人,哪里就有他的身影……"继而又将荆轲塑造成一个劣迹斑斑、罄竹难书的卑鄙之徒:"我曾经欺负过邻居家的寡妇","我还将一个瞎子推到井里","我出卖过朋友,还勾引过朋友的妻子","总之,我干过你能想象的所有坏事"。如此的"妖化",难免会让读者产生怀疑乃至愤怒:太史公怎么会如此"有眼无珠",居然把荆轲这样无恶不作、人面兽心的人渣,打造成为人所景仰的一代豪杰?

运用这样一种解构方法,莫言动辄对那些历史人物肆意抹黑。在另一个剧本《霸王别姬》中,莫言对"力拔山兮气盖世"的千古英雄项羽,照样进行了如出一辙的"解构"。莫言说:"历史剧,其实都是现代人借古代的事来说现代的事",项羽"与其说是一个历史人物,不如说是一个文学典型更为合适"。在莫言看来,项羽这个人物,除了名字是真的,其他都可能是假的,因为所有的文学典型,都有可能是不真实的。按照这样一种推翻、"强拆"历史的逻辑,为了建构所谓的新发现、新观点,所有的历史和人物都有可能遭到强行解构——如此行径,就像"黑旋风"李逵一般,看谁不顺眼,就抡起板斧,一路砍去。

莫言的这种"历史剧",最终只能给人们认识历史造成新的混乱。莫言的文史知识可谓惊人的肤浅,这从《我们的荆轲》一书就能看出来,但他不但没有感到羞愧,反而因一时的"成功"而宣称,支离破碎的教育经历,是他最庆幸的地方:"很庆幸我读书较少,保护了我的想象力。"真是黄钟毁弃,瓦釜雷鸣!这种罕见的奇谈怪论、井蛙之见,无疑是对知识的诋毁和对读书人的公开凌辱。

纵观莫言的创作,谁也无法否认,正是因为读书少,使他虽从事写作数十年,但文字功夫一直都不过关,甚至连最基本的"的""地""得"都分不清楚。大量的文史知识"硬伤",更是使他的作品常常是泥沙俱下,乃至洋相百出。形形色色的差错,在他的"历史剧"中随处可见,实在是令人错愕——

一、张冠李戴,货不对板。因为缺乏必要的文史知识,莫言对许多历史事件和人物常常是云里雾里、张冠李戴。当秦舞阳拿荆轲开涮时,荆轲居然说出了"燕雀安知鸿鹄之志也"这样的本属陈胜的话。当项羽四面楚歌,被汉军围住的时候,侍卫久久没能寻找到失踪的虞姬而被霸王怒斥,侍从如此禀告:"大王,敌军围困万千重,只怕夫人她进不来了……""敌军围困万千重"语出毛泽东的《西江月·井冈山》,只是两千多年前的侍从居然都能吟诵,怎不让人联想到关公战秦琼、张飞杀岳飞?燕太子丹为了拉拢荆轲,竟然派人将捉来的猫头鹰的脑子烘干,研成粉末,让荆轲服用补脑。当燕姬劝荆轲服用这"补脑汤"时,说了一句"病笃乱投医";而这句话,要到清朝时,才第一次由《红楼梦》中的贾宝玉对紫鹃说出来。

二、缺乏科学和文化史知识。在《我们的荆轲》中,田光举荐荆轲时,勉励荆轲说:"你不要辜负了我这颗白发苍苍的头颅啊,荆卿!"为了奉劝荆轲抓紧刺秦,田光现身说法地说:"仅仅三年,我就老得骨质疏松,行动不便,遗憾啊遗憾,可惜啊可惜。"在《霸王别姬》中,侍卫告诉虞姬说:"大王让传令兵带来了一只睢水镇脱骨烧鸡和一瓶睢水大曲,请夫人享用。"在古代中国,只有中医而无西医。我们今天所说的"骨质疏松",中医称为"肾全虚性骨痹",或者叫作"骨痿""骨枯""骨痹"等。所谓"骨质疏松",则是明末清初西方近代科学和医药学随基督教一起到来后才出现的;而"曲酒"之说,也是人们真正搞清楚什么叫作"糖化发酵剂"之后才有可能出现的。

我总觉得,莫言写历史剧实在是太不考虑后果了。一个作家要想摔得更惨,最好的办法就是把读者当阿斗,而去胡写、瞎写。莫言曾说:"写作时我是个皇帝。"但也许正是因为这种"皇帝心态",他在写作时才总是不尊重笔下人物,不尊重历史,将信笔瞎写当作思维敏捷,将胡编滥造当作才华横溢。由此一来,文史"硬伤"便难免铺天盖地了——

> 吕雉对虞姬拍马屁说:"我早就知道你是菩萨心肠,不会杀阶下之囚。"
> 项羽在拔剑自刎时激动地呼喊虞姬:"虞,你慢些飞去,等着我。让我扔掉这臭皮囊,让我拉住你的裙裾——

"菩萨心肠"和"臭皮囊",都是来自于佛教的词,而佛教传入中国,却是在汉朝的时候。"阶下囚"的说法,来自于元末明初的《三国演义》:白门楼上,吕布向刘备求助说:"公为座上客,布为阶下囚,何不发一言而相宽乎?"——这些,都不是生活在公元前241年—公元前180年的吕雉所能提前知晓的吧?

> 项羽不满范增没有回到江东,生气地说:"天要下雨,娘要嫁人,要走就走,何必挽留?!"

"天要下雨,娘要嫁人"出自这样一个典故:皇帝欲招进京赶考的书生朱耀宗为驸马,朱说,母亲含辛茹苦,将自己抚养长大,且多年守寡,请皇上为其树一个贞节牌坊。皇上非常感动,欣然应允,可是母亲闻听此事,却感到不安。她告诉儿子,她早就和他的老师张文举好上了，之前只是怕影响他考试而没有告诉他，而如今正打算结婚。这样一来，朱耀宗就犯了欺君之罪。母亲长叹说："儿子，咱们听天由命吧。明天你替我把裙子洗干净，一天一夜晒干。如果裙子晒干了，我就答应不改嫁；如果裙子不干，就说明老天爷要我改嫁。"想不到，头天还是大晴天，第二天却突然下起了暴雨，母亲的裙子始终是湿的。母亲只得告诉儿子说："孩子，天要下雨，娘要嫁人，这是天意，天意不可违！"事已至此，朱耀宗只得向皇上据实以告，请皇上治罪。皇上非常理解，御批说："不知者不怪罪，天作之合，由他去吧。"——值得注意的是，这则民间传说的背景是科举考试，而我国的科举考试，最早萌发于南北朝时期，到了唐代才真正成型。那么，项羽又是如何早早就知道了"天要下雨，娘要嫁人"这句话呢？

> 吕雉与虞姬争风吃醋，告诉虞姬说："你那子羽是与你一样的痴情种子，他怎么会喜欢我？你这是往耻辱台上推我……"

古今中外，根本就没有什么"耻辱台"，而只有"耻辱柱"这样的说法。而"耻辱柱"也是西方国家用来惩罚罪犯的工具，即把罪犯钉在上面，展示给世人，以儆效尤。

> 田光："荆卿啊，今日太子殿下派车把我接到宫中，屏退左右，对我说：'先生啊，燕秦两国，誓不两立。秦王亡我之心不死，三五年内，必将对我燕国发起进攻。'"

如此的穿帮，让我就像在古装电视剧里看见了天上的飞机一样，真不知是该笑，还是该哭。"亡我之心不死"，出自毛主席语录。在那个非常年代，毛主席曾用"苏联亡我之心不死"和"帝国主义亡我之心不死，要时刻提高警惕"来告诫国人。

> 虞姬告诉荆轲，侠客的性命本来就不值钱。对于侠客来说，最重要的是用不值钱的性命，来换取最大的名气。一次成功的刺杀，就像"有情人终成眷属"一样平庸。

或许，莫言并没有读过《西厢记》；倘若读过，就应该知道该剧第五本第四折中"永老无别离，万古常完聚，愿天下有情的都成了眷属"这一句唱词；它绝不是从虞姬口里说出来的。

> 吕雉与虞姬针锋相对，唇枪舌剑："夫人也能发河东狮吼？"

苏东坡的好友陈季常十分好客，并喜欢"蓄纳声妓"，每来客人，就以歌舞宴客。他的妻子柳氏脾气暴躁，常为此醋意大发，不断用木棍敲打墙壁，令客人尴尬不已，只好散去。为此，苏东坡就用佛教中"狮子吼则百兽伏"来戏谑她。

> 虞姬与吕雉谈论美容，虞姬说："这眉毛还应画得更细。"吕雉说："你还要贴上两片花黄映衬我的云鬓。"

花黄是古代流行的女性额饰，又称额黄、鹅黄、鸭黄、约黄等，是把金黄色的纸剪成各种装饰图样，或是在额间涂上黄色。这种化妆方式，起源于当时佛教的盛行。爱美和追逐时髦的女性们，从涂金的佛像受到启发，将额头涂成黄色，于是，逐渐形成了风气。在虞姬生活的年代，连佛教都没有传入中国，吕雉懂得哪门子"花黄"？大概莫言根本就不知道虞姬和吕雉究竟是什么头饰，或许只是半生不熟地读过北朝民歌《木兰辞》，知道有"当窗理云鬓，对镜贴花黄"的句子。

> 虞姬告诉吕雉："吕雉，霸王和汉王正在相持，鹿死谁手，还没定局。在这关键时刻，只要项王能得到一个贤内助，那刘邦之败就不容置疑。"

"鹿死谁手"出自唐代房玄龄等编撰的《晋书·石勒载记下》："朕若逢高皇，当北面而事之，与韩、彭鞭而争先耳；朕遇光武，当并驱于中原，未知鹿死谁手。""贤内助"则出自《宋史·后妃传下·哲宗孟皇后》，宣仁太后语帝曰："得贤内助，非细事也。"

> 范增对项羽说："大王，忠言逆耳利于行，良药苦口利于病。方今刘邦已困守孤城，兵疲粮绝，正可一鼓而歼之……"

瞧，明朝万历年间才出现的《增广贤文》中的关于"忠言""良药"的警句，居然被范增用来规劝楚霸王项羽。

> 吕雉为了勾引项羽，谎称虞姬为了让项羽能够成为千古一帝，激励其奋发立志，于是急流勇退地将吕雉推荐给了项羽。项羽听罢此言，不禁满腔怒火，大声斥责道："你这信口雌黄的贱妇，撒谎也撒得不着边际！……"

古人书写的时候，用的是一种黄色的纸，如果写错了，就用雌黄涂抹重写。"信口雌黄"的说法，来源于《晋书·王衍传》：王衍每天都在清谈玄说，常常自相矛盾、漏洞百出，于是人们就将其言论称为"信口雌黄"。荆轲生活的时代，连纸都还没有发明出来，他怎么会知道后世的人们在书写的时候会用上雌黄？

> 项羽在四面楚歌时，悲痛欲绝。他思念虞姬时，简直就像一个"小文青"，特别富有文艺范："月亮啊，在你的光辉下我们玩耍游戏，在你的抚摸下我们结成夫妻，在你的注视下我们伤情离别，在你的帮助下我们能不能破镜重圆？月亮，月亮，你这千古的媒妁，能不能告诉我，我的虞在哪里？月老啊月老，你能不能抛下万丈的红线。"

"破镜重圆"的典故，是南朝末年的事儿：陈国的驸马徐德言和妻子乐昌公主预料到夫妻必然分离，就将一面铜镜一劈两半，二人各执一半，以作日后重逢之信物，并约定每年正月十五到街市去卖镜以为联系手段。后来，夫妻二人果然在集市上凭着破镜再次相逢。

而月老的传说，则是来自于唐朝小说家李复言的小说集《续玄怪录·定婚店》。书生韦固夜宿宋城，在旅店里遇到一位老人在月光下翻看"天下人的婚书"，带着一个装满用来"系住夫妇之足"的红绳的袋子，这就是俗语"千里姻缘一线牵"和"月老"的来历。

> 项羽痛斥吕雉编造的谎言，吕雉却一心要委身于项羽，并言之凿凿地说："我那可怜的妹妹（虞姬），倾城倾国的美人，她……她已经自缢身亡……"

汉武帝时期，音乐家李延年有一个长得国色天香的妹妹，为此，他特意为她写了一首诗，并谱成曲唱道："北方有佳人，绝世而独立。一顾倾人城，再顾倾人国。宁不知倾城与倾国,佳人难再得。"汉武帝非常动心,问李延年佳人在哪里。李延年说,佳人就是他的妹妹。汉武帝见到李延年的妹妹，果然名不虚传，决定纳其为妃。

> 吕雉在虞姬面前大秀恩爱说："妹妹，你也许不知道，想当年，姐姐也是沛县城里有名的美人！我与那刘邦，也曾像你与项王一样，卿卿我我，片刻也不能分离……"

《世说新语·惑溺》中记载，王戎的妻子常称他为"卿"，王戎不高兴地说："妇道人家称自己的丈夫为'卿'，这在礼数上是很不敬的，以后可不能这样叫。"王戎的妻子理直气壮地说："我亲近你爱恋你，所以才叫你'卿'。我不叫你'卿'，谁该叫你'卿'？"

> 荆轲慷慨悲歌："风萧萧兮易水寒，壮士一去兮不复还。"高渐离触景生情，悲愤地猛击筑："家有贤妻，可令愚夫立业；世无英雄，遂使竖子成名……"

《晋书·阮籍传》记载，阮籍登上广武城，看到当年楚霸王项羽与汉高祖刘邦交战的遗址，因为很蔑视刘邦的人品和才能，不禁叹息说："时无英雄，使竖子成名。"

历史剧最基本的要求就是要有"历史"。在莫言的这些历史剧中,这样的"穿帮"可以说比比皆是。剧中的人物，能说出中国任何一个朝代中其他历史人物的话。在读莫言的剧本时，我仿佛就像是从曹操的古墓里，发现了儿童时代的曹操遗骸，唯一的感觉就是牙快被笑掉。而莫言自信满满地告诉记者说："戏剧创作方面，我是一个学徒。但我有成为一个剧作家的野心。"他却不知道，会写小说，却未必就能写剧本，正如鱼可以在水中畅游，却未必能够在岸上爬行。

莫言总是以读书少为荣，其闹出的笑话，岂止是一箩筐。他读书最显著的毛病就是囫囵吞枣。高渐离对秦舞阳和狗屠说："方今乱世，只要是真英雄，总会有用武之地。习得屠龙艺，货与帝王家，让我们耐心等待时机来临吧。"在这里，莫言把"屠龙艺（术）"的意思，完全弄拧了，误以为屠龙术是一门绝好的超强本领，但事实却恰恰相反。

所谓"屠龙术"，出自《庄子·列御寇》，说的是一个叫作朱泙漫的人，向支离益学习屠龙，耗尽了千金家产，三年学会了屠龙的一整套技术，却没有龙可杀——这种技术根本就派不上用场。因此，人们就将毫无用处的本领，叫作"屠龙术"。如此不中用的"本领"，怎么可能"货与帝王家"？正确的说法是"学成文武艺，货与帝王家"，因为在古代的中国，文和武都被看作一种艺，有了这种本事，就可以受到帝王的重用。古代的读书人曾说："一事不知，儒者之耻。"面对如此之多的文史差错，莫言难道真的就是债多不愁、虱多不痒，一点都不会感到脸红吗？

如果说，在小说中莫言知识的欠缺还勉强可以藏着掖着，但写历史剧，却真的就是在自己为难自己。

在《我们的荆轲》中，荆轲称："荆轲小国寡民，一向寄人篱下，眼界狭窄，没见过盛大场面。"老子《道德经》中所说的"小国寡民"，是指国家小，人民少；而莫言却将"寡"，当成了"寡人"的"寡"，将"寡民"误以为荆轲在太子丹面前的谦称。莫言应该知道，在古代中国，只有皇帝才能称自己为"寡人"，其他的人，给他十个胆子，也不敢这样自称的。又如，燕太子丹对荆轲说："久闻大名，果然是气韵生动，头角峥嵘，名不虚传也！"南朝齐、梁间画家谢赫在《古画品录》中，首先提出了绘画的"六法"，作为人物绘画创作和品评的准则，而"气韵生动"，则是作为第一条款和最高标准。它指的是绘画的内在神气和韵味，达到了一种鲜活的生命洋溢的状态，并非是对人的评价。说一幅画气韵生动，是对其最高的赞赏，但说一个人气韵生动，就颇有点不伦不类，莫名其妙。再如："凡是想在燕京侠坛立腕扬名的，必须去拜他的码头。"荆轲生活的时代，燕国的都城叫作"蓟城"，哪有燕京这样的说法？

尽管莫言宣称"我有成为一个戏剧家的野心"，但从实际的创作来看，莫言仅仅是在邯郸学步：

项羽：苍天啊苍天！你不公道啊！你善恶不分，良莠不辨，你算什么苍天！你说，你说！

苍天啊，你欺负我项籍；月亮啊，你沉默不语……

——莫言《霸王别姬》

窦娥：有日月朝暮悬，有鬼神掌着生死权。天地也只合把清浊分辨，可怎生错看了盗跖颜渊；为善的受贫穷更命短，造恶的享富贵又寿延。天地也，做得个怕硬欺软，却原来也这般顺水推船。地也，你不分好歹何为地：天也，你错勘贤愚枉做天！哎，只落得两泪涟涟。

——关汉卿《窦娥冤》

荆轲：燕姬，趁着这良辰美景，让我再看一眼你美丽的面容。让我再吻一次你娇艳的樱唇，让我再嗅一次你秀发的芳香。明天，就要在太子面前实战演练，后天就要启程远行。

——莫言《我们的荆轲》

在分离的那一瞬间，让我轻轻说声再见，心中虽有万语千言，也不能表达我的情感。在这短短的一瞬间，让我再看你一眼，不知何时才能相见，不知何时回到你身边。让我再看你一眼，看你那流满泪水的脸。让我再看你一眼，我要把你记在心间。

——郭峰《让我再看你一眼》

在莫言的历史剧中，我们不但感受不到什么历史的气息，反而觉得荆轲和燕姬、项羽和虞姬们，就像是生活在今天的 90 后小青年。他们"放电"的时候，不是甜得发腻，就是让人酸掉大牙。荆轲对燕姬说："我宁愿做一只恋爱中的青蛙，放开喉咙歌唱，然后尽欢而死，也不愿做·只长命百岁的蛤蟆。"燕姬挑逗荆轲说："你做不了青蛙，也成不了蛤蟆，您是肩负重任的大侠。（笔者按：燕姬对荆轲前面用"你"，后面又用"您"，这种矛盾的称谓，究竟是何道理？）所以啊，先生，还是省点时间和精力，仔细谋划一下你的刺秦大计……"荆轲问："为什么真理多半从女人的嘴里说出？"燕姬说："因为女人更喜欢赤身裸体。"在剧中，项羽不但称虞姬为"小宝贝"，而且还称其为"小鬼头"——总之，怎么甜腻，项羽就怎么来。

不仅如此，莫言还将当今现实生活中一大堆时髦的热词，诸如什么"人生哲学""抢占道德高地""小肚腩""别闹了""产权""创意""丫"，等等，如下饺子一样，一股脑地倒进他的"历史剧"这口大锅里。要知道，在古代的中国，根本就没有"哲学"这一说法，它来自东邻的日本。如果历史真的可以随意组合，任意混搭，在莫言今后的历史剧中，很可能就会出现唐太宗召开电话会议、官员上朝时须先扫描官方"二维码"、安禄山与杨贵妃半夜微信私聊、朱元璋与"我奶奶"在高粱地里野合等荒诞不经的情节。

（选自2017年第1期《文学自由谈》）

无关颜值的写作

刘世芬

中秋节前，我与一位作家女友参加一次聚会。席间有位男性贵宾，酒过三巡，直向我身边这位女友走来敬酒，脱口而出："你这么漂亮，还写什么作？"

这句话，让我立即想起"漂亮"的消费性——显然，在他眼中，必须重视并利用"漂亮"的使用价值，而写作岂能与"漂亮"相比！

我得承认，这位贵宾对"女性美"有着非凡的鉴赏力，而我这位女友的确貌若天仙，偏偏又是小说高手，这就决定了在某些场合中，她的小说被无限忽略，而她的美貌则被无限放大。

这么说，并非臆断这位贵宾对文学的不尊重，也不否认他这句话中或许隐含着一定的调侃成分，我也乐意理解为对女友的由衷赞美。有那么一瞬间，我还闪出一丝的嫉妒与卑微——相貌平平的我，那一刻充当了女友的"陪衬人"！当然，我很快就删除了自己的狭隘，阳光地想象着人类追求美的天性与生俱来。

女子美貌，我认为这本身就是上帝对人类特有的恩赐。美女，偏偏又是作家，这可成为上帝的限量版。美是天赐，而写作不但仰赖先天的成分，更兼具对写作的执着和努力，一种不吐不快的冲动以及生生不息的原创动力。我这位女友虽天生丽质，却固执地将写作当成自己的容颜。她很反感被称为"美女作家"，当不得不提到这个词组时，她则更看重"作家"二字，认为"美女"是对她的某种讽刺和轻薄。在她看来，一个女子，美丽且写作，从脸庞到文字，若以颜值计算，还有着长距离的艰苦跋涉。

美丽的女子，以珍珠般的文字，以鲜明的个人风格，以有别于芸芸大众的个性特征示人，总能给人以独特的视觉和阅读感受。那是人类智慧洒落在她们心田的萌发，每当心有感遇，她们只愿意把自己同身边环境区分开来，这有什么错呢？女友作为文学女子，性格鲜明，个性色彩折射在容貌上，使她本来够高的颜值更增加几分奇异色彩，即所谓魅力。美女又是作家，美丽而才情，则让她在人群中迅速加分，这也是不争的事实，但这更加促使她紧紧地拥抱写作。她说，唯有对文学的赤诚，唯有使小说更精良，才是最有价值的！

从这个角度讲，美女与写作之间的关系，多么漂亮！互相倚靠，互相给予，互相温暖，是所有生命与生命间最可靠的关系。小说写出了名气，不断有人请她去讲课，但她一直坚信小说家很难同时会写又"会说"。一般场合她不爱说话，也一直高度警惕那些社交聚会所带来的"牺牲"。她漂亮，却不等于她的人生一帆风顺，很多时候，俗务对她写作的羁绊大大淡化和抵消了写作带给她的成就感。文学之于她，还真是熬——熬炼、煅烧，她的美丽不得不经受着常人难以想象的考验。每当外界将暧昧、闪烁的眼神投向她，将美丽掩盖她的写作，我往往为她抱不平，此时很大程度上她从"怀璧其罪"成为"漂亮有罪"，这对她显然不公平。

看过乔治·桑、萨冈的照片，发现她们的文字跟她们的眼睛一样炯然放光。她们漂亮着，写作着，人间由此多出一道旖旎而凛冽的风景。如果不是躯体内承载着太多的痛苦以及非凡的心灵启示，文学很难成为美和爱的最高理想。俗世中，她们要克服多少非文学因素，才能拢聚起丁点的文学心绪！这些"非文学"因素就包括美貌带给她们的干扰和麻烦。"美貌是一种表情"，木心如是说，"别的表情等待反应，例如悲哀等待怜悯，威严等待慑服，滑稽等待嬉笑，唯美貌无为、无目的，使人没有特定的反应义务的挂念，就不由自主地被吸引，其实是被感动。"但还是木心，他在谈到美貌的引申义时，又说：在脸上，接替美貌，再光荣一番，这样的可能有没有？有——智慧；同时他又承认"很难，真难，唯有极度高超的智慧，才足以取代美貌"。木心对容貌与一个人精神气质的这番精辟解构，其实还连接着美貌的另一种含义——不安。美貌不仅仅给人舒适的审美体验，还使人不安。真的，你不得不承认，有时不安确是一种美。而女作家的美貌使这种不安无限放大，她们的作品决定了她们非循规蹈矩之辈，她们的气质成为她们的自有品牌……

美貌使人不安，这可太神奇了。美女作家被指指点点，往往是因为美貌容易掩盖智慧。一个女子容貌平平略有才智，容易被人认为"才女"，而一位天姿国色的女子再有智慧，恐怕也是"疑似花瓶"。我的女友，初见她的所有人，美貌首先入眼，当得知她同时是一位小说家时，美貌与才华并列面前，往往千篇一律地先把她的"美貌"拎出来，至于她的小说家身份，干脆成了陪衬，或者索性被完全忽略和掩盖，无奈啊无奈……

我很高兴那次在台北，我和女友在出版人兼作家隐地先生面前，女友首先因作家的身份被尊重和敬仰。女友美貌依然，隐地也并非对她的美貌故作视而不见，而是给予恰当的儒雅的君子般的欣赏与正视，他对她容貌与文学成就的赞美，是我自认识她以来得到的所有赞美中最为舒适最为得体的一次。类似隐地这样的君子，并非草木，只是他们懂得将爱与美纳入生命管制，正如鲁南子和柳下惠，我想他们并非拒绝欣赏女性的美貌，只是懂得把美貌尊重到一个令人舒适的位置和尺度。

有才华的女子不可能扼制她们的创作冲动，写作是她们生命中最重要的行动之一。"美女"与"美女作家"，二字之差，却形同天壤。美女作家在人群中飘然而立，气质高贵，安然静谧，风姿绰约，不说话，仅仅站在那里，就是人群中一道迷人的风景。我想，倘若少了美女作家这道风景，这个世界将减去多少色彩？为了不让美女作家的写作被美貌遮盖，我们的社会环境是否需要做出更多的努力？

当然，必须承认美女作家与相貌平平的女作家在世间行走的异同。在社会资源获取的多寡上，或许成为她们的不同，这就归于人的爱美之心的生理性与合理性。相同的是，她们的内心都是丰盈的、饱满的。这时，人们必须坦然面对上帝的"偏心"，把美貌赐予美女，而硬将"平平"安插成为你我的相貌前缀。尽管美女作家们更看重的是精神指引，但才女加美女更易激发这个世界滔滔不绝的激情。

我平时混在一个散文微信群，多为"潜水"，很少"冒泡"。有一天，群主高调宣布：拉一位重庆美女作家进群！这是一个近500人的文学群，身份标签首先是写作者。当这一条信息刚刚发出，在线的各位一阵骚动，许多人急着问："可发玉照一观？"我发现，尽管在"作家"群，人们那微妙的爱美之心立即凸现，首先将"美女"掩盖了"作家"，并非不关心她的文字颜值，而是将文字放在了"美女"后面……那一大波信息过后，我感慨着：性别真是意味深长！而平时在那个群里，男作家们对女作家们的兴致永远也不会疲倦，女性的特有磁性，尽管隔了远远近近的网络空间，那两极的吸引依然源源地袭向男作家们，呵呵。

罗曼·罗兰曾说："在鄙俗的环境里，稍有理想而不甘于庸庸碌碌的人，日常在和周围的压力抗争，但他们彼此间隔，不能互相呼应、互相安慰和支持……"而写作就是寻找呼应，与同道的呼应，以文字达成的与自己内心的呼应。我一以贯之地欣赏那些从不以美"矫"文的美女，她们真诚写作，遵从内心，不因美貌获取文采之外的附加值，这难道不值得我们尊重吗？

写到这里，并无意为"美女作家"正名。显然不应由于她们的美丽而将"美女作家"敲一记闷棍，我得承认对于作家中的美女，更多时候源于我们的目力不逮。我这位女友并非病病歪歪的黛玉型，她生活能力之强、选择写作决心之大远超我的想象。她没有许多女作家的过于敏感，无论写作还是为人，利落干脆，入木三分，那些叽歪作态为她深深不耻。由此我也经常好奇地打量各式女作家，比如江苏的鲁敏说过自己的写作就像一场战役，一位同是南京的女作家黎戈，"写着，写着，就惹了浑身的疾病"——我想，这源于她们巨大的内在消耗。之于女人，有时就那么不可思议，美态还真的与病态丝丝缕缕地关联。这些因文学而多思甚至神经质的女作家，除了先天遗传，她们的美有时是通过病态表现的——体味活着的美好，同时经受着最极致的痛苦。

作家中的"美女"占多大比例？显然，绝大多数人并不漂亮，绝大多数女人并不漂亮，绝大多数写作的女人更不漂亮。而对于那些相貌平平的女作家，我固执地以为，因写作的缘故，助推了其漂亮指数——她们那些文采飞扬的文字使其漂亮。

我固执地认为，漂亮女子的写作是上帝赠予这个世界的一道彩虹。正因为漂亮才写作；写作着，漂亮才会增值，才会强化自己的"颜值"。或许，在写作这回事上，民众能有超乎颜值之上的选择，才是一个健康理性的社会。中国有个成语——"赏心悦目"，倘若用于女子，窃认为，悦目来源于她的颜值，而赏心则由她的精神气质成全。祖先造词时，是否考虑了内质与外在的辩证关系，以及知识与才华对于一个人容颜的作用意义，才把"赏心"放在"悦目"前面，而不是相反？诸葛亮的丑妻无所谓"悦目"，但其"赏心"的当量实在远超颜值，以至让这位千古一相忽略了容貌这回事。

当然，我也在想，倘若那丑女子当初遇到的不是诸葛亮，而诸葛亮恰恰面对的又是仪态万方的小乔呢？

（选自2017年第1期《文学自由谈》）

好的教育就是少啰嗦

陈丹青

法国有一个很著名的风景画家叫柯罗，他晚年说，我每天早上醒过来向上帝祈祷，让我像小孩一样天真地看世界。我的岁数越大越明白这句话，孩子们都是我的老师，没有学画这件事情，甚至没有画画这件事情，要紧的是大家都有眼睛。

我们的概念教育开始得太早，13岁以前的孩子，我主张不要跟他解释什么是"美"，什么是"古代""现代"。如果带他到博物馆去，什么都不要对他解说。他一个是听不懂，还有一个是他会厌烦。就让他自己看，如果他实在不要看，就带他出去，他想吃，他想玩，保持他的动物性，就让他玩儿。

不要太早灌输这么多词汇给孩子，什么大师、艺术、美、教育，这些都是大人教他的词，不像孩子。我们的概念教育开始得太早。

对于那些差不多早熟的、特别敏锐的、可以说有天分的孩子，在10岁至15岁之间时，你就要特别的当心，就是他到底喜欢什么，哪件事情拽都拽不回来，他都要去做，你打他他就要做。这就严重了，这时候你要当心了，他真的想做这个事情。

这时候如果他喜欢的正好是画画，正好是音乐，正好是写作，或者是科学实验，你就要带他到好的环境，能够耳濡目染，周围有同样的孩子，这就对他非常重要了。

至于所谓美术史、古代、现代、这个派、那个派，我想差不多要初中以后他才会开始对这些词语、这些概念感兴趣，而且有理解力和判断力，这是后来的事情，这是我的认识。

人是模仿的动物，同时又是下载的动物。家长刚才说到孩子崇拜我，其实他只是听说，从媒体上听说这个人，然后小孩就会向往。

按照孟子的说法，所有的小孩，在童蒙的时期，最崇拜的人其实是爸爸和妈妈，所以爸爸妈妈这个角色很难当的。你都不知道在什么时候，你已经失去了他对你的爱，或者在好的情况下，你可能指引了他一辈子，因为他会学习他在爹妈身上看到的东西——我也要像爹妈那样子，像他那样做饭，像他那样走路，像他那样东张西望的样子。

人是模仿的动物，同时又是一个下载的动物。电脑有下载这个词，所有小孩子的脑袋，你带他到任何场合，无论是开心事、伤心事，他不管懂不懂，他已经下载了。下载以后可以储存很久，等到他懂事了，受了教育，智力发达了，他会重新反观这些早年下载的印象。

所以爹妈是真的不好当的，你不留意间已经在教育孩子，或者已经在毁坏这个教育。

不要对小孩说出价值判断的词，少啰嗦。

我在世界各国博物馆总是看到两种情况。一种是大人抱着婴儿在参观，其实婴儿在睡觉，但这是一种胎教，是非常好的婴儿教，这同带其去嘈杂的饭店或商场、而孩子在睡觉的感觉是不一样的。

另一种则是经常会看到小学和中学的老师领全班同学，直接进入博物馆。那并不是浏览式地看，而是老师做过功课后，带领同学们来到某一张画面前，然后就在那里上一堂课，一讲就是一两个钟头。

在国外，幼儿园老师会有一些词汇选择，英文有很多好听的词，他如果觉得这幅画不是很好，他会说：有意思。尽量不要对小孩说出价值判断的词，大人说好或不好，对或不对，就是在杀小孩，小孩就这样被杀掉了，孩子的童真就没有了。

所以我要对家长说的只有一句话，13岁以前的小孩，在绘画上或任何文艺兴趣不要多说他，他要做就让他做，少啰嗦。

（选自2017年3月1日《齐鲁晚报》）

四大名著里缺少人性的光辉

朱学东

去年"六一"前后，我给腾讯大家写过一篇文章，《我为什么不希望自己孩子过早读四大名著和中国的儿童文学》。文章发表后，就像捅了马蜂窝，不，掘了一些人的祖坟，遂陷我于一片围剿痛骂之中，其中不乏所谓名流大腕学者，甚至有人这样批我"走了李洪林，来了朱学东"——李洪林先生 20 世纪 80 年代就是我尊敬的前辈官员学者，在"文革"后首倡"读书无禁区"——批判者以此命题，其心昭昭。可惜，我读了当时部分所谓名流学者的批判文章，只能叹息一声，确实可以看出中毒至深。在过去一年中，这篇文章经常被翻检出来，最温和的探讨是，朱老师，你不也是读四大名著成长的，你不也好好的吗？确实。但今天我就想专文来讲讲，我个人如何摆脱四大名著之遗毒的。

在《为什么孩子不该过早读四大名著》一文中，我谈到了四大名著真正之遗毒：在封闭的阅读环境中，备受推崇的四大名著，在型塑偏激性格方面居功至伟——暴戾乖僻，阿谀强者，怒凌弱者，为己私利，钩心斗角，机关算尽，成则骄横跋扈，败则悲悲戚戚……如果非要说正面一点，除了有限的人物故事，绝大部分所谓讲义气拔刀相助，不过就是卖好市恩，拉帮结派。人性之肮脏不堪，还被津津乐道，四大名著几乎就是大全，无出其右者。

小时候读这样的书成长起来的人，很难不受影响，至于这种影响是直接发酵，还是潜移默化，各人造化，当然，在一个外在压力比如法律等愈益严苛的时代，这种性格型塑的影响，常常被压抑住，伪装起来，但总是会择机选择宣泄。

微博上曾经有一个广为流传的故事：传早年某某人与友人在石家庄一个洗浴城，被敲竹杠，某某人身份特殊，随即召来一群特别人员，把洗浴城砸了。故事流传，微博上一片叫好鼓掌声……

这个故事真假不论，其宣泄的情绪却有着巨大的隐喻。第一，以事主身份之尊荣、国家之干臣，遇事不能循法处置，而是唤来辖下儿郎行私刑，这并不少见。但纵使鲁智深拳打镇关西时，最多也就是骂镇关西以平民而妄称镇关西，自己也没有以提辖身份唤来手下儿郎帮忙，而是靠一双拳头行了私刑；倒是高太尉，要绝灭林冲，派了陆谦这个虞候置将出马，算是动了手下儿郎行私刑。第二围观群众一片欢腾，认为惩处恶霸，大快人心，全忘了这不是为正义为公序良俗，而是简单的泄愤，是一种权势与另一种权势的情绪利益对决，而且这种对决泄愤，甚至传说中动用了不该动用的力量，这更可怕，但围观群众却只知道叫好。

权势人物一怒而心血来潮，法治正义便成一地鸡毛。

我每看到这样的故事，心里就瓦凉瓦凉的。没有是非，只有情绪宣泄，力量是唯一解决之道，这正是中国传统四大名著的精髓所在。

四大名著面世后，古人接触到所谓四大名著的机会其实并不多，即使接触到了，他们还有更经典的传统价值伦理的熏陶，如儒家的经典著作，这些都会对冲抵消所谓四大名著这样的作品带来的价值观的震荡。恰恰是到了现代，在当年举国推广四大名著的时候，并没有什么伦理价值的书籍可以与之抗衡，实现对冲抵消，相反，更强化了四大名著中斗的一面，并赋予原来诸多不道德的东西以革命的名义。在这样封闭的环境里滋养出来的人，包括我，又怎会缺少暴戾践踏法治之气！本质上，我属于比较幸运的一代人，当四大名著还未来得及真正生根的时候，我们的世界一点点开放了，我们开始接触到了四大名著和阶级斗争之外更多的世界，接触到更多的传统经典和世界名著，世界在我的面前打开了一扇窗，四大名著不再是唯一的指引，而是万花丛中的数株而已。

从高中时代尤其是大学时代开始，大量阅读带有现代文明价值的作品，从欧美的小说诗歌到理论著作，到影视作品，那种建立在近代物理学基础上的关于人道主义的作品，给我打开了通往真正的人的世界。这些作品，无论是对人性黑暗的探索，还是对人性良善的褒扬（《俄罗斯的良心——索尔仁尼琴传》里有句话，谈到俄苏时期为何会形成一个世界文化的奇迹时说得非常精当：因为这个时期的俄苏文学艺术作品，具有"普世的德性"，与之相对应的，其实是我们的所谓名著，根本缺乏人的基本德性），逐渐让我从由四大名著和阶级斗争构建的世界中走了出来，觉今是而昨非，心灵和智慧都得到了洗涤。

但是，这一过程，从来就不是一帆风顺的，小时候被四大名著影响的心灵，尤其是暴戾的一面，时不时地会冒出来袭扰自己，因为外部有太多适合它闯出来的气候环境。所以，当别人说我自小读四大名著也没见变多坏的人，是没有看到我为镇压自己内心深处的黑暗所付出的努力和代价——我曾经在社交媒体上表达过，我是靠读书、靠强制性的早晚课、暴走、小楷等外在性的努力，靠自己精神上的形而上的追求，努力压制内心的魔鬼冲动的。没有这种强大的自我克制自我努力，也许，我也会变成一个冲动的魔鬼。

我并不反对阅读所谓四大名著，我反对的是过早让不懂事的孩子去阅读所谓四大名著。我们都应该庆幸的是，今天我们的孩子生活中，不仅有四大名著，更有各种经典作品，这些真正的带着人道人性光辉的经典作品，对于我们的孩子确立悲悯心、是非观，确立公平正义、权利义务的现代文明的观念，以及现代的审美情趣，才是最重要的。

至于是不是中国的经典，一点都不重要。

（选自2017年第16期《中外文摘》）

花事无尽

草　白

栀　子　花

五月,别人家的栀子花开了。清风送来它免费的香味。奶奶坐在椅子上,闻了又闻,哎——我们家可真穷啊! 我问奶奶,我们家怎么穷了? 奶奶不答,过一会儿,还是说,哎——我们家可真穷啊!　奶奶的意思大概是,我们家连棵栀子花都没有。栀子花那么香,可我们家却没有。哪怕我们家有冰箱有彩电,什么都有——可我们鼻子闻到的香味却来自别人家。

我们家当然也种过栀子树。那些栀子树,一棵棵,全被我们种死了。哪怕叶子绿得发亮,还长了花苞,它们都是要死的。为此,我和奶奶伤透了心,觉得再也没有比栀子花更难养的花了。

院子里有鸡冠花,月季花,喇叭花,兰花,可对那些花,我们一点兴趣也没有,更谈不上热爱。我们爱的是我们没有的栀子花。

那些有栀子花的人家一到开花时节,就整天坐在花树下,说说笑笑,眼睛死死盯着过往路人。他们是怕人们去摘花。他们把所有过往路人都当成可能的贼了。

事实是,我的确很想偷一朵栀子花回家。它们实在太香了。我想把那样的香味带进屋子里,留在梦境里。奶奶说,那些把栀子花藏在衣兜里的女人,可以香上一整年。奶奶还说,要是有了栀子花,小孩身上就不会长恶疮,大人就不会……奶奶的原话我已经忘了。奶奶就像《山海经》里的先人那样说话,可没有人相信她说的话不是真的。

即使如此,我们家还是没有栀子花。

有一年,我们种了姜花,也开白花,也很香。我们闻着它,感到满足,可它依然不是栀子花。有一年,我们还种了一棵玉兰树,当春天开花的时候,那种突出的异香简直让我们难以忍受。

有一户人家的栀子花养得特别好。平常时候，那并不是一户让人尊敬的人家，人们从他们房前走过，连眼皮也不会抬一下。那户人家有个酒鬼父亲，他们二十几岁的儿子看着却像五十岁的老头那么老，脸上全是皱纹。每到开花季节，那户人家的女人就像变了一个人，变得趾高气扬，和谁说话都哼哼唧唧的，非常骄傲。别人家都没有那么香那么白的栀子花，可他们家有。他们的房子都被熏香了，连畜生房都是香的。人们要是向她讨花，她不说不给，却故意装出一副茫然无解的神情：你们到底在说什么呀！我不知道呀！她的儿子整天守在花树下，笑嘻嘻地监督着每一个路过此地、试图摘花的人，就像守财奴守着他的财宝。别说是花，一片叶子他也不会让人采走。栀子花年年都开，可没有一个姑娘会为了那些花嫁给他。

奶奶说栀子花的香气是被一条蛇收走的，到了明年，它们就会原封不动地还回来。奶奶说这话的时候，栀子花已经不香了。这个世界上已经没有栀子花了。等到明年，当我们再次闻到它，就好像是第一次闻到，依然感到震撼与诧异。一朵花怎么会那么聪明，让自己散发出那么美的气味，那么圣洁、宁静，几乎把所有的可能性都预料到了。

这么多年，我一直想弄清楚一件事，那些香气到底是由什么东西变来的，为什么每次闻到它我会那么快乐。我的快乐就像浮云，马上就要飞走了。

打 碗 花

那时候，我连吃饭的时候都不安分，端着碗到处走。一会儿在村街上奔跑，一会儿被草丛里的蛇吸引。母亲的训斥没有用，她自己也不在饭桌前吃饭。除了祖母，我们全家没有一个人安安稳稳地坐着吃饭。家里的碗越来越少，谁也不承认是自己打碎了它们。

对于那些碗，我们干脆不提及，好像在我们的生活里根本没有它们的位置。我们从来也不需要它。作为一种易碎品，我们承认自己没有能力保护它。不是我们要打碎它，而是有一种使之碎裂的力量始终存在。

第一次知道打碗花的名字，我就被吓着了。我没有见过那种花，可我明白那个名字是一个无情的诅咒。我依然在吃饭的时候到处跑，并期待威胁的降临，又不相信这一切会真的发生。

有一天午饭时间，一个男人端着饭碗到处找他的女人，他在离家很远的地方，找到了她。那个女人端着饭碗和一群叽叽喳喳的女人待在一起。她碗里的饭已经吃光，她就那样举着饭碗和她们说话，说到高兴处，她忘记了手里的碗，忘记了一切，直到那个愤怒的男人出现在眼前。

男人不允许自己的女人在吃饭的时候到处跑，这是他不能容忍的。一顿咒骂后，女人端着空碗乖乖地回家了。可她依然管不住自己，平常的时候她不能跑，一旦端了饭碗，她就忍不住了。

有一种促使她奔跑的力量在体内不断地生长——或许是因为那枝打碗花的存在，她想要在吃饭的时候看见更多的人，说更多的话，而不仅仅是完成单调的咀嚼动作；况且饭桌上除了黑漆漆的桌面，什么好吃的都没有。

有一天，这个女人端着饭碗去了一个男人家。

那天是我生日，我端着一碗面，在村街上走。没过不久，我的面碗就掉在地上，毫无预兆，那只碗落地的时候甚至没有发出明显的碎裂声。当我反应过来，一阵大恸。那碗里还躺着我的长寿面，好想吃了它，再打破也不迟。我举着孤零零的筷子，忍受着饥饿，在村街上行走，失魂落魄。

我来到河边，去河水里寻找我的碗。

女人从男人家里出来，好奇地望着我，好似在说，咦，你的碗呢？怎么不见了？我没有回答她。我什么话也不想说。我把双脚浸在河水里，闭上眼睛，妄想着那奔流的水将我带到远方，随便带到哪里，我都无所谓。

梦 幻 岛

所有人都闻到了它的气味，在屋子里，在大街上，在那些丧失了自由的高墙内。它穿墙越壁，无处不在。那种气味，清香，跌宕，恍惚，让人丧失所有的记忆与感知能力。

我说的或许是桂花，或许不是。还没有一种树开出的花，会散发出如此梦幻般的气息，让人甘愿去生和死。

那几天，所有走在路上的人，好似梦境里的游客，不知自己从何而来，去向何方。那些气味充斥着他们的感官，主宰着他们的生活，让他们的存在变得轻飘，恍惚，像一个幻影。他们莫名地轻浮浪荡，嘻嘻哈哈，饮酒，歌吟，纵乐，通宵达旦。

是花香让他们迷了心智，失了分寸。在那些夜晚，它们轻易地穿越了一切值得穿越的事物，到达了它所能到达的地方。它们像音乐一样飘散，像秘密一样被聚拢——那些微小、黄色，藏匿在树丛中的花瓣，就是树的秘密呀！一棵树居然有那么多秘密，这些秘密藏不了，兜不住。一天天，泄露了出去。

那些家里种有桂花树的人家，也静静地坐在花树下，他们或许会想起很多年前，那些书里的人物，也在这样的夜晚闻着花香。花期短促，一场大雨，一阵来自林子深处的风，就可以把一切驱散，香消玉殒。

我躺在床上，每当花开的时候，我什么也不做，就躺在床上。我的房间里有许多窗，倾斜的窗，侧开的窗，透明的窗，那些香气会被风从窗外吹进来，或者自己从窗户缝隙里渗透进来。

它们在走动，游荡，消逝。有人试图去抓住那些香气，那是不可能的。我奶奶会把那些香味做进糕点里，泡在茶水里，可依然没有用。什么都不会留下。那些庞大得像交响乐一样的气味，被吞灭了，收走了，又美好又恍惚。

那真是一年中最好的日子啊。

小区里，花树下，一名清洁工在收集飘落的花瓣。女人捧着花，赞叹地说，真香啊。那么小的花，却那么香。女人眨眨眼睛，出神地望着我，似乎不知道自己在说什么。她穿着裙子，一条长裙。有一次，在阴暗的楼道里，她停下清扫的动作，不好意思地告诉我，她并没有自己的小孩。

这一次，我从这个女人脸上看到的是另一种表情。或许是为自己拾花的行为，或许是为别的。

在一朵花面前，每个人大概都会有一些不同寻常的表现吧。

当女人兴高采烈地把花瓣带回家，它们不再有香气，当那些花瓣从树上脱离的那一刻，便不再散发出任何气味。女人不知道这一点。她在那些阴暗的楼道里做清洁工作的时候，大概也不会想到这些。一个女人缺乏子嗣，并没有任何值得叹惋之处，相反还能给人一种神秘感。

她的家里有一些糖糕板，有花瓣的形状，也有树叶的形状。用那些糖糕板做出来的糖糕很甜，女人说，我很喜欢吃甜食呢。

废　园

循着被稀释的雨水的气味，我找到那个地方。在瓦砾堆里，居然有几丛开花的月季，花瓣窄小，花形缺损、破败，显示出被遗忘的迹象。那个废园的外墙对着一条河。暴雨肆虐的时候，河面上似有万马奔腾，发出猛烈的咆哮声。我扶着一棵枣树，望着奔跑的水，想着自己就像旋涡中的泥沙和树枝那样，被无情地卷走。废园就在河边，洪水随时可能冲垮墙体，灌进园子和旁边的猪圈。我的梦里全是激流，旋涡与混浊翻滚的泡沫。

我替那些花感到危险，我替这个世界上所有裸露在洪水里的事物感到危险，它们无所归依，随时可能消失。

暴雨停歇、洪水退去的那几天，天空很干净，云朵不复存在。除了我，没有人会去那个废园。那里有破碎的瓦罐、腐烂的家畜尸体以及疯长的野草散发出的气味。

那是一种荒野的气味。还有那些月季，花色淡得像一张纸，在无人居住的屋子后面像鬼魂一样绽放。

与废园毗邻的那户人家的女孩，在一次海难中丧生了。不知什么原因，他们把家搬离此地，搬到遥远的海边。那日渐腐朽的门窗，庞大的屋体，越来越像一艘沉船，渐渐找回它在命运中的位置。

那些恍惚的时刻，我来到废园，坐在它的矮墙上，看远山和近水。在废园里，雨水丰沛，阳光猛烈而充满腥气。一些声音从远方传来，在我耳边发出嗡嗡响。当树的叶子变得浓绿，阴影也随之出现。

有一年夏天，在废园的矮墙边，我有了人生第一张照片。照片上，没有月季花，也没有瓦砾场。那个眯眼倦怠的人，让我感到无比陌生。

曾有一名绰号叫兔子的中年男人，不断靠近那些月季花和腐烂物质，年复一年，在他身上也逐渐散发出那个空间特有的气味。有时候，他还像一只山羊，或一头患病的老牛，扶着废园的矮墙行走。这个拥有许多气味的人，后来成为一名占卜者和假盲人，致力于给远方的人带去语焉不详的命运暗示。

每个被弃的地方都藏着一个旧魂灵，它不时地以别的模样出现，吸引人的注意。那些月季，或许就是此类事物的化身。废园之上，天空像一面半透明的镜子，试图倒影出地上事物的模样。

在那些花瓣上，我看到一种迟钝的力量，一个抑郁、反复的魂灵在大地上的奔走与被逐。我并不相信气味仅仅是由一些化学物质组成，是偶然和片面的结合，它们应该有更绝密的关于灵魂的配方在世间流传。

山上的植物

漫山遍野都是这种花。在扫墓的人群中，他们举着它，就像举着一个明艳的火把。在心里，我给这种花取过许多好听的难听的死去的活着的名字，我拿死者业已消逝的名字呼唤它，又将它置于一座永不凋谢的山冈上。

可在那座山上，它只有这一个确切的名字：茶瓣花。在别的山上，人们或许还叫它映山红，而更多的人只知道杜鹃花。似乎它们是同一种花，其实并不是。

所有出现在山上的花，都给人一种单薄的形象，野性、蛮荒、粗粝，并不美好——如果美代表的是匀称和饱满的话，它们甚至是丑的，营养不良的。

它们长在山上，长在那些茅草、蕨类、山毛榉、松树和叫不出名字的灌木丛中，被孤立和挤压，如果没有那些花，谁也不会认出它，谁也不会羡慕它。赤焰一样的红，在群山之间千呼百应，宛如集体游行。

开花是植物的反抗，一年一次，蓄积已久的力量。可这种花只开在清明前后，与飘扬的白幡、扩散的春风及旷野里的油菜花形成呼应。它是带给死者的礼物，也是展示给生者的、永不衰歇的生命的热力。我带过这种花回家，将它插在瓶子里，可须臾之间，它便面目憔悴、不忍卒视，变形成干柴。

我试着将它移植至庭院里，可根本办不到，它庞大的根系早已翻山越岭，奔跑着去了远方。再说人们也不会喜欢在家里看到它，所有种在家中的植物花卉都是另一种面目——它们面目清秀，早已适应那一方清安窄小的天地。植物被驯服的过程，是一个惊心动魄的过程。所有人为的束缚都是对生命的残害。

我曾整个冬天徜徉于某个山林里，试图寻找背阴角落里的兰草。它们的香味就像人类灵魂散发出的幽香，让人难忘。有几年，山上到处是挖兰草的人，他们拿着锄头、砍刀，一路搜索、寻觅。月光下，一夜之间，那些兰草全部消失了，或许是被人挖走了，或许是集体隐遁了。

在山下，他们开始培育和繁殖人工品种。

千万年来，山上的植物只长在山上，在露水和月光之间，寻找自己的语言和旷野。

（选自2017年第7期《鸭绿江》）

青莲记（外一篇）

王祥夫

　　各种的花里，莲花是另一种风致。不说它与佛教的关系，即使说，也恐怕有些说不大清。据说佛教世界中的莲花并不是我们寻常一到夏天就可以看到的那种。而到底是哪一种？谁也好像都说不清。以佛教的典籍来说莲花，那大概每一瓣的莲花花瓣都有南方江湖上随处可见的小舟那样大，而且还会动不动就放出七色的光芒来。这就是神话了。而民间水域里到处可见的莲花却再大也大不到那样而且也不会放光。在民间，莲花、荷花，和李清照酒后一下子"误入藕花深处"的藕花我以为都是同一种花，也就是我们今天所能看到的荷花，而不是可以种在大水缸里的那种睡莲。睡莲和荷花不是同一个科属。睡莲开花小而且只浮在水面，不可能让一只小船一下子开进去，更不会有什么深处，只有荷花才会长到一人或比一人高。孙犁先生的小说写过在荷花荡里打游击的事，船就是西进去东出来地划来划去，也只因为荷花可以长到很高。这荷花便是莲花。至于民间怎么把一种花弄出两个名字，到底怎么回事？这需要让那些既有闲情又有时间的人去做一番考证。但有一点可以在这里说明，莲花的叫法好像是要早于荷花。古诗的"莲叶何田田，鱼戏莲叶间，鱼戏莲叶东，鱼戏莲叶西，鱼戏莲叶南，鱼戏莲叶北"这首诗真是热闹，水光波纹都在，时时还被鱼搅动。细读这首诗，亦有欢愉的情绪在里边。而这首诗里的"莲叶何田田"，倒又好像是在说现在的睡莲了。所以说，有必要弄清楚睡莲是什么时候出现在中国或它本来就是中国的植物，而荷花的出现又在什么时候，或者，它们的名字是从什么时候最先叫起。

　　宋代的周敦颐可以说是爱莲花的总代表，他的一篇《爱莲说》没有多少字，却真正几乎是家喻户晓。他总结出莲花的许多种好，而我只喜欢其中的一句："只可远观而不可亵玩焉。"这种态度如放在人类的社会交往上，那简直就是一条很好的纪律。若实实在在讲到赏莲花，对于不会游泳的人来说也只好如此。而莲花到了夏天在北京到处有卖，后海一带，几元钱一枝，买回去插在瓶中可连开数日。而积习难改的

269

我是更加喜欢那团团的莲叶，买回去煮粥，粥色碧绿，颇引人食欲，六必居酱菜下这样的粥很好，想喝甜粥加糖也很好。而莲花的好处也正在于此，不但有花可看，莲蓬和藕都可以吃，而且好吃。所以说，只此一点，莲花可以说是足以自夸的。

汉语中的"莲"字发音和"可怜"的"怜"字一样。让人"爱怜"或"怜爱"一时说不清，但意思在里边。明清之际盘碗中的图案多有"一把莲"，其主角就是莲花和莲叶。这种图案一直到现在都有，画在盘心或碗底，比"凤穿牡丹"和"金鱼戏莲"更加民间一些，也更让人喜欢。民间艺人最初在碗盘的底部画"一把莲"的初衷现在已经很难让人揣测，是让人爱怜这瓷的碗盘？还是推而广之地去教人博爱一切？反正意思是好的。"一把莲"这种图案后来还出现在家具上，比如新婚的床几之上，那意思就更清楚了，朱漆的木板上以金漆画团团蓬蓬的一把莲，好看而喜气。

鄙人曾收藏的几铺北魏镏金板凳佛，有观世音造像的，是垂下的那只手持净水瓶，抬起的那只手持莲花，那莲花的柄子长长的，宛然的，可真是好看。我常想，做人要学观世音大士才好，胯下骑得住长毛施施然的狲，手里掣得起宛然的莲花。唯如此，才是伟丈夫，倒不在你长胡子不长胡子。

荷 花 记

在中国，莲花和荷花向来不分，莲花就是荷花，荷花就是莲花。但荷花谢了结莲蓬，没听过有人叫"荷蓬"的，从莲蓬里剥出来的叫"莲子"，也没听人叫"荷子"的。荷花是白天开放晚上再合拢，所以叫荷花——会合住的花。我想不少人和我一样，一心等着夏天的到来也就是为了看荷花，各种的花里，我以为只有荷花当得起"风姿绰约"这四个字，以这四个字来形容荷花也恰好，字里像是有那么点风在吹，荷花荷叶都在动。

荷花不但让眼睛看着舒服，从莲蓬里现剥出来的莲子清鲜水嫩，是夏季不可多得的鲜物。如把荷花从头说到脚，下边还有藕，我以为喝茶不必就什么茶点，来碗桂花藕粉恰好。说到藕粉，西湖藕粉天下第一，有股子特殊的清香。白洋淀像是不出藕粉，起码，我没喝过。那年和几个朋友去白洋淀，整个湖都干涸了，连一片荷叶都没看到，让人心里怅惘良久。

说到白洋淀，好像应该感谢孙犁先生，没他笔下那么好的荷花，没他笔下那么好的苇子，没他笔下那么多那么好那么干净而善良的女人们，人们能对白洋淀那么向往吗？在中国文学史上，孙犁先生和白洋淀像是已经分不开了。1981年天津百花文艺出版社给孙犁先生出八卷本的文集，我拿到这套书的时候，当下就在心里说好，书的封套上印有于非闇的荷花，是亭亭的两朵，一红一白，风神爽然。

画家中，喜欢画荷花的人多矣，白石老人的荷花我以为是众画家中画得最好的，枝枝叶叶交错穿插乱而不乱，心中自有章法。张大千是大幅好，以气势取胜，而黄永玉先生的红荷则是另一路。吴湖帆先生的荷花好，但惜无大作，均是小品，如以雍容华美论，当推第一。吴作人先生画金鱼有时候也会补上一两笔花卉，所补花卉大多是睡莲而不是荷花，睡莲和荷花完全不是一回事，睡莲是既不会结莲蓬又不会长藕，和荷花没一点点关系。

夏天来了，除绿豆粥之外，荷叶粥像是也清火，而且还有一股子独特的清香。把一整张荷叶平铺在快要熬好的粥上，俟叶子慢慢变了色，这粥也就好了。熬荷叶粥不要盖锅盖，荷叶就是锅盖。喝荷叶粥最好要加一些糖，热着喝好，凉喝也好，冰镇一下会更好。荷叶要到池塘边上去买，过去时不时还会有人挑上一担子刚摘的新鲜荷叶进城来卖，一毛钱一张，或两毛钱一张。现在没人做这种小之又小的生意了，卖荷叶的不见了，卖莲蓬的却还有，十元钱四个莲蓬，也不算便宜。剥着下酒，没多大意思，只是好玩儿，以鲜莲蓬下酒，算是这个夏天没有白过。有人买莲蓬是为了喝酒，有人买莲蓬是为了观赏，把莲蓬慢慢放干了，干到颜色枯槁一如老沉香，插在瓶里比花耐看。夏天来了，除喝花茶之外，还可以给自己做一点，荷心茶喝。天快黑的时候准备一小袋儿绿茶，用纸袋儿，不可用塑料袋，一次半两或一两，用纸袋儿包好，把它放在开了一整天的荷花里，到了夜里荷花一合拢，茶也就给包在了里边，第二天取出来沏一杯，是荷香扑鼻。喝这种茶，也只能在夏天，也只能在荷花盛开的时候。

我喜欢荷花，曾在漏台上种了两缸，但太招蚊子，从此不再种矣。

那年去山东蓬莱开会，随大家去参观植物园，看到了那么一大片的缸荷。有几百缸吧，一缸一缸又一缸，人在荷花缸间行走，荷花比人都高。荷花或白或红或粉，间或还有黄荷，但也只是零星的几朵。我比较喜欢粉荷，喜欢它的婀娜好看，让人想到娇小妙龄的女子，白荷和红荷却让人没这种想象。刘海粟和黄永玉两位老先生到老还喜欢画那种大红的荷花，或许是岁数使然，衰败之年反喜欢浓烈。红还不行，还要勾金，是更烈。

（选自2017年7月16日《文学报》）

巴金的"敌人"

高恒文

巴金先生《随想录·合订本新记》的最后一段话，仿佛是墓志铭："讲出了真话，我可以心安理得地离开人世了。可以说，这五卷书就是用真话建立起来的揭露'文革'的'博物馆'吧。"后一句，令人心酸。重读《随想录》，笔者产生了一些零星的思想碎片，却总觉得难成篇章。之所以如此，是因为确实难以言说，因为巴金先生留下的是两个无法面对的难题："讲真话"和"博物馆"。面对这两个难题，我们一切的说和做，未必不是成了鲁迅所谓的"虚空"。

争论巴金是不是"思想家"、《随想录》的思想深度，意义并不大。《随想录》的意义尽在"讲真话"这三个字中，很朴素，也很真诚。"批判""揭露"，常见的其实是"对象化"的"批判"和"揭露"，很少有巴金这样以自我批判、反省为思想起点的"批判"和"揭露"，也正是在这一点上，巴金和鲁迅的心是相通的。

巴金说："分是非，辨真假，都必须先从自己做起，不能把责任完全推给别人。""讲真话"大不易，哪怕是讲点真话。指责"讲真话"不够彻底，如鲁迅所说，是想让别人去送死，而自己没有风险；遗憾"讲真话"讲得还不够，是自己不愿"接着讲"。巴金说："我从来不是战士。"这使人想起鲁迅关于马雅可夫斯基、阮籍的议论——鲁迅深刻，巴金诚实。

《随想录》当然不是"创作"。但就"作家的巴金"而论，"激流三部曲""爱情三部曲"的作者和《随想录》的作者，还是有十分明显的"个性"特征的。"激流三部曲"的写作与"家"、与"大哥"有那样深刻的思想的更主要的是情感上刻骨铭心的联系。在《我的老家》一文中叙述自己回到成都老家，记忆中的一切竟然和作品中所叙述的联系在一起，"好像我花了十年时间写成的三本小说在我的眼前活了起来"。"爱情三部曲"是作者"最喜爱的"的作品，因为抒发了作者的那种真诚的思想激情和信仰，所以作者这样自述其创作缘由："我说过：'一切旧的传统观念，一切阻止社会进步和人性发展的不合理的制度，一切摧残爱的势力，它们都是我最大的敌人。'我所有的作品都是写来控诉、揭露、攻击这些敌人的。"并且因此声明:"我不是文学家。"(《我和文学》) 这不也是对《随想录》的自我解释吗?

"激流三部曲"的影响太大了,虽然有"大哥"高觉新这样一个意味深长的人物形象,但作品在思想主题上毕竟没有达到已有的同类作品的"意在暴露家族制度的罪恶"的思想深度,艺术上显然不及后来的《寒夜》《憩园》成熟。旧家族制度固然有其罪恶,新式婚姻、新式家庭却有新的不幸与灾难,巴金的思想显然不再像创作"激流三部曲"时的"我要控诉"那样情绪化,而是转为深思,小说中情绪化的抒写、议论也有所节制。《寒夜》中的汪母,是一个令人深思的形象,她的思想固然是"旧"的,她对儿媳妇的看法有其"旧思想"的偏见,但她对"家"的热诚却恰恰源于此,并给予儿子和孙子以慈爱与温暖。作者显然对她有着深深的同情,读者也对她的不幸有着深沉的慨叹。

《随想录》不是什么深刻的著作,作者也不是什么思想家。教导孩子"不要撒谎"是一条平凡而朴素的公理,成人世界却在呼吁"讲真话",真成了存在主义所谓的"荒谬",还是美国作家揭示的"黑色幽默"? 也许更恰当的说法是:《随想录》反复言说的,其实只是《皇帝的新衣》中那个孩子的那句真话。

(选自2017年7月25日《今晚报》)

一 把 椅 子

祝 勇

一

我从伍嘉恩《明式家具经眼录》中看到过一把黄花梨波浪纹围子玫瑰椅。这把玫瑰椅最引人注目之处，就是波浪纹式的纤细直棂，装入椅背框与扶手下的空间，仿佛流水的曲线，让人看到自然界的无声运动。建筑师赖特（Frank Lloyd Wright）把别墅造在匹兹堡郊区的瀑布之上，于是有了世界上著名的"流水别墅"（Fallingwater House），但这不算牛，中国人把流水造在家具里，那样不动声色，又天衣无缝，这等想象力、创造力，除了中国人有，天底下再也找不出来，而且这发明权，最晚也可以追溯到明代，因为有这把明代玫瑰椅作证。更重要的是，在当时，它并不是为博物馆打造的陈列品，而是作为一件普通家具，被置放在最日常的生活空间里。明崇祯十三年（公元一六四〇年）版寓五本《西厢记》第十三回"就欢"一折的彩色版画插图中，在崔莺莺与张生的幽会之所，绘着一张四柱床，床帷子采用的也是这样的波浪纹。假如我们把目光放大，我们发现这样的靠背纹线设计，在许多园林亭台的"美人靠"上亦可见到。

几百年前的一把木椅，让我们在客厅的穿堂风里，感受到江河流淌、山川悠远，甚至可以想到大河之洲，我们文明源头的关关雎鸠。一如我的朋友徐累，在俄罗斯，被彼得堡宫殿里的水波形帘幕所撩动，引发了他对十九世纪末浪漫主义的伤感回顾。我想这不是过度阐释，在那把木椅里，在榫卯构件的起承转合里，一定藏着中国人对宇宙秩序的浪漫构想，然后，用一种最简单、最自然、最漫不经心的方式呈现出来——典型的中国式表达。中国人素来含蓄，从不构造浩大繁密的哲学著作，洋洋洒洒、滴水不漏地论述自己的哲学体系，但中国人是有哲学的，只不过那哲学渗透在万事万物中，看似不经意地表达出来。所以中国没有柏拉图、黑格尔，但中国有孔子，有惠能，他们的思想，像雨像雾又像风，让我们去感受和领悟。就像这把椅子，出自明代一个不见经传的工匠之手，但那层层推展、收放自如的水波，"以一种程式化的模式反复排列"[1]，循环推进，演示的却是无止境的生命律动，一生二，二生三，三生万物。

在中国，我们几乎找不到一件孤立存在的事物，一切物质之间，都存在着隐秘的勾连，像家具的不同零件，构成一个庞大的系统，因此，在古代中国，在老子、庄子那里，就已经产生了"系统论"。每一件事物，包括这样一件普通的家具，既是这宇宙的一分子，也可以被视作宇宙本身。一花一世界，一鸟一天堂。一件家具，就是一个微缩的宇宙，或者说，是宇宙的模型。中国的木质家具，在五行中属木，却容纳了水（波浪纹设计），暗含着土（所有的木都是从土中生长的），包含着金（木制家具一般采用榫卯结构，不用钉子，但有些家具有金属饰件，镶金错银、华美灿烂），亦离不开火（漆、胶等全需火来熔炼），融汇着世界上最基本的元素。世界附着在上面，它就像一只木船，把我们托起来。坐在一把木椅上，就是坐在这世界的中央（尽管那不是一把龙椅），天地与我并立，而万物与我为一。可品茗、可读书、可闲聊、可打盹、可调情、可做梦、可发千古之幽思，唯独不能把世界从自己身上甩掉。三十功名尘与土，八千里路云和月，家事国事，风声雨声，都在这里，入耳入梦。尽管，那只是一把椅子。

二

玫瑰椅——这名字，自带几分香艳感。但我查了许多史料，也没查出这种椅子跟玫瑰有什么关系。王世襄先生在《明式家具研究》里说："'玫瑰'两字，可能写法有误。"还说，"《扬州画舫录》讲到'鬼子椅'，不知即此椅否？"[2]但它体量小、造型窈窕婉约，尤其靠背较矮，不会高出窗台，便于靠窗陈设，有人认为它是女眷的内房家具，比如故宫藏的那把紫檀雕夔龙纹玫瑰椅，原本是摆放在西六宫之翊坤宫的西配殿——道德堂的。其实文人也用，南宋刘松年《十八学士图》里，就可以看见玫瑰椅。王世襄先生说："在明清画本中可以看到玫瑰椅往往放在桌案的两边，对面陈设；或不用桌案，双双并列；或不规则地斜对着，摆法灵活多变。"[3]

唐宋以后的中国人，已不再像《女史箴图》里的美女那样席地而坐，而是坐在榻上、椅上（像五代绘画《韩熙载夜宴图》所描述的），家具的重心全部因此升高，建筑的

---

① 徐累：《褶折》，见祝勇主编：《中国好文章——你不能错过的白话文》，第 313 页，北京：现代出版社，2016 年版。
② 王世襄：《明式家具研究》，第 46 页，北京：生活·读书·新知三联书店，2007 年版。
③ 王世襄：《明式家具研究》，第 46 页，北京：生活·读书·新知三联书店，2007 年版。

举架也增高了,礼仪方面,拱手作揖(像《韩熙载夜宴图》里的"叉手礼")取代了跪拜,椅子拉近了人的身体与案牍的距离,从而带来了书法的变化,使它的笔触更趋细致。

但这把黄花梨波浪纹围子玫瑰椅,意义还不止于此。它用一种空灵的造型,诠释了中国人对"空"的理解。而这种诠释,可能完全是无意识的,因为这样一种理念,已经融入中国人的血液,成为一种本能。在玫瑰椅的家族,也早已成为一种惯常的形式,就像故宫藏的那把紫檀雕夔龙纹玫瑰椅,紫檀木沉穆的黑色,凸显了它端庄静雅的气质,让人联想起后妃们的富丽典雅(王世襄先生说:玫瑰椅很少用紫檀,而"多以黄花梨制成,其次是鸡翅木和铁力"①,更见此件的珍贵)。但我所关注的,却是它的靠背做成了一个空框,像一张屏幕,什么都没有,却什么都有了。空框四周雕刻的夔龙纹,把我们的心思牵向古远的青铜时代,但绵密繁复的图案,似乎就是为了反衬中间的"空"。在这里,"空"成了主角,而其他的构件、纹饰,一律都成了配角。还有一些玫瑰椅,形式更加简练,像《明式家具经眼录》中收录的那对黄花梨仿竹材玫瑰椅,那份空灵,已经直追用来沉思入定、参禅修炼的禅椅。它们以一种近乎极端的形式,表达了中国人关于"盈"与"空"、"有"与"无"的辩证哲学。

前几天刚刚写完一篇关于黄公望的散文,叫《空山》,里面讲到了"空"。"空"就是"无",但不是真正的"无",里面什么都有。老子说:"天下万物生于有,有生于无。"②一切有形的事物,都在无形中孕育、发酵。这是中国人创造的一个独特的概念,是中华文明的神秘之处,依本人所见,那也是中国人艺术观念领先于西方之处。所以中国画讲究留白,不像西画,画得满满当当。西画画得再满,也是有边框的,边框意味着有限性;中国画却可以破解绘画的这种有限性,因为中国画有留白,留白是无、是想象、是所有未尽的可能性。所以,空山旷谷,在中国艺术中成为永恒主题,像王维,不只是唐代伟大的诗人,也是绘画史上伟大的画家、"文人画"的鼻祖,所以,他对"空"有着独到的表达:

> 人闲桂花落,夜静春山空。
>
> 月出惊山鸟,时鸣春涧中。

你看那空山,什么都没有,但又什么都有,生命的各种迹象、世界的各种可能性,都住在这份"空"里,潜滋暗长。这四句诗,二十个字,翻译给外国人并不难。但这"空"的意念,该怎么翻呢?不懂"空",就不懂中国诗、中国画,甚至不懂一把中国的椅子。

---

① 王世襄:《明式家具研究》,第46页,北京:生活·读书·新知三联书店,2007年版。
② 《老子》,第98页,郑州:中州古籍出版社,2008年版。

有人会说，明式家具并不实用。家具，首先要考虑为人所用，实用功能永远放在第一。这固然不错，但我想说，在古代中国，身体从来都是听命于心的，而生活的品质，首先取决于内心的品质。所以，明式家具，诸如书案画案、琴桌酒桌，虽是生活的必需品，也是灵魂的道场——中国人的精神修炼，就在日常生活里进行。它们引导我们的精神向上，而不是让我们的屁股沉沦向下。风骨传典，风物流芳，明式家具，就这样，承载着落实于物质的文化观念与精神图腾。

三

在当下中国，许多土豪都喜欢在办公室墙上挂一幅书法，上书四个大字：厚德载物。

并不是所有人都知道，这四个字原本出自《周易》，意思大抵是：只有德行淳厚，才配得到物质的供养。在中国，物从来都是与德相对应、成因果。因此，物，不只是"物"本身，而是生命、是精神，有时，还是政治，比如皇帝坐在世界的中央，不是因为他有权，而是因为他有德。孔子说："为政以德，譬如北辰居其所而众星拱之。"[1]因为有德，他才有资格像北极星一样坐在这世界的中心（皇宫），让万众像众星一样紧密地围绕在他的周围。中国人讲"物理"，不同于西方人讲"物理"。西方人的"物理"，纯属客观世界的规律，声光电色的运行之理。中国人的"物理"，是指"万物的道理"，"格物"作为儒家思想的重要理念，就是要以天地万物的道理完善我们的精神。所以《大学》里说："格物、致知、诚意、正心、修身、齐家、治国、平天下。"儒家知识分子的这一系列必修课，物是最初的也是最根本的出发点，是一切思想和行为的源头。

很多年前，在春风沉醉的晚上，在故宫研究院满目花开的小院儿里，坐在办公室一把老旧的明式椅上，听郑珉中先生不紧不慢地讲琴之九德，谓：奇、古、透、静、润、圆、清、匀、芳，面目慈祥而陶然。那时，这位故宫古琴专家已年逾九旬，历经荣辱，人却变得格外温暖和透明。将近一个世纪的沧桑风雨，居住在他的心里，通过他的古琴流泻出来，宠辱不惊。与他面容的苍老相反，他拨动琴弦的手指，暗含着岁月赋予的灵巧与力道；他内心坚守的品德，亦像一件明式家具，越擦越亮，永不蒙尘。

一件家具、一张好琴，都自有它的品德所在，品德不佳之人，想必是摆弄不了。王世襄先生谈明式家具，谈到家具有"十六品"，即：简练、淳朴、厚拙、凝重、雄伟、圆浑、沉穆、秾华、文绮、妍秀、劲挺、柔婉、空灵、玲珑、典型、清新。人与之相配，才称得上完美。不配，人就显得尴尬，反正家具不会尴尬。明代文震亨在《长物志》

---

①《论语》，见《论语·大学·中庸》，第15页，北京：中华书局，2011年版。

序里所说："几榻有度，器具有式，位置有定，贵其精而便，简而裁，巧而自然也。"[①] 那格调，让炫奇斗富者一下子就可能漏了底，像文震亨所说的那样："近来富贵家儿与一二庸奴钝汉，沾沾以好事自命，每经赏鉴，出口便俗，入手便粗，纵极其摩挲护持之情状，其污辱弥甚。"[②]明式家具是中国人的雕塑，简洁空灵、亭亭玉立、举重若轻，凝聚着中国人对世界的完美想象，在人生哲学、视觉艺术与日常起居之间达成一种高度的统一。

四

明式家具鲜明的造型感，得自唐宋以来中国绘画的线条训练与积累。曹衣出水，吴带当风，终有一天，那精致、流畅、唯美的线条，超出了纸页的范围，落在了木材上。对大树进行剪裁，每一笔，都精准得当，无可挑剔，就像宋玉眼里的邻家少女，增一分则肥，减一分则瘦。有太多的文人，把自己的理想、意念，融入设计中，却从来不留设计者的名姓（中国的建筑、服饰等亦是如此）。因此，与中国书画不同，中国的明式家具是由无数文人、工匠共同缔造的，在现实中不断地修改和调试，因此才能在最广阔的生活里降落。中国人自古有对物的崇拜，但对物的崇拜里，包含着对自己的崇拜。

从大树到家具，从山石到园林，这个世界的物质属性没有变化——中国人没有去改变这世界的分子结构，只是改变了它们的形状和位置，把森林、石头，甚至河流，安放在生活的周围，甚至安放在一把椅子上（有些椅子以大理石等石板作面心）。因此这变化是"物理"的（同时合乎东西方对"物理"的定义），而不是"化学"的。将一把椅子放大，就是一座园林；再放大，就是整个世界——因为它们完全是同构关系。坐在这样的椅子上，就可以与世界相通，世界也可以浓缩成自我，温暖的木、坚硬的石、柔媚的水，就此成为身体的一部分。

因此，一把椅子，不只是一个坐具，也是我们与世界联系的一个楔子、一个接口。我们人类的交流、学习、冥想，在许多时刻离不开一把椅子。把椅子抽走，大多数人会手足无措，我们的身体，也将因此而失去一个可靠的支点。

（选自2017年第11期《人民文学》）

---

① 文震亨：《长物志·考槃徐事》，第22页，杭州：浙江人民美术出版社，2011年版。
② 文震亨：《长物志·考槃徐事》，第21页，杭州：浙江人民美术出版社，2011年版。

人 的 城

邱华栋

活体的城市

比人的个体生命长久的东西很多，比如大江大河，大山和森林，还有海洋。而关于这些长久存在物的历史，最好是有相关的传记以供人们阅读，人类才会有一种奇怪的敬畏心的满足。恰好，专门有这一类的传记书，为比人的个体生命长久的存在物作传。我曾专门搜集阅读过一些大江大河的传记，比如，路德维希的名著《尼罗河传》，意大利作家克劳迪奥·马格里斯的《多瑙河传》，我还读过中国学者王嵘的《塔里木河传》以及陈梧桐、陈名杰所著的《黄河传》，等等，这些为江河作的传记，都将河流看作是一个生命体，将江河这一生命体的文化记忆和时间痕迹联系起来进行书写，在书写过程中，结合了地理学、人类学、地域文化学和民族宗教等多种的内容和因素，成就了江河的传记。因为，江河是人类赖以生存的基础——水的载体，江河的传记就是人类认识这一母体的记忆。

而为一座城市作传，也有一些相关的书，小说比较多。从文学史上来考察，与一座城市死磕的作家，比如詹姆斯·乔伊斯和都柏林、保罗·奥斯特和纽约，安德烈·别雷和彼得堡，张爱玲、王安忆和上海，以及老舍和北京等，都是和一座城市死磕，写的小说都和一座城市有关，这些大城市又都是世界上最为伟大的城市。因此，能够书写一座城市的独特时间段的记忆，将一个作家的个体生命和一座城市联系起来，也是作家能够不朽的方法之一。

但除了小说，我还在寻找关于一座城市的传记。这方面我曾搜集过一些，都不很满意，包括澳大利亚当红作家彼得·凯里写的《悉尼》，就比较小巧和简单。因此，当我拿到译林出版社 2016 年刚刚推出的大厚本的《伦敦传》，仔细读后，实在是十分的兴奋。

给一座著名的城市作传？没错，《伦敦传》就是一部城市的传记，而且，是伦敦的活体记忆。这本书的作者彼得·阿克罗伊德是土生土长的伦敦人，他1949年出生在这座城市的东阿克顿区。这人除了写了《伦敦传》这本城市传记之外，此前主要是给人写传记的。他出版过《莎士比亚传》《牛顿传》《狄更斯传》等传记，一共出版有50多部著作，获得了不少传记奖和非虚构文学奖。这部《伦敦传》翻译成中文有80多万字，厚厚的一大本，精装，看上去让人有些望而生畏。但是不，依照我的经验，有时候看上去很厚的书，其实更加具有亲和力和吸引力。果不其然，我是去过两次伦敦的，知道个大概，但对伦敦并不熟悉，我知道有不少华人熟悉伦敦，这一世界十大名城之一。在我心目中，世界十大名城，我早就排列过，目前大致是伦敦、巴黎、纽约、北京、东京、莫斯科、罗马、柏林、上海、墨西哥城。当然马德里、彼得堡、迪拜、开罗、新德里、加尔各答、香港和首尔也不错。每个人应该有自己心目中的世界十大城市。伦敦，这座城市你怎么数，都是落不下的世界十大城市之一。那么，一个关于给人作传记的作家，如何给一座生养他的伟大城市作传呢？我想，阿克罗伊德给了我一个最好的答案。

在他的笔下，我看到了一座活体城市。也就是说，伦敦绝对不是一座冷漠的钢筋水泥玻璃幕墙和下水道、大桥、教堂、皇宫城市，伦敦在他笔下，是活体的生命。这就是这部城市传记最大的特点，也是吸引我读下去的原因。80多万字的篇幅，一共分为了79章，分成了31个部分，有的部分有一章，有的有两三章。这是全书的结构，这79章，每一章在一万字左右，读起来的感觉刚好是一天一章，不累，这一点很重要。因为阅读需要呼吸，需要消化，需要停顿，需要静思。像《伦敦传》这样厚重的书，与时间的长时段相联系的书，在书写和阅读过程中，最好是有一个呼吸的节奏，对于读者的阅读，是很重要的。好在这本书有这样的阅读节奏。

本书开篇第一部分标题是"史前至1066年"，这一部分又分为三章：《海！》《石头》《圣哉！圣哉！圣哉！》，乍一看这几个题目，我觉得实在是一部史诗的标题呢。实际上，我读这本伦敦传记，的确像是在阅读一本波澜壮阔的关于一座伟大城市的史诗。好了，只需要简单列举这本书的章节名称，你就知道阿克罗伊德是多么擅长写传记，不管是人的还是城市的，他很会吸引人的眼球，很会抓住伦敦这座城市的要害，时间节点，重大历史事件，小人物，建筑和建筑后面的人，生命在这座城市的感觉，这些东西林林总总加在一起，就是一部伟大城市的活体历史：

大章节题目:《伦敦的反差》《贸易街与贸易区》《伦敦社区》《伦敦大剧院》《瘟疫与火灾》《大火之后》《罪与罚》《贪婪的伦敦》《伦敦自然史》《夜与日》《暴力伦敦》《黑魔法与白魔法》《地下》《妇女与儿童》《城东与城南》《帝国中心》《闪电战》《再造城市》《伦敦预言家》……

小章节题目:《喧嚣与永恒》《沉默是金》《黑暗与拥挤》《泰晤士街的芝士哪里去了?》《表演!表演!表演!表演!表演!》《时间的落款》《愿你得瘟疫》《自杀简札》《悔罪史》《无赖画廊》《一堂烹饪课》《一股臭味》《给女士买朵花吧》《要有光》《围起来!围起来!》《我遇见一个不在的人》《地下世界》《城中野人》《女权主张》《你有时间吗?》《角落里的树》《发臭的一堆》《郊区之梦》《战争的消息》《设计之外的命运》《虚幻的城市》《我将再起》……

这些大章节和小章节名,就是我们进入这座城市的历史记忆的路标、街牌名和巷道的标志,就是引领我们进去的提示语和指路明灯。而这些章节名,实在不像那些建筑学家写的看上去乏味枯燥的城市建筑史,也不像是民俗学家历史学家写的关于一座城市的历史沿革、分布的学术书写,而是一种文学的表达,文学的书写,我将阿克罗伊德的这种写法称为是新百科全书式的写法,或者是全新写作,打通了文史哲的写作,最重要的,是一种带有深刻生命经验的写作,正是这一点,使他笔下的伦敦活了起来,是一具庞大的、历史长久的生命体,这一座城市那么的亲切、生动、丰富和复杂,人在城市的肚腹里就像是她体内的器官和小细菌,与城市共生在一起,生生死死的是人,不死的是城市的生长。

阅读这样的城市传记,我们会体会到人的生命与一座城市相联系,是一件多么好的事情,因为你将为此成为城市的一部分,并被城市所记忆。

城市的灵魂

一晃我在北京就生活了20多年了。简直像做梦一样。我也亲眼看见了这座帝都的变化,而这样的变化,很多都化作了文学作品,被以各种方式留存在我的那些文字中。

不光如此,这些年,我还搜集了关于北京这座城市的很多历史材料、建筑资料、规划设计,作家随笔,等等。我总觉得,一个作家必须要保持和一座城市的紧密关系。假如能写出一座伟大城市的历史和当下的变化,都凝聚在一本书中,该是多么伟大的事情。但是,这样的一本书,还一直在我的创作计划中,在不断地计划着,丰富着,也不知道什么时候能写出来。

一个朋友说,北京,现在早就不是那个老北京了,连魂都没有了。自从拆掉了北京城的老城墙那天起,旧城及其灵魂,就渐渐不复存在了。

我常常在夜晚开车经过那些变化巨大的城区,去寻找昔日的记忆。的确,今天,在北京老城墙矗立的地方,只剩下了几座城门楼和角楼。完整保存的明清时代的历史遗迹，主要分布在中轴线上，比如天坛祈年殿，比如故宫、景山、北海、钟鼓楼，再有一些零散的遗迹，这座城市的旧物，已越来越少了。

10多年前，有一则报道吸引了我，说的是一个日本人，叫岩本公夫，他在当时正在拆迁扩建的平安大街边的胡同中，搜集了很多旧式门墩，并把它们一个个地用自行车运到北京语言文化大学的校园里，集中放到一片空地上，以期有博物馆会收藏它们。门墩蕴涵着很丰富的老北京的信息，我当时看到电视上那个日本人在滔滔不绝地讲着这些石头门墩的分类，它们上面雕塑的含义，它们的象征性符号，十分感动。一个日本人对北京旧城的物证如此有研究，叫我吃了一惊。

早年对平安大街的扩建，不少文物专家是反对的，因为那是一条文物街，大到段祺瑞执政府，小到极精致的保存完好的四合院，以及京杭大运河的起点（一座石桥），都在那浓密的国槐掩映下的。但城市的发展要使它的中部再来一条宽阔的交通干线，现实的需要必须要早日修好这条路。还有专家说即使修好了，因为这条路上过多的红绿灯，也会使它变成一个长长的停车场。但是平安大街仍旧修了，而且进展迅速，据说改变了明清时代就有的古旧管线，而且沿街将全按明清时代的灰色主色调来建筑，并且绕开了主要的历史文物。

我有一年采访，去过很多北京的名人故居，发现除了少数如鲁迅、郭沫若、宋庆龄、梅兰芳故居保存修缮良好外，老舍、茅盾、李大钊、文天祥等很多历史文化名人的故居破旧不堪。宣武区菜市口一带，我去探寻清末时代的历史风云人物"戊戌六君子"及康有为公车上书的所在地，那里正在修建通向南二环的一条大街，整个菜市口一带将兴建50余万平方米的欧陆式风格的、集金融、商务、商住、办公用的中融广场。这一地带的传统回民寄居地牛街，也在进行着大规模的拆迁改造。

的确，北京这座城市，从旧城的各个角落，四面八方，到处都是工地，是拆迁，是拓宽马路。老北京正在迅速消失，而一座叫作国际化大都市的北京正在崛起。看来这个趋势已是不可阻挡的了。而且，似乎更年轻的北京人，这座城市的未来，他们也许喜欢这样的变化。

那么，旧城的灵魂呢？它在空气污染严重的北京消失了吗？它在玻璃幕墙大楼后苟延残喘吗？或者，它还在一些保存了大屋顶的建筑上，像西客站、交通部大楼、海关大厦和新东安市场上寄居？灵魂是看不见的，一座古老城市的灵魂也是这样，在一环又一环，规划至七环的北京，旧城的灵魂，我们很难一下子看见它了。

但它是存在的，主要是存在于这座城市的气韵中。这是一座都城，有几千年的历史，纵使那些建筑都颓败了，消失了，但一种无形的东西仍旧存在着。比如那些门墩，比如一些四合院，比如几千棵百年以上的古树，比如从天坛到钟鼓楼的中轴线上的旧皇宫及祈天赐福之地，比如颐和园的皇家园林和圆明园的残石败碑。我无法描述出这种东西，这种可以称之为北京的气质与性格的东西。但它是存在的，那就是它的积淀与风格，它的胸怀，它的沉稳与庄严，它的保守和自大，它的开阔与颓败中的新生。

我常常想，为什么大地上会有城市？为什么城市会成为大部分人类的家园和居所？城市，这一人类物质文明和精神文明的聚集地，它的功能是什么？

我想在不同的历史时期里，它的功能也是不一样的。城市一开始是诞生在农业社会。在农业社会更早期的原始社会，以狩猎为生的人是流动的，他们不建造城市。农业社会让人群稳定在农田土地边上，于是渐渐地，城市出现了。它的功能是各种农业产品的物资交流地。从军事上讲，城市是封闭性的，保守的，防御性的，城市都有城墙和堡垒。政治上是一个地区的行政中心，政权组织从城市向外发号施令，而传令兵星夜兼程，将统治者的命令由城市迅速地传到各个边区。这一阶段的城市是初级的，它就像是一个大集市，主要由四面八方来的人建立的店铺、饭店、娱乐场所构成，白天喧闹，夜晚沉寂，人们在这里主要进行生活必需的粮食、布匹、用具的交易。

很快，人类进入了工业社会，是由英国发明了蒸汽机而率先进入的。工业时代的来临使人们的劳动生产率提高了，因而各种工业制成品便大量出现，人们的生产与交易渐渐由农产品变成了工业制成品，而且，由于工业化生产，使得农业社会的人口迅速集聚，城市化加快了，规模也扩大了，当时英国的很多城市就是这样形成的。城市取代了农田和山林，成了物质与文化财富的主要创造地。这一时期的城市功能就是工业品制造地与消费地。

这时候城市的景观，已没有了小国寡民的宁静，城市开始有了规划，有了行政中心区、工业区、居住区和商业区，其间由四通八达的道路连接。各种城市病、交通、能源、犯罪、环境问题开始出现。随后人类社会进入了后工业社会，也叫后现代社会。时间大约是"二战"以后。从20世纪60年代开始，第三产业中的各种服务业成了城市物质生产的主力，替代了工业品的生产，变成了创造财富的主要手段，而工业品的生产退居次要地位，大批工厂外迁至郊区，甚至就地转为服务业和商业部门。这一时期城市的功能是商业贸易服务中心地。

这一时期，城市在郊区化，城市中心变成了商业、金融、商务、行政中心区，居民大都搬到市郊居住区去。居住质量与环境受到了空前重视。

北京一直处于这样转变中，一方面，它的传统制造业在衰落中转化提升；另一方面，它的第三产业在全市的国内生产总值中，近年已达70%以上，而且仍以每年两个百分点的速度增加着。四环内的 325 平方公里的城市中心区，工业用地由 55 平方公里已变为了 20 平方公里，大批土地用于商业、金融、服务和房地产开发。而且，北京在四环和五环之间设计了九个大型居住社区，各个郊区郊县以卫星城镇的形式，目前，北京已经承纳了 2400 万人居住，早就不堪重负了。

而同时，北京作为都城，与欧美一些发达国家的城市一起在进入信息社会，可以称之为第四产业的信息产业与高科技产业异军突起，它的产值将超过贸易与服务业为主的第三产业，成为城市中新的财富生产方式，知识成为经济生产的重要因素。在美国，最新最快崛起的亿万富豪，不再是钢铁汽车和石油大亨，不再是房地产、饮料和商业大亨，而是电脑高科技大亨。这一时期，城市的功能是电子信息产业的大发展。这一时期，中心城市将会社区化，因为电脑和电视系统的发达，商业、居住、大学、金融、行政、贸易各区将进一步电子化、虚拟化，这是城市又一次功能的转变。这种转变，也将在 21 世纪中，全面改变中国主要城市的面貌。所以，我对北京变成了一个庞然大物，在大地上旋转的城市而深感焦虑、震惊和很复杂的期待。

城市天际线

城市天际线是一座城市的轮廓线。每一座城市都有自己的天际线。城市天际线是人造建筑物的轮廓线。

我特别喜欢开着汽车在北京市区的道路上疾驰，尤其是在北京的几条环线快速路和主干道上疾驰，让眼前的建筑物飞一样掠向身后。当然，我不那么傻，在交通高峰时期这么干，我总是在车不多的时候开车观察和印象北京的城市轮廓，还有天际线的变化。那些新老建筑物在我的眼前便断断续续地形成了一些高低起伏的线条，以及一些块状的结构，这些建筑物的线条，就是北京的城市天际线。

观察天际线不能站得太高。我有一次在上海浦东那座 200 多米高的东方明珠电视塔的观光台上，看到了整个市区，看到了这座城市正在密集地、迅速地长高，但城市却是平面的。因为，你所处的位置太高了。所以，观察一座城市的天际线，还不能站得太高，比建筑物高，你就很难看出一座城市的天际线。

北京的城市天际线是中间低，四周高，整座城市依次形成了以二环、三环、四环、五环为环线、以天安门广场为中心原点的"城市大盆地"。

长安街也是，从天安门广场为原点出发，两侧分别向东西方向延伸，建筑物由 30 米限高，渐渐到 45 米……60 米，二环边上一般可达 100 米，到三环的公主坟立交桥和国贸立交桥，建筑物便达到 200 米高了。长安街上的建筑所形成的天际线，是逐渐向东西升高的，形成了一种渐渐升高的起伏之美。当然，也有个别例外，比如应该限高 45 米的地方，像北京饭店东楼，却有 18 层，70 米高。因此，向东一侧的长安街的东方广场东楼、恒基中心写字楼、国际饭店则分别是 70 米、110 米和 100 米，作了相应的抬高。这些建筑所达到的高度，都是让一些建筑学家所激烈批评的地方，认为它们都太高了，改变了北京城的天际线。

但是试想，如果这些建筑都是四五十米高的又矮又胖的大胖子，那种美学效果会好吗？我看也不会。在离天安门达两公里以上的地方，建 80 米以上的建筑，基本不会破坏以天安门为中心的城市天际线。目前，在三环沿线的建筑设计中，超过 100 米的建筑便比比皆是了。尤其是东三环和北三环，分布着北京最高的一批建筑。但由于这些写字楼大都分布在节点上，也就是三环各个立交桥的旁边，还没有形成非常整齐和错落有致的线条。由于北京城区面积大，四四方方，即使是高达 200 米、60 层的摩天大楼，也没有给人以压迫感，视线开阔、宽敞是北京市区建筑给人美好的视觉印象。

但是，很多人对北京迅速长高的城市天际线感到不美。那么，北京城市的天际线什么时候最美呢？我曾和一位德国汉学家一起进餐聊天，他是 50 年代就在东德驻中国大使馆工作过的，他认为，50 年代的北京最美。"天很蓝，人非常纯朴，有一次，我在东单一条胡同吃饭，饭馆漏找我两毛钱，过了三个月，我再去吃饭，那个老板还记得，就又找给我了。关键是，北京的城市天际线，城内都是灰色的四合院，一眼看上去，特别平缓美丽。当时，北京还没有那么多的高楼，以及工厂的大烟囱，所以，站在景山上向四周看，全是灰瓦的胡同民居，西山的轮廓也非常清楚，非常美丽，50 年代的北京最美丽！"我碰到的这个怀旧派，是一个原东德籍的德国人，他的怀旧，有很好的代表性。

也许一些外国人更愿意看到一个完全不同于芝加哥、东京和纽约的老北京。我不能说他们的这种审美诉求是不合理的，但毫无疑问，是一厢情愿的。他们自己生活在极其现代化的世界大都市，而在短期的旅游访问中，却希望北京还是一座极其古朴、有异国情调的东方落后的古都，最好全部是古城墙、人力车、人们依旧穿长袍马褂，不要有大型购物中心，不要有世界名牌奢侈品，不要有玻璃幕墙写字楼和高速公路。这是一种十分古怪的心态。

北京的天际线注定会越来越高了。北京更像一座新都会，在向四周扩展不断，她正在"现代化"，这种现代化是不可避免的，是有得有失的，但是，她的城市天际线也会越来越蜿蜒起伏，如同音符乐谱一样流动不居。

观察北京的天际线，在环路上奔驰是一个法子，在高楼顶端瞭望也是一个办法，此外，站在景山顶端的亭子间里四下看看，绝对是一个好选择。那个时候，北京作为 360 度扩展的环行城市，会波澜壮阔地展现在你的面前。

虚拟的城市

建筑学家张钦楠先生介绍过美国麻省理工学院建筑与规划学院院士米切尔教授所写的一本新书《比特的城市》，书中全面描绘了未来社会，尤其是即将全面到来的信息化社会的人类城市生活的场景。他的这种场景描述仿佛是虚拟的，犹如电脑空间一样，但它也许真的正在悄悄地逼近我们的生活。

米切尔是一个擅长从信息、电脑网络技术的发展来进行建筑、人与城市发展方向的建筑学家。他认为，全球信息网络的建立，开拓了一个不同于以往的实在与具体空间的电脑空间。这个空间他称之为"电脑控空间"，而在这一空间中漫游的人，则叫"cyborg"，张钦楠译为"稀宝"，而这个电脑控空间，则可称为"稀宝空间"了。

米切尔描述的这个电脑控空间的出现，将使人类的时空概念发生变化。在他的描述下，未来城市人将浑身布满电子网线，衣服中也缝有电脑，每个人的电脑中都可以与地球人造卫星直接联系，这种城市人的肌肉可以发出各种信号，他的这些信号又可以传送出去，比如他可以在千里之外操纵机器人工作，可以坐在家中指挥电脑收发电子邮件、参加未曾谋面的跨洋国际会议、调阅全球开放的各国家主要图书馆的资料、在银行存款取款、点看各个年代创作的电影，等等。一旦出门，汽车也将是全电脑控制的，它自动指挥主人绕过交通堵塞的路口，沿途还可以进行导游等。这种电脑控空间的人的生活将全息化，他的一举一动可以被电脑完全地协调好，人体与思想进一步解放了。每一个人都有电子信箱代码，人们可以通过这种代码在任何情况下都可以和你联系，无论你在旅行中还是在睡觉，家庭又重新成为类似农业社会中的那样集生产、生活、学习、娱乐于一体的综合空间，人们无论办公、上课、看书、购物、都是在电脑的虚拟空间中完成的。

在这种情况下，城市的建筑空间也会发生变化。比如一座图书馆，它馆藏的几百万册图书，用一套电脑装置一年内可以扫描几万册图书，因而虚拟图书馆就可以代替实体的图书馆，在城市中，一种没有固定场所的虚拟空间出现了，城市的这种因电脑互联网络连接的空间中可以出现很多虚拟商场、银行、餐厅、图书馆、展览馆、大学、商务中心等，它的出口就是电脑显示屏上的视窗，人们在这个虚拟的空间中自由出入，即可完成各种工作活动与交易活动。在这样虚拟空间的形成下，相对于已有的实体城市，也会出现一个虚拟的城市。"这个虚拟的城市全部是电脑空间中的，比如交通网络被电子通信网络所替代，交通法规变为软件使用规范，公共场所变为非物质、非共时的电子虚拟广场。"

在这个虚拟的城市中，以往像摩天大楼之类的城市标志性建筑将不复存在，而会出现一些虚拟性标志。"甚至监狱也可以虚拟，犯人在家中坐牢，身上插入一个信号器，每走出虚拟牢房的范围之外，身上的信号系统就会发出警报同时会打上一支麻醉针，从而让你动弹不得。"在未来的社会中，人、建筑空间与城市者可以另有一个虚拟的系统，它与实体存在的人、建筑与城空同时存在，人们除了在实体城市中生活以外，人们也在这种虚拟的城市中生活。而实体空间为了配合这种虚拟的空间，也要做很大的修正。比如在居民小区中，每个小区都有与全球通信系统相联的网络，而小区内则布满了各种电子插座开关、遥控器等，用于人在虚拟空间中漫游。

虚拟的城市是正在到来的城市图景。米切尔这本书按张钦楠先生的话说像一本科幻小说，但毫无疑问，这种虚拟城市正在迅速地出现，来到我们的生活中，或者是我们即将生活于其中。

（选自2017年第5期《美文》）

风吹乌桕（外一篇）

陈　俊

乌桕树是相思树，一棵乌桕站在那里，站着站着就把自己站到秋风中，站成一树雨打霜侵无悔无怨的守望，站成相思的模样。乌桕是秋冬两季的旗帜，是经过白露经过霜冻而成熟起来的爱情表白，是裸露于阳光下的激滟，激情，火把。"日暮伯劳飞，风吹乌桕树。"那是怎样的一种鸟，它一飞就把爱情的目光拖得很远；那是怎样的一棵树，风一吹，她的心就开始摇曳，就开始晃动，就不安起来，开始张望，望尽天涯路。

我们家在山区，家乡山山岭岭，门前屋后都是那种树，但小时候不知道它叫乌桕树，小时候叫它白籽树，大概是它结出白色腊质的果子。小时候特别喜欢爬那些白籽树，春夏时捉蝉，秋冬时摘白籽。有时与小伙伴玩捉迷藏也会爬到它的枝丫上去，挪几片树叶过来遮掩自己。即使后来读过朱自清的《荷塘月色》，对他引用的《西洲曲》充满向往，并从校图书馆找到整首诗抄写下来。读到其中写乌桕树的那两句，有一种莫名的心荡。但那时我好读书却不求甚解，没有把乌桕与家乡的白籽树对上号，以为它是江南才有的树。中年以后才渐渐明白，这棵诗意的树其实也长在我的童年、少年和青春里，只是有眼不识。

师范毕业分配时，听说有学生可以分到江南去教书，我的心里就涌现出那些写江南的诗和诗句里的美好，就想到"日出江花红胜火，春来江水绿如蓝"，那红那绿就在心底掀起波澜，就想到"风吹乌桕树"的那阵摇曳，就看见一位女子站在一团火红的秋树下，站在门前的秋色里向我招手，她头戴翠钿身着红衫，胸前飘着淡红的纱巾，袅袅婷婷，顾盼生辉，目光里飘着一种燃烧的东西，飘着一团不肯熄灭的火。为了那火热眼神，为了诗意江南，为了心中梦想，我不顾年迈孤单的老父的反对，不顾同学的劝阻，找到老师，要求把我分配过去。我因此结缘江南，结缘贵池，结缘秋浦河。岁月流逝，我心无悔，愈到中年愈怀念那时敢于追求，敢于选择，有一种天不怕地不怕的执着。

乌柏，以乌鸦喜食而得名，俗名木梓树，五月开细黄白花。深秋，叶子由绿变紫、变红。叶落籽出，露出串串珠玉，圆溜溜比米粒稍大。那籽也就是我小时候经常摘下来交给父母可以到镇上供销社卖钱的白籽。后来才知道乌柏的籽粒通过压榨可以出工业所需的皮油和梓油，是紧俏物资。乌柏的根皮、树皮、叶皆可入药。乌柏树材质坚韧，不翘不裂，可打家具，或做雕刻原料。乌柏树一身是宝，也许伯劳就是看中了这样的宝树歇翅栖息，像我们儿时一样躲在树枝叶片后面，盯着远方，村头道口有个人影，有个牛影，有个风吹草动，它就从树里飞出来，飞过去看看是不是自己在外头归来的伙伴或者伴侣。

回过头来体味那首诗，我的心底里就有了与江南相通的气息，就有了不一样的情怀和体验。是呀，那些年多少日月，我不也曾站在秋浦河畔的秋天里，站在一棵树下，思念家乡思念远方的亲人。那些年多少个晨升暮落，我站于现实与梦想之间，对写作苦苦求索，对钟爱之人苦苦思念，一棵树也禁不住我们情感的浓烈，禁不住我们每天的纠缠守望，它从春到夏到秋到冬，终于披上我的感情色彩，与我同欢乐同悲喜。伯劳是一种什么样的鸟？它是不是我们常见的喜鹊、灰雀或者八哥、乌鸦，资料里写道：伯劳，鸟名，仲夏始鸣，喜欢单栖。原是日暮单飞的鸟，和那个头戴翠钿出门采莲的江南女子一样孤单。在暮色里在晚风中因为相同的孤独，他们的心跳到一起去了，同频共振。同是天涯沦落人，相逢何必曾相识。伯劳是什么鸟不重要了，重要的是它孤单着，它渴望找到同伴。就像乌柏是木梓还是我小时候叫的白籽，不重要，重要的是它披一身火红站在秋天里翘首盼望。

多愁善感的宋朝诗人对乌柏树好像特别钟情，特别喜欢，也许他们与乌柏树最心息相通。"醉里挑灯看剑"的辛弃疾"手种门前乌柏树，而今千尺苍苍"，梅妻鹤子的林和靖"巾子峰头乌柏树，微霜未落已先红"，写过"红酥手、黄滕酒"对爱情坚贞的陆游也极喜这沾染着爱情色素的乌柏，他写得最多，一会儿："乌柏微丹菊渐开，天高风送雁声哀"，一会儿："乌柏禁愁得，来朝数叶红"，他们的喜怒哀乐都要一棵树来表情达意了。而杨万里的一首《秋》："乌柏生平老染工，错将铁皂作猩红。小枫一夜偷天酒，却倩孤松掩醉容。"却写出乌柏对秋色的贡献，它像老染工一样任劳任怨。如果深入这些诗人的内心探索，你就很容易抵达一棵乌柏的火焰，就能抵达那个江南女子怀人的真诚与灼热，就能抵达江南深处的思念和这种思念的强大，绵绵不绝，漫延过万水千山。

我喜欢在秋日里背着相机，走进山里，走近乌柏树，看风吹它摇晃的样子。我总要用镜头抓住那一树画面语言也不能全部表达的玄妙之处，那团火，那支歌，那首诗，我不停地用咔嚓咔嚓的声音表达我的敬意和热爱。那时的乌柏在秋阳下是最幸福的时刻，最安静的时刻，我能用镜头抓住它们内心的闪电，抓住它们燃烧的光芒幸福的光芒爱的光芒。抓住它们最后一程里的风采，抓住它们绚烂无比成熟深沉的色泽，抓住火和比火更闪亮的敢于迎风而立，即使凋落也要红火的坚定与豪迈。生命凋落的辉煌不也是走在一种阳光路上。

乌桕点燃的火焰红得丰富，橘红、桃红、紫红、土红、酡红，层次分明，多彩多姿。面对无情的秋风，面对即将到来的严寒萧瑟，它要点燃内心的火，它要举一片自己的色彩和光亮。它不仅把自己这一片叶子燃烧起来，它还要唤醒所有的叶片燃起来。与丹枫、柿叶一道在山野在秋风中在炊烟里在秋光下，静穆地燃烧，温暖远近，温暖思乡人，温暖归鸟，温暖思念。

山蚂蟥

我的眼前是一个可爱的小家伙，它挺直身子，昂着头，将身体弹簧一样压缩出力度，只要目标物出现，它就把自己弹射出去，像一只弹丸。它一旦附着到目标，就会一动不动，用它的嘴咬住皮肤，用牙齿在皮肤上咬出一块小口，然后吮着血，像吮着奶水一样。而一旦吮饱，它就又悄悄地滚落到路边草丛里，然后躺在乱草中、树叶下乘凉睡大觉。这时再看它填饱的肚皮，周身被撑得圆滚滚的，像一颗晶莹剔透的紫色葡萄。

这个可爱的家伙就是山蚂蟥。

我认识这小家伙还充满了情趣和笑谈。

那是我们桐城的文友与潜山的文友两地交流，潜山文友安排我们到板仓自然保护区采风。因为天气预报说第二天有大雨，山区遇大雨一般有泥石流或石头松动滚落砸人的危险，所以我们就将第二天进板仓的时间移到第一天下午。这一移就移出我们与山蚂蟥的缘分。

从官庄进到板仓，天气由晴转阴。到达板仓的宾馆，我们稍微休息了一下就迫不及待地上山。板仓在潜山县的北面、桐城的西南两地交界处，由于交通闭塞，人为干扰少，森林植被保存完好，天然次生林仍处于"原始状态"，境内重峦叠嶂，涧谷幽深。传说这里有一扇仓门关得紧紧的，守护着仓门里无尽的宝藏。我想这些宝藏应该就是这里原汁原味没有被破坏的大自然优美的风光和生长在这里的珍稀物种、奇珍异兽吧。

山蚂蟥就是其中一宝，它在山中自由奔走，无拘无束，像在草原上飞驰的野马，奔跑腾跃速度之快无虫可比。

我们从仓门进去，一边听着文友的介绍，讲着故事传说；一边沿着溪谷往山里走，初夏时节,草木茂盛,溪水清泠。抬头看高山深谷白云幽渺,低头看山谷流泉飞珠溅玉,感觉如在诗中如在画里,感觉一双眼睛都不够用。进山走不多时就远远听到山顶之上有隐隐的雷声,似有雨水敛着身子在林木中躲闪潜行。知道要下雨了,但大家都被眼前的风景诱惑,没有一个人因山雨欲来而要回去。

山蚂蟥也是闻到雨的腥味而睡不着觉的。资料显示天气晴朗,阳光明媚,土壤干燥时,它们极少活动,多躲藏于草丛中或枯枝落叶下,只在雨天最为活跃,反应非常灵敏。它们蹑足潜行,埋伏在路边,身体吸附于植物叶片、石块或泥土表面,身体伸长,几乎垂直于地面,前端尖细,不停地向四周摆动,在一阵风里辨别着人畜的气味,为那其中一缕血的气息四处探望,竖直耳朵,兴奋不已。在我们并不知情中,它已在那里深情地等着我了。

爬山是很需要些耐力和体力的,开始一种新鲜感,让我一直冲在前面第一方阵,将一群慢慢悠悠一路拍花摄草的男男女女抛在后面,享受着在前面寻路开道的乐趣。从孝子洞往上到三叠泉,再从三叠泉爬到山腰上是一段僻陡的路,天梯一样从山脚绕到半山顶,我没有细数,大约有几千级台阶。爬到半山顶一处可以停下来的休息处,我已汗如雨下,累得气喘吁吁,再也走不动了,我自甘落到后面。我坐在路边的专供行人休息的座椅上一边休息,一边等着还在后面拍着照片发着微信的女士们,可能就是在那时候,山蚂蟥盯上了我,它在我神不知鬼不觉间亲近了我的小腿肚,像婴儿一样趴在我的腿肚上吮吸着它需要的奶汁,吮饱了后又神不知鬼不觉地溜走。或许是从休息处爬到山顶的途中,或许是下到香果树瀑布、再下到红河谷的途中。总之是我落在后面的时候才被山蚂蟥盯上的。回到山下听山民说:山蚂蟥不咬走在前面的人,只咬走在后面的人。看来山蚂蟥这山中鬼精灵也是要促人奋力争先呢。

而这以后,我的腿脚断断续续地滴着血,而我一点儿感觉没有,更没有流血的痛。直到回到住处,坐在听溪亭里休息,听跟在后面回来的一位女诗人大叫说被山蚂蟥咬了,我才检查自己的脚,发现脚腕子上正在流血,原来我也被山蚂蟥咬了。那一刻我确实有些害怕,害怕缘于小时候对蚂蟥的记忆。我们家在农村,小时候农村的水田里有许多水蚂蟥,它在水里四处游荡,像小水蛇一样,行走的途中拖动着一行水花,初始不知道它的可怕,它吸到我们的小腿上,不痛,但有时走出水田就看到腿上流着血,就看到一只怪物在小腿肚上趴着不肯离去,妈妈看到了,就把我的腿脚抱到怀里,也不拽那蚂蟥,而是用力拍打,直到把那小东西拍打脱落。妈妈说:不能拽,越拽越往肉里钻,拽断了一节,前面的一节仍然往肉里钻,会顺着血管一直钻到心脏里去,所以小时候对蚂蟥特别害怕。许多年没有下田下地,但没法忘记蚂蟥钻进肉里的恐惧。所以虽然潜山的文友说蚂蟥咬了没关系,蚂蟥只要喝饱了血就变成一个圆滚滚的球，躲到草丛里睡大觉做美梦去了，但我还是不放心，上网百度，一百度才知道蚂蟥确实没那么可怕。

蚂蟥又名蛭，是一种吸血环节动物，在野外遇到蚂蟥是一件很平常的事。蚂蟥分旱蚂蟥、水蚂蟥、寄生蚂蟥三种，前两者是常遇到的。旱蚂蟥也就是山蚂蟥，"老巢"多在溪边杂草丛中，尤其是在堆积有腐败的枯木烂叶和潮湿隐蔽地方的为多。它们平时潜伏在落叶、草丛或石头下，伺机吸食人畜血。水蚂蟥则潜伏在水草丛中，一旦有人下水，便飞快地游出附在人畜的身体上，饱餐一顿之后离去。

它们仅仅是肚子饿了，要饱餐一顿而已。无钻进肉里之忧，我们找来创可贴贴上，止住血，很快恢复了平静。这时我们就诗思飞扬，开起玩笑来。被咬的两人正好都是诗人，且一男一女，于是大家便开玩笑：要是那个吮吸了男诗人血的蚂蟥与那位吮吸了女诗人血的蚂蟥在这山中谈起恋爱，如果它们恋爱成功，生儿育女，它们儿女的身上不就流淌着你们男诗人女诗人的血？有人就说那明年再来的时候，这满山遍野可能都跑着小诗人蚂蟥，这漫山遍野的蚂蟥都是诗人了。

我们这时在玩笑中感觉那顺腿子淌的血都像诗行。

玩笑之后，我还真对这山蚂蟥有了一些敬意，蚂蟥一旦盯住了一物身上的血，不吸饱是绝不肯走的，宁肯被扯断，宁肯死，绝不松口。蚂蟥在吸血时这种性格，这种执着和拼命，有钉子精神，有一种锲而不舍、水滴石穿的韧劲。而对于我们这些爱好写作者是不是也要有山蚂蟥的精神，只要嗅到血的气息，就奋不顾身地跃过去。

这些吮吸了我的鲜血的小家伙鬼精灵，在我内心里渐渐变得可爱起来。

（选自2017年第5期《安徽文学》）

判断者说

王　族

旱　獭

【说法】

旱獭的身躯浑圆肥胖，从一座山走到另一座山往往要用很长时间。旱獭是记忆力最差的动物，仅仅过了一个冬天便忘记了去年打过洞的地方，但它们又十分谨慎，不愿轻易放过任何一个可供寻找的地方，所以它们的行动十分缓慢，导致到达一个中意的地方时，时光已使那里春意一片。

旱獭们开始劳动。它们首先选一个极其隐蔽的地方作为入洞口，这样的地方往往在石头和树根底下，一般不会被轻易发现。它们的爪尖利无比，泥土和石头会被它们毫不费力地抠下，如果遇到大石头，它们不会蛮干，而是巧妙地从旁边绕过去，所以它们的洞总是曲径通幽，既防风又安全。最后，它们会在山坡的另一处开一个出口，其隐蔽程度要与入口达到一致。虽然它们把洞中生活视为天堂，但却不得不做好防范工作，以备危险来临时从出口逃离。打洞一般需十天左右可完成，它们昼夜劳作，因为它们有用之不尽的力量，所以打洞这样的事对它们来说并不算辛苦。

洞对于它们来说，是生存必不可少的。它们原来叫水獭，不知是在哪一天，祖先们爬上岸后就再也没有回到水里去，它们觉得在陆地上生存极不安全，所以便开始在土地中打洞。它们发现土地在春天最为松软，从此便掌握了打洞的最佳时机。它们慢慢忘了水中生活的乐趣，洞中尽管有些昏暗，但舒适和安全的生活让它们感到知足。

每天上午的阳光铺满大地时，它们会走出洞去晒太阳。出洞之前，它们会派出一名"探子"，它探出头向外小心张望，直到觉得没什么危险后才爬出半个身子，趴在距洞口不远的地方晒太阳，并向洞中的同类发出叫声。洞中的同类听到叫声后会立即响应，一边鸣叫一边走出洞口。在整整一天中，它们除了在遇到危险时会发出鸣叫外，在正常情况下始终保持沉默。等它们晒足了太阳后便四处走动，这时候它们其实是一个个杀手，那些能轻而易举获得，并可以拖入洞中的动物是它们的捕杀对象，如老鼠、兔子、雪鸡，甚至不知道危险从天上落下的鸟儿等，它们往往不动声色地接近这些动物，迅速将它们一口咬住拖入洞中。杀害将在洞中进行，它们会把猎物的皮毛在洞中处理掉，把肉储存起来吃上数日。它们的食量较大，捕获一只猎物往往只能吃三四天，所以它们必须在天气好的日子外出猎食，以备下雨天食用。

它们对天气极为挑剔，下雨天或刮风的日子从不外出，比起外面恶劣的天气，它们觉得洞中的岁月舒适无比。如果下雨天或刮风的日子持续得太长，它们会憋得难受，吃的东西也越来越少，它们会为生存发愁。忍耐几天后，它们爬到临近洞口的地方，发现外面很冷，而且风正发出令它们讨厌的呜呜声，对天气的挑剔使它们又转身返回。它们必须等待恶劣的天气过去，但坏天气好像要和它们作对似的一直持续着不结束。它们饿得头晕眼花，本能地向洞口方向移动过去，外面有动静，是一只兔子在不知所措地跳着。它们对天气的挑剔心理顿时消失，代之而来的是一股莫可名状的兴奋。一瞬间，洞中天堂变成了冲锋的阵地，固守的规律被迅速改变，它们一跃而出，将那只兔子咬住拖回了洞中。洞中天堂的岁月又开始持续。

【事实】

冬季的帕米尔高原是冷清的，像昏睡的老人一样在这时一动不动，周围的一切也似乎都丧失了生机——山峰就那么孤独地裸露在紫外线强烈的照射中，一天又一天，一年又一年，变得像瘀结的血块。满山的石头散散乱乱，大的、小的、圆的、畸形的、裂缝的，沉睡在天空下，似乎永远都不会再现生机。

雪花在这时充当着时间的碎片，一层层落入山谷。弥漫的风跟着落雪乱转，等到觉得无聊时，便恼怒地在山口掠起一些细雪乱舞。有时候，那些被旋风掠起的细雪会很放肆地落入塔吉克族牧羊人的衣领内，牧羊人却不理会。有人说，塔吉克人是太阳的后代。照此说法，他们即使在严冬也是火的化身，所以那些雪顷刻间便被暖化。

后来的雪下得稀疏了一些，风也变得庄重了，不再粗鲁地乱撞乱碰。有东西开始在雪地里动了。生命是善于运动的，哪怕是不可预知的探寻，或者已不知不觉临近了灾难，但仍会向前走动……是几只旱獭。领头的一只蹿上一块石头，朝四下里细细观察一番，确定没有异常情况后，返身对伙伴支支吾吾地唤了几声。于是从石缝里、草丛中，还有积雪中倏然间像变魔术似的拥出了三五成群的旱獭。它们亲热地聚在一起，有的头碰着头，有的互相打闹嬉戏，显得非常亲密。不一会儿，山坡上便都是旱獭，它们对石头和雪不屑一顾，顽皮地蹿上蹿下，小爪的足迹清晰地印在雪地上，如果有雪沾在身上，它们便狂奔，不把雪抖掉便不罢休……太阳已经升到中天，阳光直射下来，因为有了这些活泼的小家伙，高原显得祥和而又温馨。

旱獭着实是可爱的。而接近它们的是怎样的一些人？比如1994年10月13日，踏上帕米尔高原的一群人是复杂的，他们分别来自北京、新疆、安徽、河南，操着不同的口音，怀着不同的目的，东张西望，急不可待。看到可爱的旱獭，其中一人提议弄几条回去，另外几人用不同的口音说出了相同的两个字——可以。他们从车上拿出食品，散布在沙梁上，然后脱掉衣服，在衣角缚上登山绳，拉开另一端坐在车里耐心等候。

食品的香味被风刮开，旱獭们很快就闻到了，它们马上扭过头，朝这边努力地嗅着。确实很香。它们高兴了，欢快腾跃，起起落落，向这边靠近。待走得近了，它们发现了趴在路上的几个铁家伙（汽车），有黑的，有白的，闪闪发光。它们似乎有了一种不祥的预感，于是便停下，将身子掩藏在石头后面，然后慢慢探出头张望。它们很快发现，那几个铁家伙是死的，趴在路上不动，所以不必害怕。但是它们还是谨慎的，几个像头目似的旱獭在一块儿碰头，商议必须打探清楚之后方可动身，于是便选出一名肥壮的"敢死队员"，让它向那些铁家伙靠近。"敢死队员"猫着腰，一步一停地爬到汽车跟前，它细细观察一番，飞速返回向首领报告，那几个铁家伙就是死的，因为平时见的都是四个轮子不停地转动，在路上跑上跑下，而这几个纹丝不动，可以不理。

它们欢呼，从石头后面纷纷跳了出来。扑鼻的香味又弥漫了过来，于是它们上当了，一只，两只，三只……迅速扑向食物。车中的人盯得很稳，等它们吞食食品忘乎所以时，便用力一拉绳子，衣服便如大网般罩下来，它们被蒙在了里面。意识到灾难降临时，它们一定非常后悔，在黑暗中乱撞乱碰，但那软绵绵的什物却怎么也冲不破，几番努力后，它们害怕了，缩着身子伤心地哭了。那些人飞蹿上前，捂住衣服，然后伸进手去就将旱獭捉住了。他们高兴极了，举起一只只乱蹬四爪的旱獭，俨然获得了宝贝。然而没等他们高兴，顷刻间的变化便让他们惊骇不已——不知怎么的，旱獭们一个个在短短时间内将身骨缩小，从他们手中脱出，掉到地上，再在瞬间还原，一跃而起飞奔向山谷深处去了。他们被惊吓得发愣，半天才缓过神来，满脸茫然地向四处张望。他们很沮丧，那双刚刚还拥握着"成绩"的双手变得麻木，举在半空中好一阵子收不回来。

"走吧。"还是提议的那位有气无力地说了句话。他们从地上拾起衣服，无可奈何地回到车上，向另一个地方去了。这发生在眼前的事实让他们似信非信，他们不能接受这样的事实，很明显，他们有一种被戏弄的感觉。

"旱獭太伟大了，简直是神话。"那天，我坐在另一面山坡上，目睹了这番酷似天方夜谭的情景。我为那几个人并没有被感动而痛苦，似乎他们目睹了神话却麻木不仁地转过了身去。我扭过头，看见旱獭们仍在雪地上嬉闹，尽情玩耍，而那几辆车已不知开往何处。

我去看面前的雪地，旱獭们踩出的痕迹让整个山坡变得坑坑洼洼，像是有千军万马从这里刚刚奔腾了过去。但高原却很快又恢复了平静，像是什么都没发生过一样。

高原又开始落雪了，旱獭们留下的痕迹一点一点模糊，又要被落雪淹没了。不一会儿，雪下得更大了，高原的那种懒散、麻木的老人神态又出来了。就在这种寂静和苍茫中，眼前的这块刚刚上演过神话的雪地被淹没，而且因为天已黄昏，一切变得越来越模糊。时间是可怕的东西，它让生命在这里爆出火花之后，转瞬变得寂静无声。如果不是我亲眼所见，谁又会相信它是如此不珍惜自己，在这里爆出火花之后，又昏昏沉沉地睡着了。

雪下得更大了，雪峰变成了黑乎乎的一团。我不再四处张望，起身向石头城方向走去。

天黑了。

老　鼠

【说法】

老鼠来无影去无踪，从来不与人打照面。它们的嗅觉很灵敏，尤其对人的气味更是熟悉，只要一闻到便远远地避开。它们的巢同样也在不为人知的地方，从来不会受到干扰。著名的泾渭分明的渭河的发源地在甘肃渭源县境内，人们探寻该发源地时发现，最初从石洞里涌出水的地方居然鸟鼠同穴。这出乎意料的现象，为一条河注入一些神秘色彩。老鼠平时待在巢中享受着人们辛苦耕劳得来的粮食，似乎它们的享用是理所当然的。它们善于搞防范工作，只要选择一个地方，就会让周围的东西对自己起到伪装作用。

秋天，所有的麦子都被收入屋后的场坝里，一垛一垛地散放着，让太阳晒干，等待村里的打麦机来打出麦粒。我们乡附近的人几乎都喜欢将麦子垒成垛子，连不远处的中国四大石窟之一的麦积山，也恍如一个麦垛。过不了几天，太阳便将麦垛晒得干透了，到处都弥漫着浓浓的麦香。乡亲们坐在场坝旁吸着老旱烟，喜形于色地看着一年的收成，辛苦了很久，只有这会儿的收获才让他们感到踏实。

然而这时候有一些老鼠正在悄悄接近那些麦垛，它们发现人们吸着旱烟正在谈论什么，便伏下身子迅速向麦垛跑过去。它们的四只小爪很轻，很快便钻进了麦垛中。

老鼠是动物中的神偷，其盗窃技术和良好的心理素质在一切动物之上，而且它们很富有冒险精神，只要有东西可偷，哪怕上刀山下火海也要试一试。

进入麦垛中后，它们便开始了紧张而有序的作业。那些饱满的麦穗是它们首选的目标。它们用牙把麦穗上的包皮除掉，一颗颗金黄的麦粒便显露了出来。所有的老鼠都有一个永远不变的信念，那就是只要接近偷窃的麦垛，总是要为下一次光临准备好麦粒。所以，它们总是在麦垛中把一大堆麦粒存放下来。人们发现有老鼠进入麦垛的同时，便无比痛苦地发现到处是一堆一堆的麦粒，他们诅咒老鼠，用几乎抚摩过每一株麦子的手将那些麦粒捡了回去。老鼠顺利完成一次偷盗，除了饱餐一顿外，走的时候还要顺便用嘴叼一粒回窝中去，它们必须在秋季储藏好过冬的食物。

冬天来了，它们躺在巢中呼呼大睡。在它们周围，堆放着偷来的粮食，这些粮食足够它度过冬天。在老鼠巢中，每个老鼠所拥有粮食的多少，它们身体的肥瘦等，都与它们的偷盗技术有关，偷盗技术差的老鼠往往在冬天饿肚子，而硕鼠因为偷盗技术高超，所以一向都高枕无忧。

饿极了的老鼠会铤而走险，趁人不注意潜入他家去偷窃。它们在街边细细观察了一家人的动向，发现他们家的人都在街上闲逛。此时的情景似乎是"老鼠过街，人人喊打"的反衬，稍微改动一下就是"人人上街，老鼠偷窃"。它看着他们走远后，心中无比窃喜地快速潜入他们家。由于太过于饥饿，加之贪食过度，它们在房间里弄出了声响，被它们忽略的一个人恰巧在家，愤怒的风暴在他的头脑里刮起，他拿着棍子来打它，它仓促逃窜，但它对地形不熟悉，东撞西碰几番后只能向门口奔跑过去。门缝里有几丝光，它觉得有机会逃出去。人追了过来，他觉得一只老鼠不可能从关得很严实的门缝里逃出去，他已经放慢了脚步，凝神屏息准备向它发出致命一击。但出现在眼前的情景让他大吃一惊，老鼠像是变幻出了隐身术一般，在门缝跟前一闪便不见了。

人打开门向外张望，外面已不见老鼠的一丝踪影。

【事实】

一团火越燃越大，腾起了熊熊烈焰，并发出很大的呼啸声。"这里有老鼠洞。"这个确切的消息激起了人们内心的仇恨，并很快滋生出了一个计划——灭鼠。经过细致讨论，他们决定用烟把老鼠从洞中熏出来，然后用火烧死它们。于是，他们在老鼠洞口燃起大火。人们在火周围站成一圈，把捆扎好的麦秆点燃，向老鼠洞口塞进去，然后用木锨往里面扇烟。麦秆冒起的浓烟进入老鼠洞，像一支柔软、缓慢、甚至有点漫无目的，但却一往直前的军队。呛，是这支军队的超强杀伤武器，其所到之处但凡有靠呼吸生存的生命，都将一一受到打击，轻则败阵，重则毙命。它还可以模糊你的视线，让你不知该往何处突围。在老鼠洞口用木锨往里面扇烟的人深知这支军队的杀伤力，所以他们不停地扇着，脸上已经有了隐隐约约的胜利表情。

在老鼠洞里慢慢深入的军队终于抵达了目标——老鼠。老鼠们从来没有遇到过这样的打击，顿时变得不知所措起来。然而这时老鼠们却犯了一个致命的错误，让这支柔软的军队在时间上占有了优势——不到一分钟，它们便觉得胸闷，呼吸变得急促，眼泪止不住地往外流，视线也变得越来越模糊。它们的四只爪子乱舞，渴望抓到救命的稻草，但什么也没有，无奈之下，本能的想法促使它们向洞外跑去。还好，它们冲出了这支柔软的军队的包围，跑到了洞外面，但它们的视线仍模糊一片，看不清有很多人手拿木锨在等着它们。很快，木锨便伴着一股呼呼作响的风声落了下来，它们没有丝毫反应，一阵剧痛让它们失去了知觉，一个黑暗的深渊把它们拉了进去。而人在它们死后仍不会放过它们，用木锨将它们的尸体铲进了火中。它们最后的一丝生命意识消失于一个黑暗寒冷的深渊，而它们的尸体又消失于明亮而热烈的大火中。有一只老鼠的视线在跑出洞后恢复得很快，看清眼前的危险形势后，马上掉头向田野方向跑去，它熟知那里的地形，只要跑过去就可以找到藏身之地。但忙活了半天的人们怎能放过它呢？他们对它紧追不舍，一只大脚照准它踩了下去，它的头颅被踩进了土中，它闻到了以前打洞时曾闻过的土的味道，但很快，它的头颅便剧烈地痛起来，那只大脚又用力往里踩了一下，它便失去了知觉。它的尸体同样被木锨铲起，消失于明亮而热烈的大火中。

还有一只老鼠，在命运的边缘几乎就要逃往新生了，但还是被死亡的大手拉了回去。它已经从人们的大脚间逃了出去，人们眼见追它无望，已经放弃了对它的追打，但它的运气实在太差，狂奔之中不慎掉入一个油桶中，那是人们刚才来点这堆火时用过的，里面还有半桶油。它从里面好不容易爬出来，几个大脑袋上的几双眼睛正欣喜地注视着它，它身上沾满了油，已经无法跑了，人向它扔出一个烟头，它身上便燃起了火，它一看无求生之望，便挣扎着窜入附近一户茅草农舍。人们大惊失色，但已经拦不住它了，顷刻间，茅草农舍燃起了熊熊大火。

老鼠虽然屡屡得手，但毕竟还是留下了不少痕迹，比如它们经常出没的地方、习惯性行走的路线、偷窃的方法，以及它们的习性，等等，都被人们掌握。一者被另一者掌握，尤其是像人对老鼠这样产生了敌意的掌握，则预示着一次大的打击即将实施。

但老鼠却对此毫无察觉，它几乎把人所有能吃的东西都偷了个遍，除了秋天的谷物，它们还常常潜入到人的家里，在衣柜、储物间、沙发下等地方隐藏起来，等人出门后便疯狂地享用家里的东西。有时候它们使用自己尖利的牙齿咬柜子，它们认为柜子里有可以让自己大饱口福的东西，所以它们要开凿一条进去的道路。老鼠其实对道路的选择要求极高，它们不喜欢走曲里拐弯的路，总是要让自己的偷窃畅通无阻，一旦成功便摇头晃脑地运着食物返回，它们是动物中最懂得享受成功的一类。

　　人们对老鼠即将实施的一次大的打击是两个老办法，下毒药和布老鼠夹。人被老鼠搞得很烦，决定实施大的打击把它们消灭掉，不再受这份经常被偷的气。下毒药的办法是父子俩或一对夫妻在一个夜晚经过密谋后，在早晨出门时实施的，几块放了毒药的肉和馒头被放在一些隐蔽的角落，然后他们悄悄离去。一只老鼠闻到了肉和馒头的味道，经过一番侦察后发现这家主人已经离去，它马上便扑向那些肉和馒头。一股美味的快感在口腔里浸漫，真是好极了，它兴奋得把小尾巴摇动成音乐的魔杖，东上西下，挥出内心的驰骋。然而"啪"的一声脆响，一阵疼痛让它的呼吸变得困难起来，紧接着眼睛的剧痛迅速让世界暗了下来。它想起身逃走，但身体软软的，仍被疼痛那双可怕的手按住动弹不得。一股巨大的恐惧感占据了它心头，过了一会儿，那双可怕的手开始向下压它的身体，它感到自己似乎很瞌睡，其实它从不瞌睡，但这会儿却感到十分困，于是头一歪便倒在了地上。它再也没有醒来，当这家的主人在傍晚回到家后，看见它倒毙在地上的尸体后，很高兴地用垃圾铲将它的尸体铲起，拿出门扔进了垃圾箱。它的身体在空中划出漂亮的弧线，但它已经死了，这是它在死亡之后的一次飞翔。

　　人对老鼠实施打击的第二个办法是放置老鼠夹。人们将鼠夹放在昏暗的角落，在机关处放上诱饵，一股香味吸引了一只老鼠，它慢慢向散发出香味的地方寻找过去。危险是早已存在的，但昏暗的光线将危险遮蔽得不露一丝痕迹，所以它意识不到危险。它摸到那块诱饵前，香味使它的脑细胞极度兴奋，一股强烈的占有欲促使它迅速咬住那块诱饵，口腔里有了一股吞噬肉食的快感。然而，黑暗中这时发出了"咣"的一声响，两根坚硬的铁条携带着巨大的力量砸在了它的身上。它的腰断了，剧痛让它的喉咙发出从未发出过的声音，并让它的四条小腿抖动得像风中的树枝。它无法脱离铁夹逃走，所以便只能在那里挣扎。它也许想起了母亲，它正在盼望自己早点回去；它还想起了自己温暖的巢，通往那里的路在它心中明朗无比，但铁夹却改变了它的四条小腿行走的可能性，它回不去了。过了一会儿，它感到自己的脑袋越来越沉重，黑暗使它辨不清任何方向，并丧失了最后的力气，它像被毒死的那只老鼠一样睡着后再也没有醒来。

　　但有的老鼠却对鼠夹和毒药的警惕性很高，凭着敏锐的嗅觉和良好的防范措施，它们既不去触碰鼠夹的机关，也不去贪吃阴暗角落里的含毒的肉或馒头，它们熟知那是通向可怕的深渊的入口，一旦接近便要坠入到另一个完全黑暗的世界中去。避开了最危险的鼠夹和毒药，可以使心灵保持警醒和戒骄戒躁的美德，所以，它们即使遇上了比鼠夹和毒药更可怕的事，也可以化险为夷。慢慢地，它们对人的伎俩不屑一顾，且总是能想出办法克服。最为好玩的是，它们会弄一个东西去撞铁夹上的诱饵，铁夹"咣"的一声落下，震得地板一阵颤动。它们发出"吱吱吱"的欢笑声，高兴地在铁夹周围跳舞。

后来，一只猫闪亮登场，它是人们专门安排来收拾老鼠的一个冷面杀手。为了让它完成好任务，主人用很不错的伙食来喂养它，它心安理得地享用，似乎在做战前准备。事实上，它的功夫已十分厉害，一跃便可跳上房梁的轻功堪称一绝，扑向目标时的稳、准、狠的短打功夫也不赖，尤其是它的两只前爪抓下去的时候，就是两只属于猫科类动物专有的铁爪，还有它的牙，同样也像利刃一样锋利。

老鼠们对这个杀手的到来恨得牙痒痒，但它们不能与它正面交锋，以前有同类与它正面交锋的例子，无一不被它用短打功夫扑倒在地，用那两只铁爪按倒后再也没有起来。它用嘴叼着老鼠的尸体喜滋滋地在房中走动，成功居然使它的脚步变得有点女性化，每一步都透露着柔情。每每想到这些，老鼠们便内心恐惧，害怕猫再出现。现在，这只猫板着面孔，用那双可怕的眼睛在巡视房子里的每一个角落。这座房子里确实有几只老鼠，而且居住了很长时间，对所有的角落都很熟悉，所以在这只猫进入这个家后，它们仍藏得十分隐秘，没有让这个冷面杀手发现自己。但隐藏不是长久之计，迟早会被它发现的，要不想被它发现的唯一的办法就是干掉它。它们冷静衡量了一下当前的形势，内心燃起了仇恨的火焰，制定出了让那个冷面杀手接受悲惨命运的实施步骤。它们派出一只精瘦的敢死队队员大摇大摆地在房子里走动，冷面杀手的眼睛一下子便瞪直了——居然有如此放肆的老鼠，它身体里所有的力量都在向外涌动，它要大打出手。但那只精瘦的敢死队队员却迅速窜入一个角落，冷面杀手扑过去，不见它的影子，一块风干的肉出现在它眼前，它有些好奇地咬了一口，嘿，味道挺不错的，于是它便大口吃了起来。美食有时候是可怕的，老鼠们早就知道这块肉中被主人放了毒，所以一直没动，今天它们要用这块肉来了结这个冷面杀手的性命。过了一会儿，冷面杀手像所有被毒死的老鼠一样身体剧痛，眼睛看不见光明，坠入了一个黑暗中的世界。

之后，又发生了一次反击事件。一只狗只是偶尔发现了家中有老鼠，但它却生出要管闲事的心，汪汪汪地咆哮着在每个角落搜寻老鼠的影子。狗比猫更凶，是狂妄而又残忍的杀手。老鼠们已经有了一次成功反击的经验，现在它们又顺理成章地要收拾这个残忍杀手。它们同样冷静衡量了一下当前的形势，内心又燃起仇恨的火焰，并让一个计划从仇恨中脱颖而出，制定出了让这个残忍杀手接受悲惨命运的实施步骤。它们悄悄接近了老鼠夹，从距离、方位、面积等方面仔细计算，终于决定冒风险收拾这个残忍杀手。同样还是上次的那只精瘦的敢死队队员出去当诱饵，引得残忍杀手疯狂追逐，到了铁夹前，那只精瘦的敢死队队员一个三级跳，从铁夹的两根铁棍中间像飞一样跃了过去，残忍杀手哪能罢休，一爪子伸过去抓它，"咣"的一声响，剧痛同样让残忍杀手的喉咙发出了从未发出的惨叫。那只精瘦的敢死队队员一声欢呼，老鼠们便跑出来看热闹。残忍杀手用三条腿支撑着身躯，像提着铁夹似的从家里跑了出去，它不想让主人看见自己变得如此狼狈。跑到荒野中，它疼痛难忍，一头栽入一道阴沟再也没有出来。几天后，有成群的老鼠从阴沟中出出进进，残忍杀手的身躯被它们啃光，露出了森森白骨。

以上两例，似乎足以显示出老鼠的智慧和战斗精神。那么，再后来的反击在这里就应该省些笔墨，简单叙述一下：

——老鼠被捉住后，人为了发泄心中的仇恨，将它的肛门缝住，放生它，看它的笑话，不料它径直扑向家里的一个花瓶，一头将其撞落在地摔得粉碎。

——老鼠被刺瞎眼睛后反而不怕猫了，一口咬住猫的腿，猫用两只铁爪用力拍它，它死不松口。最后，它终于被猫拍死了，而猫腿上的一块肉也被它咬了下来。

……写到这里，我想起一个动画片中的台词，一只老鼠每每干了坏事后总会叫嚷："我并不想这样，是导演让我这样干的。"有时候它甚至显得很无奈："我并不是这样的，是谁写的这破剧本。"

每个生命都是一部戏，戏里戏外，生生死死，犹如灯火忽明忽灭。

（选自2017年第2期《十月》）

关汉卿：人间是我的剧场

周　语

【南吕】四块玉·闲适

其一

适意行，安心坐，渴时饮饥时餐醉时歌，困来时就向莎茵卧。日月长，天地阔，闲快活！

其二

旧酒投，新醅泼，老瓦盆边笑呵呵，共山僧野叟闲吟和。他出一对鸡，我出一个鹅，闲快活！

其三

意马收，心猿锁，跳出红尘恶风波，槐阴午梦谁惊破？离了利名场，钻入安乐窝，闲快活！

其四

南亩耕，东山卧，世态人情经历多，闲将往事思量过。贤的是他，愚的是我，争甚么？

我读元曲十余年，很多时候都是坐在人行天桥、沃尔玛超市、美食街、城乡集市的一角静静阅读。

在古城的人潮中，越是嘈杂的地方，我越能感觉到元曲中的孤独、性情。

我常常觉得，读元曲，像是闯江湖，有时候快意恩仇，有时候酒后故人相逢，点滴都是疏狂，处处都是性情。也只有在闹市中，才能读懂这份情义。

然而，也许因为元曲的江湖太热闹，其中有些性情，我们不容易记得。比如，我们情感上觉得熟悉，但内心却只有点模糊影子的关汉卿。

我常常在梦中见到关汉卿。在漆黑色夜空中，他登场了，涂抹着浓重的油墨，装扮还没有定好，就站在我的面前，拽住我的衣袖。我伸出手，关汉卿的肉身就像是一片树叶，在秋风中飘来飘去，咿咿呀呀地低吟浅唱。

关汉卿，号已斋叟（一作一斋），这是一个老气横秋的名号。

关汉卿大约生于金代末年（约公元 1229 年—1241 年）。他是元代大都人，与马致远、王实甫、白朴并称为"元曲四大家"，一般都把关汉卿看作是"元曲四大家"之首。

不过，这样的排座次，关汉卿应该没有兴趣。在元代，关汉卿的存在就像是苍茫风雪中的里程碑。你读元曲，那台上粉墨登场的角儿唱的只是虚空和插科打诨，博人一笑，只有冥冥之中这个身影的到来，才能让你感受到那个时代的夜晚最真实的苍凉之意。

关汉卿给我的感觉是热闹与寥落两个极端的混合体。这一刻，如此寥落，世态炎凉，万古一灯，枯坐在茶楼的曲家在万籁俱寂之时，听着曲子，想想那个渺远的元代，总会感觉到生命的短暂，实在是白驹过隙，转眼就是黄花落地，虚空来袭，躲不过风雨也躲不过沟沟坎坎。而在下一刻，这种寂寥又迅猛地变成了大开大合的热闹，一时间锣鼓震天响、杯盏往来、笙歌不息，让我有恍在梦中的感觉。

关汉卿的人生即是如此，悲剧喜剧、低潮和高潮说来就来，他并不觉得突兀，也不感到尴尬。他觉得自己是从这俗世里来，终究还是要回到俗世里去，所以心下这么想着，也就不那么难过了，在那个热闹的世界里，人间苦恼再多，也是可以有一些快乐的。

有了这样的心态，关汉卿也就不会孤独，他不道东西长短，也无心搬弄是非，嚼旧话头。那或艳丽，或哀戚的传说，在他的笔下都是香烟缭绕的大殿中央上演的唯美传说，演到凄凉之处，若是同在一个屋檐下，雨水啪嗒啪嗒滴下来，人儿就一同入戏了。戏里的人上东山看闲花，台上的人吊着嗓子唱尽悲伤。

这种心境正是关汉卿这曲《闲适》的内在基调。我在读关汉卿的这首曲子的时候，心里还在念着他。这念并不是碎碎念，不是闲敲棋子落灯花的那般无聊，而是想看清楚他的心思。

整个世界，包括元大都在内，都是他生命的风尘场，在那里可以目睹人间万象，不同命运的人物以及戏剧化的事情。他懂得忙里偷闲，懂得穷快活，杂耍般的生活经历，让他的生命格外的饱满。

明代臧晋叔《元曲选·序》说关汉卿"以为我家生活，偶倡优而不辞"。就在元大都的深巷中，他"旧酒投，新醅泼"，油灯下为这些萍水相逢的人抒写着万千故事，解读那风尘之中难于驾驭的命运，他的戏本子写的是喋喋不休的鸡毛蒜皮事，人情世故冷暖自知，写江湖上人物，写凡间的苦楚，洒脱不羁的性情。那一片断壁残垣、瓦砾废墟，在他的笔下就是万古的苍凉。日月悬于天地之中，清浊、忠奸，便是那朗朗乾坤下透亮的镜子，世间百态皆在其中。那率性而深情的剧里人生，则更是悲慨之气溢满全卷。

然而，关汉卿却又是极有性情的，在最初写《南吕一枝花》赠给女演员朱帘秀的时候他这样写道："我是个普天下的郎君领袖，盖世界浪子班头。"这句话让我觉得，就算是俗，他也俗出味道和性情来了。

关汉卿对其世态人情的理解是十分准确的。仲明《录鬼簿》吊词称他为"驱梨园领袖，总编修师首，捻杂剧班头"，这除了得益于他在元代曲剧中所做出的贡献，也许还要归功于天汉卿心怀里的那几分倔强与傲气。

王国维也称赞关汉卿"一空依傍，自铸伟词，而其言曲尽人情，字字本色，故当为元人第一"。这句话的分量不小，显然就是对关汉卿此种超拔的精神气质最好的赞誉。不过，也许正因为这些倔强和傲气，关汉卿的写作就不再是简单的花红柳绿的俗，而是带着性情的。关汉卿戏本子里的虫鱼、草木、冤魂构成了一个与人世间烟火气息相反相成的奇异世界，他希望能够与现实政权拉开一点距离。他的剧本并不是依靠空疏的知识来堆砌，而是用人间的真情去编写属于世人的疾苦与故事。他混迹元大都，便是以杂剧班头、世间浪子的心态来寻找他写曲子的灵感。曲子里的这些人物本身就是来自元大都或者某个传闻，它触动了关汉卿的思考，把它编织进曲子里，这样就成了绝唱。而他更多的篇幅则是关于世态人情的思考，那些弹弄琵琶、斗鸡的好事之徒，以及沉溺饮酒、花前月下之辈，这些人在他的剧里并不是道德唾弃的对象，而是他表现对世情之下更为坦诚的思考和关怀。

这个在生活中滑稽、自嘲的元代人，他的杂剧有着惊人的深刻与看穿世间冷暖的透彻。关汉卿的句子看起来是浅陋的，但是却是他对生活的真实理解。他满脸沧桑看着台上台下，却没有谁能知道他的苦衷。或者说人间的甘苦、困顿，对于关汉卿来说都是一样的，他具备这样一种精神和消融苦难的力量。有时候我在读他的曲子时，就会突然感到他正停下来，侧过脸，看着我，目光充满疑惑，像是在假装问我一些什么问题。

明代朱权说关汉卿"观其词语，乃可上可下之才"（《太和正音谱·古今群英乐府格势》）；朱权是明代皇帝朱元璋的第十七子，熟悉道教，这句话与关汉卿"世态人情经历多"的心境是颇为一致的。他就是个江湖中的性情人物，笔下的阿猫阿狗、街头邻居，都是他的财富，他是能容得世间波劫、凶险、困厄的人物。正是这种惊人的消化能力，让他的杂剧余音袅袅缕缕，穿透千秋岁月，让人有一种酒逢知己千杯少的感觉。

所以，我总觉得关汉卿是一个凡俗之人，亦是一个至情之人。他的确在某些时候也是有些傲气的，但是这傲气不是骄纵。三教九流，他见识过不同的脸谱，乃至大奸大恶之人。狱吏设案问供，他毫不为意，嬉笑怒骂皆是文章。他诙谐风趣，侠肝义胆，不做掉书袋的索引，一心注释那些风花雪月的故事，在躬耕田地和街头巷里寻找他的归宿。

当然，躬耕南亩，对于普通人来说，它并不是诗意的，只是一种谋生的手段；对于一个文人来说，这种体力劳动却是掺杂极其复杂的个人情感和诗意的。不过，这种苦涩的诗意并不能彻底让其灵魂和身心得以解脱、释然，只是为这病困之中的心灵提供一个可以期待的假象。他就是这样生活在那个朝代，被粗鄙之人嘲弄，或者为官宦所贬斥，但他不是为了某个小的群体而存在的。这个孤独而伟大的杂剧作家深知"躬耕"这种诗意的生活已经成为幻象，却并没有丢弃他的理想主义者的韧性。他相信在这人潮之中，总是会有人在听曲子，他们尽管是素昧平生，却是心心相印。

古代人晴耕雨读，是最富有诗情画意的古典场景之一。关汉卿在这首曲子里为我们呈现的就是耕读生涯中，一个人的风轻云淡。清朗的天地之间，一个人在田地里劳作，风吹过来，草木的清香沾满衣襟，这份闲适是非常难得的。但关汉卿退隐人间，却并没有着急去扮演隐士的角色，他要出演的是他自己，没有粉饰的人生，没有雕琢的情节，这是他的本色。他的歌词和宾白都是如此有趣，以致在他高兴的时候自己也披挂上阵、粉墨登场，在欢呼和人潮之中为这世间的沧桑所感动而垂泪。因为长期生活在底层社会的关汉卿已经忘记所谓的身份、名分，他要的只是在这个剧本的高潮说出那满腔的心事，与昨天一起喝酒的那个朋友拱手问候。他嫉恶如仇，铁骨铮铮，伏案草书，写闺阁秘事、写国难当头、写天地乾坤与人间冷暖痴情意，出入街头里巷，与这些老友一同登场，那人生最紧要的剧情对于他们来说，都是为了这一个时刻的来临。

了解关汉卿的这份心思，便不难读懂他的曲子。

南亩耕，东山卧。关汉卿似乎想到了三国时代南阳的诸葛孔明，陶潜的南山菊花和采菊东篱下的悠然。那天地间的松轩竹径，药圃花蹊，茶园稻陌，竹坞梅溪，是银灯下的琉璃光影，玄远而神秘。但是前朝已经过去，他现在是金朝遗民，生活在元大都，那绿草窗下，蛾眉淡了，笔墨疏了，可以采菊、耕读的土地已经找不到了。他混迹在街巷里，却有着冷峻的心灵世界，目光时时注视着人间，而不是朝向虚空之处。看到这天宇之下，人间的繁华与悲凉，冷漠与哀伤，勘贤愚枉他都会感到不可抑止的悲痛，而虚度光阴，他亦会倍加焦灼。

那个东山，是关汉卿的东山吗？

东山巍巍。关汉卿是走出了山林的，他在大的世界里与众人的欢乐、悲愁为伴。

关汉卿布衣青袍，从人流之中走来，面貌冷峻。我似乎又看到他面带疑虑的神色。时隔几个朝代，他怎么还能找得到陶潜的东山呢？你不禁会这样替他担心。

他所要寻找的果真就是那一座隐隐的青山吗？不是的。关汉卿的生命是已经融在这大千世界了，他对生死、富贵、善恶的理解表现在杂剧里，繁花不过是一春，伤悲不过是一朝，已经能够懂得如何在风浪口中站定脚跟，不会被浅乏的世相迷惑了。

在关汉卿的杂剧里，他见识过那么多人生的悲剧，那么深的嗔怒，不可控制的情绪，无法化解的恩怨，以及官场权力游戏角逐的荒诞，已经对病痛、哀伤这样的人生有了超脱的视角。不过，所幸他并没有变得狡猾或者按照遁入空门的教诲来改变自己的生活，他只是按部就班，喝酒就是喝酒，吵架就是吵架，琐碎的事情对于他也是一种幸福。至于他是否能够找到那座云雾缭绕的青山，是否能够乘云而去，离开这个苦难的世界，并不是最重要的问题。

关汉卿的戏剧人生就是这样启幕，唱腔一开始就是俗得要命，但却不是鄙俗，而是与人群之间的距离逐渐拉近，最终不再分辨你我的和光同尘。他时而登场，穿的是布衣，演的是三等角色，台上走一圈，读者和看官眼花缭乱，仔细分辨，侧身倾听，却会怦然心动，这就是我喜欢关汉卿这首曲子的原因。正待你追问他今生将何去何从，豁然间，唱腔滚落，他人仿佛是已经云游归来，台下就是围拢着的众人。如果你此刻已经对人生这个唱本感到厌倦，不妨坐下来听听这个浪子怎么吟唱、又怎么让人泪下。

元末邗经的《青楼集序》说关汉卿"嘲弄风月，留恋光景，庸俗易之，用世者嗤之"，我以为，这是带着偏见的。关汉卿对生活的重构和理解都是源自他切身的经验与智慧。他的韧性始终让他的作品保持着生命的弹性。也许，戏剧人生终有一日要落幕，情节演绎到最后还是要停笔、收场，但这不会改变关汉卿朴实自然、亦富有性情的本色。

南山的菊花已经谢了，此时是元代了，时光从古到今都是那样悠悠然地翻过。蹒跚地走着，迷惘之时，那唱腔从人生荒凉的废墟上面飘来，此刻的山已经苍老，此时的人已经满头白发。那躬耕南亩的古人，就当作是古人留下的一个传奇之地吧，关汉卿寻找他的一亩三分地，来到这荒芜之中，立身于当朝的旷野，"闲将往事思量过"，那似雾非烟的往事，莽苍苍一片，没有泪水和曲谱，只能靠着那点倔强的性情去猜度。

如果能在某处寻找几块闲田，关汉卿的人生也许会是另一个模样。罢扫蛾眉、净洗粉脸、卸下云鬟的女子已经孤独地离去，淡妆不用画蛾眉，粗茶淡饭的女子却是深明人生大义。在剧中人哭到地老天荒，没有光明的救赎，只有一折一折地剧演下来，漫长的人生以及碎碎的剧情。

昔时的关汉卿已经知道，世间再无这样的诗意之地，躬耕南亩只是一个虚构的故事。如今想再"躬耕南亩"，心中的桃源已经不存在了，宁静一旦被打破，生命的意义也就陷入困境。"南亩耕，东山卧"，南亩早是传说中的故事了，想出世就要渡江、撑船，想入得那山水佳境就要做出一定的割舍。

关汉卿本人平生倒是从没想过一朝成为封疆大吏，但躬耕南亩，醉卧东山，却也只是一个无奈的选择。并不是说关汉卿没有了那种大智大勇的魄力，他只是独辟蹊径，在人生的这堵墙上打开了另一扇门。他是一个懂得生活的人，不会像心灵受到伤害意在宦海的士子那样脆弱。

对于关汉卿来说，生活就是他的剧场，此世便是彼岸。他不会盲目寻求所谓的救赎，他躬践排场，面敷粉墨，吹拉弹唱，看起来无所不能，嚷着要寻找那个可以隐居的南山，但他的心是岿然不动的。

他一个人在酒楼上看南来北往的客人，嘈杂与喧腾的大街上，他感觉到自己对编织故事的剧本已经深感厌倦。已经过了对所谓的功名、天命、佛老的念叨的年岁，他只想安静地喝完这杯酒，投入这众人的欢腾之中。

他昼夜危坐如山，却又懂得这欢腾的难得，将自己的孤独和悲凉融化在这人海中，是远比在冷清的书斋里写所谓的曲剧更为有趣的事情。生命对于他来说就是这样一个过程，和街肆里的陌生人杯盏往来，与素昧平生、萍水相逢的客人击鼓传花，在那最热闹最狂热的时候，加入歌舞的行列。在酒未醒之前，从不期待黎明到来，将美好的时光带走。

关汉卿就是这样一个合群的人，虽然他的心是孤独的，他"会围棋、会蹴鞠、会打围、会插科、会歌舞、会吹弹、会咽作、会吟诗、会双陆"，这一点是与酸腐的媚俗文人截然不同的。

也许，因为他的有趣、超绝尘俗的人格魅力，躬耕南亩的古人会加入这个酒宴之中。他扬手一敲红牙唱板，顺即落座，并没有奢华的铺排，只有简单的果蔬，他们却是沉醉在这酒楼上。元大都片刻的喧腾，只他们无尽的宣泄，也是自由的歌舞。那些天下的事儿都写进杂剧，邀来那贫困的月光，一饮而尽。即使他是被驱逐南下，那已经无关紧要了。剧情已经落定，人间的世道不能更改，没有谁能动摇他的坚定决心。

（选自2017年第3期《山花》）

念去去，千里烟波

——《查令十字街84号》与玛赫时光

周立民

1

这个天，说变脸就变脸，又下起雨了。

中午去吃汽蒸海鲜，旁边一对男女，老大不小了，说的话黏黏腻腻，像是幼儿园刚毕业。或许，我早已经过了欣赏兑了水的清纯的年龄，总觉得这是海鲜没煮熟就进了口。回来睡了一觉，雨还在下。上午，合上书时，曾经想过，厮混在老旧的时光里，雨天可能更适合，想不到场景这么便宜就来了。

> 我在《星期六文学评论》上看到你们刊登的广告，上头说你们专营绝版书。另一个字眼"古书商"总是令我望之却步，因为我老是认为：既然古，一定也很贵吧。而我只不过是一名对书籍有着古老胃口的穷作家罢了。在我住的地方，总买不到我想读的书，不是索价奇昂的珍本，就是巴诺书店里头那些被小鬼们涂得乱七八糟的邋遢书。

1949年10月5日，从纽约东九十五大街14号寄出的信，是这样的。信寄往伦敦查令十字街84号马克斯与科恩书店，剩下的故事人们早已经耳熟能详吧？从此，海莲·汉芙小姐（绝不是女士，她自己强烈要求）与这家书店有了二十年的来往，与书店的弗兰克先生更是结为知己。她开出的书单，他倾尽全力为她找书，书信中显示，这是个超级书商，他懂书，更懂得这位顾客的需求。他的同事、家人、邻居都成了她未曾见过面的朋友，在物资短缺的20世纪50年代初，并不富裕的她却给书店的店员们寄来火腿、丝袜，各种伦敦的稀缺物品，让他们在圣诞节里有着温暖的回味……这是被称为"爱书人的圣经"的《查令十字街84号》（海莲·汉芙著，陈建铭译，译林出版社2016年4月珍藏版）所讲述的故事。

并不是新书，大约今年春天什么时候吧，我去的几家书店居然都在显赫位置摆出它的新印本，这和孙机的书成了畅销书一样让我大为不解，老旧时光和老旧故事成了时代先锋？请教了几个人才明白，一个什么电影里出现了这书，还是根据这个书才怎么的，所以它出柜了、上位了。唉，我这等老土。以前，很久都不看一场电影，近几年因为住处附近有几家电影院，我有时候会拿电影打发夜晚的百无聊赖。那些高大上的艺术片，非我所选；那些人们像老情人一样挂在嘴边的明星，我不认得；什么导演什么流派风格，我木然（一个大众消费品，拿到大学课堂里讲风格，哼哼）。我看的都是粗俗不堪的砰砰吭吭的枪战片，吃一筒爆米花，过一阵瘾，不负任何法律责任，拍拍屁股走人。爽！好几回女儿都吓得提前退场，惹得我头发不短的老婆为"少儿不宜"屡屡抗议。其实，让孩子直面一下现实有什么不好呢？现实，绝对不会是某些好莱坞大片那样温情脉脉。

对了，《查令十字街84号》，1987年也拍成过电影，台湾的译名为《迷阵血影》，简直天才爆表，不知哪跟哪儿。不过，细想一下，现在怎么会是"我现在蜷瘫在安乐椅里，聆听着收音机传出恬淡闲适的古典音乐"（1959年9月2日信，第101页）的时代？海莲说："《垂钓者言》里的木刻版画太棒了，光这些插图的价值就十倍于书价。我们活在一个诡异的世界——这么漂亮，又能终生厮守的书，只需花相当于看电影的代价就能拥有；上医院做一副牙套却要五十倍于此。"（1952年5月11日信，第69页）她不能理解这个世界的诡异，而这个世界也不会理解她的奇异（至今很多人还在解读她与弗兰克之间的"恋情"，就让我觉得人们的想象力庸俗不堪，就凭后者妻子的那封信？）幸好，她没有活到今天，否则都是那些粗俗不堪的平装书还不让她恶心死？今天，没有人愿意收她的信，也不再有人给她回信，她还不得忧郁症？此时，我认为《迷阵血影》倒是一个贴切的名字，一个有着古典头脑和生活方式的人，游走在当今街头，岂不正是跌进迷阵血影？

2

海莲·汉芙的世界注定要烟消云散。

译者在此书的注释中，交代了书店的命运：

马克斯与科恩书店起初在老孔普顿街（Old Compton Street）开业，先后曾移往查令十字街108、106号；1930年迁至查令十字街84号。马克斯与科恩书店除了经营一般古旧书籍外，其对狄更斯相关书籍收罗丰沛，当时无其他书店能及。1977年，该书店因主事者陆续亡故而歇业。其店面一度由柯芬园唱片行承接。现在，店门口外还镶着一面铜铸圆牌，上面镌着："查令十字街84号，因海莲·汉芙的书而举世闻名的马克斯与科恩书店原址。"（第131页）

海莲长久以来就渴望踏上这片土地，然而在弗兰克生前，她一直未能实现这个心愿。1961 年，她曾写道："弗兰克，这个世界上了解我的人只剩你一个了。"八年后（1969 年），她给朋友写信说："卖这些书给我的那个好心人已在几个月前去世了，书店老板马克斯先生也已经不在人间。但是，书店还在那儿，你们若恰好路经查令十字街 84 号，请代我献上一个吻，我亏欠他良多……"（第 123 页）又过八年，书店也不在了。

这是个忧伤的故事吗？不知道，因为今天的人们哪里有耐心倾听你诉说忧伤。时不时，有朋友发来在查令十字街 84 号拍的照片，不是傻呵呵在笑，就是志满意得的样子。现代世界因为开放，人类的活动空间和眼界突然变得无比辽阔，辽阔得再也让我们无法细心打量一棵小草一朵小花了，放眼望去，都是不见具象的一片迷茫。在上海这样的城市里，东头顾不到西头，每天消失的、到来的、预约的人、事、店又何其多，多到我们终于麻木，我们看到每一张面孔都是即逝的来不及记住的瞬间。

一个小书店的消失，在浩如大海的城市中又算得了什么呢？就像这两天，朋友圈里传了很多巨鹿路 677 号玛赫咖啡馆关门的消息。

很多人在追忆那些逝去的时光，好几位新闻界的朋友说：我在那里采访过多少人啊。我的本能反应是，既然一切终将逝去，早早晚晚都不过如此。后来，看到很多人传来的各种照片，又觉得时间宰杀的不仅是这个名字、桌椅、咖啡，还有我生命中的六年时光。这六年，我在这里约过多少人？夸张的时候，同时几拨儿人相聚于此。大多是为了谈公事，因为办公室实在容纳不下一个外人，而这里恰好又在单位大门口，人人都找得到，方便。想到这一节，我不觉得忧伤，而是悲哀，我多少时光浪费在这里啊。我喜欢跟三五知己漫无目的地倾心而谈，不喜欢煞有介事地谈公事。那些乱七八糟的交给国之栋梁好了，盛世伟业中多我一分少我一分又能怎样？所以，我从来都不绕弯子，不喜欢啰里啰嗦，甚至觉得电话里、邮件里能够解决的，就不要当面谈。然而，上海，上海，是绝对让人闲不下来的节奏，于是，人来人往，出入玛赫，我们个个衣冠楚楚或者沐猴而冠，自我感觉无比良好，俨然社会要角，全然不觉连只蚂蚁都不是。

这么说好像是迁怒于玛赫，可是谁都清楚，玛赫在与不在，生命中的那些琐事儿都在。

3

有人曾经兴奋地、激动地跟我说：我在玛赫咖啡遇到金宇澄啦（好像后来都叫"爷叔"啦，我不是上海人，还是规矩地叫：金老师）！我经常用很配合的表情说：是吗？

脑子里出现的画面却是：金老师很霸气地推开门，穿过店堂去后院上班。遇到熟人，会停五秒，很迷人地笑一笑。记不得他戴没戴墨镜了。按照李安的场景要求，大约最好戴一个。

见那少女还沉浸在金爷回眸一笑的甜蜜幸福中，我奚落她：要是你早生六十年，在这里还会遇到……

她迫不及待地问：遇到谁，谁？

我笑了：姚文元。

姚文元是谁？

我彻底无语。只好换个说：好吧，你遇到的不是王安忆，而是王安忆的妈妈。

遇见，是咖啡馆说不完的桃红色主题，其实是人的自我迷幻。

我在这里遇见过谁呢？大多想不起来了，原因是前面说的麻木。

只记得，咖啡馆的老板经常把一些莫名其妙的人引到我面前，我也不得不成为对方莫名其妙的人，我们就这么莫名其妙地讲着莫名其妙的话。那一刻，总觉人生的荒诞时光的确太多了，只是卡夫卡不多。

但是，有一个人却是老板介绍给我的，那就是董岚。当时我们正在招志愿者，而她恰恰在另外一个故居做事，我便成功地策反了她，又鼓励她做一个读书会。这个叫"博悦"的读书会最初就在玛赫咖啡馆活动起来了。他们用一年的时间，按照陈思和老师《现当代文学十五讲》提供的线索，把里面的十几部书都读了，让陈老师都很惊讶。接着又确定了很多阅读专题，单单巴金的，就读过《随想录》《寒夜》《憩园》等等。我偶尔也参加他们的活动，结识很多来自各行各业的朋友们，大家在一起，东南西北聊得也算愉快。有一年，沈从文的儿子沈龙朱先生莅沪，已经很晚了，我邀请他来跟读书会的朋友见面，他兴致勃勃地讲了不少父亲的事情。他也很惊讶居然有一群人，不是为了做论文而认认真真地读沈先生的书。

有一段时间，在作协领导的鼓励下，我还在这里搞过文学下午茶的活动，记得请过丰一吟、陈丹燕等老师。丰老太太已经八十多岁了，居然用手机，嗓门洪亮，为人爽快，与读者的互动也不亦乐乎。这个下午茶让不少读者念想，不时来问下一次是什么时候，后来我瞎忙，加上革命也不是喝茶吃饭，就不了了之。

还有一件事情，说不定哪一年会被急于自我经典化的人写进文学史。有一年的年末（去问张燕玲老师具体时间吧，反正是从前，once upon a time），在张燕玲老师、李敬泽的支持下，上海作协搞了个青年批评家论坛。轰隆隆，来了一批青年才俊，黄浦江都要起波澜了。记得杨庆祥同志新婚第二天一大早就迫不及待地赶来了，大家还为他准备了蛋糕。玛赫咖啡不是会间的休息地，而是某场讨论的讨论地，在这么乱糟糟的环境里，七扭八歪地开如此庄严的会，有点 17、18 世纪的巴黎味道？那次会中有个专场，是讨论梁鸿《中国在梁庄》的，那时候梁鸿还不是梁大师，身边没有那么多胡乱恭维她的人；"非虚构"好像还是个带泥的红薯，而不是炙手可热的烤人参，大家也就噼里啪啦地折磨梁鸿或是毫不吝惜地满足她的虚荣心。这是梁鸿的首个研讨吗？我不知道，你们还是去问具有远见卓识的张燕玲吧。反正，"非虚构"大行其道之后，我又觉得这一切都纯属虚构。

玛赫的音响不好，西餐也不好吃，四周的书和墙上的小画还不错——仗着是老板的熟人，我给它贡献了不知多少不合理化建议和苛刻的批评。记得为了搞好活动，老板还有另外一位朋友，为了音响、电脑、投影在头一天满头大汗地改进。这么多年来，我真感激我的那些朋友们对我的宽容，做我这么一个人的朋友真是不容易，真得久经考验。还要抱歉的是，可能因为年末经费紧张（不要问我钱的事儿，我从来都说不清楚），给来宾们住的地方很差，幸好文学让他们头脑发烧，他们都不太在乎。总之，在玛赫难吃的西餐中，该会胜利闭幕。

后来，经常有人向我提起这次会，而且大肆表扬我们领导。时过境迁，当面表扬我毫不奇怪（人和人之间，无话可说的时候，只有剩下相互表扬，就像夫妻间过分无聊，就不断地说我爱你），表扬我的领导，我可真有点骄傲了，便也很动情地说：当然，当然，他对文学是真爱。

4

玛赫咖啡不是个神奇的地方，却是个奇怪的地方，因为，总能在这里遇到奇奇怪怪的人。我还想说：这里的老板就是个怪人。

也怪了，我到外地，很多人谈到上海作协，经常会问：你们那个咖啡馆老板娘还好吧？

我还听说，某某大咖出入玛赫，纯粹就是为了老板娘。

这时，我总是首先更正：她不是老板娘，也不是老板他娘，而就是老板。

姿色不浅啊！我经常这么讽刺她。我还经常讽刺她的是，离作家协会太近，脑袋被文学污染了。好端端的生意不用心去做，天天梦想当作家。岂不知，作家早已经是现在社会上的破落户。她说：商场尔虞我诈，实在讨厌。我想对她说：文坛钩心斗角，就为一块没肉的骨头，既恶心又可怜。

我觉得这人还很拧巴，咖啡店的名字就是例证：招牌上挂的是 La Mer，英语不是英语的，法语不是法语的，经常有人站在牌子底下问：哪个咖啡店？你不会写中文吗？她却说，玩了个文字游戏，这是法语少了一个副词，读起来有点像妈妈又有点像苦咖啡的发音，而本意却是大海。有首歌，欧洲人都会唱，就是这个"大海"。我跟人家谈事情，正烦的时候，她会兴致勃勃地跟我说她想写一个什么什么小说……我赶紧一顿瓢泼，一场冰雹，让她熄火。然而，她总是唠叨不已，关于文学的。据说我念过书的学校有基因鉴定中心，我真想介绍她去查一查，是不是祥林嫂的亲戚。后来想，她既然认为自己是文君再世易安附体，做一点翻译也不错嘛。她俄语很好，而且一直与俄罗斯人保持着联系，不仅通书面语，大量活的语言也懂。结果，她很不高兴，仿佛我是在贬低她的才华，她认为翻译是替别人换洗衣服，而她要做自己的衣服。好吧，好吧。

可能，她做什么事情都是这样，充满着一往无前的热情吧。对人也是，我经常告诫她：人家上海人不像我们傻乎乎的，文明人士都是矜持的……她总是不以为然，依然故我。有一年圣诞节，张莉南下，我本来要请她吃饭，可是玛赫老板大姐同志，偏偏要她到那里去吃圣诞大餐，不吃不行，看样子接下来许文强就要来绑票了，连张莉都必须得带上。我只好痛苦地接受这个邀请，我知道这是她一贯的热情，而绝不是要巴结张莉，那时候张莉还没有出名呢，但老板的热情之火实在烤人。她就是这样，见了谁都像前生知己似的，仿佛四海之内皆兄弟。可惜，现在早已经不是宋公明的时代，林冲李逵英雄豪杰都在电视剧里，遍街碰到的都是牛二，文雅一点也不过是白衣秀才王伦。

尽管我奋力打击，似乎并不影响她的冉冉升起，因为后来遇到好多人，偶然间说到"作协咖啡馆"（很多人都是这么叫的）时，大家都会说：那里的老板娘，就是个作家。

对不起，她是老板。

我又得更正，真烦。

5

一个人的自我认定和社会派给他的角色常常是矛盾的。比如，她更愿意认定自己是个作家，而不是商人；别人认为她是老板娘，而我非要说她是老板。还有，我总觉得自己适合做个宅男，却偏偏总要东跑西奔。更无奈的在于，我们都无法逃脱自己的社会角色，并且还不断努力让自己更加人模狗样——当然，别人又可以把你想象得猪头狗脸。

《查令十字街84号》中的书店店员们对海莲·汉芙的想象也是错位的："我们都好喜欢读您的来信，大伙儿也常凑在一起揣摩您的模样儿。我坚信您一定是一位年轻、有教养且打扮时髦的人；而老马丁先生竟无视您流露出来的绝顶幽默，硬要把您想成一个学究型的人。"（第15页）海莲苦笑着回答：真是让老马丁先生大失所望了，请转告他，我非但一丁点儿学问都没有，连大学也没上过哩！我只不过碰巧喜欢看书罢了。……至于我的长相，大概就跟百老汇街上的叫化子一样"时髦"吧！我成天穿着破了洞的毛衣跟长毛裤，因为住的老公寓白天不供应暖气。整幢五层楼的其他住户早上九点出门，不到晚上六点不回来，房东认为她犯不着为了一个窝在家里摇笔杆的小作家，而整天开着暖气。（第17页）

就是一个收入不稳定的小作家嘛，连去伦敦的钱都攒不够。然而，一个正常的社会都不会拿钱的数额去评价人生的成功与否，而一个人的精神境界也常常跟他的社会角色并不相关。看看这个破落作家对书的要求，就知道她的修养和品位：斯蒂文森的书真是漂亮！把它放进我用水果箱权充的书架里，实在太委屈它。我捧着它，生怕污损它那细致的皮装封面和米黄色的厚实内页。看惯了那些用惨白纸张和硬纸板大量印制的美国书，我简直不晓得一本书竟也能这么迷人，光抚摸着就叫人打心里头舒服。（第4页）拥有这样的书，竟让我油然而生莫名的罪恶感。它那光可鉴人的皮装封面，古雅的烫金书名，秀丽的印刷铅字，它实在应该置身于英国乡间的一幢木造宅邸；由一位优雅的老绅士坐在炉火前的皮质摇椅里，慢条斯理地轻轻展读……而不该委身在一间寒酸的破公寓里，让我坐在蹩脚旧沙发上翻阅。（第24页）

她竟然会这么看待书的价值："我打心里头认为这实在是一桩挺不划算的圣诞礼物交换。我寄给你们的东西，你们顶多一个星期就吃光抹净，根本休想指望还能留着过年；而你们送给我的礼物（书），却能和我朝夕相处，至死方休；我甚至还能将它遗爱人间而含笑以终。"（第75页）这真是傻得热气腾腾啊，这种老派的人越来越少了吧？当代社会首先破坏了我们的审美，接着让美学成为大学教授的课堂理论，而在海莲·汉芙和她之前的世界里，美就在我们的日常生活里，像空气和清风一样，与我们的心灵朝夕相伴。

她自己也感觉到那个光怪陆离的世界越来越不属于自己，1958年，她平静而又沉痛地写道：我一路活来，眼看着英语一点一滴被摧残蹂躏却又无力可回天。就像米尼弗·奇维一样，余生也晚。而我也只能学他"干咳两声，自叹一句：奈何老天作弄"，然后继续借酒浇愁。（第91—92页）

不知道为什么，我被这几句话深深打动了。我承认，我不曾历尽沧桑，然而我却常常非常失望，常有跟她一样的感觉。单就这几句话，不知道她有多老，掐指一算，她那年不过四十三岁，几乎跟我现在同岁。是什么，让我们那么早就在说"奈何老天作弄"？我没有时间去细想，依旧忙三火四地瞎忙活，这两年因为来巨鹿路时间少了，去玛赫的次数也不多，直到听到它结束的消息。

海莲·汉芙的书，并未让书店起死回生。玛赫咖啡馆，更不能与查令十字街的书店相比，对于巨鹿路 677 号来讲，做个玛赫，还是荷马都不重要，而对于这个城市而言，人来人往，一座座高楼起，更是什么都难以留下一丝印痕。多少年后，很少有人能记得在玛赫咖啡中发生的一切吧？然而有一幕我却忘不掉：2012 年 8 月 3 日早晨，上海在预报中的台风里，我接到爷爷去世的噩耗。仿佛命中注定，多少年前，是爷爷教我认识了第一个字，而那天早晨，我先去领了女儿的小学入学通知书，接着就匆匆奔向机场。天空飘着阴云，雨滴也不时打下来，我不知道飞机能否起飞，然而，我别无选择义无反顾。车在南浦大桥上的时候，我回头望了一眼这个城市，前一夜读过的诗有几句还留有印象：

什么也不要问我。我看到当事物

寻找脉搏而找到的却是自己的空虚。

在无人的空中有一种空洞的痛苦

而我眼中的娃娃穿着衣裳却没有躯体！

这是洛尔卡的《一九一〇》，收在他的诗集《诗人在纽约》（赵振江译，上海译文出版社 2012 年 3 月版）。两本洛尔卡诗集是当年 3 月 30 日在陕西南路季风书园买的，一直放在我的枕边，断断续续翻读着，直到爷爷去世的前夜。而爷爷去世后，我再也不想看它了，直到前两天，又重读了这首诗。

那天，一路上我差不多都是沉默的。车在大桥上，我能够感觉到风吹得它有些晃动。开车送我去机场的就是玛赫的老板，因为台风，我找不到车，只好求助于她。在这个城市里，我貌似朋友不少，然而在那一刻，能让我打出这个电话的并不多。自然，因为她无所顾忌的一贯热情；当然，有时候我很不喜欢这种热情。

（选自2017年第5期《朔方》）

给一部热播的电视剧"挑刺"

张秀枫

电视剧《人民的名义》由于揭露贪腐，抨击丑恶，弘扬正气，因而直抵民心；叙事亦引人入胜，既抽丝剥茧又危机四伏，既环环相扣又惊心动魄，受到了社会各阶层和各个年龄段观众的由衷喜欢。街谈巷议，持续升温，评论和赞誉的文字铺天盖地，热闹非凡，形成了近年来罕见的文化现象。

然而，这世上可有无瑕之玉？即使是再成功的文艺作品，有没有遗憾和不足？答案应该是不言而喻的。

主旋律作品和官场文学及其影视，最为人诟病的是政治说教和人物形象的类型化，这也是其文学价值受到质疑的原因。

《人民的名义》为了跳出这一窠臼，做出了相当的努力。作品在浓墨重彩地描绘京州市委书记李达康作为改革一员闯将的同时，也并不避讳他的专权、霸道和唯GDP论等弱点，使这个形象更加血肉丰满，呼之欲出。汉东省委副书记高育良，举手投足中都透出了风度和学识，骨子里却是一个灵魂龌龊丑陋的伪君子。李、高这两个艺术形象性格的多层次和人性的复杂得到了深刻的展现，成为千千万万官员中独特的"这一个"。

然而，另一些人物形象就显得扁平化、脸谱化和类型化了。区长孙连城，因接待信访群众的窗口设计非人性而遭到了市委书记李达康的严厉斥责，对于顶头上司的整改明令，他竟然敷衍塞责，顶着不办，这就违背了官场的常理和生活的真实。为了坐实孙连城属于"懒政"类型的官员，作品不惜刻意将人物符号化。省委书记沙瑞金的言谈铿锵有力，却多为大道理和套话，成为高级干部中的"清官"类型。外逃贪官丁义珍、"小官巨贪"的赵处长，则是贪官中的不同类型。至于网名为爱哭毛毛虫的郑乾，作品为了把他塑造成懂网络的一代新人这一类型而花费了大量镜头，然而却是一个可有可无的人，成为全剧的最大败笔。类型化的人物塑造由于缺乏个性化的细节描摹，因而有失饱满和立体，显得苍白而干瘪。

企业家特别是民营企业家是中国经济的中流砥柱，没有他们的拼搏努力和巨大贡献，就没有今天的崛起和辉煌。然而，在《人民的名义》中，省委书记沙瑞金说："咱们给李达康点个赞。"却没有任何一个人为那些摸爬滚打、流着汗水和泪水的企业家"点个赞"。在这部长达55集的电视剧中也没有一个正面设定的企业家形象，相反，他们不是傻乎乎的人格卑微、猥琐不堪，就是一肚子坏水地勾结权贵、行贿诈骗、干尽坏事。

大风厂董事长蔡成功一出场就灰头土脸，顶着数不清的罪名羁押在铁窗后面。山水集团董事长高小琴不是在酒桌上唱戏调情，在男人堆里获得保护和资源，就是在酒局之外攀高枝、玩权色、搞阴谋，聚敛黑心钱然后去行贿。他们的命运和结局也惊人的相似，不是已经在监狱里，就是在通往监狱的路上。

大风厂员工的股权与重组、大风厂与山水集团的财务纠纷，是全剧矛盾冲突的主体。在破解的过程中，我们只看到了李达康们"政府"的层层高压和摊派，而看不到市场的作用和力量。连大风厂工人上班走窗户，都得省委书记发话解决。作品走的仍然是清官意识的套路，缺乏对财富真正创造者和市场经济的尊重，这或是源于"官本位"思维的根深蒂固吧。这样的认识和理解，还停留在20世纪八九十年代的水平，滞后于飞速发展的时代。

《人民的名义》中的主要人物大多有背景甚至深不可测。从纵向上看，是职业的世袭传承，检察长的儿子做了反贪局长，法官的女儿当上了反贪局的处长，如此等等，不一而足。从横向上看，是"汉大帮"与秘书帮的风云集会，龙争虎斗，难分伯仲。人物关系错综复杂，师生，夫妇，父子，母女，翁婿，发小，同窗，同僚，纠结缠绕，不同的根脉形成了不同的圈子。祁同伟和高小琴算是阶层逆袭的一对鸳鸯，结果不是饮弹而亡就是银铛入狱，泥腿子上位难于上青天。这样的情景设计，或许对人物刻画和对社会不健康价值取向的批判具有一定作用，但总体来看，副作用大于正能量。

此外，女性人物刻画不到位、情节拖沓等弊端已有论者指出，不再赘述。笔者这些"说三道四"的文字，不知是"吹毛求疵"，还是"爱之深而责之切"？不知是可以下酒，还是可以伴茶？

（选自2017年第6期《时代商家》）